G.R. Halliday

Die Gräber von Inverness

Autor

G.R. Halliday wurde in Edinburgh geboren und wuchs in der Nähe von Stirling, Schottland, auf. Die Leidenschaft für ausgeklügelte Kriminalfälle hat er von seinem Vater, der Bücher über True Crime und mysteriöse Phänomene schrieb. Einige dieser Geschichten wurden zur Inspirationsquelle für seine eigenen Romane. Heute lebt er mit seiner Lebensgefährtin und einer Bande halbwilder Katzen in der Nähe von Inverness in den schottischen Highlands.

Von G.R. Halliday bereits erschienen

Die Toten von Inverness · Die dunklen Wasser von Inverness · Die Gräber von Inverness

G.R. Halliday

Die Gräber von Inverness

Ein Schottland-Krimi

Deutsch von Bettina Spangler

blanvalet

Die Originalausgabe erschien 2022 unter dem Titel
»Under the Marsh« bei Vintage, a part of the
Penguin Random House group of companies, London.

MIX
Papier | Fördert
gute Waldnutzung
FSC® C014496
FSC
www.fsc.org

Klimaneutral*
Druckprodukt
ClimatePartner.com/14044-1912-1001

Penguin Random House Verlagsgruppe FSC® N001967

1. Auflage 2023

Dieses Werk wurde vermittelt durch die
Literarische Agentur Thomas Schlück GmbH, 30161 Hannover.

Umschlaggestaltung und -motiv: © www.buerosued.de
JA · Herstellung: sam
Satz: Buch-Werkstatt GmbH, Bad Aibling
Druck und Bindung: GGP Media GmbH, Pößneck
Printed in Germany
ISBN 978-3-7341-1246-1
www.blanvalet.de

Für Mom und Dad

I

September 1994

Freya Sutherland hielt ihre Armbanduhr ins Licht und versuchte, die graue Digitalanzeige zu entziffern: 00:30. Zeit zu gehen.

Wie in Trance hob sie ihren Koffer hoch, der seitlich hinter ihr Bett geschoben war. Sie achtete darauf, keinen Laut zu machen, um ihre Eltern nicht zu wecken. Der Koffer war schwer, aber nicht zu schwer für einen Menschen, der vorhatte, sein altes Leben für immer hinter sich zu lassen. Sie sah sich ein letztes Mal in ihrem Zimmer um, ließ den Blick über die Wand mit dem Nirvanaposter und den selbst gemalten Bildern schweifen, ehe sie zur Kommode trat. Sie hatte den Zettel mit der Nachricht unter ihr Skizzenbuch geschoben. Ihr Kater, Butter, war ins Zimmer gekommen und hatte sich direkt über dem Buch positioniert, den Kopf leicht geneigt. Das Tier starrte sie eindringlich an. Fast so, als wollte es ihr etwas mitteilen, als wollte es sie zum Bleiben bewegen. Einen Moment lang erwiderte Freya den Blick – *wahrscheinlich will er nur wieder was zu fressen* – und strich ihm zum Abschied über das samtige Fell am Kopf. Dann scheuchte sie den Kater beiseite, griff nach dem Skizzenbuch und legte die Nachricht aufs Kopfkissen, damit ihre Mom sie dort fand.

Draußen war es stockfinster, nicht einmal der Mond bot Orientierung. Zum Glück kannte sie den Weg, der entlang der Farmgebäude zur Straße führte, gut genug, um sich auch im Dunkeln zurechtzufinden. Sie hatte viele Stunden und Tage, ganze Sommer und Winter ihrer Kindheit dort gespielt. War als Kleinkind von Pfütze zu Pfütze gesprungen, hatte später darauf Fahrrad fahren gelernt, hatte mit ihrem Dad und Jessica Wasserschlachten veranstaltet. Jetzt hatte sie das Ende des Pfades erreicht und setzte die Füße auf den beruhigend festen Asphalt der Hauptstraße. Dies löste eine andere Erinnerung aus an jenen Sommer, als es so heiß gewesen war, dass der Asphalt in der Sonne schmolz. Sie und Jessica waren barfuß gelaufen und hatten lachend mit Ästen im weichen Teer herumgestochert. Als Kinder hatten sie sich sehr nahegestanden; der Altersunterschied von einem Jahr war damals kaum zu bemerken gewesen. Gefangen in dieser Erinnerung, drehte sie sich noch einmal zum Farmhaus um. Schwarz zeichneten sich seine Umrisse vor dem dunklen Nachthimmel und den ebenso finsteren Bergen dahinter ab. Erst jetzt wurde ihr bewusst, dass sie sich nie die Mühe gemacht hatte, sich die Namen dieser Gipfel einzuprägen; sie waren einfach immer da gewesen. Genau wie Jessica immer da gewesen war. Ihre jüngere Schwester hatte sie in ihrem Abschiedsbrief nicht eigens erwähnt. Sie hatten sich schon vor einer Weile auseinandergelebt. Zwischen ihnen hatte sich ein unüberbrückbarer Graben aufgetan, besonders seit der ganzen Sache mit ihrem Dad. Freya zögerte. Vielleicht sollte sie noch einmal zurücklaufen und auch für Jessica ein paar Worte hinterlassen? Es würde sie nur wenige Minuten kosten.

Das Brummen eines Motors durchbrach ihre Gedanken. Einen Augenblick später sah sie Scheinwerfer über die

Straße gleiten, grelle Flecken in der Dunkelheit. Nervosität erfasste sie. Es passierte also wirklich, sie würden es durchziehen. Gebannt sah sie zu, wie das Fahrzeug sich näherte und dann in der Haltebucht stehen blieb. Der Treffpunkt war zum Glück weit genug vom Farmhaus entfernt, ihre Eltern würden garantiert nicht wach werden. Freya blickte abermals zu dem nächtlich stillen Zuhause ihrer Kindheit zurück. Sie würde Jessica einfach bei nächster Gelegenheit einen Brief schicken und ihr alles erklären. Entschlossen kehrte sie dem Farmgebäude den Rücken zu und rollte ihren Koffer hinter sich her die Straße entlang, froh, ihn nicht mehr tragen zu müssen.

Erst als sie sich dem Fahrzeug näherte, flackerte zum ersten Mal so etwas wie Verunsicherung in ihr auf, ein flaues Gefühl in der Magengegend.

Statt des erwarteten VW Golf stand da ein dunkler Lieferwagen mit abgeschaltetem Motor, direkt neben der riesigen Blutbuche mit ihren knorrigen Ästen – ihr Großvater hatte zu Lebzeiten immer nur vom *Henkersbaum* gesprochen. Er war es auch gewesen, der ihr erzählt hatte, dass diese ruhige Landstraße einst die wichtigste Route Richtung Süden nach Drumnadrochit gewesen sei. Eine alte Viehtrift, über die die Bauern aus den Highlands früher ihre Rinder in die Lowlands auf den Markt trieben. Er hatte ihr Geschichten von Geistern erzählt, die auf der Straße ihr Unwesen trieben, von Dieben und Mördern, die an diesem Baum erhängt worden waren. An dunklen Wintertagen auf dem Weg zum Bus, der sie und Jessica frühmorgens zur Schule nach Inverness brachte, hatten sie sich jedes Mal an den Händen gefasst und waren ganz schnell daran vorbeigerannt.

Die Erinnerung an ihre Kindheitsängste; der Lieferwagen, von dem kein Laut ausging. Sie hatte sich das alles anders vorgestellt. Es sollte ein Augenblick voller Vorfreude werden, sie und ihre neuen Freunde, wie sie lachend zusammen ins Auto stiegen. Vor ihnen ein komplett neues Leben.

Nach kurzem Zögern sog Freya die kühle Nachtluft tief in ihre Lunge. Nahm den erdigen Geruch aus dem nahe gelegenen Wald wahr, den Rauch eines Holzfeuers, der aus einiger Entfernung heranwehte. Ein sonderbares Gefühl der Zeitlosigkeit überkam sie, als könnte sie genauso gut Hunderte von Jahren in die Vergangenheit abgetrieben worden sein.

Eine Gänsehaut kroch über Freyas Unterarme, und sämtliche Instinkte rieten ihr zur Umkehr. Am besten, sie ließ den Koffer einfach im hohen Gras am Straßenrand stehen und rannte zum Haus zurück. Kurz zögerte sie. Dann stellte sie sich vor, wie sie am nächsten Morgen auf den Bus wartete, der sie nach Inverness zur Arbeit bringen würde, in die Spielhalle in der Castle Street. Und wie sich derselbe Trott Tag für Tag wiederholen würde, über viele Jahre.

Sie machte einen Schritt auf den Lieferwagen zu und spürte, wie das taunasse Gras ihre Turnschuhe durchnässte. Zaghaft hob sie die Hand und klopfte an die Schiebetür. Das Metall fühlte sich kalt an. Zunächst kam keine Reaktion, aber dann vernahm sie ein leises Geräusch aus dem Wageninneren. Ein kaum wahrnehmbares Murmeln, als würde da drinnen jemand Selbstgespräche führen oder das Radio laufen. Ein schwacher Streifen Licht war unter der Tür auszumachen.

»Hallo? Ich bin's.« Freyas Stimme hörte sich in ihren eigenen Ohren nach verängstigtem Kind an. Sie räusperte sich, als eine neuerliche Woge von Zweifeln in ihr anschwoll. Warum hatten ihre Freunde ihr nicht Bescheid gegeben, dass sie sie mit einem anderen Fahrzeug abholen würden? Aber wie groß stand die Chance, dass zufällig jemand anders mitten in der Nacht hier anhielt? Natürlich waren sie es. Freya nahm all ihren Mut zusammen und klopfte noch einmal, diesmal etwas fester. Die Stimme aus dem Wageninneren verstummte. Das Licht erlosch.

Wieder zögerte Freya, unsicher, was sie tun sollte. *Vielleicht haben sie Zweifel, dass ich es bin? Vielleicht* … Mit einem metallischen Schaben rollte die Seitentür auf. Im Inneren des Lieferwagens war es noch dunkler als draußen. Freya konnte zwar niemanden sehen, aber sie nahm den vertrauten Geruch von Mentholzigaretten wahr, weshalb sie den Koffer jetzt entschlossen hineinhob. Ein letztes Mal hielt sie inne, ehe sie in den Wagen kletterte. Die Tür rollte hinter ihr von allein wieder zu, und die Innenbeleuchtung sprang mit einem leisen Klicken an. Nach und nach gewöhnten sich Freyas Augen an die fremde Umgebung, bis ihr schlagartig der Atem stockte. Ein Adrenalinstoß jagte durch ihren Körper. Sie tastete nach der Tür, auf der Suche nach dem Griff. Doch es war zu spät.

2

Sᴇᴘᴛᴇᴍʙᴇʀ 2018

Die Serienmörderin saß seit nunmehr zehn Jahren hinter Gittern, weggesperrt und so gut wie vergessen. Es war ein kalter Herbstmorgen, als Detective Inspector Monica Kennedy im Carselang-Gefängnis eintraf. Für einen kurzen Moment schloss Monica die Augen, als die schwere Eingangstür mit lautem Krachen hinter ihr ins Schloss fiel. Ihrer Erfahrung nach klangen zuschlagende Gefängnistüren fast überall auf der Welt gleich. *Das Geräusch mochte das gleiche sein, aber die Atmosphäre hier ist unverwechselbar,* dachte Monica, als sie die Augen wieder aufschlug und den Blick durch die riesige Eingangshalle schweifen ließ. Die grauen Granitwände sonderten eine Fülle von Gerüchen ab: nach frittiertem Essen, Bleiche, Schweiß und dem beißenden Gestank der Verzweiflung. *Kannst du die Verzweiflung riechen?* Monica hatte in mehr als zwanzig Jahren Polizeidienst tatsächlich wiederholt diesen unvergleichlichen Geruch an den Kleidern zahlreicher Opfer und Täter wahrgenommen, hatte die Bitterkeit gerochen, die aus deren Poren gedrungen war.

Die Gefangenen hier drinnen haben nichts zu verlieren – trau keinem über den Weg, der so ohne Hoffnung ist. Diese Warnung stammte von Monicas Dad. Er hatte es bei einem ihrer gelegentlichen Wochenendbesuche im Gefängnis gesagt, als sie noch ein Kind war. Die Einrichtung war 1890 erbaut worden, um die gefährlichsten Verbrecher ganz Schottlands unterzubringen, in einem entlegenen Tal, dem Glen Wyvis, ungefähr eine Stunde Autofahrt nordwestlich von Inverness. Ihr verstorbener Vater, »Long« John Kennedy, war Wärter im Carselang gewesen und stolz auf seinen Posten. Liebend gern hatte er vor seiner Tochter damit geprahlt und sie im Gefängnis herumgeführt.

Der Klang von Schritten auf Steinboden ließ Monica aufblicken. Ein Angestellter mit einem Klemmbrett hatte die Eingangshalle betreten, um sie abzuholen. Er trug eine dunkle Uniformhose mit weißem Hemd, darüber einen schweren North-Face-Parka. Ein Zugeständnis an die eisige Luft, die von den Bergen herunterkam – und etwas, das man in der Zeit von John Kennedy niemals geduldet hätte, da war sich Monica sicher. Der Beamte warf einen Blick auf sein Klemmbrett, dann sah er wieder zu ihr auf und betrachtete sie mit Interesse.

»Sie sind DI Monica Kennedy?« Kurz streifte sie der Gedanke, ob er mit ihrem Dad zusammengearbeitet hatte. Doch dann wurde ihr bewusst, dass er dem Aussehen nach um die dreißig war – zu jung also. Noch einmal musterte er sie, die übliche Routine. Monica war über eins achtzig groß, hellhäutig, mit dunklen Haaren und einem intensiven Blick. Sie fiel auf. Zumal sie in jüngster Zeit die Leitung einiger aufsehenerregender Ermittlungen übernommen hatte, nachdem sie fünf Jahre zuvor nach der Geburt ihrer Tochter Lucy aus London in ihre alte Heimat zurückgekehrt war.

Monica nickte und trat näher. Als sie antwortete, kamen kleine Atemwölkchen aus ihrem Mund. »Ich habe einen Termin mit Pauline Tosh.«

Der Gefängnisangestellte sah wieder auf sein Klemmbrett. *Die müssen hier doch mittlerweile Computer haben?*

»Und ich dachte, ihr hättet sie aufgegeben. Harte Nuss. Vermutlich vergeudete Zeit. Ich bezweifle, dass sie Sie sehen will.« Die Haare des Mannes waren flach an seinen Kopf gedrückt, die Gesichtsfarbe gräulich, die Züge angespannt.

»Sie hat mich kontaktiert«, gab Monica zurück. Sein skeptischer Unterton löste einen Hauch von Gereiztheit in ihr aus. Das Carselang war einzigartig im schottischen Strafvollzug und umfasste im Grunde zwei Einrichtungen an ein und demselben Standort. Der Westflügel des Gebäudes war den männlichen Insassen vorbehalten, während im kleineren Ostflügel Frauen untergebracht waren.

»Sie haben sie eingebuchtet, stimmt's?« Die Stimme des Mannes überschlug sich vor Aufregung, weil er sie jetzt offenbar erkannt hatte. Instinktiv senkte Monica den Blick auf seine Brust auf der Suche nach einem Abzeichen: Es war durch den Parka verdeckt. Ihr Blick entging ihm nicht. »Entschuldigen Sie, ich wollte nicht aufdringlich sein … Mein Name ist Tyler Mitchell.«

»Schon gut.« Monica rang sich ein Lächeln ab und rief sich in Erinnerung, dass es, von ihrem Vater einmal abgesehen, nicht unbedingt jedermanns Traumjob war, mitten im Nirgendwo zu arbeiten, umgeben von einer Horde Schwerverbrecher. Da war es nur verständlich, dass der Beamte auf ein Pläuschchen aus war, um sich die Zeit zu vertreiben. Außerdem war es von Vorteil, sich mit den Angestellten gut zu stellen, wenn man eine Serienmörderin in einem maroden Gefängnis besuchte. Möglicherweise wäre sie auf Tylers Hilfe angewiesen, falls bei dem Treffen etwas schieflief.

»Ich war Teil des Ermittlerteams, das sie überführt hat, ja. Ist schon eine Weile her.«

»Richtig«, sagte Tyler. »Ich erinnere mich. Hab damals davon gelesen – 2006 war das, oder irre ich mich? Für vier Morde hat man sie drangekriegt. Denken Sie, sie hat noch mehr auf dem Gewissen? Deshalb sind Sie hier, oder?«

Monica ertappte sich dabei, wie sie gedanklich die Einzelheiten des Falls durchging. Im Großen und Ganzen lag Tyler richtig. Vier Frauen aus der Region Glasgow waren damals ermordet worden, man hatte ihre Leichen an entlegenen Orten entlang der Westküste der südlichen Highlands gefunden. Monica war damals aus London in den hohen Norden gerufen worden, um der hiesigen Polizei beratend zur Seite zu stehen. Sie erinnerte sich, wie sie spätnachts noch im alten Präsidium in der Pitt Street in Glasgow gewesen war, aufgeputscht von Kaffee, als ihr ein scheinbar völlig nebensächliches Detail aufgefallen war – alle vier Fundorte hatten sich im Umkreis weniger Meilen von Campingplätzen befunden. An einem regnerischen Tag hatten sie diese Plätze besucht, um sich nach verdächtigen Männern, Angestellten oder Gästen zu erkundigen. Bei den ersten beiden hatten sie erfolglos wieder abziehen müssen, aber gerade als Monica vom dritten Campingplatz wieder aufbrechen wollte, hatte sie den Betreiber aus einer spontanen Eingebung heraus nach verdächtigen Frauen gefragt. Der Mann wollte schon lachend abwehren, als er stutzte und eine Besucherin erwähnte, die im Sommer fast jedes Wochenende mit ihrem Wohnmobil herkam. Sie traf jedes Mal spätabends ein und brach in aller Herrgottsfrühe wieder auf. Die Frau trug stets Arbeitsoveralls, obwohl sie doch angeblich Urlaub machte. Die Frau hieß Pauline Tosh: ein wenig eigenbrötlerisch und verschroben, aber allem Anschein nach harmlos. Sie war bereits als Zeugin befragt worden. Wie sich herausstellte, ging diese Frau nach dem immer gleichen Muster vor: Sie suchte die Gesellschaft von alleinstehenden, leicht verletzlichen Frauen, um sie bei nächstbester Gelegenheit zu erwürgen.

»Ja, wir nehmen an, dass sie noch mehr ermordet haben könnte«, gab Monica schließlich zu. Es war damals durch die Presse und durchs Netz gegangen, diese Information war also kaum als vertraulich zu bezeichnen. Die Sache mit den Fotos ließ sie allerdings aus. Diese hatten sie unter Toshs Habseligkeiten gefunden – sie waren allesamt in den Neunzigerjahren entstanden und zeigten sie allein neben ihrem Wohnmobil, immer an irgendwelchen abgeschiedenen Orten. Da lag der Verdacht nahe, dass sie zu jener Zeit im Gebiet der Highlands noch weitere Opfer verscharrt oder sich ihrer anderweitig entledigt hatte. Eine Zeit lang soll sie in Inverness gelebt haben.

Tyler nickte bedächtig. »Ich habe davon gelesen. Man konnte ihr nichts anhängen, es gab keine stichhaltigen Beweise.« Offenbar war Tyler noch so ein Fan von Serienmördern. Zu den seltenen Gelegenheiten, da Monica auf Partys oder zu Familientreffen ging, waren es immer die Serienmörder, über die die anderen Gäste mit ihr reden wollten. Das Märchenungeheuer der modernen Zeit. Faszinierend und von einem düsteren Glanz umgeben. Aber im wirklichen Leben waren es nicht selten völlig unscheinbare und langweilige Personen. Monica überlegte, ob der junge Gefängnisangestellte mit einem männlichen Polizeibeamten ähnlich jovial umgegangen wäre. Sie versuchte, sich vorzustellen, wie er ihren Boss, Detective Superintendent Hately, oder ihren Partner, Detective Constable Connor Crawford, derart in die Mangel nahm. Offenbar huschte ihr bei dem

Gedanken ein verdrossener Ausdruck übers Gesicht, da Tyler nun hastig hinzufügte: »Verzeihen Sie die vielen Fragen. Ich begleite Sie besser hinein. Pauline fühlt sich gern auf den Schlips getreten, wenn man ihre tägliche Routine durcheinanderbringt.« Damit wandte er sich zur Gegensprechanlage und drückte auf einen Knopf, um sie anzukündigen. Mit einem Summen öffnete sich die zweite schwere Tür für sie; Monica meldete sich bei einem weiteren Beamten an, der ihre Jacke durch einen Scanner schickte und sie ihr dann zurückreichte. Tyler führte sie durch ein Labyrinth aus feuchtkalten Fluren, die nach der weitläufigen Eingangshalle eng und bedrückend auf sie wirkten. »Wir sind chronisch unterbesetzt«, teilte er ihr über die Schulter mit, während er eine dritte schwere Tür aufschloss, diesmal mit einem Schlüssel. »Der Großteil der Überwachungsarbeit läuft mittlerweile automatisch über Kameras. Wir reagieren nur, wenn etwas Außergewöhnliches vorfällt.«

Mit einem Krachen fiel die Tür hinter ihnen zu, und er schloss wieder ab. Ihre Schritte hallten vom nackten Steinboden wider, während sie sich tief in das Gefängnisgebäude hineinbegaben, durch zwei weitere Türen entlang schlecht beleuchteter Korridore. Schließlich machte Tyler vor einer Metalltür mit einem Guckloch halt, das durch eine Klappe verdeckt war.

»Es gibt eine Überwachungskamera, aber falls etwas passiert, ist es besser, wenn Sie den Alarmknopf an der Wand drücken. Nur für den Fall, dass der Wachhabende im Westflügel gerade anderweitig beschäftigt ist.« Hier unten war die Luft warm und feucht, der Atem des alten Gefängnisses. Die frische Bergluft war Welten entfernt. »Kurz nach ihrer Ankunft hier hat Pauline einer Insassin ohne Vorwarnung eine Napalm ins Gesicht geschleudert – so nennen wir hier eine Mischung aus Zucker und kochendem Wasser. Bis zu dem Zeitpunkt waren sie beste Freundinnen gewesen. Die Ärmste, sie ist völlig vernarbt. Es war eine Hauttransplantation nötig.« Hastig fügte er hinzu: »Sie ist natürlich mit Handschellen an den Tisch gekettet. Aber seien Sie auf der Hut.«

Monica bedankte sich bei dem Mann, obwohl es nicht nötig gewesen wäre, sie daran zu erinnern. Die Fotografien der Leichen an den verschiedenen Tatorten hatten sich ihr tief ins Gedächtnis eingebrannt.

Tyler drehte den Schlüssel im Schloss und zog die Tür auf.

Monica betrat den kleinen, fensterlosen Raum. Die Wände waren im einheitlichen Anstaltsgrün gestrichen wie überall. Eine einzelne Glühbirne in einem Gittergehäuse erhellte den Raum, die Überwachungskamera in der Ecke war ebenfalls durch ein Gitter geschützt. In der Mitte des Raumes saß eine Frau an einem Tisch. Die Tür schlug hinter Monica zu; von außen drehte sich der Schlüssel im Schloss. Pauline Tosh hob den Blick und lächelte.

Ihr Haar war immer noch dick, aber größtenteils grau. Das Gesicht schmal mit runden Backen. Die dunklen Augen sahen aus wie zwei mitternächtliche Teiche. Sie trug einen blauen Arbeitsoverall mit dem Dickies-Logo an der Brust, genau wie an dem Tag vor zwölf Jahren, als Monica im ländlichen Stirlingshire an ihre Haustür geklopft hatte.

»Ist ein paar Jährchen her«, sagte Tosh, als Monica ihr gegenüber Platz nahm.

»Sie sehen gut aus«, gab Monica zurück. »Ich habe Ihre Nachricht erhalten.« Heute war Sonntag; der handgeschriebene Brief war am Freitagmorgen bei ihr im Büro eingetroffen.

Liebe Monica,

ich bin an interessante Informationen gelangt. Ich muss so schnell wie möglich mit Ihnen sprechen.

Herzliche Grüße
Pauline

Der Absenderstempel ganz oben rechts auf dem linierten Blatt lautete: Königliches Gefängnis Carselang. Tosh hatte sich nie zu einem der Verbrechen, derer man sie überführt hatte, bekannt, obwohl die Beweise erdrückend waren: DNA-Spuren in ihrem Transporter, persönliche Gegenstände der Opfer in ihrem Haus. Es war das erste Mal, dass Tosh auf Monica zukam; die verzweifelten Hilferufe der Familien von Vermissten, ihr Wissen mit ihnen zu teilen, waren allesamt ungehört an ihr abgeperlt.

»Ich hab Ihren Namen in den letzten Jahren ein paarmal in der Zeitung gelesen. Wieder zurück in den Highlands«, bemerkte Tosh. Sie sprach das Schottische der Lowlands mit einem leichten Glasgower Einschlag.

»Ich war überrascht, dass Sie mir geschrieben haben. Alle paar Monate erreicht uns ein Anruf. Von Professoren, die Sie gern als Studienobjekt verwenden würden – Sie sind ein Unikum, als weiblicher Serienkiller.« Monica suchte nach dem angemessenen Verhältnis zwischen Schmeichelei und Desinteresse. Der leise Anflug eines Lächelns zupfte an Toshs Mundwinkeln. Sie faltete ihre kleinen, kräftigen Hände vor sich auf dem Tisch. Monica vergewisserte sich mit einem raschen Blick, dass die Handschellen fest um ihre Handgelenke geschlossen waren. Sie hatte die Wunden der Opfer noch glasklar vor Augen, die dunklen Würgemale an deren Kehlen.

»Die denken alle, wer im Gefängnis sitzt, muss einer völlig anderen Spezies angehören. Im Gegensatz zu uns beiden. Wir wissen, dass letztlich jeder hier drinnen landen kann. Oft ist es reine Glückssache. Ich hab übrigens mitbekommen, was letztes Jahr mit Ihrer Kleinen passiert ist.« Monica spürte, wie das Narbengewebe an ihrem Bauch zu pulsieren begann, wie eine Mischung aus Schuld und Entsetzen sie durchflutete – ausgelöst durch die Erinnerung an den Fall, der ihr und ihrer Tochter um ein Haar das Leben gekostet hätte. »Lucy, das ist doch ihr Name? Er stand in der Zeitung.«

Den Namen ihres Mädchens aus dem Mund dieser Mörderin zu hören war kaum zu ertragen, doch Monica hielt mit Müh und Not den Blickkontakt aufrecht. »Ich hab's eilig, Pauline.« Wenn Tosh sie nur hierherbestellt hatte, um sich an ihrem Unglück zu weiden, dann würde dies ein kurzes Gespräch werden. »Was wollten Sie mir mitteilen?« Tosh starrte sie an, ohne zu antworten, woraufhin Monica aufstand, sich zur Tür wandte und auf den Summer drückte.

»Ich habe eine interessante Story für Sie«, beeilte Tosh sich nun zu sagen.

Monica drehte sich zu ihr um. »Was für eine Story?«

Wieder stahl sich dieses schmale Lächeln auf das Gesicht der Frau. »Eine von der eher grausigen Sorte.«

Obwohl sich alles in ihr sträubte, nahm Monica wieder Platz. Sie versuchte, sich nichts anmerken zu lassen, als sie sagte: »Grausig inwiefern?«

»Tja, das weiß ich selbst nicht so genau, Monica«, gab Tosh zurück und sah sich verstohlen um, als könnten sie in dem kleinen Raum belauscht werden. »Ich höre es hinter diesen Wänden flüstern, man erzählt sich Geschichten.«

»Wer flüstert denn?«

»Ich könnte es Ihnen zeigen«, sprach Tosh weiter, als hätte sie Monicas Frage nicht gehört. Ihr Lächeln wurde breiter und entblößte eine Reihe kleiner, unregelmäßiger Zähne. »Wenn Sie sicher sind, dass Sie das möchten?«

3

Als Monica sämtliche verschlossenen Türen ein zweites Mal passiert hatte und zurück auf dem Parkplatz vor dem Carselang stand, sog sie die frische Bergluft tief in ihre Lunge. Sie genoss die Weite, nachdem sie sich vom starren Blick der Mörderin wie mit einer Krankheit infiziert gefühlt hatte.

Beim Ausatmen stieg ein Gedanke in ihr auf: *Wie hast du das nur geschafft, Dad? Dass du es Tag für Tag an diesem Ort aushalten konntest?* Monica strich mit beiden Händen durch ihr schulterlanges Haar. Ein extrem verstörender Fall, an dem sie im vergangenen Frühjahr gearbeitet hatte, hatte die Erinnerungen an ihren Vater aufgefrischt und sie gezwungen, ihre komplette Kindheit auf den Prüfstand zu bringen. Sie hatte reichlich Zeit mit Grübeleien verbracht und hatte, beseelt vom Geist der Veränderung, erst kürzlich wieder begonnen, nach einem möglichen Partner Ausschau zu halten. Zumindest hatte sie sich probehalber bei einer Online-Datingseite angemeldet, nachdem ihre Mum ihr laufend damit in den Ohren gelegen hatte: »Du wirst nie jemanden finden, wenn du immer nur von Polizisten und Leichen umgeben bist, Monica. Crawford sagt, heutzutage läuft das alles übers Internet.«

Die Erinnerung an ihren Partner rief einen Mix aus Zuneigung und leichter Gereiztheit in ihr hervor. Ihre Mum, Angela Kennedy, siebenundsechzig Jahre alt, und DC Connor Crawford, einunddreißig, hatten wider Erwarten eine seltsame Art von Freundschaft geschlossen. Zu ihrem Verdruss zitierte Angela seine Meinung zu jeder Gelegenheit, egal, ob es um ihre Lieblingsthemen Kriminalromane und Verbrechensbekämpfung oder um Kriminalpsychologie ging. Erst kürzlich hatte sie Albert, Lucys übergewichtigen Kater, auf Diät gesetzt. Nicht dass es irgendetwas brachte. Bei der Erinnerung an ihre Tochter musste sie lächeln. Wie sie den kugelrunden Kater mit dem beigen Fell, der beinahe so groß war wie sie selbst, an diesem Morgen ins Badezimmer geschleift und auf die Waage verfrachtet hatte. Das hatte die bittere Wahrheit ans Licht gebracht: Das Tier hatte sogar noch an Gewicht zugelegt.

Mit einem Knopfdruck entriegelte Monica ihren blauen Volvo und stieg ein. Augenblicklich spürte sie, wie in der vertrauten Umgebung ein Teil der Anspannung von ihr abfiel. Ihre Hand zuckte zur Tasche ihres Tweedmantels, um zu überprüfen, ob der Beweismittelbeutel noch da war. Darüber, was die Mörderin ihr mitgegeben hatte, wollte sie gar nicht näher nachdenken. *Du nimmst heute ein kleines Stück von Pauline Tosh mit nach Hause, daran lässt sich nichts ändern,* meldete sich ihre wenig kooperative innere Stimme zu Wort. Mit einem Kopfschütteln ließ sie den Motor an.

Etwa eine Meile die Straße hinunter bemerkte Monica einen roten Audi, der ihr bekannt vorkam. Er stand in einer Parkbucht am Loch Wyvis, ganz in der Nähe des Ufers bei einer Gruppe Waldkiefern. Ein klassischer Picknickplatz in den Highlands. Wenig später entdeckte sie den kleinen, dünnen Mann mit den roten Haaren und daneben ein Kind mit blonden Locken. Sie winkten ihr fröhlich zu. Neben ihnen im Sand saß ihre Mum.

Monica stellte ihren Wagen am Straßenrand ab und stieg aus. Sie spürte die wärmenden Strahlen der Sonne, die soeben durch die Wolkendecke brach, obwohl die umliegenden Gipfel mit einer feinen Schneeschicht überzuckert waren.

»Ich habe eine kleine Spritztour gemacht«, begrüßte Crawford sie, als sie sich ihnen näherte. »Da habe ich deine Mum und Lucy zufällig in Tain gesehen. Dachte mir, wir fahren hier rauf, um dich zu treffen.«

»Was für ein Zufall, nicht wahr!«, sagte Angela.

Monica hatte ihre Mum und Lucy in einem Café zurückgelassen, wo sie Kaffee beziehungsweise Saft trinken wollten, während sie zu ihrem Treffen mit Tosh weiterfuhr. »Da schaue ich auf, und auf einmal sehe ich Crawford!« Sie war sichtlich erfreut über den vermeintlichen Zufall, aber Monica ließ sich nicht täuschen. Ihr Kollege war am Freitag dabei gewesen, als sie den Brief geöffnet hatte. Sein Interesse war nicht zu übersehen gewesen.

»Ja, wirklich ein unglaublicher Zufall.« Monica warf Crawford einen vorwurfsvollen Blick zu, woraufhin er sich schuldbewusst abwandte. Trotzdem war es ein erstaunlich gutes Gefühl, ihn zu sehen, nachdem sie mit Tosh allein in diesem beengten Raum gewesen war. Er trug eine dunkle Hose, dazu Budapester, einen Rollkragenpullover und ein edles Jackett aus grauer Wolle, das sicher nicht billig gewesen war. Seine roten Haare waren zur üblichen Tolle hochfrisiert, sein Kinn von einem leichten Bartschatten überzogen. Ihr Kollege wirkte völlig deplatziert an diesem Ort – in seinem schicken Stadtoutfit inmitten der einsamen Gebirgslandschaft. Monica wusste, dass Crawford in einer abgeschiedenen Ecke an der Westküste aufgewachsen war, aber trotzdem eine angeborene Abneigung gegen die wilde Natur hegte, die an Angst grenzte.

»Crawford baut mit mir eine Sandburg!«, rief Lucy vom Ufer her, wo sie mit einem Plastikbecher eifrig im Sand buddelte.

»Wir haben ein Picknick mitgebracht. Ich flitze schnell los und hole die Sachen!«, sagte Angela, die Crawfords Angebot, ihr dabei zu helfen, entschieden ablehnte und bereits die Böschung zum Parkplatz hinaufstapfte.

»Und, was war nun die versprochene Information?«

Monica vergewisserte sich, dass ihre Mutter außer Hörweite war, und sah zu Lucy, die mit ihrer Sandburg beschäftigt war. »Es ging um einen Ort, an dem wir graben sollen«, raunte sie ihm zu. »Wir reden am besten morgen darüber.«

»Alles klar, dann eben morgen.« Überraschenderweise schien Crawford sich damit zufriedenzugeben. Er tendierte normalerweise dazu, sich wie ein Terrier in einen zu verbeißen, wenn er das Gefühl hatte, dass man ihm Informationen vorenthielt. Vermutlich musste selbst er einsehen, dass ein Familienpicknick nicht der richtige Anlass war, um sich über eine Serienmörderin zu unterhalten. Wobei ihre Mum sicherlich begeistert gewesen wäre.

»Ich dachte, du wolltest das Wochenende mit Heather verbringen?« Er hatte seine aktuelle Freundin, Heather Sinclair, im Rahmen der Ermittlungen zu einem Fall kennengelernt. Das war im vergangenen Frühjahr gewesen. Inzwischen waren sie seit mehreren Monaten ein Paar. Früher konnte Monica bei Crawfords wechselnden Liebschaften kaum den Überblick behalten, aber in dem Fall musste man in der heutigen Zeit schon von einer ernsten Sache sprechen.

Crawford räusperte sich. »Ich wollte …« Er unterbrach sich. Irgendwie klang er verunsichert, als wäre ihm etwas peinlich.

»Alles in Ordnung, Crawford?« Er wandte sich ab und richtete den Blick talaufwärts in Richtung Carselang, eine graue Festung in der Ferne.

»Es ist nur …« Jetzt sah er wieder zu ihr, doch bevor er seinen Satz zu Ende bringen konnte, kehrte Angela zurück, mit einer karierten Picknickdecke im typischen Tartanmuster und einer Tasche voll mit Leckereien.

»Wer von euch hat Hunger? Es ist ziemlich kalt. Das wird vermutlich das letzte Picknick des Jahres, bald schneit es!«

Lucy rief ihr etwas zu, und Crawford löste den Blick von ihr. Der Moment war vorüber. Erst sehr viel später, als sie an diesen Augenblick zurückdachte, fragte Monica sich, was er wohl hatte sagen wollen. Wäre alles anders gekommen, wenn er zu einer passenderen Gelegenheit noch einmal versucht hätte, mit ihr zu reden? Ohne Lucy und ihre Mutter? Und nicht unmittelbar nach einem Gespräch mit einer Serienmörderin? Aber vielleicht hatte er ja gerade deshalb diesen Moment gewählt. Eine unterbewusste Entscheidung, die man vielleicht als Schicksal betrachten könnte.

4

Monica parkte den Volvo um die Ecke von Lucys Schule, die im Crown District von Inverness lag. Es war der Morgen nach ihrem Besuch im Carselang, und sie hatte es eilig, aufs Revier zu kommen, wo ein Meeting mit Detective Superintendent Fred Hately anstand. Doch als sie ausstieg und die hintere Wagentür öffnete, um Lucy rauszulassen, rührte sie sich nicht vom Fleck. Mit gesenktem Kopf saß sie da und umklammerte mit beiden Händen das Buch auf ihrem Schoß: eine illustrierte Ausgabe von *Eine lausige Hexe*.

»Ist alles in Ordnung, Liebes?«

»Ich habe Bauchschmerzen.«

Monica beugte sich zu ihrer Tochter in den Wagen und schob ihre blonden Locken beiseite, um ihre Stirn zu fühlen. Ihre Temperatur schien nicht erhöht zu sein, und sie hatte ihr Frühstück, bestehend aus einer Schale Cheerios, ohne Murren aufgegessen.

»Seit wann tut es denn weh?«

»Ich weiß nicht.«

»Machst du dir wegen irgendetwas Sorgen, Süße?« Lucy hatte sich in der Schule gut eingewöhnt und hatte bereits zwei neue Freundinnen gefunden, zu deren Geburtstagsfeiern sie eingeladen worden war. Doch als Monica jetzt genauer darüber nachdachte, fiel ihr auf, dass Lucy ungewöhnlich still gewesen war, als sie sie am Freitagnachmittag abgeholt hatte. Beim Einkaufen im Supermarkt hatte sie kaum ein Wort gesprochen, bis sie heimgekommen waren. Zu dem Zeitpunkt war Monica allerdings mit den Gedanken bereits wieder bei Toshs Brief gewesen, der am selben Tag eingetroffen war. Monica ertappte sich bei einem nervösen Blick auf die Uhr am Armaturenbrett: acht Uhr fünfundfünfzig. Montagvormittag erledigte ihre Mum immer die Wäsche; sie war sicher längst auf dem Weg in den Waschsalon auf der Grant Street in Rapinch. Wie so oft überkam Monica ein Anflug von Selbsthass, dass sie sich nie ganz auf ihre Tochter und deren Wohlbefinden konzentrieren konnte. Traurig betrachtete sie Lucys pausbäckiges Gesicht, die leichte Stupsnase, auf der eine Brille saß, den perfekten Schwung ihres Mundes und ihre wilde Mähne. So ein kleines Wesen, und doch schon so kompliziert.

»Möchtest du, dass ich mit dir komme, meine Süße? Und Miss Jennings sage, dass es dir nicht gut geht?«

Hastig schüttelte Lucy den Kopf. »Ich glaube, ich fühle mich schon besser.«

»Bist du sicher?«, hakte Monica noch einmal nach und legte den Kopf schief, um in Lucys Gesicht nach irgendwelchen verräterischen Signalen zu suchen.

»Mir geht es wieder gut.« Und bevor Monica weiter nachbohren konnte, klingelte die Schulglocke. Hektisch kletterte Lucy vom Rücksitz und schnappte sich ihre Schultasche.

Eine halbe Stunde später saß Monica mit Crawford und Fred Hately zusammen in dessen Büro. Auf der Fahrt zum Revier hatte sie Lydia angerufen, die Mutter von Lucys bestem Freund Munyasa, in der Hoffnung, sie könne ihr vielleicht sagen, ob in der Schule irgendetwas Außergewöhnliches vorgefallen war. Leider ging der Anruf ins Leere, deshalb hinterließ Monica eine Sprachnachricht und bemühte sich, ihre Sorge um Lucy vorerst zu vergessen. Das brachte sie im Moment kein Stück weiter.

»Wie ist Ihr Treffen mit Tosh gelaufen?«, erkundigte sich Hately und lenkte ihre Aufmerksamkeit so zurück in das Hier und Jetzt. Ihr Boss war einige Jahre älter als sie. Von italienisch-schottischer Herkunft, geboren in Glasgow, das dunkle Haar ordentlich zum Seitenscheitel frisiert und im teuren Anzug, bewegte sich Hately selbstbewusst auf dem politischen Parkett – ein unverzichtbarer Charakterzug, wenn man ganz oben mitspielen wollte. Monica wusste aber in der Regel, wie sie zu ihm stand. Sie vertraute ihm, zumindest bis zu einem gewissen Grad. »Zeitverschwendung?«

»Vielleicht, vielleicht nicht.« Monica beobachtete die kaum merklichen Veränderungen, die auf Hatelys Gesicht vor sich gingen. Frische Informationen von einer Serienmörderin hatten das Potenzial, sie in alle möglichen Richtungen zu führen: Wobei sie idealerweise dazu führten, dass ein ungelöster Fall ad acta gelegt werden konnte, ein finaler Schlusspunkt für die Familie einer vermissten Person; das schlimmste Ergebnis hingegen wäre eine Schlagzeile wie *Cops von Killerin hereingelegt*, eine demütigende Bloßstellung in den Medien. Neu aufgerissene Wunden und falsche Hoffnungen bei verzweifelten Angehörigen, die ihre Liebsten wiederfinden wollten. Monica wühlte in der Tasche ihres abgetragenen Tweedmantels und legte den Beweismittelbeutel auf den Tisch. »Das hier hat Tosh mir gegeben.« In dem Plastikbeutel steckte ein Stück Papier, auf das mit Buntstiften etwas gekritzelt war. »Sie behauptet, es handelt sich um eine Karte.« Hately griff vorsichtig danach.

»Eine Karte? Wohin führt sie?«, meldete sich Crawford nun zu Wort.

»An der Stelle ist angeblich was vergraben. Nicht weit vom Caledonian Canal entfernt.«

»Nicht weit vom Caledonian Canal?«, wiederholte Hately. Der Kanal war ein beliebter Touristenmagnet in Inverness, am östlichen Ende der Wasserstraße, die sich durch den Great Glen über Loch Ness bis nach Fort William an der Westküste erstreckte. Monica warf einen Blick auf die Karte in Hatelys Händen. Der Kanal war eine schnurgerade blaue Linie, das Marschland rechts davon grün. Ein dunkles Rechteck und ein X befanden sich in diesem grünen Bereich. Darauf hatte Tosh gedeutet: »Haben Sie je vom Witch's Coffin gehört, Monica?«

Während der anfänglichen Verhöre im Jahr 2006 hatte Tosh Monicas Akzent sofort erkannt. Wie sich herausstellte, hatte sie in den Neunzigern selbst eine Weile in Inverness gelebt, deshalb war sie sehr erfreut über diesen Zufall gewesen: »Vielleicht sind wir uns schon einmal begegnet und direkt aneinander vorbeigelaufen! Was, wenn wir sogar benachbart waren?«

Zufällig kannte Monica den sogenannten Witch's Coffin. Etwas mehr als eine Meile von Rapinch und den Straßen, in denen sie aufgewachsen war, entfernt. Ein gemauertes Ziegelfundament, das in seiner Form an einen Sarg erinnerte. Es befand sich in einem Gezeitentümpel und war nur bei Ebbe zu sehen, bedeckt mit Seepocken und schwarzem Seetang. Als Kind hatte Monica oft mit ihrem Fahrrad dort angehalten und wie gebannt zu dem Stein gestarrt.

Tosh hatte noch einmal auf die Karte gedeutet. »Direkt daneben, sehen Sie?« Das X befand sich auf der meerwärts gewandten Seite des Fundaments. »Ungefähr anderthalb Meter davon entfernt.«

»Was ist dort vergraben?«, wollte Crawford wissen.

»Sie behauptet, sie wüsste es nicht.«

»Hat sie die Karte gezeichnet?«, fragte Hately und strich mit der Kuppe seines Zeigefingers über die falsch geschriebenen Worte neben dem länglichen Rechteck: Witch's Cofin.

»Sie sagt, sie ist aufgewacht, und da lag der Zettel in ihrer Zelle. Sie meint, jemand muss ihn unter der Tür durchgeschoben haben.«

Hately rieb sich mit beiden Händen übers Gesicht und seufzte. Wie Monica war ihm klar, dass sie keine Wahl hatten. Wenn eine verurteilte Serienmörderin einem erzählte, dass irgendwo etwas vergraben lag, dann kam man um eine Überprüfung nicht herum. »Wie schnell kriegen wir das hin?«

»Ich habe heute Morgen bereits mit Clive Ridgeway gesprochen«, sagte Monica. Es war ein recht hektisches Telefonat mit dem forensischen Archäologen gewesen, während Lucy ihre Cheerios gegessen hatte. »Er sagt, er könnte noch heute Abend eine Untersuchung unterbringen, sofern die Gezeiten es zulassen.«

5

Ebbe war ziemlich genau um Mitternacht, bei absoluter Finsternis ohne einen Funken Mondlicht. Ein unheilvoller Zeitpunkt, um nach der Beute einer Serienmörderin zu graben, ging es Monica durch den Sinn. Nebel war vom Beauly Firth herangezogen, jener Bucht, die Inverness von der nördlich gelegenen Black Isle trennte. Die nächtliche Kälte drang durch ihren Mantel und kroch unter ihre Bluse. Sie spürte, wie sich die feinen Härchen an ihren Armen aufrichteten, und trat von einem Fuß auf den anderen, um sich warm zu halten. Flüchtig fragte sie sich, warum sie sich nicht etwas Vernünftigeres angezogen hatte. Wenn Lucy bei Kälte rausging, packte Monica sie immer in mehrere Schichten Pullover und eine dicke Jacke. Warum achtete sie nicht mit derselben Sorgfalt auf sich selbst?

»Ich habe gehört, es handelt sich um ein altes Fundament für einen Kran«, hörte sie Crawford in der Dunkelheit neben sich sagen. Sie standen auf einem schmalen Damm, der quer durch das Marschland führte. Der Pfad verband den Fähranleger in Rapinch, nicht weit von Monicas ehemaligem Zuhause, mit Clachnaharry am westlichen Stadtrand von Inverness. Die Marschen waren vor allem bei Hundehaltern und Hobbyornithologen beliebt, aber auch bei Jugendlichen auf der Suche nach einem Flecken, wo sie gemeinsam abhängen, rauchen, trinken und das tun konnten, was Teenies eben tun. Zumindest war der Damm in Monicas Kindheit ein beliebter Treffpunkt gewesen. »Den Witch's Coffin meine ich«, fügte Crawford ergänzend hinzu. »Er stammt noch aus der Zeit, als der Kanal ausgehoben wurde. Er ist also gar kein echter Sarg.«

Unterhalb der Stelle, an der Monica und Crawford standen, starrten Dr. Clive Ridgeway und sein Assistent im Licht ihrer Stirnlampen angestrengt auf den schlammigen Untergrund. Ridgeway trug selbst im Winter ausschließlich kurze Hosen. Einmal hatte er Monica erzählt, er und seine Familie verbrächten die Ferien immer auf den Äußeren Hebriden, um nach Pfostenlöchern aus der Eisenzeit zu suchen. Ridgeway schien das Graben nach Geheimnissen also irgendwie im Blut zu liegen, es war so was wie seine zweite Natur.

Monica konnte den mit dunklem Seetang bedeckten Umriss des Witch's Coffin im schwachen Schein der Taschenlampen nur schwer ausmachen. Ridgeway machte sich nun mit einem Metalldetektor zu schaffen und begann mit einer ersten Bodenuntersuchung. Nach fünfzehn Minuten machte er kehrt und stapfte durch den Matsch zum Ufer zurück. Er legte den Metalldetektor auf der Böschung ab und griff nach etwas. Monica konnte nicht erkennen, was es war. Dann kämpfte er sich zurück zu der Stelle, an der sein Assistent stand, und machte sich wieder an die Arbeit. Nach einer Weile stieß er einen Pfiff aus und murmelte: »*Under the heath and under the trees, here lies the body of Bonnie Dundee.*« Monica erhaschte im Scheinwerferlicht einen Blick auf den Stab, den er in den weichen Untergrund steckte. Jetzt bewegte er ihn vorsichtig hin und her, schob ihn etwas tiefer in den Boden und zog ihn dann langsam wieder heraus. Interessiert inspizierte der Forensiker die Spitze, schnupperte daran. Schließlich wickelte er einen Streifen Klebeband um den Stab, um die Stelle zu markieren, bis zu der er in den Boden eingedrungen war. Dann kam er auf Monica und Crawford zu.

»Wir müssen graben.« Er legte den Stab am Boden ab und zündete sich eine Zigarette an. »Etwa einen Meter dreißig tief. Ich denke, da unten liegt jemand.«

6

September 1994

An dem Tag, an dem sie von zu Hause fortgehen wollte, packte Freya Sutherland mit großer Sorgfalt ihren Koffer. Sie kauerte neben ihrem Bett, wo sie ihn versteckt hatte, und befüllte ihn mit Kleidungsstücken. Ihre Mum oder ihre Schwester Jessica konnten jederzeit ins Zimmer platzen, ohne anzuklopfen. Ihr Dad verirrte sich hingegen nur selten nach oben, außer um zu schlafen. Seit seinem Unfall fiel ihm das Treppensteigen schwer und war zu einer schmerzhaften Tortur geworden. Seine langsamen, mühsamen Schritte durch den unteren Hausflur würde sie ohnehin rechtzeitig bemerken.

Der Unfall. Es war, als wäre seither alles anders. Eine defekte Traktorbremse, ein überladener Anhänger voller Zaunpfähle, ein leichtes Gefälle in der Straße. *Er hatte Glück, dass es nur seine Beine erwischt hat, hatte Glück, dass wir seine Schreie gehört haben, einfach nur verdammtes Glück …* Er humpelte mittlerweile mehr, als dass er ging, stets mithilfe seines Stocks, und blieb oft stundenlang weg, »arbeiten«, wie er behauptete. Dann kam er oft spätnachts heim, nach Bier und Zigarettenrauch stinkend, bis er eines Nachts gar nicht nach Hause gekommen war. Sie hatten auf den

Feldern und in den Wäldern rings ums Farmhaus herum nach ihm gesucht, während ihre Mum nacheinander mit allen seinen Freunden und sämtlichen Krankenhäusern telefonierte. Und wie sie dann am nächsten Morgen nach unten gekommen war und ihn am Küchentisch sitzend vorgefunden hatte, während ihre Mum am Herd stand und Frühstück zubereitete, als wäre nichts gewesen.

Sie faltete das letzte Kleidungsstück, ein weißes T-Shirt mit dem Aufdruck »Choose Life«. Genau das gleiche Shirt hatte George Michael vor Jahren bei seinem Auftritt bei *Top of the Pops* getragen, wo er »Wake me up before you go-go« gesungen hatte. Die anderen hatten es ihr geschenkt, zum Spaß, um sie aufzuziehen, nachdem sie gestanden hatte, als Siebenjährige Mitglied im Wham!-Fanklub gewesen zu sein. Die Erinnerung daran entlockte ihr ein Lächeln; es war ein schönes Gefühl, Freunde zu haben, die einen so auf die Schippe nahmen. Weil es voraussetzte, dass man sich nahestand. Unweigerlich wallten die üblichen Schuldgefühle in ihr auf. Fast, als würde sie dadurch, dass sie sich diesen Menschen so verbunden fühlte, ihre eigene Familie verraten. Sie hatte den anderen gegenüber sogar Andeutungen gemacht, wie schwer es seit dem Unfall ihres Dads zu Hause war. Auch dass sie dieses Familiengeheimnis ausgeplaudert hatte, hatte sich im Nachhinein angefühlt wie Verrat. Aber war es denn wirklich so falsch, dass sie ihre Zeit lieber mit Menschen verbrachte, mit denen sie sich wohlfühlte, auch in Bezug auf sich selbst? Vielleicht würde alles anders werden, wenn sie erst einmal in Berlin wären.

Berlin. Trotz des Gefühlschaos in ihr sorgte allein der Name der Stadt für frische Vorfreude. Sie würden es wirklich tun, ein neues Leben beginnen. Vielleicht konnte sie ja zu einem völlig neuen Menschen werden? Freya schloss den Koffer und schob ihn wieder seitlich hinters Bett. Sie musste sich bremsen, um nicht noch einmal zu überprüfen, ob das Geld noch da war. Es war sicher in ihrer Schmuckschatulle verwahrt, und sie hatte an diesem Vormittag bereits zwei Mal nachgesehen.

Ihre Mum rief von unten nach ihr. Mittagszeit. Trotzdem waren es immer noch fast zwölf Stunden, bis sie sie abholen würden. Ihre Mutter hatte eine Scotch Broth zubereitet, serviert mit frischem Brot. Freya nahm am Küchentisch Platz und löffelte die Suppe in sich hinein, obwohl ihr Magen vor Nervosität rebellierte. Jessica erzählte von einer Schulfreundin; ihr Dad erwähnte ein Projekt, an dem er gerade arbeitete, und bemerkte, wie ungewöhnlich warm es für die Jahreszeit sei. Das alles nahm sie nur am Rande wahr. Genauso wie die alten Steinmauern des Farmhauses, die Bäume entlang der Straße und die düsteren Bergketten, die durch das Fenster in der Ferne auszumachen waren.

»… draußen am Henkersbaum?« Freya registrierte nur noch die letzten Worte ihres Vaters und merkte erst jetzt, dass seine Frage an sie gerichtet war. Sie blickte in die erwartungsvollen Gesichter ihrer Familie auf. Dabei überkam sie das sonderbare Gefühl, als könnten alle drei ihre Gedanken lesen und jeden Moment fragen, warum sie den gesamten Vormittag mit Packen verbracht hatte.

»Entschuldige, was hast du gesagt?«

»Mit den Gedanken woanders, wie immer«, bemerkte ihre Mum, leider nur halb zum Spaß.

Jessica setzte einen sarkastischen Ton auf. »Dad hat gesagt, weißt du, wer ein Saufgelage veranstaltet hat, draußen am Henkersbaum?«

»Am Henkersbaum?«, wiederholte Freya, viel zu erleichtert, um genervt zu sein.

»Ich dachte, ich hätte gestern Abend jemanden gesehen. Heute Morgen bin ich nachschauen gegangen. Jemand hat am Waldrand ein Lagerfeuer gemacht und eine leere Schnapsflasche liegen lassen«, sagte ihr Vater. »Da dachte ich, ob das vielleicht deine Freunde waren?«

»Was hätten die wohl hier draußen zu suchen?«, sagte Freya und merkte, wie sich ein gereizter Unterton in ihre Stimme stahl.

»Er fragt doch nur, Freya«, beschwichtigte sie ihre Mum. »Neuerdings verbringst du ja kaum noch Zeit mit uns.«

»Wir sind wohl nicht mehr cool genug für sie!«, sagte ihr Dad. Er versuchte es auf die scherzhafte Tour.

Jessica sprang sofort auf den Zug auf. Sie wollte einfach nur, dass wieder Normalität einkehrte: »Du bist jedenfalls kein bisschen cool, Dad!«

Nach dem Mittagessen gingen sie hinaus auf die Wiese hinter dem Haus. Ihr Dad wollte ihnen eine Stelle zeigen, wo er ein dichtes Gestrüpp aus Stechginster beseitigt hatte. »Schöner freier Blick, nicht wahr? Jetzt kann man von hier aus bis zum Beinn a'Bhathaich Àrd in Strathfarrar sehen«, sagte er und deutete auf die Bergkette in der Ferne.

Seit dem Unfall ihres Dads lief es bei ihm nach dem immer gleichen Muster: Am Anfang herrschte große Begeisterung über ein neues Projekt auf der Farm, gefolgt von einem Anfall von Arbeitswut. Dann, eines Abends, erschien er nicht zum Abendessen, kam erst spät nach Hause, oder ihre Mutter musste losziehen und ihn einsammeln. »Ihr werdet sehen, das wird toll, wenn es fertig ist.«

Jessica, froh, dass ihr Dad wieder ganz der Alte war, stellte ihm eine Frage, und die beiden gingen in Richtung Wald davon.

»Ich bin vor einigen Tagen in der Stadt Caroline Russells Mutter über den Weg gelaufen«, sagte ihre Mum. Freya nickte, sagte aber nichts dazu. Caroline war in der Schule ihre beste Freundin gewesen und hatte ihre Prüfungen mit Bravour bestanden, während Freya kläglich versagt hatte. Sie war auf die medizinische Hochschule in Glasgow gegangen, wohingegen Freya einen aussichtslosen Job in der Spielhalle in Inverness angenommen hatte. »Sie meinte, es gehe ihr gut auf der Uni, startet gerade in ihr zweites Jahr.«

»Hör zu, Mum …«

»Ich mein ja nur, Freya. Vielleicht könntest du auch aufs College gehen? Vielleicht kannst du deine Prüfungen wiederholen?«

Freya betrachtete die sorgenvolle Miene ihrer Mum, die blauen Augen, das graue Haar. Erst jetzt fiel ihr auf, wie stark sie seit Dads Unfall gealtert war. »Vielleicht bist du eines Tages ja stolz auf mich.«

Ohne die Antwort ihrer Mum abzuwarten, wandte sie sich ab und ging über die Wiese zurück in Richtung Haus. Ihr Dad hatte recht, es war ungewöhnlich warm, sie spürte, wie sich ein Schweißfilm auf ihrem unteren Rücken bildete. Kurz überlegte sie, welche Temperaturen in Berlin im Winter herrschen mochten. Wurde es bitterkalt? Sie hatte nie daran gedacht, sich darüber zu informieren.

Freya sah auf die Uhr. Bald drei. Immer noch eine halbe Ewigkeit bis zum vereinbarten Treffen. Sie hörte das Telefon im Farmhaus schrillen, das Geräusch drang durch die offen stehende Haustür ins Freie. Das Klingeln verstummte und setzte fast unmittelbar danach wieder ein. Offenbar hatte da jemand dringenden Gesprächsbedarf. Freya eilte durch das lange Gras und hoffte, dass es keine grünen Flecken auf den weißen Bereichen ihrer Vans hinterließ. Das

Klingeln brach abrupt ab, als sie noch ein Stück vom Haus entfernt war. Fast, als hätte jemand den Hörer abgehoben. Doch wer sollte da im Haus sein? Es stand kein fremdes Auto davor, und wenn Freunde oder Bekannte vorbeigekommen wären, hätten diese sie draußen gesehen und wären zu ihnen gekommen.

Freya zog das Gartentor auf und glaubte, aus dem Haus eine Stimme zu hören. Gefolgt von einem Laut, als hätte jemand den Hörer wieder eingehängt. Sie trat ein, die Luft im Flur angenehm kühl nach der Hitze draußen. In der Küche war es ruhig, da war nur der Geruch nach Suppe, der ihr entgegenschlug, sowie das eigenartige Gefühl, als hätte eben erst jemand den Raum verlassen. Sie ging im Korridor nachsehen. Dort stand das Telefon auf seinem Tischchen und machte keinen Laut. Warum sollte jemand ins Haus kommen, den Hörer abnehmen und dann wieder verschwinden? Das war doch absurd. Freya schob den Gedanken beiseite. Jemand hatte angerufen und dann ganz schnell wieder aufgelegt, das war alles. Wenn es wirklich um etwas Wichtiges ging, würde derjenige es noch einmal versuchen.

7

Als Monica sich erkundigte, wie lange die Ausgrabungen dauern würden, blies Dr. Ridgeway zunächst eine dicke Rauchwolke in die neblige Nacht. »Optimal wäre, wir errichten eine Absperrung und lassen uns Zeit, damit wir Schicht für Schicht abtragen und nach Hinweisen durchsuchen können. Aber da es sich um ein Gezeitenbecken handelt, stehen wir etwas unter Druck …«

»Und was sollen wir Ihrer Meinung nach tun?«, meldete sich Crawford zu Wort.

»Das Beste ist, wir machen schnell«, antwortete Ridgeway. »Und bewahren die ausgegrabene Erde auf, für den Fall, dass wir sie später analysieren müssen.«

»Wann können wir loslegen?«, fragte Monica.

»Die nächste Ebbe ist gegen Mittag«, gab Ridgeway zurück, der seine Rolle offenbar sehr genoss. »Dann bringen wir es hinter uns.«

Letzten Endes erwies sich Ridgeways Vorhaben jedoch als etwas zu ambitioniert. Bis sie die nötige Ausrüstung und die entsprechenden Hilfskräfte beisammenhatten, hatten sie den niedrigsten Pegelstand bereits um eine Stunde verpasst, als sie schließlich zu graben begannen. Eine weitere Stunde verging, und die Sache mit der Grabung hatte sich herumgesprochen. Von ihrem Standpunkt auf dem Dammweg aus konnte Monica eine Gruppe von Reportern und Schaulustigen ausmachen, die von einer Stelle am Kanal ein Stück hinter der Polizeiabsperrung aus zusahen.

»Gibt nicht viel zu sehen für diese Leute.« Crawford deutete mit einem Nicken grob in ihre Richtung. Der nächtliche Nebel hatte sich auch mit Tagesbeginn nicht verzogen, sodass es am Ausgrabungsort recht düster war. Ridgeways Team hatte rund um die Stelle herum trotzdem mobile Sichtschutzwände aufgestellt, die nach Monicas Erfahrung die Neugier der Schaulustigen nur noch verstärkten.

»Ein typisch menschlicher Wesenszug«, antwortete sie. »Wir müssen immer alles wissen, wollen alles begreifen.«

Crawford dachte einen Moment nach. »Nicht immer. Manche bleiben lieber im Ungewissen und ziehen es vor, ihr Dasein unbehelligt weiterzuleben.«

Monica sah hinunter auf ihren Kollegen, der gut einen Kopf kleiner war als sie. Die feuchte Nebelluft sammelte sich auf seinem roten Haar und in seinen Augenbrauen. Er hatte eine nagelneue grüne Jacke von Patagonia aus seinem Wagen geholt. Nicht die Sorte Outdoor-Kleidung, in der man ihn normalerweise traf; es sah ganz nach einem Geschenk von seiner Freundin Heather aus. Unwillkürlich fragte Monica sich, ob er von den Schaulustigen oder von sich persönlich sprach.

Etwas weiter östlich spannte sich die Kessock Bridge mit ihren hohen Pfeilern über den Beauly Firth, hinter dem Nebel nur schemenhaft auszumachen. Grau, unheilvoll und in gewisser Weise der perfekte Hintergrund für eine solche Ausgrabung.

»Wir sind fast am Ziel«, rief Ridgeway. »Es ist mit Steinen beschwert.«

Monica spürte, wie die Anspannung stieg, während sie von ihrem erhöhten Standpunkt aus die drei um das Loch herumstehenden Archäologen beobachtete. Die Minuten vergingen quälend langsam, während sie Stein für Stein fotografierten und dann nach oben weiterreichten.

»Die Flut kehrt zurück«, murmelte Crawford und blickte besorgt hinaus aufs Meer. »Wir haben zu spät angefangen. Bald steht hier alles unter Wasser.«

Monica stellte fest, dass auch der Wind aufgefrischt hatte und jetzt von Nordwesten heranwehte. Er trieb die rasch ansteigende Flut vor sich her ins Marschland hinein. Als wäre er wild entschlossen, das, was unter Wasser und Schlamm begraben war, auf keinen Fall herzugeben.

Ridgeway beugte sich vor und schien an etwas zu ziehen. Monica schnappte Bruchteile der gedämpften Unterhaltung auf.

»Scheint erstaunlich gut erhalten …«

»Das Gesicht …«

»… füllt sich wieder …«

»… schnell rausholen …«

Weitere qualvolle Minuten verstrichen, bevor Ridgeway plötzlich bis zur Brust in der Grube stand und nach einem Leichensack verlangte. Der Fotograf beugte sich noch einmal über das Loch, um ein paar Aufnahmen zu machen, das Geräusch des Kamerablitzes gedämpft durch den sich allmählich lichtenden Nebel. Schließlich verfolgte Monica gebannt mit, wie der Leichnam, eingewickelt in etwas, das nach schwarzer Plastikplane aussah, vorsichtig aus dem Loch gehoben wurde. Die beiden Assistenten, die sich mit dem Sack durch den sumpfigen Untergrund gekämpft hatten, hielten ihn für den Leichnam auf. Als der Reißverschluss sorgfältig zugezogen wurde, erhaschte Monica einen flüchtigen Blick auf das Gesicht. Ridgeway hatte die Plastikplane ein Stück weggezogen. Lange Haarsträhnen klebten am Schädel, die Haut fleckig vom Schlamm, aber der ersten Einschätzung nach tatsächlich gut erhalten, wie eine mittelalterliche Reliquie. Der Wind wurde stärker und fegte pfeifend über das Marschland. In Monicas Vorstellung schien er von Zorn getrieben. Gleichzeitig wirbelten ihr allerlei Fragen durch den Kopf. Wen hatten sie da ausgegraben? Und vor allem: Wie kam es, dass Pauline Tosh sie so bereitwillig an diesen Ort geführt hatte?

8

Die Kälte, die aus dem Grab in der Marsch aufgestiegen war, schien immer noch an Monica zu haften, als sie gegenüber Lucys Schule am Straßenrand hielt. Der Leichnam, definitiv der einer Frau, war bereits ins gerichtsmedizinische Labor gebracht worden.

Ridgeway schätzte, dass die Tote mindestens zehn Jahre lang vergraben war. Monica hatte Crawford deshalb gebeten, sich die Vermisstenfälle von 2008 und den Jahren davor anzusehen.

»Ich möchte Pauline Toshs Namen so lange wie möglich aus der Presse raushalten«, hatte Monica Crawford noch am Grabungsort zugeraunt. »Sobald die Wind von der Verbindung zu einer Serienmörderin kriegen, stürzen die sich wie die Geier darauf.« Nur sie, Crawford und Hately wussten derzeit, dass der Hinweis auf den Fundort der Leiche von Tosh kam. »Könntest du DC Khan bitten, eine Pressemeldung zu verfassen? Weihe sie in die Sache mit Tosh ein, aber sag ihr, sie soll nur schreiben, dass wir einen Hinweis bekommen haben.«

DC Maria Khan war der jüngste Detective im Team. Sie hatte Medienerfahrung und war nach einem nicht näher definierten Fiasko in ihrem Privatleben zur Polizei gegangen. Monica vertraute ihr und war bei vorangegangenen Ermittlungen von ihrem souveränen Umgang mit der Presse beeindruckt gewesen.

Jetzt stieg sie aus ihrem Volvo und überquerte die Straße zum Schulgebäude. Am Zaun standen die wartenden Mütter bereits Schlange. Bei deren Anblick fiel ihr auf, dass Lydia, Munyasas Mum, ihren gestrigen Anruf nicht erwidert hatte. Das sah Lydia überhaupt nicht ähnlich, sie hing doch sonst ständig am Telefon. Monica reckte den Kopf. Vielleicht wartete sie ebenfalls in der Schlange. Tatsächlich entdeckte sie Lydia, ins Gespräch mit einer anderen Mutter vertieft. Sie versuchte, ihren Blick einzufangen. Dabei landete ihr Blick auf einer Frau mit rötlich blonden Haaren und in einer Wachsjacke, die etwas abseits neben einem mit Schlamm bespritzten Toyota Land Cruiser stand. Sie schien Monica eindringlich anzustarren.

Im nächsten Moment ertönte der Schulgong. Monica drehte sich um und sah eine Horde Kinder nach draußen auf den Spielplatz strömen. Wenig später entdeckte sie Lucy. Sie trottete völlig allein hinter dem Pulk her, mit gesenktem Kopf, den kleinen Rucksack über der Schulter. Wieder einmal überkamen Monica heftige Schuldgefühle, dass sie sich aufs Neue von den Sorgen um ihre Tochter hatte ablenken lassen. Sie beugte sich zu Lucy hinunter, griff nach ihrer Hand und ging mit ihr zurück zum Volvo. Als sie wieder aufsah, begann die Straße sich bereits zu leeren, und auch die Frau mit dem Land Cruiser war verschwunden.

Monica entriegelte den Wagen per Knopfdruck, zog die hintere Tür auf und schnallte Lucy in ihrem Kindersitz fest. Sie verspürte das übliche Unbehagen, das sie jedes Mal unmittelbar nach Aufsuchen eines Tatorts überfiel. Als hätte das Grauen, das sie gesehen hatte, seine Spuren hinterlassen, und jetzt lief sie Gefahr, dass sie es auf die Menschen, die sie liebte, übertrug. Sie verdrängte diesen irrationalen Gedanken und setzte sich hinters Steuer. Während sie den Motor anließ, drehte sie sich noch einmal zu Lucy um.

»Wie war dein Tag, meine Süße?«

»Ganz okay.« Lucy hatte wieder ihr Buch auf dem Schoß liegen, die illustrierte Ausgabe von *Eine lausige Hexe,* und starrte auf die aufgeschlagene Seite. Ob sie in der Schule vielleicht jemand ärgerte? Oder ob sie gemobbt wurde? Monica dachte zurück an ihre eigene Schulzeit und den Einfallsreichtum der Jungs aus ihrer Klasse, die sich alle möglichen Spitznamen für sie ausgedacht hatten: *Monster Monica, Monica, das Mannstrum*. Sie verstellte den Rückspiegel ein wenig, damit sie Lucys Gesicht sehen konnte.

»Möchtest du etwas essen? Wir könnten ins Kino gehen.«

Dieser Vorschlag schien Lucy etwas aufzumuntern. »Können wir uns *Hotel Transsilvanien* ansehen?«

Sie fuhren zu Burger King im Gewerbepark direkt an der Nairn Road. Monica gab sich alle Mühe, Lucy während des Essens ihre ungeteilte Aufmerksamkeit zu widmen. Und verdrängte das Bild der Toten, das sich immer wieder in ihr Bewusstsein schob. Sie versuchte, nicht über Pauline Tosh nachzugrübeln. Dafür wäre später noch Zeit. Stattdessen sprach sie noch einmal behutsam auf ihre Tochter ein. Irgendetwas hatte das Kind auf dem Herzen: »Du weißt, du kannst mir alles sagen. Ganz egal, ob es mit der Schule zu tun hat oder mit etwas anderem.«

»Glaubst du, du könntest zaubern?«, gab Lucy zurück. »Ich glaube, ich könnte es.«

Lucy tendierte dazu, dass ihre Fantasie mit ihr durchging. Und in letzter Zeit ließ sie sich gern von ihrem Lieblingsbuch über diese Hexe inspirieren. War das ihre Art, sich ihren Problemen zu entziehen? Monica erinnerte sich, dass sie sich über große Teile ihrer Kindheit in die Welt der Fünf Freunde und der Schwarzen Sieben hineingeträumt hatte. »Ich wüsste nicht wie«, gab Monica schließlich zu. Sie beschloss, es später am Abend noch einmal zu versuchen.

Nach dem Essen überquerten sie den Parkplatz zum Kino, in dem tatsächlich *Hotel Transsilvanien 3: Ein Monster Urlaub* lief. Monica schaffte es sogar, ihr Handy den kompletten Film über ausgeschaltet zu lassen, und verkniff es sich, es zwischendurch auf neue Nachrichten zu überprüfen. Als sie es hinterher auf dem Parkplatz wieder einschaltete, waren zwei neue Sprachnachrichten eingegangen. Eine von DC Khan, die ihr mitteilte, dass sie eine erste Stellungnahme für die Presse herausgegeben habe. Und eine von Miss Jennings, mit der Bitte, in ihre Sprechstunde zu kommen. Sie müsse mit ihr über Lucy reden.

Nachdem Monica ihre Tochter an diesem Abend zu Bett gebracht hatte, versuchte sie es noch einmal bei Lydia. Diesmal war das Handy ihrer Freundin ausgeschaltet, weshalb sie überlegte, ob es vielleicht ein technisches Problem war. Oder sie hatte ihr Telefon verloren. Das wären zumindest mögliche Erklärungen, warum sie sich nicht zurückmeldete. Monica tippte eine rasche E-Mail: *Hi Lydia, ich mache mir Sorgen wegen Lucy. Wollte nur fragen, ob du irgendwas gehört hast. Ich habe versucht, dich anzurufen, bin aber nicht durchgekommen. Danke, Monica X.*

Sie schickte die Nachricht an die Mailadresse, die sich Lydia mit ihrem Ehemann teilte, und versuchte, ihre Besorgnis vorerst zu vergessen. Nachdenklich sah sie sich im Wohnzimmer um, betrachtete das riesige Ecksofa, die Anglepoise-Leuchte, den Wohnzimmertisch. Es waren Momente wie dieser, in denen sie es sehr geschätzt hätte, jemanden zu haben. Einen Menschen, mit dem sie lachen oder sich über gemeinsame Interessen unterhalten konnte. In ihrem früheren Leben in London war Monica sehr gerne auf Konzerte, ins Museum und in Kunstgalerien gegangen und hatte sich über Literatur ausgetauscht. Das alles schien nun Welten entfernt.

Du solltest endlich dein Profil bei der Online-Datingplattform ausfüllen, meldete sich eine innere Stimme. *Wie sonst willst du jemanden kennenlernen?* Sie holte ihren Laptop aus der Tasche, die an der Tür hing, und stellte es auf den Wohnzimmertisch, entschlossen, sich anzumelden.

Stattdessen zog sie ein altes externes Laufwerk heraus und schloss es an den Laptop an. Dann suchte sie nach dem Ordner mit dem Titel »Inaktiv« und fand die Datei »Pauline Tosh«. Diese verschob sie auf ihren Desktop.

Die nächste Stunde verbrachte Monica damit, sich mit den Details zu den vier Frauen vertraut zu machen, die Tosh angeblich ermordet hatte. Ihr erstes Opfer war eine gewisse Jean Porter, die 1992 in Glasgow als vermisst gemeldet wurde. Anschließend folgte eine längere Pause bis zu ihren letzten drei bekannten Opfern, die in den Jahren 2004, 2005 und 2006 aufgefunden worden waren. Monica hatte diese Lücke immer als ungewöhnlich lang empfunden. Im Frühjahr 1993 war Tosh von Glasgow in den Norden nach Inverness gezogen, wo sie in einem Hotel als Küchenhilfe anheuerte. Ihr genauer Aufenthaltsort in den darauffolgenden zehn Jahren war ungewiss. Man nahm an, dass sie in einem Campingbus gewohnt und sich mit Gelegenheitsjobs über Wasser gehalten hatte. Im Jahr 2005 war sie schließlich in Stirlingshire wieder aufgetaucht, um sich um ihre alte Mutter zu kümmern und eine Anstellung als Haushaltshilfe anzutreten.

Monica klappte den Laptop zu und legte eine Schallplatte aus der Sammlung ihres Dads auf, John Prine diesmal. Sie gehörte mittlerweile zu ihren Lieblingsscheiben. Eigentlich wollte sie die Nadel direkt auf den Song »Angel from Montgomery« setzen, landete aber versehentlich bei »Far from Me«. Sie lehnte sich in die Polster zurück und ließ den Song einfach laufen. Wenn sich wirklich herausstellte, dass der Leichnam dieser Frau schon seit mehr als zehn Jahren dort draußen in den Marschen lag, wie Ridgeway ihr mit einiger Überzeugung versichert hatte, dann machte dieser Umstand Tosh zu ihrer Hauptverdächtigen … Dass Monica die Ermittlungen leitete, ergab also durchaus Sinn – niemand kannte die Details im Fall Pauline Tosh besser als sie.

Die Autopsie war für den morgigen Nachmittag angesetzt. Mit etwas Glück fänden sich DNA-Spuren, die Tosh eindeutig als Mörderin überführten. Das würde ihnen allen das Leben erleichtern. Als Monica die Augen schloss und langsam wegdöste, tauchte vor ihrem geistigen Auge wieder dieses Bild auf: von diesem fleckigen Körper, der aus seinem Grab im Schlick geborgen wurde. In ihrer Vorstellung, die halb Traum, halb Realität war, hatte die Leiche plötzlich das Gesicht von Pauline Tosh. Die Mörderin grinste breit und ließ dabei ihre kleinen Zähne aufblitzen, genau wie sie es bei ihrem Gespräch im Carselang getan hatte. Monica begriff auf Anhieb, was ihr Unterbewusstsein ihr damit sagen wollte. Sie hatte Pauline noch nie so aufgeregt erlebt.

9

Toshs grinsende, hinterlistige Visage ließ Monica die ganze Nacht über bis in den grauen Herbstmorgen hinein nicht mehr los. Auf der Fahrt zur Schule, wo sie Lucy absetzte, und weiter zum Präsidium im Raigmore-Viertel. Crawford kam kurz nach ihr ins Gemeinschaftsbüro des Ermittlerteams, einen Träger voll Kaffeebecher in der Hand. Er verteilte sie an Monica, DC Maria Khan und DC Ben Fisher.

»Es geht nichts über einen Kaffee, wenn man ihn am wenigsten erwartet, stimmt's?«, sagte Crawford. Er schien zu seinem alten Enthusiasmus zurückgefunden zu haben. Kurz überlegte sie, was ihm wohl im Magen gelegen hatte, als sie sich am Sonntag nach ihrem Besuch im Carselang begegnet waren. Hoffentlich nichts Schlimmes; sie konnte gut darauf verzichten, dass ihr engster Partner auch noch etwas zu verheimlichen hatte, wo Lucy sich schon so seltsam benahm. Das erinnerte sie an die Nachricht von Lucys Lehrerin, und sie machte sich eine geistige Notiz, noch am Vormittag in der Schule anzurufen und einen Termin mit Miss Jennings zu vereinbaren. »Kolumbianische Röstung«, fügte Crawford hinzu. »Angeblich etwas süßlicher. Was denkst du?«

Monica nippte an dem brühwarmen Getränk, das nicht wesentlich anders schmeckte als andere Kaffees. Doch sie wollte seiner Begeisterung keinen Dämpfer verpassen. »Ja, du hast recht. Er schmeckt süßer.«

»Haben Sie das gesehen?«, meldete sich DC Fisher zu Wort. Er war der jüngste Detective im Team, wie immer im schicken Anzug und mit Brille, die braunen Haare zum Seitenscheitel frisiert. Er war ehrgeizig und zielstrebig, Eigenheiten, die irritierend sein konnten, Monica aber gerade recht kamen, weil er gleichzeitig ein sehr gründlicher und zuverlässiger Detective war und jede ihm zugeteilte Aufgabe mit Freude und in immer gleicher exzellenter Qualität erledigte, selbst die kleinteiligen und langweiligen Verwaltungsaufgaben, die das Rückgrat jeder erfolgreichen Ermittlung bildeten. Während eines Falles im vergangenen Frühjahr, der ihnen allen sehr viel abverlangt hatte, hatten sich Monica und Fisher über ihre ganz persönlichen Sorgen ausgetauscht, waren allerdings trotzdem nie über einen extrem förmlichen Umgang hinausgekommen.

»Was denn?« Sie beugte sich zu ihrem Kollegen hinunter und erwartete etwas, das mit der ausgegrabenen Leiche zu tun hatte; stattdessen landete ihr Blick auf einem Foto von einem brennenden Haus.

»Eine Kirche unweit von Eskalade, nach Westen raus, nicht weit von Beauly. Sie hat heute in den frühen Morgenstunden gebrannt. Ein Mr. Miles befand sich im Gebäude, der Vorsteher der Kirchengemeinde. Er liegt derzeit auf der Intensivstation.«

»War es Brandstiftung?«

»Die Feuerpolizei ist an dem Fall dran und untersucht derzeit das Gebäude«, gab Fisher zurück.

»Ich bin heute Morgen zufällig einem der Beamten begegnet, die als Erstes an der Brandstelle waren«, meldete sich Crawford zu Wort. Ihr Partner hatte das seltene Talent, in jeder Situation an Informationen ranzukommen, meist ohne größeres Zutun. In diesem Punkt war sie in ihrer mehr als zwanzigjährigen Laufbahn bei der Polizei keinem begegnet, der besser gewesen wäre als er. »Jim MacLeod, ich kenne ihn aus dem Fitnessstudio. Er meinte, der Kirchenvorsteher, Mr. Miles, habe etwas gesagt, als sie ihn aus der Kirche raustrugen.«

»Was denn?«

Crawford nahm einen Schluck von seinem Kaffee und genoss es sichtlich, seine Zuhörer auf die Folter zu spannen. »Er meinte wohl, er habe etwas gesehen. Eine Kreatur, die aus dem Erdboden kroch.«

»Aus dem Erdboden?«

»So hat er es formuliert. Kurz danach hat er das Bewusstsein verloren.«

Vielleicht hatte der bedauernswerte Mr. Miles eine Art Delirium erlebt, überlegte Monica. Die Vorstellung war verstörend, aber der Kirchenmann würde sich hoffentlich schnell wieder erholen und das Feuer sich als simpler Unfall entpuppen.

Die Leichenhalle befand sich im Untergeschoss des Raigmore-Krankenhauses, nur wenige Gehminuten vom Präsidium entfernt, weshalb Monica und Crawford beschlossen zu laufen. Der eisige Nordwestwind hatte immer noch nicht nachgelassen und jagte die Wolken vom Atlantik vor sich her zum Festland. Wie ein Topfdeckel hatten sie sich über die Stadt gelegt. Die ohnehin grauen Straßen und Gebäude wirkten darunter umso deprimierender. Es war noch früh am Vormittag, und trotzdem hatte man das Gefühl, der Tag wäre schon zur Hälfte vorbei. Oder als hätte er nie richtig begonnen.

Sie saßen draußen auf dem Korridor und warteten auf Dr. Dolohov, den zuständigen Pathologen. Monica registrierte die chemischen Klinikgerüche, das flackernde Licht der Neonröhren über ihnen. Im nächsten Moment wurde ihr bewusst, dass sie auf der kompletten Strecke hierher kein Wort gewechselt hatten, ein Schweigen, das sie allerdings keineswegs als unangenehm empfunden hatte. Insgeheim war sie sogar froh darüber, ließ dieser Umstand doch auf eine vertrauensvolle Nähe schließen, die nicht nur ihren Reiz, sondern auch eine gewisse Gefahr barg.

»Hattest du jemals Ärger in der Schule?«

Crawford sah zu ihr auf. »Mein Großvater war sehr streng, deshalb war ich in der Regel folgsam oder habe zumindest so getan, als wäre ich es.« Monica wusste, dass ihr Partner bei einer alleinerziehenden Teeniemutter und streng gläubigen katholischen Großeltern aufgewachsen war. »Außerhalb der Schule sah es natürlich anders aus«, fügte er hinzu. »Man musste sehen, wo man blieb, wenn man Spaß haben wollte, als Jugendlicher draußen in der Provinz.« Ein attraktives Lächeln huschte über sein Gesicht, während er an seine wilde Jugend zurückdachte, und Monica überkam das eigenartige Gefühl, am liebsten den ganzen Nachmittag lang mit Crawford hier sitzen zu bleiben und Geschichten auszutauschen, statt durch diese Tür in die Leichenhalle zu gehen. »Warum fragst du?«

»Nur wegen Lucy. Ich weiß auch nicht. Ich befürchte, sie hat Schwierigkeiten, sich in der Schule einzugewöhnen. Ihre Lehrerin hat mich zu einem Gespräch gebeten.«

»Denkst du, sie wird gemobbt?« Crawford richtete sich auf. Die Vorstellung schien ihn ernsthaft zu beunruhigen.

»Ich hab mich das tatsächlich gefragt. Aber sie verschließt sich komplett.«

»Kindern wird schnell alles zu viel«, sagte Crawford. »Sie können ...«

Im selben Moment begann Monicas Handy zu klingeln. Es war die Schule, die sich auf ihren Anruf hin zurückmeldete. Sie vereinbarte einen Termin mit dem Sekretariat und beendete das Gespräch, gerade als die Tür neben ihnen aufschwang. Dr. Dolohov trat auf den Flur und bat sie mit einer Geste nach drinnen.

Normalerweise wirkte der Pathologe bleich und teigig von den vielen Berufsjahren, die er in unterirdischen Leichenhallen verbracht hatte. Heute aber hatte sein Gesicht eine gesunde Bräune, und das bereits grau werdende Haar und der Bart waren frisch geschnitten. Gut durchtrainiert stand er vor ihnen, mit ernster Miene und Krähenfüßen in den Augenwinkeln, die Hände auf die Hüften gestemmt. Die Leiche lag von einem Laken verdeckt auf dem Seziertisch.

»Detective Inspector. Detective Constable.« Er sprach mit deutlichem Akzent, halb russisch, halb südeuropäisch.

»Sie sehen gut aus.« Monica ertappte sich dabei, wie ihr Blick zu seinen Händen wanderte; sie waren groß und ebenfalls gebräunt. Offenbar war ihr bislang entgangen, was für ein attraktiver Mann er war. Im nächsten Moment wurde sie von Scham erfasst. *Lieber Himmel, höchste Zeit, dass du dir ein Datingprofil zulegst,* schoss es ihr durch den Kopf. Dolohov war ein Exzentriker mit einem Humor, der bisweilen ans Makabre grenzte.

»Das höre ich neuerdings öfter. Das ist das Schöne an Schottland, hier bekommt man gesagt, wenn man gut aussieht; in Russland kriegt man nur zu hören, dass man schlecht aussieht. Ich hatte Urlaub. War mit Mutter auf Pilgerfahrt zu den Solowetzki-Inseln im Weißen Meer. Wir haben anscheinend die sonnigste Woche des Jahres erwischt. Haben eingelegten Fisch gegessen und Belugawale gesehen. Mutter hat sich beschwert. Ich bin in Seen geschwommen und habe Wodka getrunken.«

»Die Farbe steht Ihnen.« Monica merkte, dass ihr die Vorstellung, in Seen zu schwimmen und Wodka zu trinken, gefiel. Erst als sie Crawfords amüsierten Blick auf sich spürte, wurde ihr bewusst, dass sie mit Dolohov flirtete, weshalb sie hastig hinzufügte: »Alles besser, als hier unten festzusitzen. Sind Sie mit der ersten Untersuchung fertig?«

Dolohov streckte den Rücken durch und räusperte sich. »Oh ja! Gemma Gunn war die ganze Nacht da. Sie hat ganze Arbeit geleistet. Wir kümmern uns gut um unsere Mordopfer hier in den Highlands!«

Gemma Gunn war die Chefin des forensischen Labors in Inverness. Monica wusste, dass die Frau gründlich war, sie erledigte ihre Arbeit beinahe mit manischer Besessenheit. Früher arbeitete sie fürs FBI, bevor sie sich in den Highlands niederließ, wo sie neben der Leitung des Labors auch ihrer Begeisterung fürs Bergsteigen und anderen Outdoor-Aktivitäten nachgehen konnte.

»Irgendetwas Auffälliges?« Gunn würde ihren Bericht auch an sie weiterleiten, doch es konnte nicht schaden, wenn Dolohov ihr schon vor Beendigung der endgültigen Autopsie einen kurzen Überblick verschaffte.

»Sie wissen, dass die Leiche angesichts des Fundorts im Marschland erstaunlich gut erhalten ist? Das haben wir der Plastikfolie zu verdanken, in die sie gewickelt war. Gunn geht davon aus, dass sie grob zwanzig Jahre lang dort unten vergraben lag. In erster Linie macht sie diese Einschätzung an ihrer Kleidung fest. Es wird noch ein paar Tage dauern, um exakt zu bestimmen, wann die Textilien hergestellt und verkauft wurden.« Dolohov nahm ein bedrucktes Blatt Papier zur Hand. »Sie war vollständig bekleidet, in Jeans von Levi's, ein dunkles Unterhemd von Topshop, zwei Cardigans ohne Label. Nichts in den Taschen, kein Portemonnaie oder irgendein anderer Hinweis auf ihre Identität. Keine sichtbaren Anzeichen dafür, dass sie sich gewehrt hätte, oder andere Spuren eines Angriffs. Eine Füllung im hinteren oberen Backenzahn auf der rechten Seite. Sieht nach einer billigen Kassenarbeit mit Amalgam aus.«

Monica quittierte diese hilfreichen Informationen mit einem Nicken. Angesichts der deutlichen Verbesserungen in Sachen Mundhygiene in neuerer Zeit war es nicht ungewöhnlich, dass jüngere Opfer keinerlei Füllungen oder Ähnliches aufwiesen, was es der Polizei allerdings erschwerte, unverwechselbare Merkmale wie Zahnfüllungen zur Identifizierung von Opfern zu nutzen.

»Man hat Fasern aus den Nasenhöhlen und unter den Fingernägeln gesichert. Blau, vermutlich von einem Teppich aus Acryl. Möglicherweise war sie vor ihrem Tod darin eingewickelt und hat versucht, sich zu befreien.« Monica unterdrückte ein Schaudern bei der Vorstellung, in einen Teppich gewickelt, um Luft zu ringen. Es war gewissen Orten, an denen sie sich in ihren Albträumen wiederfand, nicht unähnlich.

Dolohov legte das bedruckte Blatt wieder beiseite und wandte sich dem Seziertisch zu. Dann zog er sich das mehr oder weniger überflüssige Haarnetz über den Kopf und platzierte seine OP-Maske über Nase und Mund. Er gab seinem Assistenten, der etwas in einen Computer tippte, ein Zeichen, dann wandte er sich den chirurgischen Instrumenten zu, die neben dem Seziertisch auf einem Tablett bereitlagen. Er wählte ein langes, schmales Messer, zog das Laken von der Leiche herunter und begann zu schneiden.

Dolohov nähte den Leichnam, so gut es ging, wieder zu. Die Autopsie war zum Glück nicht so übel gewesen, wie Monica befürchtet hatte. Das Opfer war zwar jung gewesen, was die Sache grundsätzlich verschlimmerte, aber sie hatte lange Zeit im Boden gelegen und war dadurch gut konserviert. Mehr Leichnam als Skelett und trotzdem nicht mehr richtig menschlich. Wenn man die Augen leicht zukniff, konnte man sich sogar vorstellen, Dolohov arbeite an einem eigenartigen anatomischen Modell, vielleicht sogar an einer antiken Mumie.

Der Pathologe zog die Maske herunter und wischte sich mit einem Handtuch den Schweiß von der Stirn. »Alter schätzungsweise zwanzig, ungefähr eins zweiundsechzig groß, von mittlerer Statur, bei einem Gewicht um die neunundfünfzig, sechzig Kilo. Todesursache Ersticken durch manuelle Strangulation, Risse am Knorpelgewebe des Kehlkopfs.«

»Der Mörder hat sie also mit bloßer Hand erwürgt?«

»Höchstwahrscheinlich. Hat jedenfalls fest genug zugedrückt, dass der Knorpel in ihrem Kehlkopf brechen konnte. Sie hat Abschürfungen an der Stirn, knapp unterhalb des Haaransatzes, das könnte interessant sein.«

Monica dachte einen Augenblick nach. »Hat man sie von hinten in den Boden gedrückt? Und dabei hat sie sich den Kopf angeschlagen?«

»Das würde die Fasern in ihrer Nase und unter den Fingernägeln erklären«, meldete Crawford sich zu Wort. Er war immerhin im Raum geblieben, eine deutliche Verbesserung zur letzten Autopsie, bei der sie zugesehen hatten. Damals war er mittendrin rausgelaufen. »Wenn sie mit dem Gesicht nach unten gedrückt wurde, hat sie sie vielleicht eingeatmet und sich mit den Fingern festgekrallt, beim Versuch, sich umzudrehen.«

Das war eine mögliche Erklärung. »Es würde auch zu Toshs üblicher Vorgehensweise passen«, murmelte Monica. »Wir wissen sicher mehr, sobald die Ergebnisse zu den Teppichfasern aus dem Labor zurückkommen.« Gunn hatte sie bestimmt längst zur Analyse eingeschickt. Man würde sie mit einer Fahrzeugdatenbank abgleichen. Wenn die Fasern zu dem Volkswagen-Camper passten, den Pauline Tosh besessen hatte, würden sich die Beweise gegen sie verdichten. Monica atmete die chemisch riechende Luft im Raum tief ein und warf einen letzten Blick auf den Leichnam, der jetzt wieder unter dem Laken verborgen war. Die Zahnfüllung sollte es ihnen ermöglichen, das Opfer anhand der Datenbank vermisster Personen zu identifizieren. Und wenn sie eine Verbindung zu Pauline Tosh herstellen konnten, wäre der Fall wohl schon bald in trockenen Tüchern. Dann konnte sie ihre Aufmerksamkeit endlich Lucy und dem widmen, was ihrer Tochter auf dem Herzen lag.

10

Sie eilten aus dem Leichenhaus die Treppe hinauf, zurück in dasselbe herbstlich trübe Licht wie zuvor, und trotzdem fühlte Monica sich wie verwandelt. Die Luft war frischer, der Tag klarer. Dieselbe Feststellung hatte sie nach früheren Autopsien gemacht und war zu dem Schluss gelangt, dass es sich um eine Art hormoneller Reaktion auf die Nähe zum Tod handeln musste. Ein animalischer Teil ihres Gehirns freute sich offenbar darüber, dass sie der Höhle des Ungeheuers entkommen war und einen weiteren Tag ums nackte Überleben kämpfen durfte. Sie hatte etwas darüber gelesen, in einem Buch von Walter Burkert mit dem Titel *Creation of the Sacred*. Er schien zu einer ganz ähnlichen Erkenntnis gelangt zu sein wie sie und stellte in dem Buch die These auf, dass in prähistorischer Zeit die Grundlage für unser Bedürfnis nach Religion und Opferritualen dadurch gelegt worden sei, dass man ständigen Bedrohungen ausgesetzt war. Es würde auch erklären, weshalb Serienmörder, die Ungeheuer der Jetztzeit, eine derartige Faszination auf den modernen Menschen ausübten.

Crawford unterbrach ihre Gedanken: »Ich bin immer fürchterlich deprimiert, wenn ich da rauskomme, besonders bei so jungen Leuten. Warum um alles in der Welt bringen Menschen andere so sinnlos um?«

Anscheinend teilte er ihr Gefühl, wie wiedergeboren zu sein, nicht. Monicas Handy vibrierte in ihrer Manteltasche. Es war DC Khan. »Ich hatte gerade jemanden von der Presse am Apparat, Boss.« Die Beamtin sprach schnell, sodass ihr Lowland-Akzent etwas stärker zum Tragen kam. »Die Journalistin hat mich nach Pauline Tosh gefragt. Weil sie denkt, bei der Toten aus dem Marschland könnte es sich um eines ihrer Opfer handeln. Sofern man davon ausgeht, dass es sich um eine Frau handelt. Kann es sein, dass da irgendwas nach außen gedrungen ist?«

Monica fluchte kaum hörbar vor sich hin. Wenn das der Fall war, würde das Internet explodieren. Auf den lokalen Facebook-Seiten der Nachbarschaftswache wurde vermutlich ohnehin längst spekuliert. Manchmal fühlte sich diese Stadt an wie ein Dorf. Sie glaubte nicht, dass jemand aus ihrem engsten Arbeitsumfeld Informationen an die Presse weitergegeben hatte. Dann schon eher Tyler Mitchell, dieser geschwätzige Gefängniswärter aus dem Carselang. Oder einer von den anderen Justizbeamten, der eins und eins zusammengezählt hatte, als die Nachricht vom Fund einer weiblichen Leiche durchsickerte. Diesen Schluss zu ziehen war nicht allzu schwer und bot außerdem eine gute Möglichkeit, sich auf die Schnelle ein paar Kröten dazuzuverdienen.

Monica ließ Crawford bei Khan und Fisher in der Einsatzzentrale zurück, mit der Anweisung, sich näher mit Pauline Toshs Verbleib Mitte der Neunziger zu befassen, als sie angeblich in Inverness wohnte, und die Liste vermisster Personen auf diejenigen einzugrenzen, die vor dem Jahr 2000 registriert worden waren.

Jetzt bog sie in die Straße ab, die zu Lucys Schule führte.

Der Termin mit Miss Jennings war erst für den morgigen Nachmittag anberaumt, aber sie war extra früh hergekommen, weil sie noch einmal versuchen wollte, mit Lydia zu reden. Sie parkte den Wagen und ging zu Fuß weiter Richtung Schultor, vor dem sich bereits wieder eine Schlange aus wartenden Eltern gebildet hatte.

»Verzeihung. Sind Sie nicht Detective Monica Kennedy?« Überrascht drehte Monica sich nach der Stimme um und stellte fest, dass es die Frau vom Vortag war. Diejenige, die in einer gewachsten Jacke neben ihrem Land Cruiser gestanden und sie eindringlich beobachtet hatte. Nach dem Telefonat mit Khan nahm Monica instinktiv an, dass es sich um besagte Journalistin handelte. Bei näherem Hinsehen war sie recht hübsch. Sie hatte das rötliche Haar zum Pferdeschwanz zurückgebunden, ein scheues Lächeln auf den Lippen, das sie verletzlich wirken ließ. Sonderbarerweise wollte Monica sie am liebsten in den Arm nehmen. »Sie sind hier so was wie eine Berühmtheit«, fuhr die Frau fort. »Es muss aufregend sein … so ein Leben, wo man jeden Tag interessante Dinge erlebt?« Es war eine Frage, die man auch als übergriffig hätte empfinden können, doch die Frau machte einfach nur einen arglos interessierten Eindruck, wirkte nicht wie eine lauernde Pressevertreterin. Schätzungsweise um die vierzig, attraktiv, aber mit einer leicht kummervollen Ausstrahlung.

»Entschuldigung.« Monica erwiderte das Lächeln. »Wie, sagten Sie, lautet Ihr Name?«

»Ich bin Harriets Mum, Sie sind die Mutter von Lucy, stimmt's? Harriet ist in der Jahrgangsstufe über Ihrer Tochter. Ich glaube, die beiden kennen sich.«

Nach dem Fall vom vergangenen Jahr schien es fast, als wüsste jeder in Inverness über Lucy Bescheid. Doch bevor Monica antworten konnte, ertönte der Schulgong. Sie drehte sich um und sah die Kinder aus dem Schulhaus stürmen. Wie gestern bummelte Lucy ganz allein hinter ihren Mitschülern her. Den Kopf gesenkt, die Schultern nach vorne gerollt. Sie wirkte bedrückt, als sie durch das Tor auf Monica zukam.

»Sag hallo zu Lucy, Harriet«, hörte Monica die Frau neben sich sagen. Jetzt fiel ihr wieder ein, dass sie eigentlich mit Lydia hatte reden wollen. Jetzt sah sie sie am Ende der Straße in einen Wagen einsteigen. Seufzend drehte sie sich wieder um. Ein Mädchen mit blonden Haaren – Harriet, wie sie annahm – stand nun neben der Rothaarigen. Artig sagte das Kind: »Hi Lucy, wie geht's?«

Lucy runzelte die Stirn und zwang sich zu einer Antwort. »Mir geht es gut, danke.«

Monica griff die Hand ihrer Tochter und lächelte der Frau zum Abschied zu, bevor sie sich zum Gehen wandte.

»Ich wollte Sie noch etwas fragen. Es ist …«, platzte die Frau heraus. »Ich wollte …«

Monica drehte sich noch einmal zu ihr um, als sie den betretenen Unterton in ihrer Stimme bemerkte. »Ist alles in Ordnung?«

»Es geht um meine Schwester.« Endlich war es heraus. »Ich befürchte … Ich habe im Internet gelesen, dass man eine Frau ausgegraben hat … Ich glaube, das könnte sie sein.«

Monica räusperte sich. Soweit sie wusste, waren noch keine Informationen darüber, wie lange die Leiche vergraben gewesen war, an die Öffentlichkeit gelangt. Die Chancen standen also gut, dass die Schwester dieser Frau erst seit Kurzem vermisst wurde. Wahrscheinlich hatte sie in ihrer Panik falsche Schlüsse gezogen. »Wenn sie seit mehr als vierundzwanzig Stunden fort ist, sollten Sie …« Doch noch während sie sprach, registrierte sie wieder den traurigen Ausdruck, der sich unter ihrer Arglosigkeit verbarg. Sie registrierte auch die tiefen Sorgenfalten, die sich in die Stirn der Frau eingegraben hatten, ihren gequälten Ausdruck. »Sie ist schon länger fort, habe ich recht?«

»Es liegt jetzt ziemlich genau vierundzwanzig Jahre zurück«, antwortete die Frau. »Ich bin Jessica Sutherland. Meine Schwester hieß Freya, Freya Sutherland. Sie wird seit September 1994 vermisst.«

Monica sah zu, wie die Kellnerin Becher mit heißer Schokolade für Lucy und Harriet brachte, die nebeneinander auf der Fensterbank saßen. Der Duft von Kaffee und frisch gebackenem Brot wehte durch das im Boho-Stil eingerichtete Velocity Café, das nicht weit von der Schule entfernt ein Stück die Straße hinunter lag. Es strahlte an diesem herbstlichen Nachmittag große Behaglichkeit aus. Der perfekte Ort, um sich in aller Ruhe mit einem guten Buch in einen Sessel zu kuscheln, abgeschirmt vor der Welt da draußen.

Monica allerdings musste jetzt mit ansehen, wie Jessica Sutherland die Tränen aus den blauen Augen flossen, Gefühle, die sich über zwei Jahrzehnte angestaut hatten. Sie starrte auf die Karaffe mit Wasser vor sich auf dem Tisch, überzogen mit weißen Kratzspuren vom zu häufigen Reinigen in der Spülmaschine. Kleine Dampfschwaden stiegen von Jessicas Kamillentee auf und trugen ihren Teil zur eigenartigen Atmosphäre bei. Schließlich brach Monica das Schweigen. »Können Sie mir ein wenig von Ihrer Schwester erzählen? Gibt es irgendetwas über Freya zu sagen?«

Jessica seufzte tief, rang sich ein Lächeln ab und sagte: »Ich weiß auch nicht, warum ich so überreagiere. Es gibt

Menschen, denen fehlen beide Beine, und trotzdem stehen sie jeden Morgen auf und begeben sich zur Arbeit.« Sie tupfte sich mit einer Papierserviette die feuchten Augenwinkel trocken, bemüht, ihr Mascara nicht zu verschmieren.

»Das ist doch eine ganz normale Reaktion.«

»Ich habe bestimmt Pandaaugen …« Jessica schüttelte den Kopf. »Gestern war die Rede davon, dass in den Marschen Ausgrabungen stattfinden. Ich hatte sofort das seltsame Gefühl, es könnte meine Schwester sein. Mein Mann Barry wollte mir einreden, es müsse sich um jemand anderen handeln. Aber dann habe ich heute gelesen, dass es tatsächlich eine Frau ist …«

»Ich weiß, es muss schwer sein …«

»Sie war neunzehn, als sie von zu Hause fortging. Dunkle Haare, blaue Augen, ein kleines Stück größer als ich, ungefähr eins fünfundsechzig, von mittlerer Statur. Sie ist eines Nachts einfach abgehauen, hat nur eine handschriftliche Nachricht hinterlassen, in der stand, sie wolle mit Freunden weggehen.« Jessicas Stimme klang emotionslos, im Gegensatz zu ihrer so aufgewühlten Stimmung von gerade eben: typisch für jemanden, der von einer verschwundenen Person erzählte; es klang wie der Text aus einer Vermisstenanzeige. Monica hatte im Lauf der Jahre schon des Öfteren derartige Berichte von Hinterbliebenen gehört. Es war, als hätte man an einem bestimmten Punkt ihres Lebens auf Pause gedrückt, die Details unauslöschlich in das Gedächtnis der Angehörigen eingebrannt. »Es war schwer, besonders für Mum und Dad. Sie haben das, was passiert ist, nie richtig verarbeitet, wir waren alle wie in Wartestellung – Wochen, Monate, schließlich Jahre … Es brach ihnen das Herz; sie rätselten beide noch auf dem Totenbett, was aus Freya geworden war …« Monica warf einen verstohlenen Blick zu

Lucy und Harriet auf dem Platz vor dem Fenster und stellte sich vor, wie ihre eigene Tochter verschwand, und wenn es nur für einen Tag oder einige Minuten war.

»Es muss grauenvoll gewesen sein.«

»Oh, man gewöhnt sich an alles«, sagte Jessica, klang aber ganz und gar nicht so, als hätte sie sich mit alldem abgefunden. »Damals war es natürlich ein harter Schlag. Wir waren eine so glückliche Familie, es hat alles ruiniert.«

Der Zeitpunkt von Freyas Verschwinden, ihr Alter und die Körpergröße passten ziemlich genau zu dem, was sie bislang über das Opfer wussten. »Wer waren ihre Freunde?« Hatte irgendjemand Pauline Tosh angerufen? Wobei, wenn Tosh sich mit Freya Sutherland angefreundet hätte, hätte man diese Verbindung doch sicherlich damals schon hergestellt, als die Mörderin gefasst worden war.

»Das hat sie uns nie verraten. Wir haben nach ihrem Verschwinden so gut wie alle ausgefragt, ihre ganzen alten Freunde von der Schule, flüchtige Bekanntschaften. Sie hat in der Spielhalle auf der Castle Street gearbeitet, Bobbys Ark. Wir haben uns auch dort umgehört, haben Plakate aufgehängt … Es gab alle möglichen Gerüchte, aber es führte zu nichts.«

»Was für Gerüchte waren das denn?«

Jessica senkte den Blick auf ihren Kamillentee. »Verschiedenes, aber alles nicht besonders schmeichelhaft.«

Monica vergewisserte sich, dass die Mädchen nicht lauschten; sie schienen etwas draußen vor den Fenstern des Cafés zu beobachten. »Manchmal birgt auch der schlimmste Klatsch und Tratsch noch ein Fünkchen Wahrheit.«

»Nun, es war die Rede davon, sie sei schwanger gewesen und abgehauen, um dieses Baby zu bekommen. Dass sie heroinabhängig sei und nach Edinburgh gegangen wäre, wo sie als Prostituierte arbeitete. Dass sie sich einer Sekte angeschlossen hätte.«

»Und keins von diesen Gerüchten bewahrheitete sich?«

»Die Polizei war nicht sonderlich an dem Fall interessiert.« Jetzt registrierte Monica zum ersten Mal einen Anklang von Verbitterung in Jessicas Tonfall. »Man hat Freya einfach nur als eine von diesen typischen Jugendlichen abgestempelt, die von zu Hause ausbüchsen. Sie hat uns eine Nachricht hinterlassen, die diesen Schluss durchaus zulässt. Aber einfach so zu verschwinden, das sah ihr kein bisschen ähnlich, es passte überhaupt nicht zu ihr. Jemand muss sie dazu überredet haben, sonst hätte sie es nie getan. Auf keinen Fall wäre sie einfach so gegangen, ohne Mum und Dad Bescheid zu geben, wohin sie wollte.«

II

Am folgenden Morgen fuhr Monica noch einmal hinauf nach Glen Wyvis und überquerte die schmale Brücke zum Carselang-Gefängnis. Obwohl dieser Flecken Erde ganz oben auf ihrer Liste jener Orte stand, die sie tunlichst meiden wollte, war sie nun schon zum zweiten Mal innerhalb einer Woche hier. Sie parkte ihren Volvo und atmete die frische Bergluft ein. Der Duft der Freiheit schwebte über diesen Mauern und vermischte sich mit dem bestialischen Gestank nach Angst und Verzweiflung. Unwillkürlich fragte sich Monica, ob die Nähe zur wilden, ungezügelten Natur irgendeinen beruhigenden Effekt auf die Gefangenen hatte. Ihr Vater hatte immer von der typischen Carse-Krankheit gesprochen, die ehemalige Insassen nach längerer Gefangenschaft auf freiem Fuß befiel. Sie verloren den Halt und sehnten sich zurück ins Gefängnis. Ein- bis zweimal im Jahr traf man auf frühere Gefangene, ziellos durchs Tal streifend, nach starken winterlichen Schneefällen manchmal auch erfroren. Solange Monica sich erinnern konnte, war die Rede davon gewesen, dass das Careslang aufgelöst werden sollte, aber irgendwie schien man über die Planungsphase nicht hinauszukommen. Das Gefängnis blieb erhalten, fast als hätte man es vergessen.

Monica zog ihren Mantel gegen die Kälte enger um

ihren Körper. In Richtung Süden breitete sich das Massiv des Ben Wyvis vor ihr aus, jener monumentale Berg, der den Blick von Inverness aus nach Norden hin dominierte. Für einen Moment spürte sie die Abgeschiedenheit dieses Ortes und damit einhergehend ein seltenes Gefühl der Einsamkeit.

»Du bist weit weg von daheim«, murmelte sie leise vor sich hin, während sie die Wagentür zuschlug. Früher hatte sie es vorgezogen, ganz auf eigene Faust zu ermitteln; heute aber hatte sie Crawfords Gesellschaft auf der Fahrt hierher schmerzlich vermisst. Er war gerade dabei, Freya Sutherlands zahnärztliche Befunde zu besorgen, zusammen mit denen von einer Handvoll weiterer vermisster Personen, auf die ihr Team die Liste reduziert hatte. Rein theoretisch hätte sich der Fall rasch erledigt, wenn sie den Leichnam identifizieren, eine Verbindung zu Tosh herstellen und beweisen konnten, dass die Fasern mit denen vom Teppich im Campervan der Mörderin identisch waren.

Tyler Mitchell kam ihr aus seinem Büro entgegengeeilt. »Hab schon in der Zeitung davon gelesen!« Er hielt das Exemplar einer Boulevardzeitung hoch. SERIENMÖRDERIN FÜHRT COPS ZUM GRAB EINES OPFERS!, lautete die Schlagzeile. Monica hatte den Artikel bereits vorhin auf dem Präsidium gelesen: *Wie aus verlässlicher Quelle bekannt ist, hat die leitende Ermittlerin Monica Kennedy sich mit der Serienmörderin Pauline Tosh angefreundet, in dem Versuch, weitere Opfer ausfindig zu machen. Die berühmte DI soll Tosh überzeugt haben, den Ort preiszugeben, an dem eine bislang noch nicht identifizierte Leiche begraben liegt.* »Sie haben jemanden ausgegraben, stimmt's?« Seine Augen sprühten förmlich vor Begeisterung. Entweder, er war es wirklich nicht gewesen, der die Informationen an die Presse weitergegeben hatte, oder er sollte bei seinem schauspielerischen Talent am Eden Court Theatre in Inverness auf der Bühne stehen.

»Ich darf nicht allzu viel verraten, bevor wir die Familie nicht verständigen konnten.«

»Sicher, klar doch.« Tyler nickte ernst. »Dasselbe gilt auch für mich – dauernd werde ich gefragt, was hier oben so abgeht. Aber ich muss die Leute leider enttäuschen. Was hier passiert, ist streng vertraulich.«

»Geben Sie mir einen Tipp, wie ist Tosh heute drauf?«, erkundigte sich Monica. Zum einen fragte sie ihn nach seiner Meinung, damit er ihr gewogen blieb, zum anderen, weil sie keinen Termin für ein Treffen mit der verurteilten Mörderin hatte. Die Faustregel lautete: Am besten kam man unangemeldet vorbei, wenn man mit einer inhaftierten Psychopathin sprechen wollte. Denn oft bereitete es diesen Leuten eine narzisstische Genugtuung, wenn sie einem Gespräch erst zustimmten und sich dann weigerten, aus ihrer Zelle zu kommen. Da war es weit besser, einfach ohne Vorankündigung reinzuschneien.

»Das ist bei ihr immer schwer zu beurteilen. Sie hat nach sämtlichen Tageszeitungen verlangt – normalerweise liest sie keine Nachrichten.«

Tosh war also an der Berichterstattung interessiert. Das überraschte Monica, weil Tosh nie scharf auf Aufmerksamkeit gewesen war. Man hatte bei den Ermittlungen 2006 bei ihr zu Hause keine Zeitungsausschnitte gefunden; keine Korrespondenz mit Vertretern der Presse.

Tyler lotste Monica durch die Sicherheitsschleuse und entlang der klaustrophobisch engen Korridore. Dann war sie an der Reihe mit Warten in diesem stickigen Befragungszimmer, während ein anderer Wärter loszog, um herauszufinden, ob Tosh für ein Gespräch mit ihr bereit war. Monica fischte ihr iPhone aus der Tasche – der Beamte an der Sicherheitsschleuse hatte es zum Glück versäumt, es ihr abzunehmen –, und hoffte auf Neuigkeiten in Bezug auf die Identität des Opfers. Sie begriff rasch, warum der Sicherheitsbeamte bei der Kontrolle der Handys so nachlässig war: »Kein Dienst«. Sie ließ das Telefon zurück in ihre Manteltasche gleiten. Betrachtete die limettengrüne Farbe, die von der Wand abblätterte, registrierte die hohe Luftfeuchtigkeit in dem fensterlosen Raum. Versuchte, sich vorzustellen, einen Tag, eine Woche an einem Ort wie diesem zu verbringen. Nach einer Wartezeit von einer halben Stunde kam Monica zu der Überzeugung, dass Tosh nicht mehr auftauchen würde. Weitere fünfzehn Minuten verstrichen, und sie begann sich zu fragen, ob Tyler sie vielleicht vergessen hatte. Gerade überlegte sie, auf den Notfallknopf zu drücken, als sie hörte, wie auf der anderen Seite der Tür ein Schlüssel umgedreht wurde. Mit einem metallischen Scheppern öffnete sie sich, und eine korpulente Wärterin führte Tosh in den Besucherraum. Wortlos befestigte sie ihre Handschellen am Tisch. Monica war wieder einmal verwundert, wie klein, aber kräftig Tosh wirkte. Diesmal trug sie einen dunkelgrünen Overall.

»Wir brauchen maximal eine halbe Stunde, Moira«, sagte Tosh zur Wärterin. »Anschließend trinken wir unser morgendliches Tässchen Tee und plaudern ein bisschen, in Ordnung?«

Die Wärterin nickte – »Ist gut, Pauline« –, dann verließ sie den Raum und sperrte hinter sich ab.

»Ist ein wenig unzufrieden hier drin, die arme Moira«, sagte Tosh. »Hat es nicht leicht zu Hause, ihre Älteste macht Ärger.« Sie klang wie die allwissende Matriarchin.

»Irgendwann kommen sie in dieses Alter, die jungen Dinger – denken, sie wüssten alles.«

»Sprechen Sie vielleicht von einer bestimmten jungen Frau?«

Tosh verengte ihre Augen zu schmalen Schlitzen. »Wir kennen uns nun schon eine Weile, Monica. Es müssten mittlerweile, wie viel, fünf Jahre sein?«

»Mehr als zehn.«

»Ach wirklich? Die Zeit hier drinnen vergeht wirklich anders.« Tosh schnippste mit den Fingern, und die Kette ihrer Handschelle rasselte, als sie sie straffte. »Ein Tag dauert einen Monat, und ein Jahr vergeht einfach so.«

»Ich nehme an, Sie haben von den Ausgrabungen im Marschland gelesen?«

»Da sind Sie ja in ein ziemliches Schlamassel geraten, letztes Jahr, nicht wahr?«, gab Tosh zurück, als hätte sie Monicas Frage nicht gehört. »Sie und Ihre Tochter Lucy.«

Monica schäumte innerlich, rang sich aber ein aufgesetztes Lächeln ab. »Nicht gerade meine Glanzstunde.«

»Sie sollten nicht zu streng mit sich selbst ins Gericht gehen, Monica. Wir alle machen Fehler. Eine Schande wegen Ihrer Kleinen allerdings. Wenn ich da an meine eigene Kindheit denke …« Tosh legte den Kopf leicht schief und starrte sie eindringlich an. »Wie schnell sich das Böse in uns einnisten kann. Und wie es sich auf ganz unerwartete Weise bemerkbar macht, dass man es selbst nicht versteht.« Ein träges Lächeln stahl sich auf ihre Lippen und entblößte ihre ungleichmäßigen Zähne. »Wie viel kann man wirklich wissen über das, was sich im Kopf eines anderen abspielt? Was für Überraschungen meine Mum erleben musste, bei allem, was ich damals so angestellt habe. Vielleicht läuft es bei Ihnen und Lucy ähnlich, wenn sie etwas älter ist?« Hatte Tosh deshalb den Ort preisgegeben, an dem diese Leiche vergraben lag? Um eine Gelegenheit zu bekommen, die Frau zu verhöhnen, die sie festgenommen hatte? Falls dem so war, würde Monica ihr nicht die Genugtuung gönnen, ihr zu zeigen, wie hart ihre Worte sie trafen.

Sie räusperte sich und gab sich möglichst gelassen. »Ich bin in meiner Funktion als Detective hergekommen, Pauline. Meine Tochter hat nichts mit alldem zu tun. Sie wissen, dass wir einen weiblichen Leichnam gefunden haben, der in den Marschen vergraben war? Ich hatte gehofft, Sie könnten mir vielleicht sagen, wer sie ist, wie Sie sie kennengelernt haben.«

Tosh sah sie finster an, dann wandte sie den Blick ab. »Lesen Sie gern?« Monica schüttelte den Kopf und erhob sich – es war offensichtlich, dass sie hier nur ihre Zeit verschwendete. »Ich konnte nicht lesen, als ich klein war«, fuhr Tosh fort. »Hab's erst im Knast gelernt.« Monica wusste, dass das gelogen war. Sie hatte Auszüge aus Toshs Tagebüchern gelesen, handgeschrieben in den frühen Neunzigern, lange bevor sie hinter Gittern landete. »Ich habe es schneller gelernt als jeder andere hier drinnen. Zumindest hat die Lehrerin das behauptet.«

»Machen Sie's gut, Pauline.« Monica drückte auf den Buzzer neben der Tür.

»Am besten hat mir ein Gedicht gefallen.« Tosh sprach nun etwas lauter, und als Monica sich noch einmal zu ihr umdrehte, registrierte sie einen amüsierten Ausdruck auf ihrem Gesicht. »Es ging darin um die *Road to Mandalay*. Ich habe es von einem Bootsmann aus der Unterwelt gehört. Das muss 1994 gewesen sein.«

12

Auf der Fahrt talabwärts durch das Glen Wyvis bis zum Parkplatz des Polizeipräsidiums verspürte Monica das dringende Bedürfnis, sich zu waschen. Was in ihrem Fall keine universelle Reaktion auf die Gegenwart von Mördern und Verbrechern war. Sie war schon verschiedenen gewalttätigen, ja sogar sadistischen Kriminellen begegnet, die zu hundert Prozent dem Bild des charmanten Psychopathen entsprochen hatten. Und so ungern sie es zugab, für einige von ihnen hatte Monica sogar so etwas wie Sympathie empfunden.

Als sie die Tür zur Toilette aufriss, schlug ihr der Geruch von Bleichmittel und Lufterfrischer entgegen. Während sie ans Waschbecken trat, um sich zu waschen, ertappte sie sich beim Gedanken an Francis MacGregor. Er war ein Paradebeispiel für den charmanten Psycho – ehemaliger Anführer einer Gruppe namens Red Death, einer gewaltbereiten Bikergang. Wenn man den Gerüchten glaubte, war er außerdem der Kopf eines kriminellen Netzwerks.

Ihre Wege hatten sich im Frühjahr gekreuzt, anlässlich eines Falls, der zu einem angespannten Showdown geführt hatte, bei dem MacGregor Rache geschworen hatte. Doch trotz alledem und obwohl Monica viel über seine gewalttätige Vergangenheit gelesen hatte, erinnerte sie sich, wie sie ihn im Befragungsraum in die Mangel genommen hatte und ihr Blick dabei bewundernd über seine breiten Schultern und zu seinen starken Händen gewandert war. Sie erinnerte sich auch, wie sie beim Blick in seine strahlend blauen Augen, die vor Lebenslust sprühten, einen Anflug von animalischer Anziehung verspürt hatte.

Monica betätigte wiederholt den Pumpspender, bis ein winziger Klecks Seife herauskam. Sie schrubbte Hände und Arme und spritzte sich Wasser ins Gesicht. Für Pauline Tosh verspürte sie keinerlei Anziehung. An ihr sah sie nur den Makel und die abgrundtiefe Kälte. Nach der kryptischen Bemerkung über dieses Gedicht und den Bootsmann hatte Tosh eine Weile dagesessen, ein zufriedenes Lächeln im Gesicht, als wäre alles gesagt, was sie sagen wollte.

Monica richtete sich auf. Der leistungsschwache elektrische Handtrockner schien eigens für Angestellte gemacht, die mehrere Stunden Zeit hatten, um sich davorzustellen, bis die Hände trocken waren. Zum Glück lag obendrauf ein Packen Papiertücher. Sie griff sich eine Handvoll, trocknete sich ab und eilte hinunter ins Büro.

Crawford saß an seinem Schreibtisch, rechts von ihm DC Fisher, links DC Khan. Die drei hatten die Köpfe zusammengesteckt und starrten auf etwas. Als Crawford die Tür aufgehen hörte, drehte er sich zu ihr um. Monica registrierte gleich auf Anhieb seine aufgeregte Miene. »Was gibt's Neues?«

»Nur Freya Sutherlands zahnärztliche Befunde …« Crawford war immer besonders überschwänglich, wenn er Neuigkeiten vor Publikum verkünden konnte. Allem Anschein nach war dies ein bedeutender Moment in ihren Ermittlungen, ob die Befunde nun Freya als ihr Opfer identifizierten oder nicht.

Monica zog sich einen Stuhl heran und nahm neben Fisher Platz. Ihr Blick wanderte über die Kaffeebecher auf dem Schreibtisch, allesamt leer. An zwei Pappbechern haftete rosa Lippenstift. »Khan hat deinen auch noch ausgetrunken. Ich kann dir aber einen holen, es ist noch was in der Kanne«, sagte Crawford, der es sichtlich genoss, seine große Ankündigung hinauszuzögern. Unfairerweise ärgerte Monica sich über Khan – diesen Kaffee hätte sie jetzt wirklich bitter nötig gehabt.

Khan zog eine ihrer dunklen Augenbrauen nach oben. »Tut mir leid, er war schon kalt, ich dachte nicht, dass Sie ihn noch wollen …«

»Schon gut«, sagte Monica und schämte sich ein wenig, dass sie so heikel war und die teerähnliche Flüssigkeit in der Kaffeekanne ablehnte. »Und, stimmen die Zahnfüllungen überein?«

Crawford räusperte sich. »Freya Sutherlands Zahnarzt war ein gewisser Mr. Barnes. Er arbeitet in der Crown Dental Practice. Ich war heute Vormittag dort. Du erinnerst dich sicher, wie Dolohov bei der Autopsie meinte, unser Opfer habe eine Füllung im rechten oberen Backenzahn?« Crawford griff nach der Kopie eines Röntgenbildes. »Das hier stammt von unserem Opfer.« Er hielt ein zweites Röntgenbild hoch. »Ein Jahr vor Freya Sutherlands Verschwinden hat Dr. Barnes ihr ihre erste und einzige Füllung verpasst. Im rechten oberen Backenzahn ganz hinten. Wir haben also einen Volltreffer.«

Monica sah zu, wie er ein Röntgenbild über das andere schob. Die weißen Bereiche mit der Amalgamfüllung, die sich vor dem durchscheinenden Kieferknochen abzeichneten, waren fast deckungsgleich. Sie erlebte ein Wechselbad der Gefühle: blankes Entsetzen darüber, was man

Freya angetan hatte – kaltblütig ermordet im zarten Alter von neunzehn Jahren und seit einem Vierteljahrhundert in einem Sumpfloch verscharrt und vergessen –, aber auch einen Hauch von Erleichterung, dass die Ungewissheit für Freyas Schwester nun ein Ende hätte. Sie erinnerte sich an die zarten Hände, die Nägel des Leichnams. Ob diese Nägel sich in Toshs Gewissen vergraben hatten, in den dunkelsten Stunden der Nacht, all die Sommer und Winter, die seither vergangen waren? Bei der Erinnerung an das eiskalte Lächeln der Mörderin bezweifelte Monica das allerdings.

»Tosh muss dich wirklich verflucht gern haben, Boss«, bemerkte Crawford, als hätte er ihre Zweifel gespürt. Jetzt lehnte er sich auf seinem Stuhl zurück, die Hände im Nacken verschränkt, die Brust aufgebläht, sodass seine Halsmuskeln sich anspannten. »Warum hat sie uns verraten, wo die Leiche begraben liegt?«

Monica sah Crawford an. Sein weißes Hemd war aus dem Hosenbund gerutscht. Er hatte ein Talent dafür, immer ein wenig unordentlich und gleichzeitig höllisch attraktiv auszusehen.

»Hast du dir die Vermisstenakte zu Freya Sutherland angesehen?«

»Ich habe sie hier, Ma'am«, meldete sich Fisher und tippte auf einen dünnen Ordner vor sich auf dem Schreibtisch. »Als vermisst gemeldet am Montag, den zwölften September 1994, zuletzt gesehen in ihrem Elternhaus am Abend des zehnten September, einem Samstag. Am nächsten Morgen war sie nicht mehr da, hatte nur eine Nachricht hinterlassen. Der Fall wurde recht bald zu den Akten gelegt, da man nicht weiterkam. In erster Linie mangels glaubwürdiger Zeugenaussagen. Es kursierten zahlreiche Gerüchte, aber recht viel mehr Anhaltspunkte hatte man nicht.«

Monica nickte. Sie erinnerte sich, wie Jessica erwähnt hatte, dass die Polizei Freya als typische jugendliche Ausreißerin behandelt hatte. »Wer war damals leitender Ermittler?«

»Ein gewisser DC Gregg.«

Der Name löste schlagartig ein mulmiges Gefühl in Monica aus. »Duncan Gregg?«

Fisher fuhr mit dem Finger über den Namen auf dem Blatt. »Ja, so steht es da.«

»Ich wusste gar nicht, dass Gregg damals schon bei der Polizei war«, meldete sich Crawford zu Wort.

»Wer ist das?«, erkundigte sich Khan. Ihr Blick wanderte zwischen Monica und Crawford hin und her, und sie spürte deutlich die Anspannung zwischen ihnen.

Monica räusperte sich. »Mittlerweile ist er bei der Verkehrspolizei. War damals Detective, als ich zur Polizei kam.« Sie kannte Khan immer noch nicht gut genug, um die Gerüchte, die über Gregg kursierten, mit ihr zu teilen. Das Getuschel über kleinere Korruptionsdelikte: Weitergabe vertraulicher Informationen an die Presse, anonyme Hinweise an Kriminelle. Nachdem dieser eine Fall im vergangenen Jahr in einer Katastrophe geendet hatte, wurde Monica sogar eine Weile den Verdacht nicht los, Gregg könnte einen Mörder gewarnt haben. »Ist schon eine Weile her, seit er als Detective gearbeitet hat.« Sie wandte sich Fisher zu. »Ist Ihnen sonst noch etwas aufgefallen?«

»Nichts, das offensichtlich wäre. Wie gesagt, die Akten geben nicht viel her. Sieht so aus, als wäre Gregg davon ausgegangen, dass Freya nichts zugestoßen war, wegen dieser Nachricht, die sie hinterlassen hatte.«

Monica dachte zurück an die Zeit Mitte der Neunziger. Gregg war ein paar Jährchen älter als sie. Er war zwar für seine schludrige Ermittlungsarbeit bekannt gewesen, hatte aber auch den Ruf gehabt, sehr scharfsinnig zu sein. Er hatte einige größere Fälle zum Abschluss gebracht.

»Ich werde mit ihm reden. Vielleicht fällt ihm ja etwas ein, das nicht in den Akten steht«, sagte Monica, wenn auch nicht ohne Skepsis. Gregg war nicht unbedingt für seine freundliche Art bekannt, es sei denn, es sprang was für ihn dabei raus. Die Uhr an der Wand zeigte kurz vor drei; in dreißig Minuten hatte sie ihren Termin bei Miss Jennings. Wie hatte die Zeit nur so schnell verfliegen können? Sie kam zu dem Schluss, dass sie doch dringend einen Kaffee brauchte, und ging zur Kaffeemaschine, um sich einen Becher einzuschenken. Er war so dunkel wie Sirup, dass selbst ein Schuss Milch nichts an der Farbe änderte.

»Wir wissen, dass Tosh 1993 nach Inverness gezogen ist. Sie arbeitete damals als Küchenhilfe im Royal Hotel, allerdings kennen wir ihre genaue Adresse nicht.« Monica nahm einen Schluck von ihrem Kaffee. Er schmeckte verbrannt und bitter. Angewidert schob sie die Tasse von sich. »Können Sie sich bitte alle drei damit befassen? Und achten Sie besonders auf mögliche Verbindungen zwischen Tosh und Freya.«

Monicas Sorge um Lucy wuchs, als sie das Klassenzimmer betrat. Ihre Mutter hatte Lucy von der Schule abgeholt, damit sie den Termin mit Miss Jennings wahrnehmen konnte. Die Lehrerin trug einen ausgeleierten Cardigan und einen blauen Wollrock, der ihr bis zu den Knöcheln reichte, die braunen Haare zu einem Knoten hochgebunden. Normalerweise war Monica der Lehrerin durchaus zugetan, die, anders als einige denkwürdige Gestalten aus ihrer eigenen Schulzeit, Kinder und ihre Marotten durchaus zu mögen schien. Oft begrüßte sie ihre Schülerinnen und Schüler schon morgens am Schultor mit einem freundlichen Lächeln. Ihre aktuelle Miene allerdings gab Monica Grund zur Besorgnis. Während die Frau sie begrüßte und ihr einen Stuhl an ihrem Pult vorne im Klassenraum anbot, wirkte sie ungewöhnlich ernst, mit einem tiefen Stirnrunzeln, das ihr gar nicht ähnlich sah.

Monica ließ den Blick über die kleinen Tische, den dicken Linoleumbelag auf dem Boden, die Kinderzeichnungen an den Wänden gleiten. Erstaunlicherweise erinnerte sie sich noch gut daran, wie sie selbst das erste Mal ein ganz ähnliches Klassenzimmer betreten hatte, begleitet von einer Mischung aus Angst und Vorfreude. Bald vierzig Jahre war das her. Die ganze Welt hatte in diese vier Wände gepasst. Und dann die Fassungslosigkeit, als es angefangen hatte – die Hänseleien und das Mobbing wegen ihrer Größe und ihres Aussehens, wie ihr Leben nach und nach zu einem Albtraum geworden war.

»Ich habe mich gefragt, ob Lucy wohl von Mitschülern gemobbt wird«, sagte Monica, während sie Platz nahm. »Normalerweise ist sie ein so aufgewecktes Kind, so lebhaft, aber in letzter Zeit erkenne ich sie nicht wieder, sie wirkt so bedrückt und in sich gekehrt. Im Kindergarten war sie ganz dick mit Munyasa befreundet, sie waren beste Freunde; jetzt sprechen die beiden nicht mehr miteinander. Ich habe versucht, mit Lydia, seiner Mutter zu reden …«

»Der Start in die Schule bringt einschneidende Veränderungen im Leben eines Kindes mit sich«, erklärte Miss Jennings sanft. »Es ist ein völlig neuer Lebensabschnitt.«

»Ich weiß.« Monica blickte zur Tafel: X STEHT FÜR XYLOPHON. »Ich erinnere mich genau, wie es sich anfühlt, diese Angst, zur Schule zu gehen.«

Miss Jennings lächelte milde und verschränkte ihre Hände im Schoß. »Lucy hat vor einem Jahr ein traumatisches Erlebnis durchgemacht?« Die Worte trafen Monica wie ein Fausthieb in die Magengrube. Es war schon das zweite Mal an diesem Tag, dass sie an diesen Fall erinnert wurde. Das erste Mal von Pauline Tosh. Doch dass es jetzt von der freundlichen Lehrerin Miss Jennings kam, tat doppelt weh.

»Es war ein harter Schlag für sie«, gab Monica zu. Ihr Mund war plötzlich staubtrocken. »Im Frühjahr hatte sie deshalb einige Probleme, mit Schlafwandeln, und sie hat sich eigenartig verhalten. Aber es ist schon viel besser geworden. Ich dachte, sie hätte sich gut in der Schule eingewöhnt …«

»Es gab ein paar kleinere Vorfälle«, sagte die Lehrerin betont langsam. »Zwei Mädchen waren ziemlich verstört deswegen.«

»Moment. Was sagen Sie da?«

»Lucy war drüben in der Vorleseecke.« Miss Jennings deutete mit dem Kinn auf eine Gruppe von Sitzsäcken neben einem Bücherregal. »Während die Kinder sich still beschäftigen sollten, sagte sie zu den Mädchen, sie könne dafür sorgen, dass sie Albträume bekommen.«

Monica seufzte. »In meiner Schulzeit haben wir uns gern Spukgeschichten erzählt. Das hat doch nicht zwangsläufig …«

»Es war nicht nur das, Miss Kennedy«, erklärte Miss Jennings jetzt mit fester Stimme. »Sie hat eine ihrer Mitschülerinnen bedroht.«

»Was ist passiert?«, fragte Monica mit rauer Kehle.

»Munyasa hat ihr mitgeteilt, dass er nicht mehr mit ihr spielen wolle, und da hat sie gesagt, sie würde ihm wehtun.«

»Nein, das ist doch alles Unsinn; sie sind beste Freunde seit dem Kindergarten. Sie vergöttert Munyasa, die beiden haben sich wirklich gern …« Noch während sie dies sagte, wurde Monica bewusst, wie absurd ihr Protest klang. Lydia, die normalerweise so gesprächig war, hatte nicht auf ihre Nachrichten reagiert. Es war offensichtlich, dass sie nicht mit ihr reden wollte. Und das, was die Lehrerin erzählt hatte, erklärte einiges.

»Munyasa sagt, er habe Angst vor Lucy«, erklärte Miss Jennings leise. »Die anderen Kinder wollen auch nicht mehr mit ihr spielen.« Monica saß da, wie vor den Kopf gestoßen. Das war ganz und gar nicht das, was sie sich für ihre Tochter erhofft hatte. So weit von der Normalität entfernt, die sie sich für sie wünschte. Sie wollte, dass sie sich mit ihren Klassenkameraden verstand, dass sie unbeschwert durchs Leben ging. »Sie ist ein liebes Mädchen«, fuhr Miss Jennings fort. »Wir kommen wirklich gut miteinander aus, wenn wir uns zu zweit unterhalten. Sie hat eine sehr lebhafte Fantasie. Ich habe mit der Direktorin und den anderen Eltern gesprochen. Sie haben alle größtes Verständnis für das, was Lucy durchgemacht hat.« Monica nickte wie betäubt und empfand ein klein wenig Trost, dass man keinen Groll gegen ihre Tochter hegte, auch wenn ihr eigener Stolz einen herben Dämpfer erlitten hatte. »Wir alle sind bestrebt, Lucy bei den anderen Kindern zu lassen. Wir werden eine Lösung finden.«

13

Monica fuhr vor dem Royal Hotel am Ness Walk im Herzen von Inverness vor. Das herrschaftliche viktorianische Gebäude gehörte zu ihren Lieblingsbauten, direkt am Fluss gegenüber der Burg gelegen. An Herbstabenden, wenn der Himmel in der untergehenden Sonne violett erstrahlte, bekam man ein Gespür dafür, wie die Stadt Inverness zu ihrer Glanzzeit ausgesehen haben musste; die lebendig gewordene Fantasie Sir Walter Scotts, der Inbegriff der romantischen Highlands. In den Sechzigern hatte man eine malerische Hängebrücke sowie verschiedene historische Bauten aus dem sechzehnten Jahrhundert abgerissen und durch grässliche Betonkonstruktionen ersetzt, auf Initiative des Highlands and Islands Development Board. An gewöhnlichen Tagen, wenn Monica voller Bewunderung für das war, was vom ursprünglichen Stadtbild noch übrig war, überkam sie regelmäßig ein Anflug von Zorn, dass man so kurzsichtig gewesen war und keinen Respekt vor der Geschichte des Landes gezeigt hatte.

Heute aber, während sie in ihrem Volvo darauf wartete, dass Crawford aus dem Hotel kam, fühlte sie sich wie benommen, während sie sich Miss Jennings Worte noch einmal durch den Kopf gehen ließ: *Wir alle sind bestrebt, Lucy bei den anderen Kindern zu lassen. Wir werden eine Lösung finden.* Die unterschwellige Botschaft lautete dann wohl, dass Lucy die Schule würde wechseln müssen, wenn sich die Situation nicht verbesserte. Oder dass sie in eine separate Klasse gesteckt werden müsste, zusammen mit anderen verhaltensauffälligen Kindern? Monica wurde bewusst, dass sie noch nicht einmal Fragen gestellt hatte, die für Klarheit gesorgt hätten. Sie hatte einfach nur dagesessen und versucht, sich mit dieser neuen Realität abzufinden.

Jetzt trat Crawford aus dem Hotel. Obwohl Herbst war und es bereits dämmerte, trug er eine Brille mit dunklen Gläsern. Er stand halb von einer Frau abgewandt, redete aber offensichtlich mit ihr. Anfang zwanzig, blond, gutaussehend, in Jeans und langem schwarzem Mantel. Monica beobachtete ihren Partner einen Moment bei seinem Flirtversuch, sah, wie die Frau ihr Kinn anhob und sich nun ihrerseits halb abwandte. Es war schwer, aus dieser Entfernung ihre Körpersprache richtig zu deuten: Schwer zu sagen, ob sie interessiert war oder nicht. Monica starrte die beiden so ungeniert an, dass sie sich fühlte wie eine Voyeurin. Jetzt blickte sie über den Fluss zur Burg und drückte dann ungeduldig auf die Hupe. Als sie wieder zu Crawford sah, war die Frau fort, und Crawford kam über die mit Kopfstein gepflasterte Straße zu ihrem Wagen gejoggt. Er öffnete die Beifahrertür und stieg ein.

»Alles in Ordnung in der Schule?« Ihr Partner roch nach der herbstlichen Kälte und einem Hauch Rasierwasser.

Monica mied seinen besorgten Blick. Er und Lucy liebten einander heiß und innig. »Können wir später darüber reden?«

»Klar …« Endlich nahm er seine dunkle Brille ab und ließ sie in der Brusttasche seines Jacketts verschwinden. Dann streckte er seinen Nacken erst nach links, dann nach rechts und kniff sich mit Daumen und Zeigefinger in den Nasenrücken. Sie kannte seine Körpersprache inzwischen gut genug, um zu wissen, dass er aufgewühlt war. Hatte die Frau im schwarzen Mantel ihm eine derart herbe Abfuhr erteilt, oder hatte es etwas mit ihrem Fall zu tun?

»Und, hast du was rausgefunden?«

»Leider steht das Hotel mittlerweile unter neuer Leitung. Die behaupten, es gäbe keinerlei Unterlagen mehr aus den Neunzigern.«

»Sie können uns also nicht mit Toshs damaliger Adresse weiterhelfen?«

Crawford zuckte mit den Achseln. »Ich bin ein wenig ins Plaudern gekommen.« Das war eine für ihn typische Einleitung, wenn er nützliche Informationen aus Leuten rausquetschen konnte.

»Und?«

»Angeblich befinden sich unten im Keller tonnenweise alte Unterlagen. Man wollte das nur nicht zugeben, weil sie nicht vorschriftsmäßig eingelagert wurden. Die hatten wohl Schiss, dass ich ihnen die Hölle heißmache, von wegen Datenschutz und so …« Wieder ein Schulterzucken. Auf der Brücke vor ihnen schaltete soeben die Ampel um. Monica betrachtete die vielen Autoscheinwerfer und -rücklichter, die sich vor der düsteren Häuserkulisse des gegenüberliegenden Ufers abzeichneten. »Ich habe den Manager, übrigens ein echt netter Typ, dazu überredet, mich runterzubegleiten, damit ich mich kurz umsehen kann. Da unten findet sich jede Menge alter Plunder, ein riesiges Porträt der Queen an ihrem Krönungstag, alte Champagnerkisten aus dem vorigen Jahrhundert, alles Mögliche.« Monica nickte. »Wir haben uns da durchgewühlt und sind auf einen Aktenschrank gestoßen, der mit einer dicken Staubschicht bedeckt war.«

»Und, hast du was Interessantes gefunden?«

»Nur Pauline Toshs Adresse.« Crawford fischte sein Handy aus der Jackentasche und hielt es hoch. Auf dem Display war ein Foto von einer Personalakte zu sehen. »Eine Wohnung auf der Castle Street, erster Stock.«

Monica erinnerte sich an das, was Jessica über Freyas Arbeitsstelle gesagt hatte. »Bobby's Ark, die Spielhalle, in der Freya gearbeitet hat, befindet sich in der Castle Street.«

»Ganz genau«, bestätigte Crawford und ließ zu, dass sich ein selbstzufriedener Unterton in seine Stimme schlich. »Ungefähr fünfzig Meter von Toshs Wohnung entfernt.«

Monica folgte den Anweisungen des Satellitennavis und verließ die Stadt auf der A862 westwärts Richtung Berge. Dann wechselte sie auf die A833 nach Drumnadrochit und weiter nach Fort William und bog anschließend rechts ab auf eine schmale Landstraße. Sie war überschattet von riesigen Eichen und Birken, mit hohen Böschungen zu beiden Seiten, als wäre die Straße durch die ständige Benutzung tief ins Erdreich eingegraben, erst durch Füße, dann Pferdekutschen und schließlich Automobile. Crawford rutschte unruhig auf dem Beifahrersitz herum, und Monica durchschaute sofort, dass diese ländliche Gegend ihm Unbehagen bereitete. Sie überquerten mehrere Kreuzungen. Ein Stück dahinter lag ein kleiner Rastplatz, über dem eine riesige Blutbuche ihre knorrigen Äste ausbreitete. Ein Stück die Straße hinunter waren im Dämmerlicht die Umrisse der Fettercairn Farm auszumachen.

Monica bog hinter einem der Nebengebäude in eine schmale Zufahrtstraße ein und spürte die Erschütterungen, als der Asphalt von Schotterbelag abgelöst wurde. Sie parkte den Wagen und warf einen Blick zu Crawford. Der zog die Augenbrauen nach oben, brauchte aber keinen Ton zu sagen. *Reiß dich zusammen. Wir packen das.* Sie hatten die schwere Aufgabe, Jessica Sutherland die Neuigkeiten zu überbringen: Dass ihre Schwester tot im Marschland verscharrt worden war und sämtliche Träume eines glücklichen Wiedersehens ein für alle Mal zunichtegemacht waren.

Trotz des ersten, eher düsteren Eindrucks wirkten die Fenster des Farmhauses hell und einladend. Der Duft von selbst gekochtem Essen, Kinderstimmen, das gedämpfte Bellen eines Hundes drangen nach draußen, als Jessica ihnen die Tür öffnete. Ein Stück Heimeligkeit inmitten der Wildnis, bis zu dem Moment, wo Monica das Gewicht der Trauer auf Jessicas Zügen bemerkte. Sie wusste Bescheid, ohne dass sie es noch eigens von ihnen hören musste.

Zehn Minuten später hatten Monica und Crawford in der großen Küche Platz genommen. Sie war im modernen Landhausstil eingerichtet: mit einer riesigen Kochinsel, Eichenbalken unter der Decke, einem Spülstein aus Keramik, dem obligatorischen Aga-Herd. Wie aus einer Anzeige in der *Country Living*, für die Monica im Lauf der Jahre eine Schwäche entwickelt hatte, wenn sie gegen ihre Großstadtmüdigkeit mit Fantasien von einem Neuanfang auf dem Land anging.

»Wir könnten morgen noch einmal vorbeikommen«, sagte Monica. »Wenn Sie das Ganze ein wenig sacken lassen konnten.«

Jessica lächelte traurig. »Ich hatte erwartet, ich wäre erleichtert …«

»Es ist ein harter Schlag.«

»Ich schätze, insgeheim hatte ich doch noch die Hoffnung, sie würde irgendwann zur Tür reinspaziert kommen.«

Ihr Ehemann hatte die gemeinsame Tochter Harriet und die beiden Söhne ins Wohnzimmer verbannt. Jetzt kam er zurück in die Küche. Monica nahm ihn erst jetzt richtig wahr. Er war attraktiv, groß und athletisch gebaut, mit dunklen Haaren. Gekleidet in blaue Jeans, ein kariertes Hemd und grüne John-Deere-Kappe. Er stellte sich neben Jessica an die Kücheninsel und legte ihr den Arm um die Schultern. Sie griff nach seiner Hand und drückte sie. »Wahrscheinlich sind wir deshalb all die Jahre hiergeblieben, nicht wahr, Schatz?«

Er lächelte gezwungen. »Ist nicht unbedingt der schlechteste Ort zum Leben.«

Jessica stieß ein trockenes Lachen aus. »Du bist ein erbärmlicher Lügner.« Sie wandte sich wieder an Monica. »Barry hatte eigentlich nicht vor, in die Landwirtschaft zu gehen, aber mir zuliebe hat er den Hof übernommen, als mein Vater starb. Er hat sogar meinen Namen angenommen, ist das zu fassen?«

»Du hast gesagt, du würdest mich nur unter dieser Bedingung heiraten!«, sagte Barry mit einem scheuen Lächeln. Während Monica das Geplänkel des Ehepaars mitverfolgte, beide so ungezwungen und natürlich im Umgang miteinander, selbst vor Fremden, spürte sie, wie der Tod seine eisige Hand nach ihr ausstreckte. Und sie erkannte, wie kostbar und bedeutsam er das Leben erst machte. Als wären Gott und der Himmel nur einen Hauch entfernt. Ein Gefühl, das süchtig machen konnte.

»Er muss mich für verrückt gehalten haben, aber ich hatte diese fixe Idee, dass Freya sich vielleicht gegen eine Rückkehr entschied, wenn sie hörte, dass eine Familie mit anderem Nachnamen hier lebte. Nicht viele Männer hätten sich damit einverstanden erklärt, stimmt doch, oder?«, fragte Jessica, den Blick auf Monica gerichtet. Die schüttelte den Kopf.

»Ich denke nicht, nein.«

Barry zuckte mit der Schulter. »Ich hatte als Heranwachsender nie wirklich eine Familie. Jessicas Eltern haben mich aufgenommen wie einen Sohn … Ich wusste, wie wichtig Jessica die Sache war.«

Monica nickte und räusperte sich. »Ich würde gern mehr über die Zeit erfahren, zu der Freya verschwand. Was sich in ihrem Leben damals so tat.«

»Das ist lange her«, antwortete Jessica zögernd. Ihr rötliches Haar war zu einem Pferdeschwanz zurückgebunden. Sie trug einen cremefarbenen Pullover und hatte die Arme schützend vor der Brust verschränkt. »Trotzdem vergeht kein Tag, ohne dass ich morgens beim Aufwachen und abends vor dem Einschlafen daran denke. Anfangs dachte ich, sie wäre mit ihren Freunden durchgebrannt, wegen dieser Nachricht …«

»Hat Freya jemals eine Pauline erwähnt? Oder eine Marilyn Rosie, Barbara Dench?« Zwei der Decknamen, die Tosh damals verwendet hatte.

»Sie sprechen von dieser Serienmörderin, Pauline Tosh, nicht wahr?« Offenbar hatte sie von den Spekulationen in der Presse gelesen.

»Ich kann Ihnen versichern, dass die Informationen nicht von unserer Seite weitergegeben wurden; nur wenige Detectives wussten davon, sie alle genießen mein vollstes Vertrauen. Es war vermutlich ein Gefängnisangestellter, der sich verplappert hat, ohne sich der Konsequenzen bewusst zu sein.« Es war Monica persönlich sehr wichtig,

Jessica das wissen zu lassen. Und sicherlich war es auch in Bezug auf die Ermittlungen besser, sich ihr Vertrauen zu sichern. »Aber natürlich haben Sie recht. Pauline Tosh war es, die uns verraten hat, wo Freyas Leichnam begraben lag.«

Jessicas Augen weiteten sich. »Ich hatte immer gehofft, dass ein Unfall die Ursache wäre, falls sich wirklich herausstellte, dass sie tot war. Als ich dann von den Ausgrabungen hörte …« Ihre Stimme versagte.

»Was auch immer Freya zugestoßen ist, jetzt ist es vorbei – sie hat ihren Frieden. Wir werden dafür sorgen, dass Ihrer Schwester Gerechtigkeit widerfährt und auch Ihnen und Ihrer Familie.« Der einzige Trost, den Monica den Hinterbliebenen je spenden konnte. Sie ließ den Blick von Jessica zu Barry wandern, der ernst nickte.

»Hast du einen von diesen Namen schon mal gehört?«, fragte Barry und sah Jessica von oben her an. Dabei drückte er ihre Schulter zum Trost ein wenig fester, wodurch sich seine gebräunte Hand auf ihrem cremefarbenen Pullover umso deutlicher abzeichnete.

Sie seufzte schwer. »Ich kann mich nicht erinnern, dass Freya je einen von diesen Namen erwähnt hätte.«

Monica überlegte. Tosh hatte ihre Opfer manipuliert und darauf eingeschworen, ihre Bekanntschaft geheim zu halten. Es hätte sie nicht überrascht, wenn die Mörderin Freundschaft mit Freya geschlossen hatte, ohne dass ihre Familie etwas davon wusste.

»Deine Eltern dachten doch immer, dass jemand aus Freyas Freundeskreis etwas gewusst haben muss, oder?«, sagte Barry jetzt.

»Wir haben mit allen, die infrage kamen, gesprochen. Als Mum und Dad nicht mehr am Leben waren, haben Barry und ich es weiter versucht. Wir haben sogar eine eigene Wohltätigkeitsstiftung gegründet, Home Call. Die Organisation soll jugendliche Ausreißer dazu ermuntern, mit ihren Familien in Kontakt zu treten.«

»Ich glaube, ich habe in der Zeitung davon gelesen«, sagte Crawford. »Vor ein paar Wochen, kann das sein?« Jetzt erinnerte auch Monica sich, wie sie den Artikel in den *Highland News* überflogen hatte. Es war auch ein Foto von Barry und Jessica abgebildet gewesen.

»Ja, richtig«, bestätigte Jessica. »Jede Menge junge Leute nutzen dieses Hilfsangebot. Wir haben eine Auszeichnung gewonnen.«

»Wie war das Verhältnis zwischen Ihren Eltern und Freya?«, erkundigte sich Monica routinemäßig. Rein statistisch gesehen, waren die Täter in den meisten Fällen Familienmitglieder.

»Meine Eltern?« Jessica klang schockiert. »Alles war bestens …«

»Sie waren wunderbare Leute – die Familie hat ihnen alles bedeutet«, mischte Barry sich ein. In seiner Stimme schwang ein gereizter Unterton mit. »Sie hätten ihrer Tochter nie etwas getan.«

»Tut mir leid.« Monica wurde sich bewusst, mit welcher Gleichgültigkeit sie diese Frage gestellt hatte. Es war ein langer Tag gewesen, und dann auch noch die Sache mit Lucy. »Ich wollte Ihnen nicht zu nahe treten.«

»Schon gut, Barry.« Jessica lächelte traurig zu ihm auf. Sie klang jetzt in erster Linie erschöpft. »Dad hatte im Jahr zuvor einen Unfall, aber es ging ihm schon sehr viel besser. Und dann passierte die Sache mit Freya … Er hat sich nie wieder ganz davon erholt. Mum war überzeugt, dass Freya allen möglichen frei herumlaufenden Mördern zum Opfer gefallen war, und sie hatte es sich in den Kopf gesetzt, dass ich als Nächstes an der Reihe wäre. Es war schwer …«

»Ich will nicht unhöflich erscheinen«, mischte sich Barry abermals ein, »aber ich glaube, das reicht für heute. Ich denke, wir brauchen wirklich ein wenig Zeit für uns, um das alles sacken zu lassen.«

14

Monica sah durch die Flurfenster, dass es draußen inzwischen stockdunkel war. Jessica war nach Barrys Machtwort in leises Schluchzen verfallen, schließlich doch noch überwältigt von der grauenvollen Neuigkeit. Im breiten Hausflur brannte kein Licht. Monica kämpfte mit dem Riegel an der Haustür und fühlte sich wie ein unerwünschter Eindringling, während sie aus der Küche hinter ihr Jessica leise weinen hörte, begleitet von Barrys tröstenden Worten.

»Ich glaube, du musst zweimal umdrehen«, meldete sich Crawford zu Wort und leuchtete ihr mit dem Handy.

»Kann Lucy vielleicht zum Spielen kommen?« Beim Klang der Kinderstimme hinter ihnen drehten sie sich beide um. Die Tochter der Sutherlands, Harriet, streckte ihren Kopf um den Türstock herum, und das Licht aus dem Wohnzimmer warf ein helles Rechteck auf den Boden des Flurs.

Monica ging in die Hocke und antwortete flüsternd: »Deine Mami wird gleich bei dir sein.«

»Lucy hat gesagt, ich kann zu ihr nach Hause kommen und ihre Katze besuchen?«

»Wir werden sehen.« Monica lächelte. »Erst musst du deine Mami fragen.«

»Lucy hat gesagt, sie kennt einen Zauber, mit dem sie eine Eule ans Fenster locken kann. Stimmt das?«

»Das hat sie mir auch erzählt«, sagte Crawford. »Ich warte allerdings immer noch auf den Beweis.«

Monica schüttelte den Kopf. »Ich glaube, sie hat das nur zum Spaß gesagt, meine Süße. Du kannst uns gern besuchen kommen, wenn es für deine Mami und deinen Daddy okay ist.«

Monica setzte Crawford in der Union Street im Zentrum von Inverness ab und fuhr dann zum Haus ihrer Mutter, um Lucy abzuholen. Gerade als sie über die schwarze Brücke zurückfuhren, die aus Rapinch hinausführte, warf sie einen Blick auf das Gesicht ihrer Tochter im Rückspiegel.

»Harriet hat gefragt, ob sie mal zum Spielen vorbeikommen darf. Sie lebt auf einer Farm, draußen auf dem Land, umgeben von Wäldern.«

»Harriet hat erzählt, sie hat zwei Katzen, eine ist schon sehr alt«, gab Lucy zurück. »Sie sagt, sie heißt Butter und ist älter als ungefähr jeder in Inverness.«

Durch die Windschutzscheibe zeichneten sich die Lichter des Rose-Street-Parkplatzes grellweiß vor dem dunklen Himmel ab.

»Ich habe heute mit Miss Jennings gesprochen«, sagte Monica und gab sich Mühe, möglichst beiläufig zu klingen. »Sie hat gesagt, sie mag dich sehr gern. Sie sagt, du bist ein so liebes Mädchen. Aber sie hat auch erwähnt, dass du Dinge gesagt hast, die einigen deiner Mitschüler Angst gemacht haben?«

»Ich kann mich nicht erinnern.«

»Was ist mit Munyasa? Hast du zu ihm etwas gesagt, das ihm Angst gemacht hat?«

»Ich denke nicht.«

Monica seufzte und warf abermals einen Blick in den Spiegel. *Meine Eltern haben sich wegen solcher Dinge nie Gedanken gemacht, und aus mir ist auch was geworden.* War es wirklich nötig, dass man sich ständig den Kopf zerbrach, was Kinder dachten und fühlten? Wie sollten die Kleinen sich je ein dickes Fell zulegen, um sich in dieser Welt zurechtzufinden? Schlagartig kamen wieder die Erinnerungen an ihre eigene Kindheit hoch, an die vielen Stunden und Tage, an denen sie sich vor der Schule gefürchtet hatte.

»Liebes, ich weiß, es ist schwer, alles ist neu, wenn man in die Schule kommt. Kannst du bitte versuchen, nett zu den anderen Kindern zu sein? Versuch, freundlich mit ihnen zu reden, so wie du es tust, wenn du mit Gran oder Crawford redest, oder mit Miss Jennings.« Die Straßenlaternen warfen ihren orangen Schein ins Wageninnere. Das kleine Gesicht ihrer Tochter wirkte hochkonzentriert.

»Ich glaube schon«, gab sie schließlich zurück, gerade als Monica auf den Parkplatz vor ihrem Haus fuhr.

Nachdem Monica Lucy zu Bett gebracht hatte, spürte sie, wie ihr Magen rumorte. Erst jetzt fiel ihr auf, dass sie den ganzen Tag lang nichts gegessen hatte. Deshalb entschied sie sich für eine kleine Belohnung, ein Tomaten-Käse-Sandwich, auf beiden Seiten kurz in der Pfanne gebräunt und mit Salz und frisch gemahlenem Pfeffer bestreut. Sie aß es auf dem Sofa sitzend und beobachtete währenddessen die Lichter der vorüberfahrenden Fahrzeuge unten auf der Straße. Immer wieder kehrten ihre Gedanken zurück zu ihrem Gespräch mit Miss Jennings. Sie wurde das dumpfe Gefühl nicht los, dass sie gegenüber Lucys Verhalten machtlos war. Was konnte sie schon groß tun, wenn ihre

Tochter aus der Reihe tanzte? Klar, wenn Verbrecher nicht spurten, sperrte man sie hinter Gitter. Aber was, wenn es die eigene Tochter war, die sich danebenbenahm?

Sie versuchte, sich mit einem Roman abzulenken: *Der Seemann, der die See verriet* von Yukio Mishima. Doch innerhalb kürzester Zeit wurde ihr Arm taub, weil sie ihren Kopf abstützen musste, und sie ließ das Buch wieder sinken. Dann stand sie auf, um ihren Rücken durchzustrecken.

Sie sah aus dem Fenster. Hinter dem Haus lag ein Hügel, der von dichtem Baumbestand bedeckt war. Ein Pfad wand sich aufwärts bis zu einer Wohnsiedlung. Während sie ihre Arme dehnte, bemerkte sie unter einer der Straßenlaternen eine Gestalt. Es war nichts Ungewöhnliches, dass Leute ihre Hunde im Wald spazieren führten, aber diese Person schien ihren Apartmentblock zu beobachten. Sie blickte zu den Fenstern auf, als würde sie auf eine Art Vorstellung warten. Monica verspürte den eigenartigen Impuls, ihr Top hochzuheben und dem Typen ihre nackte Brust zu zeigen – sollte der Widerling doch glotzen. Stattdessen winkte sie ihm kurz zu und streckte dann die Hand nach der Jalousie aus, um sie herunterzulassen. »Für heute ist die Vorstellung beendet.«

Im nächsten Moment begann ihr Telefon auf dem Küchentresen zu läuten. Sie schnappte es sich, wütend auf sich selbst, weil sie es nicht stumm geschaltet hatte, damit Lucy ungestört schlafen konnte.

»Bist du noch wach?« Es war Crawford.

»Sieht ganz so aus.« Sie spähte durchs Wohnzimmerfenster nach draußen, wo gerade ein Taxi vorfuhr und eine vertraute schlanke Gestalt ausstieg.

»Lucy schläft«, raunte Monica, als sie Crawford die Wohnungstür öffnete. »Wir müssen leise sein.«

Wieder hing der Geruch des kühlen Herbstabends und von diesem köstlichen Rasierwasser an ihm, nur diesmal mit einer leichten Alkoholnote. »Klar. Wie geht's ihr?«

»Sie ist okay. Ich erzähle es dir später. Möchtest du einen Kaffee?« Ohne seine Antwort abzuwarten, machte sie sich daran, eine Kanne zuzubereiten. Crawford nahm auf dem Sofa Platz und griff nach *Der Seemann, der die See verriet*. »Ist das gut?«, wollte er wissen.

»Bis jetzt nicht übel. Das ist übrigens Heathers Exemplar.«

»Ach.« Bei der Erwähnung seiner Freundin versteifte Crawford sich sichtlich, und er legte das Buch wieder ab. Monica reichte ihm seinen Kaffee und bereitete sich selbst einen Kamillentee zu. Kurz schoss ihr durch den Kopf, ob zwischen Heather und ihm alles stimmte.

»Ich hatte ein paar Drinks, hab versucht, gewisse Leute zum Reden zu bringen. Ich war auf der Suche nach jemandem, der damals vielleicht mit Freya zusammengearbeitet hat. Gut möglich, dass sich jemand an Tosh erinnert.«

»Und, wie ist es gelaufen?«

»Leider kein Glück …«

»Überrascht mich nicht, Tosh war immer …«

Crawford hielt die Hand hoch und brachte sie mit dieser Geste zum Verstummen. »Aber … ich dachte, scheiß drauf. Warum es nicht bei Toshs ehemaliger Wohnung versuchen.«

»Hat man sich dort an sie erinnert?«

»Da hatte ich tatsächlich mehr Glück – die Leute, die jetzt in diesem Apartment wohnen, hatten zwar noch nie von ihr gehört, aber dafür wohnt der Vermieter immer noch auf dem Flur gegenüber.«

»Und, was hat er gesagt?«

»Er ist ein zänkischer alter Nörgler, weit über achtzig und tut anfangs so, als sei er stocktaub. Behauptet, er würde sich an kaum was erinnern. Er meinte aber, er würde nachdenken, vielleicht falle ihm etwas ein. Und dann fragt er plötzlich, ob ich vielleicht für ihn runter zum Dönerladen in der Church Street gehen kann, während er nachdenkt. Meint, er geht heutzutage nicht mehr gern bei Dunkelheit vor die Tür.«

»Und?« Crawford war wirklich der geborene Geschichtenerzähler. »Bist du gegangen?«

»Tja, er schien sich ernsthaft in die Hosen zu machen bei dem Gedanken, nachts rauszugehen. Deshalb meinte ich, ›in Ordnung, ich gehe, solange Sie gründlich überlegen‹. Und darauf er: ›Könnten Sie vielleicht auch noch kurz in den Co-op reinspringen? Und Milch, Brot und Erdbeermarmelade besorgen?‹«

Monica musste grinsen. »Es ist äußerst löblich, älteren Mitmenschen zu helfen. Irgendwann sind wir in derselben Situation.«

»Aber jetzt kommt das Beste: Sagt er doch glatt: ›Ich habe es diese Woche noch nicht auf die Bank geschafft. Bezahlen tu ich später.‹«

»Netter Versuch.«

»Jedenfalls bin ich losgezogen und mach seinen Einkauf für ihn. Als ich zurückkomme, bittet er mich rein, damit ich Tee kochen kann, um ihn zu unseren Kebabs zu trinken. Und als wir mit unserem Mahl fertig sind, zieht er plötzlich dieses alte Notizbuch raus.«

»Im Ernst? Was stand drin?«

»Jede einzelne Mietzahlung von seinen Mietern aus den letzten fünfzig Jahren und noch ein paar Zerquetschten. Alles bar auf die Kralle.« Crawford wühlte in seiner Tasche nach seinem Handy und hielt Monica ein Foto hin. Es zeigte einen Schulblock mit endlosen Reihen und Spalten voll sorgfältig mit Bleistift eingetragener Notizen. »Der Eintrag hier« – damit glitt er mit dem Zeigefinger über die Zeilen – »stammt aus dem April 1993. Damals ist Pauline Tosh bei ihm eingezogen.« Monica war sofort klar, dass das Datum sich exakt mit ihrer Info deckte, nämlich dass Tosh nach dem Mord an ihrem ersten Opfer in den Norden umgezogen war. »Sie hat jeden Monat pünktlich ihre Miete bezahlt, bis zum März 1994.«

»Warte, soll das heißen, sie ist im März 1994 schon wieder ausgezogen? Das wäre ja sechs Monate vor Freyas Verschwinden.«

»Der Vermieter sagt, er erinnere sich ganz genau. Er brauchte dafür nur einen Kebab und reichlich Zeit zum Nachdenken.«

»Was ist passiert?«

»Tja, an dem Punkt wird es seltsam … Er meinte, sie habe ihm noch eine Monatsmiete geschuldet, als sie verschwunden ist. Er marschierte schnurstracks zum Royal, um sich sein Geld zu holen, will aber angeblich von jemandem erfahren haben, dass sie auf einem Kreuzfahrtschiff angeheuert hätte.«

»Auf einem Kreuzfahrtschiff?« Noch während sie die Worte wiederholte, erinnerte Monica sich an Toshs amüsierten Gesichtsausdruck und ihre kryptischen Worte, gerade als sie das Besuchszimmer im Carselang verlassen wollte. Sie hatte was von einem Bootsmann gesagt. Das konnte kein Zufall sein. Offenbar hatte die Serienmörderin genau gewusst, wohin ihre Ermittlungen sie führen würden.

15

Juli 1994

Das erste Mal begegnete sie ihnen nach einer ihrer zahlreichen Streitereien mit ihrer Mutter. Freya Sutherland stand an der einsamen Bushaltestelle ein Stück von der Farm entfernt die Straße hinunter. Es war Juli und schüttete wie aus Eimern. Sie beobachtete ein Schlagloch in der Straße, in dem sich das Wasser sammelte. Konzentrische Wellen breiteten sich von den darin landenden Regentropfen aus. Schon seltsam, dass eine dreckige Pfütze ein Anblick von solcher Schönheit sein konnte; aber auch traurig, dass niemand bei ihr war, mit dem sie diese Erfahrung teilen konnte. Ihre Mum hätte sicher nichts weiter als ein genervtes Seufzen für das Schauspiel übrig gehabt, hätte Freya sie darauf aufmerksam gemacht. Genau wie sie lediglich geseufzt hatte, als Freya kurzzeitig mit der Idee gespielt hatte, Kunst auf Lehramt zu studieren. Die Reaktion ihrer Mum: »Und damit willst du dein Geld verdienen?«

Freya spähte die menschenleere Straße entlang in Richtung Drumnadrochit und fragte sich allmählich, ob sie den Bus vielleicht verpasst hatte. Bei dem Gedanken schnürte sich ihr vor Panik der Magen zusammen. Sie hasste es, andere zu enttäuschen, so beschissen ihr Job in der Spielhalle auch sein mochte. Klar würde Bobby sie für ein einmaliges Zuspätkommen nicht gleich feuern, an den meisten Tagen sperrte er ohnehin nicht vor Mittag auf. Nur hasste sie dieses Gefühl, keine Kontrolle zu haben. Seit Dads Unfall schien irgendwie nichts mehr richtig rundzulaufen. Früher kam er immer in ihr Zimmer, wenn sie sich mit ihrer Mum gestritten hatte. Er hatte das Talent, die Wogen zu glätten, einfach indem er sich für die Entwürfe in ihrem Skizzenbuch interessierte oder irgendetwas Albernes sagte, sodass sie nicht anders konnte, als zu lachen.

Wieder warf sie einen Blick auf die leere Straße, die sich im Dunst verlor; wahrscheinlich hatte sie den Bus wirklich verpasst. *Wenn Bobby mich rausschmeißt, ist Mum wenigstens endlich glücklich.* Sofort überkamen Freya Gewissensbisse, weil sie so schlecht von ihrer Mutter dachte. So gemein war sie nun auch wieder nicht.

Aus einem Impuls heraus nahm Freya ihren Rucksack ab und holte ihren Walkman heraus. Eigentlich hatte sie sich die Batterien für den Bus aufsparen wollen, aber jetzt spulte sie zum Ende vor und drehte die Kassette um. Es lief »Whole Lotta Love« von Led Zeppelin. Regen prasselte auf das Dach der Bushaltestelle; sie schloss die Augen und lauschte Robert Plants Stimme. Dabei versuchte sie, an etwas Schönes zu denken statt immer nur an die Streitereien mit ihrer Mum, Sex zum Beispiel. Das war definitiv besser, als in dem kleinen Kabuff bei Bobby's Ark zu sitzen und den lieben langen Tag Spielmarken auszugeben. Jemanden zu finden, mit dem sie schlafen wollte, war allerdings einfacher gesagt als getan; die Jungen in der Stadt waren allesamt Langweiler. Vermutlich lag es an ihr. Sie war einfach zu unscheinbar, um interessante Leute kennenzulernen.

Wenig später hörte Freya ein Fahrzeug näher kommen, das kurz vor der Haltestelle abbremste und schließlich zum Stehen kam. Das Röhren des Motors war allerdings nicht tief genug für den Bus. Als sie die Augen aufschlug, stand da ein schwarzer VW Golf. Sie zog die Kopfhörer herunter. Von der getönten Scheibe starrte ihr ihr eigenes Spiegelbild entgegen. Der Anblick ihres Outfits verunsicherte sie: Cardigan, kariertes Hemd, ein schlichtes T-Shirt darunter. Sah die Grungekluft nicht etwas zu bemüht aus? So mitten im Nirgendwo? Die Scheibe des Seitenfensters glitt herunter, und ein Mädchen schaute heraus. Sie war in etwa im gleichen Alter wie Freya, mit kurz geschnittenen weißblonden Haaren und kantigen Gesichtszügen, die zwar hart, aber hübsch waren. Ein Junge beugte sich vom Fahrersitz aus über sie und starrte Freya nun ebenfalls an. Er sah groß aus, mit dunklen Haaren, die ihm fast bis zur Schulter gingen. Freya glaubte, die beiden von irgendwoher zu kennen.

»Es ist das Mädchen aus der Spielhalle!«, rief der junge Mann, sein Ton irgendwo zwischen scherzhaft und spöttisch, und da fiel es Freya wieder ein: Die beiden hatten an der Bar in der Spielhalle getrunken. Er war zu ihrem Kabuff gekommen und hatte versucht, den Stöpsel einer Bierflasche gegen einen Jeton einzutauschen, wie man sie für die Spielautomaten brauchte. Er hatte nur gelacht, als sie sich geweigert hatte. Freya wandte den Blick ab. Genervt, dass sie sie allein an dieser Bushaltestelle entdeckt hatten. »Wo willst du denn hin, Spielhallenmädchen?« Sein Mund stand offen, an seinem Kinn ein dunkler Bartschatten.

»Zur Arbeit«, antwortete Freya möglichst gelassen.

»Klar, was sonst«, sagte der Junge. »Los, spring rein, wir nehmen dich mit.«

»Danke, aber ich komm schon klar.«

»Hey, ich hab deine Zeichnungen gesehen«, sagte das Mädchen. »Die gefallen mir richtig gut.« Sie lächelte, wodurch ihre harten Züge schlagartig weicher wurden. Ihr Gesicht war jetzt von einer einnehmenden Offenheit, die sie fast kindlich wirken ließ. Freya spürte, wie ihr die Röte in die Wangen schoss. »Ich bin Miranda, das ist Brodie, und das dahinten ist Joseph.« Sie lehnte sich zur Seite, sodass Freya die dritte Person sehen konnte, die auf der Rückbank saß. Ein junger Mann, der ein klein wenig jünger zu sein schien als die anderen beiden, mit rosigen Wangen und einem scheuen Lächeln.

»Fahren wir jetzt in die Scheißstadt oder nicht?«, fragte Brodie. Es war schwer zu beurteilen, ob er einen Witz machte oder wirklich genervt war. Er griff in eine Handtasche, die zu Mirandas Füßen stand, holte eine Zehnerpackung Marlboro Menthol heraus und fischte eine Zigarette aus der Schachtel. Suchend schaute er sich nach einem Feuerzeug um. Schließlich lehnte Joseph sich zu ihm vor und zündete sie mit einem Zippo an.

»Du wirst klatschnass«, sagte Miranda, immer noch lächelnd. Ihr Akzent klang eher nach Südengland als schottisch. Sie trug ein sommerliches Blümchenkleid und war sehr dünn – sie wirkte beinahe zerbrechlich. »Bist du sicher, dass du nicht lieber mit uns kommen möchtest?«

16

Es dauerte keine Viertelstunde, bis Monica und Crawford dank des versteckten Hinweises von Pauline Tosh auf ein Kreuzfahrtschiff stießen. Wikipedia zufolge war die *Road to Mandalay* von den Kvaerner Masa-Yards in Helsinki gebaut worden, mit einer Tonnage von 71.700. Sie war am sechsten Januar 1990 vom Stapel gelaufen. Ursprünglich betrieben von der Royal Caribbean International, wurde das Schiff 1992 von P&O South Sea Cruises aufgekauft.

»Du glaubst auch nicht an einen Zufall, oder?«, fragte Crawford und sah Monica an. Sie saßen nebeneinander auf dem Sofa, ganz ohne Licht, abgesehen vom Schein des Laptops vor ihnen. Auf dem Bildschirm war das Foto von einem Kreuzfahrtschiff zu sehen.

»Möglich ist es schon, aber Tosh wäre begeistert von der Vorstellung, dass wir wertvolle Zeit darauf verschwenden, gegen sie zu ermitteln, um letzten Endes festzustellen, dass sie außer Landes war, als Freya umgebracht wurde.« Monica rieb sich die müden Augen. Es hätte jedenfalls erklärt, warum Tosh freiwillig mit dieser Information herausgerückt war und warum sie an diesem Vormittag im Gefängnis einen so zufriedenen Eindruck gemacht hatte.

Crawford erhob sich. »Hast du was zu trinken?« Ohne eine Antwort abzuwarten, begab er sich in die Küche, ging vor einem Unterschrank in die Hocke und holte eine Flasche Whisky heraus – Lagavulin. Den hatte er ihr im Juni zum Geburtstag geschenkt. Er hielt die Flasche hoch, die ungeöffnet in ihrem Karton steckte. »Du hast ihn noch nicht mal ausgepackt!«

»Ich hab ihn mir aufgespart«, schwindelte Monica. Sie trank nur selten Alkohol und war kein ausgesprochener Fan von Single Malt.

»Möchtest du nicht wenigstens ein Schlückchen? Du musst ihn zumindest probieren!« Sie blickte in Crawfords leuchtende Augen und sah sein begeistertes Lächeln, schüttelte aber den Kopf. Allerdings ertappte sie sich dabei, wie sie zurücklächelte. »Na gut, dann schenk mir eine kleine Kostprobe ein.«

»Sehr gut, Boss.« Er öffnete die Flasche und goss jeweils einen Fingerbreit in zwei Gläser. Eins reichte er Monica und schnupperte dann an seinem eigenen. Sie warf einen Blick auf die Uhr in der Küche: fast elf.

»Wie spät ist es jetzt in Australien?«

»Ungefähr elf am Vormittag«, sagte Crawford. »Es sind in etwa zwölf Stunden Unterschied.«

Sie stellte das Glas auf dem Wohnzimmertisch ab und beugte sich zum Laptop. Auf der Website von P&O South Sea Cruises fand sie eine Telefonnummer. Zehn Minuten lang hing sie in der Warteschleife, bis sie schließlich durchkam und dann von einer Abteilung zur nächsten weiterverbunden wurde. Am Ende landete sie bei einer Dame von der Personalstelle. »Wie kann ich Ihnen behilflich sein?« Sie klang wie eine Rezeptionistin aus *Neighbours* – immer noch die ungeschlagene Lieblingssoap ihrer Mum.

»Ich rufe aus Inverness in Schottland an. Ich bin von der Polizei«, sagte Monica und fuhr ihren schottischen Akzent um zwanzig Prozent hoch. Manchmal half das, wenn man es zufällig mit einem der Millionen von Nachfahren schottischer Emigranten zu tun hatte. »Ich bräuchte Informationen zu einer Ihrer früheren Mitarbeiterinnen, einer Pauline Tosh. Meinen Informationen nach hat sie von 1993 an auf der *Road to Mandalay* gearbeitet.«

»Es tut mir leid, aber wir bewahren Mitarbeiterakten nur für die gesetzlich vorgeschriebene Frist von sieben Jahren nach Beendigung des Arbeitsverhältnisses auf.«

Monica seufzte. »Sind Sie sicher? Es handelt sich um einen Notfall. Besteht denn nicht der Hauch einer Chance, dass die Akten vielleicht doch noch irgendwo eingelagert sind?«

»Gemäß der Datenschutzbestimmungen vernichten wir sämtliche Personalakten nach den vorgeschriebenen sieben Jahren. Es tut mir leid, Ihnen nicht weiterhelfen zu können.«

Gerade als sie auflegen wollte, spürte Monica, wie Crawford ihr Bein anstieß. »Frag sie nach den Logbüchern des Schiffs«, raunte er ihr zu.

»Wie sieht es denn mit den Schiffslogbüchern aus?«, fragte Monica. »Existieren die noch?«

Die Frau am Apparat schien einen Moment zu überlegen. »Das Logbuch eines Schiffs ist ein juristisches Dokument. Soweit ich weiß, müssen die vierundzwanzig Jahre lang aufbewahrt werden.«

»Würden sich darin denn Informationen über die Besatzung finden?«

»Nun, da bin ich mir nicht sicher.«

»Könnten Sie denn für mich nachsehen? Es ist wirklich wichtig.«

»Ich glaube, sie werden am Ende einer jeden Reise im nationalen Zentralarchiv gespeichert.«

Eine weitere Google-Suche und ein Anruf im Büro des Nationalarchivs von Australien in New South Wales folgten. Monica presste sich das Telefon ans Ohr und stellte sich auf eine längere Zeit in der Warteschleife ein, wurde aber zu ihrer Überraschung sofort durchgestellt.

»Nationalarchiv Australien, Annie am Apparat, was kann ich für Sie tun?«

»Mein Name ist Monica Kennedy, ich rufe aus Inverness in Schottland an.«

»Inverness in Schottland? Ist das nicht in der Nähe von Edinburgh?«

»So ungefähr, ja«, log Monica.

»Meine Gran stammt aus Edinburgh.«

»Inverness liegt mehr in den Highlands«, sagte Monica, in der Hoffnung, sich die typische romantische Auswanderersehnsucht nach der ursprünglichen Heimat zunutze machen zu können.

»Ich würde die Stadt liebend gerne mal besuchen. Wie spät ist es dort gerade?«

»Ungefähr halb elf Uhr abends«, antwortete Monica und warf einen Blick auf die Uhr über der Kochstelle. »Ich hoffe sehr, Sie können mir weiterhelfen.«

»Das hoffe ich auch«, sagte Annie, »wo Sie schon extra die halbe Nacht wach bleiben, um mit mir zu telefonieren.«

»Ich bräuchte Zugriff auf das Logbuch eines Kreuzfahrtschiffs namens *Road to Mandalay*. Genauer gesagt benötige ich die Besatzungsliste für Fahrten im Jahr 1994. Speziell interessiert mich die zweite Jahreshälfte – von September an insbesondere.«

Monica machte sich auf einen Ansturm von Fragen gefasst, von wegen, wozu sie diese Informationen bräuchte, wurde aber noch einmal überrascht, als Annie ohne Zögern antwortete: »Warten Sie kurz, ich schicke die Anfrage gleich für Sie raus.« Nach etwa einer Minute fuhr sie fort: »Gerade ist jemand runtergegangen, es wird also heute Nachmittag werden, bis wieder jemand ins Archiv geht.«

»Ich bräuchte die Infos wenn möglich bis heute Abend. Gibt es irgendeine Möglichkeit, das zu beschleunigen? Ich zeige Ihnen auch gerne irgendwann Inverness. Meine Mum kocht Haggis für Sie, mit allem Drum und Dran, versprochen.«

Darüber musste Annie lachen. »Warten Sie kurz, ich versuche, die Jungs aus dem Archiv zu erwischen.«

»Kann deine Mum echt Haggis zubereiten?« Crawford schien die Vorstellung zu verstören.

»Ich meinte doch einen fertig gekauften …«

Nach kurzem Warten war Annie wieder in der Leitung. »Okay. Die Jungs sind dran. Etwa in einer Stunde sind sie zurück. Wenn Sie mir Ihre E-Mail-Adresse geben, scanne ich die Seiten und schicke sie Ihnen. Das spart Telefonkosten.«

»Ich schulde Ihnen was.«

»Sie schulden mir ein Haggis-Essen.« Lachend legte Annie auf.

Monica und Crawford saßen wartend auf dem Sofa. Wieder stieß er mit dem Ellbogen ihr Bein an. »Du hast den Lagavulin immer noch nicht probiert.« Der Drink stand unberührt auf dem Tischchen neben dem Laptop. Sie griff nach dem Glas – »Cheers« –, stürzte es in einem Zug hinunter und spürte die Hitze in ihrer Kehle und gleich anschließend im Magen.

»Du sollst ihn doch nicht auf ex kippen!« Crawford klang empört. »Den musst du genießen. Fehlt nur noch, dass du ihn mit Cola light verdünnst.« Er ging noch mal in die Küche und holte die Flasche, um nachzuschenken. »Und diesmal bitte nur nippen. *Slàinte.*« Sie stießen an. Monica rollte genießerisch die Augen, schloss sie, als wäre sie ein echter Kenner, und nahm einen winzigen Schluck. Er schmeckte erstaunlich weich und torfig.

»Wenn es nicht Tosh war, wer war es dann?«

Monica blickte zur geschlossenen Kinderzimmertür. »Wir beginnen mit Freyas Dad, und dann arbeiten wir uns eben von da aus vorwärts.«

»Das wird Hately nicht gefallen. Dass sie doch kein Posten auf Toshs Tötungsliste ist und der Fall vielleicht in einer Sackgasse endet.«

»›Toshs Tötungsliste‹?« Monica zog die Augenbrauen hoch.

Crawford wandte den Blick ab. Offenbar war es ihm peinlich. »So sagen es die Leute im Netz.«

»Hately wird schon das Richtige tun.«

»Im ersten Moment vielleicht schon, aber wie viel Zeit wird er uns wohl geben, bevor das Ganze auf Eis gelegt wird? Bestimmt kommen bald andere Fälle rein, die Priorität haben.« Crawford rutschte unruhig auf dem Polster herum. Ihm schien etwas eingefallen zu sein. »Ich habe vergessen, dir was zu sagen. Wir sprachen doch über Mr. Miles, den Gemeindevorsteher dieser Kirche, in der es gebrannt hat?« Monica erinnerte sich, wie Fisher ihnen im Internet Fotos von dem Brand gezeigt hatte, und an die seltsame Geschichte von dieser Kreatur, die angeblich aus dem Erdboden gekrochen war.

»Ist er gestorben?«

»Er liegt immer noch auf der Intensivstation, soweit ich weiß. Aber hör dir das an.« Crawford wandte sich ihr zu. »Ich habe noch einmal mit Jim MacLeod gesprochen, dem leitenden Ermittler. Du errätst nie, was er mir erzählt hat.«

Monica nippte noch einmal an ihrem Whisky und spürte, wie der Alkohol ihr Inneres wärmte und die scharfen Kanten des Tages glättete. »Was hat er dir erzählt?« Sie wandte sich Crawford nun ebenfalls zu, um ihn direkt anzusehen. In gespieltem Interesse machte sie große Augen.

»Er meinte, die Ermittler der Feuerwehr hätten keine eindeutige Ursache für den Brand feststellen können. Es ist fast so, als wäre das Feuer von allein ausgebrochen. So etwas ist denen offenbar noch nie untergekommen.«

Es klang wirklich eigenartig. Aber Monica war lange genug im Polizeidienst, um zu wissen, dass sich solcherlei Gerüchte unter Beamten wie ein Lauffeuer verbreiteten und letzten Endes meist als unbegründet erwiesen. Sie würde den offiziellen Bericht abwarten. »Ich nehme an, wir werden es erfahren«, gab sie schließlich zurück.

Crawford brummte kurz und griff wieder zur Flasche. Monica wollte schon ablehnen, merkte dann aber, dass sie die entspannende Wirkung des Alkohols genoss, und hielt ihm ihr Glas hin.

»Du hast mir nie erzählt, wie es in der Schule gelaufen ist.«

»Nicht so toll. Offenbar macht Lucy den anderen Kindern Angst.« Wieder warf sie einen Blick zum Zimmer ihrer Tochter. Die Tür war immer noch geschlossen. »Anscheinend hat sie irgendwelche Gruselgeschichten erzählt.«

»Gruselgeschichten? Welche denn?«

»Ich weiß es nicht genau.«

»Jessicas Tochter scheint sie trotzdem zu mögen. Sie wollte sehen, wie sie eine Eule verzaubert.«

Darüber musste Monica lachen. »Ja, stimmt.« Sie nahm einen weiteren Schluck Whisky. »Was ist mit dir, du wolltest doch auch über etwas reden, am Sonntag beim Picknick am See, nachdem ich bei Tosh im Gefängnis war?«

Crawford zögerte. »Es war nur … keine Ahnung …« Er strich sich mit der flachen Hand übers Gesicht. »Ich wollte dich etwas fragen.«

»Wenn es darum geht, wie du einer weiteren Teilzeitfreundin am besten den Laufpass gibst, dann bin ich raus.«

Crawford zog eine Grimasse.

»Tut mir leid, Crawford, das kam jetzt echt gemein rüber. Sollte nur ein Witz sein.«

»Nicht schlimm, ehrlich.« Er beugte sich über die Sofalehne und fing an, durch ihre Plattensammlung zu blättern.

»Bist du sicher? Ich wollte wirklich nicht …« Monica verfluchte sich innerlich. Crawford tat sich ohnehin schwer, sich anderen gegenüber zu öffnen.

»Es war nichts.« Er zog eine Platte raus und hielt das Cover in den schwachen Schein des Laptops.

»Es tut mir wirklich leid …« Obwohl sie daran gewöhnt war, die abgebrühte Polizistin zu geben, hasste Monica es, Menschen, die ihr nahestanden, zu verletzen. Durch den Whiskynebel registrierte sie erstaunt, dass sie Crawford mittlerweile tatsächlich zu dieser Kategorie zählte.

»Ist die gut?«

Monica seufzte und schob sich näher an ihn ran, um das Cover zu sehen. *Sonnys Dream* von Hamish Imlach. Sie nahm den Duft seines teuren Rasierwassers wahr, vermischt mit dem Geruch von Waschpulver. Spürte die Wärme seines Körpers durch sein Hemd. »Ich glaube, die hab ich mir noch gar nicht angehört, die haben zum Großteil meinem Dad gehört.«

Crawford ließ die Vinylscheibe aus der Hülle gleiten. »Wie funktioniert das?«

»Hast du etwa noch nie eine Platte aufgelegt?«, fragte Monica und fühlte sich plötzlich unendlich alt.

»Mein Grandad hat seinen Plattenspieler gehütet wie einen Schatz, hat mir verboten, ihn anzurühren, also habe ich mir nur CDs gekauft.«

»Gib her, Kleiner«, sagte sie sanft und nahm ihm die Scheibe aus der Hand, um sie auf den Plattenteller zu legen. »Stell es nur nicht zu laut, damit Lucy nicht aufwacht«, flüsterte sie.

Crawford drehte die Lautstärke herunter. Dann zeigte sie ihm, wie man die Nadel auf das Vinyl setzte. Anschließend sanken sie beide in die Polster des Sofas zurück. Seine Hand streifte ihren Oberschenkel. Mit der anderen Hand griff er nach seinem Whisky. Die Musik setzte ein – schottischer Folk, normalerweise nicht unbedingt Monicas Ding, aber irgendwie passte Imlachs Stimme gut zu dem Whisky. Crawford rutschte auf dem Polster herum, bis er sie direkt ansah. Sie registrierte die kleinen Höcker auf seiner Nase, wo man sie ihm gebrochen hatte, und wie grün seine Augen waren, selbst in dem spärlichen Licht. Fast, als würde er Kontaktlinsen tragen. Ihr wurde bewusst, dass sie ihn noch nie so direkt angesehen hatte wie jetzt. Auch die winzige Narbe an seinem Kinn war ihr nie aufgefallen.

»Was denn?«

»Ich weiß nicht.« Monica sah weg. Es war schummrig im Zimmer, aber warm und behaglich, als wäre es der letzte Ort auf Erden. Als sie den Blick wieder hob, schaute Crawford sie immer noch an. Sie sah zu, wie ihre Finger sich zu seinem Gesicht hoben und die feine Linie der Narbe an seinem Kinn nachfuhren.

»Was ist passiert?«

»Ich bin als Kind vom Fahrrad gefallen.«

»Hat es wehgetan?«

Crawford antwortete nicht, sondern hob stattdessen die Hand zu ihrer. Er rutschte ein Stück näher, und sie tat es ihm gleich. Sie spürte die Hitze seines Mundes, registrierte den Geschmack von Bier unter dem Whisky, die rauen Bartstoppeln. *Das ist eine echt beschissene Idee*. Und trotzdem wollte ihr Körper nichts als in diese aufflammende Wärme hineinsinken. Sie strich mit der Hand an seinem Bauch abwärts, spürte die festen Muskeln, die harten Konturen seiner Rippen. Die Hitze dieses anderen Körpers. Sie spürte Crawfords Hände an ihrem Gesicht, dann sanken sie an ihre Hüften. Monica löste sich von seinen Lippen, spähte zu Lucys Zimmertür. Immer noch geschlossen. Sie wandte sich ihm wieder zu. Er küsste sie noch einmal auf den Mund, dann auf den Hals.

»Das ist keine gute Idee«, flüsterte Monica. »Was tun wir hier?«

»Du weißt, dass ich dich mag«, gab er zurück.

Wieder spürte sie seine Lippen auf ihrem Mund. Sog den Duft seines Rasierwassers tief in die Nase und strich ihm mit der Hand durchs Haar.

»Sollen wir in dein Zimmer gehen?«

Ja, das sollten wir, definitiv. Doch als sie ihn fester an sich zog, kam ihr sein Gesicht an diesem Nachmittag am See wieder in den Sinn. Vielleicht war es wegen Heather – sicher war es das gewesen, worüber er mit ihr reden wollte. Und irgendwie hatte es zu dem hier geführt.

Sie zog sich zurück. »Du bist immer noch mit Heather zusammen.«

Crawford zögerte und machte den Anschein, als wollte

er sie einfach weiter küssen. Deshalb legte sie jetzt eine gewisse Strenge in ihre Stimme. »Das schert dich einen Dreck, habe ich recht? Du denkst nur an dich selbst.«

Crawford rückte ein Stück von ihr ab und schüttelte den Kopf. »Verdammter Mist …« Er klang nicht wütend, eher verwirrt. Stirnrunzelnd ordnete er sein Hemd.

Monica fiel auf, dass die obersten Knöpfe ihrer Bluse geöffnet waren, und knöpfte sie rasch zu. »Ich wollte nicht …«

»Spielt keine Rolle.« Crawford erhob sich, klopfte sich den nicht vorhandenen Staub von den Klamotten und griff nach seinem Glas. Er leerte es in einem Zug und goss sich noch ein Glas ein.

»Es ist ja nicht so, dass ich nicht will. Scheiße.« Monica richtete den Blick zur Decke. »Aber mal ehrlich, ist das hier so ein Machtspielchen? Mal sehen, ob ich den Boss in die Kiste kriege, oder wie?«

»Nein! Du bist attraktiv, bist eine starke Frau …« Crawford stand da und hatte ihr den Rücken halb zugekehrt. »Ich hab dir doch gesagt, ich mag dich.«

Monica wischte sich mit der Hand übers Gesicht, strich ihre Haare zurück. Sie hatte es satt, immer nur allein im Bett zu liegen, hatte es satt, für sich selbst den Liebhaber zu spielen. Alles, was sie wollte, war, mit ihrem Kollegen ins Bett zu gehen und ihn besinnungslos zu vögeln. Warum musste nur immer alles so kompliziert sein?

»Das war eine dumme Idee«, sagte Monica. »Du solltest gehen.«

»Natürlich. Ich wollte nicht …«

Im selben Moment gab ihr Laptop einen Laut von sich. Jetzt fiel ihr wieder ein, weshalb sie eigentlich hier saßen, Whisky tranken und auf dumme Ideen kamen. Kopfschüttelnd richtete sie den Blick auf den Laptop.

»Eine Nachricht von meiner australischen Freundin«, sagte sie und zwang sich zu so etwas wie einem neutralen Ton, um das eben Geschehene zu überspielen. Sie öffnete die E-Mail und scrollte über die gescannte Logbuchseite. Eine Zeile war mit Leuchtstift markiert: Pauline Tosh war Mitglied der Crew auf einer Fahrt, die am siebten September 1994 von Sydney ausging und neunzehn Tage später, am sechsundzwanzigsten September, in Honolulu, Hawaii, endete. Wenn die Informationen korrekt waren, dann bestätigte dieses Dokument, was Tosh ihnen auf so kryptische Weise mitgeteilt hatte. Nämlich dass sie nichts mit dem Verschwinden von Freya zu tun haben konnte.

17

Crawford behielt recht, was Hatelys Reaktion auf die Neuigkeiten betraf, von wegen, Pauline Tosh käme als Freyas Mörderin nicht infrage. Nachdem Monica und Crawford ihren Bericht vorgetragen hatten, stand der Detective Superintendent auf und fluchte leise vor sich hin.

»Könnte Tosh nicht einen Komplizen gehabt haben?«, fragte er schließlich. »Sie haben Freya gemeinsam entführt, sie irgendwo festgehalten, und dann ist Tosh zurückgeflogen. Um sie zu ermorden und zu verscharren?« Hately merkte selbst, dass der Fall eine unerwartete Wendung nahm. Das Medieninteresse würde sich schlagartig erhöhen und damit auch der Druck, einen Schuldigen zu finden.

»Das passt nicht zu Toshs üblicher Vorgehensweise«, gab Monica zurück und warf Crawford einen Seitenblick zu. Er hatte sich noch einmal bei ihr entschuldigt und war gegangen, kurz nachdem die Nachricht aus Australien eingetroffen war. Sie hatten noch keine Gelegenheit gefunden, erneut über den Vorfall zwischen ihnen zu sprechen, und ihr war nicht entgangen, dass er immer noch denselben dunkelbraunen Anzug und dasselbe weiße Hemd wie am Abend zuvor trug. Wohin auch immer er gegangen war, nachdem er ihre Wohnung verlassen hatte, nach Hause jedenfalls nicht. Sie spürte, wie sich ihr der Magen zuschnürte, und wandte sich wieder an Hately. »Tosh war immer eine Einzelgängerin. Abgesehen davon ist sie zwischen 1994 und 1995 nur wenige Male mehrere Tage am Stück an Land gegangen, in Honolulu, Sydney, Singapur und Auckland.« Nicht dazu in der Lage, ein Auge zuzutun, hatte Monica vergangene Nacht mehrere Stunden damit verbracht, Toshs Bewegungen etappenweise zu rekonstruieren und nach irgendwelchen Zeitfenstern zu suchen, in denen sie nach Schottland zurückgekehrt hätte sein können. »Es ist unwahrscheinlich, dass sie von irgendeinem dieser Orte aus nach Hause geflogen ist, um einen Mord zu verüben. Tosh wusste genau, dass wir früher oder später herausfinden würden, dass sie zu dem Zeitpunkt im Ausland war. Es erklärt auch, warum sie uns bereitwillig den Ort genannt hat, an dem die Leiche begraben lag. Sie hätte sich niemals selbst belastet.«

»Verdammter Mist«, murmelte Hately. Er stemmte die Hände in die Hüften und schüttelte den Kopf, als wäre diese ganze verfahrene Situation allein Monicas Schuld.

»Wir könnten die Flugdaten für die Zeitfenster überprüfen, wo sie an Land war. Nur um ganz sicher zu sein, dass sie nicht zurückgekommen ist. Aber das wird jede Menge Zeit in Anspruch nehmen, nur um am Ende die Bestätigung zu haben.«

»Woher wusste sie dann, wo wir graben mussten?«

»Das müssen wir herausfinden. Wir sollten überprüfen, mit wem sie sich in den vergangenen Jahren die Zelle geteilt hat, mit wem sie schriftlich korrespondiert, wer sie besucht hat.« Monica hatte bereits eine Theorie. »Die Langeweile ist groß, wenn man jahrzehntelang eingesperrt ist. Mein Dad hat mir erzählt, dass die Lebenslänglichen manchmal von ihren Verbrechen erzählen. Sie als eine Art Währung einsetzen. Schon möglich, dass sie so an die Informationen gekommen ist.«

»Um Himmels willen«, flüsterte Hately schockiert. Dann aber veränderte sich sein Gesichtsausdruck, und er zog die Brauen zusammen. Die Anspannung wich aus seinem Kiefer.

Sehr viel später, als Monica daran zurückdachte, wie der Fall ins Rollen gekommen war, wurde sie den Verdacht nicht mehr los, dass Hately in dem Moment eine erste Vorahnung ereilte. Und dass er instinktiv wusste, dass er sich von den Ermittlungen distanzieren sollte. Fast mechanisch umrundete er seinen Schreibtisch und ging an Monica und Crawford vorbei zur Tür. »Halten Sie mich auf dem Laufenden.« Damit hielt er ihnen die Tür auf und bedeutete ihnen zu gehen.

Monica beendete gerade ihren Bericht zur *Road to Mandalay* und sah über ihren Schreibtisch zu ihrem Team. Crawford hatte sich auf seinem Stuhl zurückgelehnt und die Hände im Nacken verschränkt. Nach außen hin wirkte er entspannt, wich ihren Blicken allerdings geflissentlich aus. DC Fisher saß in Habachtstellung da, Frisur und Anzug so ordentlich wie immer. Er hatte artig genickt und sich Notizen gemacht, während sie sprach. DC Khan saß neben ihm. Sie kaute Kaugummi, während sie zuhörte, in einem unförmigen Wollmantel, und kritzelte ein paar Zeilen in einer Mischung aus schwarzer und pinkfarbener Tinte.

Monica räusperte sich. »Wir müssen die Details zu diesem Fall zurückhalten, das sollte unter uns bleiben.« Sie sah von einem Junior Detective zum nächsten. Trotz der peinlichen Sache zwischen ihnen hätte sie Crawford ihr Leben anvertraut, und sie wusste, dass Fisher die Rolle des kompetenten Detective perfekt verkörperte – er würde niemals Informationen an die Presse weitergeben. Khan war der einzige Unsicherheitsfaktor im Raum. Sie war erst seit sechs Monaten bei ihnen, und Monica hatte immer noch nicht das Gefühl, ihre Beweggründe zu kennen. »Irgendjemand hat der Presse von meinem Gespräch mit Tosh erzählt. Vermutlich war es jemand aus dem Carselang selbst, aber wir sollten trotzdem wachsam sein. Vorerst ist es zu unserem Vorteil, dass die Öffentlichkeit den Fall für abgeschlossen hält – so gewinnen wir etwas Zeit.«

Ihre Kollegen nickten einhellig.

»Ist bei den ursprünglichen Ermittlungen irgendetwas aufgefallen? Irgendwelche Namen, bei denen es klingelt? Eine Person mit Vorstrafen? So was in der Art?«, fragte Monica hoffnungsvoll. Duncan Greggs schlampige Arbeit hatte kein großes Hindernis dargestellt, solange sie Tosh als Mörderin im Visier hatten. Jetzt aber war es an ihnen herauszufinden, was vor vierundzwanzig Jahren tatsächlich geschehen war. Sämtliche Spuren waren inzwischen eiskalt. Monica wusste, dass die Chancen, den Mörder zu fassen, statistisch gesehen verschwindend gering waren. Außerdem würde sie Jessica und Barry Sutherland die Neuigkeit überbringen müssen. Nachdem sie jahrzehntelang im Dunkeln gewesen waren und endlich die Gelegenheit erhalten hatten zu trauern, würden sie nun mit neuen Ungewissheiten konfrontiert.

»Leider keine Auffälligkeiten«, erklärte Fisher und deutete auf seinen Laptop. »Der ermittelnde Beamte hat in seinen Berichten so gut wie keine vollständigen Namen notiert, da ist fast nur von ›Freund‹ oder ›Kollege‹ die Rede.«

Monica fluchte verhalten. Sie hatte gehofft, ein Gespräch mit Duncan Gregg umgehen zu können. Jetzt würde sie ihn doch um seine Mithilfe bitten müssen.

»Willst du, dass ich mit ihm spreche?«, fragte Crawford und sah in ihre Richtung, mied aber nach wie vor ihren Blick.

»Ich kümmere mich drum«, gab Monica zurück. Normalerweise war es die Art von Aufgabe, in der ihr Partner glänzen konnte, aber sie kannte Gregg gut genug, um zu wissen, dass er auf eine hochrangigere Beamtin entgegenkommender reagieren würde. »Was ist mit der Nachricht, die Freya hinterlassen hat, gibt es davon eine Kopie?«

Fisher nickte und reichte ihr ein Blatt. Sie war handgeschrieben.

Liebe Mum, lieber Dad,

es tut mir unendlich leid, dass ich euch so klammheimlich verlasse, aber ich dachte, es wäre leichter so. Ich wollte nicht für noch mehr Aufregung und Streitigkeiten sorgen. Ich weiß, ich habe euch mit meinen schulischen Leistungen und meinen beruflichen Entscheidungen schwer enttäuscht. Ich gehe fort, mit Freunden, denen ich viel bedeute. Ich kann noch nicht sagen, wohin es uns verschlägt, aber ich verspreche euch, dass ich mich baldmöglichst melde. Ich habe viel dazugelernt in diesem langen, ereignisreichen Sommer, und ich bin jetzt ein anderer Mensch als die, die ihr gekannt habt.

In Liebe,
eure Tochter
Freya xx

Monica reichte die Kopie an Khan weiter.

»Was ist mit ihrem Dad? Könnte er den Brief gefälscht haben? Oder sie gezwungen haben, ihn zu schreiben?«, schlug Crawford vor. Statistisch gesehen war die Wahrscheinlichkeit groß, dass der Mörder jemand aus Freyas engsten Umfeld war und ein Mann. Ihr Dad war also der naheliegende Hauptverdächtige, jetzt, da sie Tosh ausschließen mussten. Doch diese Theorie hatte einige Haken.

»Jessica meinte doch, bei ihnen in der Familie sei bis zu Freyas Verschwinden alles bestens gewesen«, sagte Monica. »Warum also hätte ihr Dad das Risiko eingehen sollen, Freya in Inverness zu begraben, wo er doch draußen auf dem Land lebt? Es hätte unendlich viele bessere Plätze gegeben, sich ihrer Leiche zu entledigen. Und wie soll Tosh von der Stelle erfahren haben, an der sie begraben war? Freyas Dad kann es ihr doch sicher nicht erzählt haben.«

Khan hielt die Kopie hoch. »Es klingt mir nicht so, als wäre in dieser Familie alles bestens gewesen. Sie sagt doch selbst, sie will keine weiteren Streitigkeiten und dass sie eine Enttäuschung für ihre Eltern gewesen sei.«

Monica dachte einen Moment über diesen Einwand nach und musste an ihre eigene Teeniezeit denken, vor allem an die späteren Jahre. Die ewigen Streitereien, die Versuche, sich ein unabhängiges Leben aufzubauen. Wie Freya hatte sie die Entfremdung von ihren Eltern deutlich gespürt, nur dass sie die Konsequenz gezogen hatte, ihr Zuhause zu verlassen und zur Polizei zu gehen.

Sie beugte sich auf Khan zu und nahm den Geruch von Kirschkaugummi, vermischt mit Zigarettenrauch, wahr. Noch einmal warf sie einen Blick auf den Abschiedsbrief. Diesmal las sie ihn laut vor: »›Ich habe viel dazugelernt in diesem langen, ereignisreichen Sommer, und ich bin jetzt ein anderer Mensch als die, die ihr gekannt habt.‹« Beim zweiten Lesen brachte dieser Satz bei ihr die Alarmglocken zum Schrillen.

»Klingt ganz so, als hätten sich in ihrem Leben massive Veränderungen abgespielt«, bemerkte Crawford.

»Oder jemand hat sich ihr Vertrauen erschlichen, sie manipuliert.« Monica hatte Ähnliches schon des Öfteren bei anderen Jugendlichen erlebt. Manche waren in den Einflussbereich irgendwelcher Sekten geraten, andere waren ins Sexgewerbe gelockt worden.

Monica erhob sich. »Fisher, ich möchte, dass Sie sich Toshs Besucherliste ansehen, wer ihre Zellengenossinnen waren und ob sie mit irgendjemandem korrespondiert hat – tragen Sie die Namen sämtlicher Leute zusammen, die ihr erzählt haben könnten, wo Freya begraben liegt. Ich weiß, das ist eine richtige Sisyphosarbeit, aber es ist sehr wichtig. Es könnte für uns zum Durchbruch führen.«

Fisher nickte mit ernster Miene, pflichtergeben wie immer. Sofort ereilten sie Gewissensbisse, dass sie ihn so schamlos ausnutzte, aber das änderte nichts an der Tatsache, dass es der Wahrheit entsprach.

»Sonst noch etwas?« Niemand meldete sich zu Wort, also sah Monica zu Crawford, der gerade aufstand.

»Ich dachte nur …«, sagte Khan nachdenklich, »wegen dieses Ortes.« Monica forderte sie mit einem aufmunternden Nicken zum Weitersprechen auf. »Ich habe mitbekommen, wie Sie und Crawford neulich vom Witch's Coffin sprachen. Da habe ich mich gefragt, ob das vielleicht einen Hinweis auf ein Motiv geben könnte?«

18

Monica und Crawford gingen in einvernehmlichem Schweigen den Flur entlang zum Ausgang und weiter nach draußen zum Volvo. Sie übernahm diesmal das Steuer. Es war ein weiterer nassgrauer Vormittag, wie gemacht für eine unbequeme Fahrt mit einem Kollegen, mit dem man um ein Haar intim geworden wäre.

»Lucy ist gut in die Schule gekommen, nehme ich an?«

Monica ließ den Wagen an. »Erst wollte sie nicht gehen, aber ich habe ihr gesagt, dass sie keine Wahl hat.«

»Gestern Nacht …«

»Wir hatten beide zu viel getrunken. Es war dumm.«

»Ich wollte nicht …«

»Du bist danach nicht nach Hause gefahren, stimmt's?«, hörte Monica sich sagen. Crawford räusperte sich verlegen. »'tschuldige, geht mich nichts an.«

Sie verließen den Parkplatz und fuhren schweigend westwärts durch den trüben Dunst. Monica war schon Hunderte Male auf dieser Straße am Beauly Firth entlanggefahren. Und jedes Mal war der Anblick ein anderer. Heute bildete das Wasser eine spiegelglatte Fläche, wie Quecksilber, die fernen Gipfel des Glen Turrit, des Glen Strathfarrar und des Glen Affric wolkenverhangen.

»Was hältst du von Khans Idee?«, brach Crawford

schließlich das Schweigen. »Was den Fundort der Leiche angeht?«

»Bei den meisten Mordfällen, in denen ich ermittelt habe, waren menschliche Gefühle die Wurzel allen Übels«, gab Monica zurück, froh, dass sie über ihre Arbeit sprechen konnten. »Hass, Zorn, Eifersucht. Das, woran Leute glauben.«

Crawford nickte. »Das war auch mein Gedanke.«

Eine Handvoll Reporterinnen und Reporter lauerte bereits draußen an der Zufahrt zur Fettercairn Farm, als Monica und Crawford dort hielten. Die Detectives schoben sich an den Wartenden vorbei und gingen über die Zufahrt auf das Haus zu. Ein aufgeregt wirkender Barry Sutherland öffnete ihnen die Tür.

»Wie geht's Jessica?«, erkundigte sich Monica, während Barry sie ins Haus bat. Bei Tageslicht konnte sie erkennen, dass die Wände des Korridors mit Dutzenden von Fotos bedeckt waren. Beinahe eine Art Schrein zu Ehren der Familie – verständlich, wo Jessicas eigene Familie durch Freyas Verschwinden auf so fürchterliche Weise auseinandergebrochen war.

»Sie ist ziemlich aufgewühlt. Vorhin hat sie einem Mann im Anzug die Tür geöffnet. Der Mistkerl fing an, ihr Fragen zu Freya zu stellen. Jessica nahm an, dass es ein Detective war, so wie er gesprochen hat … Am liebsten hätte ich ihm den Hals umgedreht.«

Ein altbekannter Trick skrupelloser Journalisten. »Ich hätte Sie beide warnen sollen. Aber ich hätte nie gedacht, dass die Sie hier draußen aufspüren.« Barry nickte, rückte seine John-Deere-Kappe gerade und sah sie ratlos an. »Kommt sie klar?«

»Sie macht sich Sorgen, sie könnte ihm irgendwelche vertraulichen Details verraten haben.«

»Was hat sie denn gesagt?«, erkundigte sich Monica.

»Nicht viel, nur dass sie genau weiß, dass es Pauline Tosh war. Dass es eine Erleichterung sei, endlich Klarheit zu haben.«

»Ich weiß, es ist schrecklich, wenn diese Leute vor der eigenen Tür lauern« – Monica deutete über ihre Schulter in Richtung Pressemeute –, »aber das Interesse legt sich meist schnell wieder. Sobald etwas anderes Interessantes passiert, verziehen sie sich.«

Jessica Sutherland stand bei geschlossenen Jalousien an der Kücheninsel und knetete in einer Teigschüssel. Wut stieg in Monica auf, weil man diese arme Frau nicht in Ruhe um ihre tote Schwester trauern ließ. »Ich dachte, ich backe frisches Brot …«

»Tut mir leid, das mit der Presse. Was auch immer Sie gesagt haben, es wird sich nicht negativ auf unsere Ermittlungen auswirken.«

»Ich wünschte nur, sie hätten sich nur halb so sehr für den Fall interessiert, als meine Schwester damals gerade frisch verschwunden war.«

»Nun, wir kommen mit Neuigkeiten zum Fall«, sagte Monica und zog sich einen Stuhl heran. Crawford nahm neben ihr Platz. »Es tut mir leid, aber die Lage hat sich etwas verkompliziert. Die Sache ist nicht ganz so einfach, wie es zunächst aussah.«

Die Kinder waren in der Schule, deshalb setzten sich Jessica und Barry nebeneinander an die Kochinsel, während Monica sie über die Informationen aus Australien in Kenntnis setzte, die Pauline Tosh als mögliche Mörderin entlasteten.

»Sie behaupten also, es war gar nicht Pauline Tosh?« Barry Sutherland klang wütend, offenbar projizierte er seinen durch die Journalisten ausgelösten Zorn nun auf die beiden Detectives. »Ich dachte, der Fall wäre klar, ich dachte, wir könnten endlich nach vorne schauen und unser Leben leben.«

»Ich weiß, es muss ein Schock sein«, besänftigte Monica ihn. »Ich verspreche Ihnen, wir tun unser Möglichstes.«

»Es klingt aber nicht so, als würde das reichen. Erst soll es Pauline Tosh gewesen sein, und auf einmal war es Gott weiß wer …« Barry sprühte vor Zorn.

Jessica legte ihm die Hand auf den Unterarm. »Wenn nicht Pauline Tosh, wer war es dann?«, fragte sie ganz ruhig. »Ich muss es wissen.«

»Wir tun alles in unserer Macht Stehende«, gab Monica zurück und verschränkte ihren Blick mit Jessicas.

»Ich weiß nicht, wie ich diese Unwissenheit länger ertragen soll. Gestern Nacht war die erste seit Langem, wo ich so was wie inneren Frieden verspürt habe. Sie müssen den Mörder für mich finden.«

»Dabei werde ich Ihre Hilfe benötigen«, gab Monica zurück. »Ich will ehrlich zu Ihnen sein: Damals, als Ihre Schwester verschwand, wurde nicht gerade gründlich ermittelt …«

»Da erzählen Sie uns nichts Neues«, mischte Barry sich ein, sein Gesicht wutverzerrt.

»Gestern haben Sie doch erwähnt, Sie hätten mit allen Freunden und Bekannten von Freya gesprochen? Dass Sie und Barry Ihre eigenen Nachforschungen durchgeführt hätten? Wir würden uns viel kostbare Zeit sparen, wenn Sie uns verraten würden, was Sie herausgefunden haben.«

Jessica führte sie eine schmale Treppe hinauf in ein Büro unterm Dach. Eine Karte von Schottland nahm eine komplette Wand ein, gesprenkelt mit farbigen Nadeln, die mittels eines Fadens mit Fotos von jungen Männern und Frauen verbunden waren. Eine andere Wand war vollständig mit Regalen bedeckt, die sich unter dem Gewicht dicker Aktenordner und Kartons voller Unterlagen durchbogen. Außerdem befand sich im Raum ein Schreibtisch mit zwei Telefonen.

»Hier haben wir damals mit Home Call angefangen. Mittlerweile verfügen wir über ein umfangreiches Netzwerk von ehrenamtlichen Helfern, weshalb wir selbst nicht mehr allzu viele Anrufe erhalten. Wir sind in erster Linie beteiligt an der Finanzierung des Ganzen, verschicken Anträge, all so was.«

»Sie haben vielen Menschen mit Ihrer Arbeit Trost gespendet«, sagte Monica. Tatsächlich bewunderte sie Menschen, die sich so für andere aufopfern.

»Wir wollten, dass das Ganze am Ende auch eine gute Seite hat«, erklärte Barry von der Tür aus. Er klang etwas gefasster. »Viele junge Leute haben uns geschrieben und uns wissen lassen, dass wir für sie die Rettung gewesen wären.«

»Das muss ein gutes Gefühl sein«, meldete sich Crawford zu Wort.

»Aber für meine Schwester kam jede Hilfe zu spät«, sagte Jessica traurig. Sie griff nach Barrys Hand und schüttelte den Kopf. »Jedenfalls ...« Sie ging neben den Regalen in die Hocke, öffnete eine kleine Schranktür und holte eine Plastikbox heraus. »Wissen Sie, ich habe mir das selbst seit zehn Jahren nicht mehr angesehen.« Der Deckel der Kiste war staubig – mit schwarzem Marker stand der Name FREYA darauf.

»Freya hat in ihrem Abschiedsbrief Freunde erwähnt. Wissen Sie, wer diese Freunde waren? Können Sie sich an die Namen erinnern?«

Jessica nickte. »Es gab drei, mit denen sie in diesem Sommer den Großteil ihrer Zeit verbracht hat – Brodie King, Miranda Salisbury und Joseph Moon.«

Bei den ersten beiden Namen klingelte sofort etwas bei Monica, weshalb sie sich flüchtig fragte, ob sie diese Leute früher vielleicht selbst gekannt hatte. Freya Sutherland war auf eine andere Schule gegangen als sie selbst, und 1994 war Monica bereits bei der Polizei, aber sie waren ungefähr im gleichen Alter. In den Neunzigern war Inverness noch wesentlich kleiner gewesen. Es war also gut möglich, dass sie gemeinsame Freunde gehabt hatten.

»Miranda Salisbury? Wie die Politikerin?«, warf Crawford ein, und im selben Moment machte es bei Monica Klick. Miranda Salisbury war ein aufstrebender Stern im schottischen Parlament in Edinburgh.

»Ganz genau. Brodie King ist heute ein bekannter Spitzenkoch, hat in London ein eigenes Restaurant eröffnet. Mittlerweile besitzt er auch in den Highlands ein paar Lokale.«

»Sie waren so alt wie Freya?«

»So ungefähr. Sie kannten sich allerdings nicht von der Schule. Ich glaube, sie hat sie durch ihre Arbeit in der Spielhalle kennengelernt. Das waren eher künstlerisch interessierte Typen – machten auf einen Teenie wie mich einen wirklich coolen Eindruck, ein bisschen wie Rockstars.«

»Und Sie haben mit allen drei gesprochen?«, erkundigte sich Monica.

»Sogar mehrmals. Ich war immer überzeugt, einer von ihnen müsste etwas wissen.«

»Was haben sie gesagt?«

»Nicht viel. Dass sie keine Ahnung hätten, wohin Freya verschwunden sei.«

»Wann haben Sie das letzte Mal mit ihnen gesprochen?«

»Das ist schon einige Jahre her«, sagte Jessica. »Miranda und Brodie sind beide weggezogen. Joseph ist als Junkie auf der Straße gelandet. Das Letzte, was ich von ihm gehört habe, war, dass er in die Craig-Dunain-Nervenklinik eingeliefert worden ist.«

Monica ließ sich diese Informationen durch den Kopf gehen. Vier Freunde, zwei davon erfolgreich, einer landet in der Nervenheilanstalt, eine wird vergraben im Marschland. Ihr detektivisches Gespür sagte ihr, dass da mehr dahintersteckte. Sie witterte eine Story. Irgendetwas war in jenem Sommer vorgefallen.

»Gab es noch jemand anders, der damals hier gewohnt oder gearbeitet hat?« Das kam von Crawford. »Irgendwelche Untermieter? Saisonarbeiter? Aushilfskräfte?«

»Nein, nichts dergleichen. Mum und Dad haben den Großteil der Arbeit selbst erledigt.«

Monica deutete auf die Plastikbox, die Jessica aus dem Schrank geholt hatte. »Gibt es da drinnen vielleicht etwas in Freyas Handschrift? Nur um sie mit dem Abschiedsbrief abzugleichen?«

»Es sollten ein paar alte Mitschriften von der Schule darunter sein, aber der Brief stammt definitiv von ihr«, sagte Jessica beinahe amüsiert. »Ich habe selbst zugesehen, wie sie ungefähr eine Million Mal ihre Unterschrift geübt hat, als wir beide Teenies waren. Ich würde ihre Handschrift überall erkennen.«

19

Monica und Crawford machten im Dorf Beauly bei Biagiottis halt, um sich einen Kaffee zum Mitnehmen zu besorgen, und fuhren ostwärts Richtung Inverness.

»Hast du irgendwelche Pläne fürs Wochenende?« Es schien ihr genau die passende Frage, um allmählich wieder zur alten Normalität zurückzufinden.

Crawford zuckte mit der Schulter und nahm einen Schluck von seinem Kaffee. »Bin mir noch nicht sicher. Und du?«

Monica schüttelte den Kopf. »Ich werde wohl was mit Lucy machen.«

»Klar. Tut ihr gut, ein kleiner Tapetenwechsel nach allem, was diese Woche so los war.« Crawford pfiff durch die Zähne, ein Tick von ihm. »Miranda Salisbury und Brodie King? Hately wird begeistert sein. Das heute Morgen war schon schlimm genug, und jetzt kommt auch noch ein Mitglied des schottischen Parlaments mit ins Spiel. Sollen wir gleich heute noch versuchen, mit den beiden zu reden?«

Die Ampel an der Brücke über den Beauly schaltete auf Rot. Monica brachte den Volvo zum Stehen und nahm einen großen Schluck aus ihrem Kaffeebecher. Crawfords Empfehlung war wirklich ein Volltreffer, der Kaffee schmeckte köstlich. Sie stellte den Becher zurück in die

Halterung und überlegte. »Es ist Freitagnachmittag. Ich rede später mit Hately.« Ihr Bauchgefühl sagte ihr, dass es politisch ratsam wäre, die Sache über ihren Chef laufen zu lassen und sich offiziell sein Okay zu holen, Miranda Salisbury und Brodie King verhören zu dürfen.

»Und was ist mit dem anderen? Diesem Joseph Moon. Jessica sagte doch, er sei immer noch oben im New Craigs?«

Wettertechnisch wurde der Tag nicht besser, über den Gipfeln im Westen zogen neue Wolkenbänke auf. Bis sie zurück in Inverness waren, hatte schwerer Regen eingesetzt. Kurz nach der Ortschaft Clachnaharry bog Monica an der Ampel rechts ab und fuhr den Craig Phadrig hinauf ins Leachkin-Viertel von Inverness. Die New-Craigs-Nervenklinik ragte hoch über der Stadt auf, ein hässliches modernes Bauwerk, das die herrschaftliche, noch aus der viktorianischen Ära stammende Craig-Dunain-Irrenanstalt abgelöst hatte. Die ehemalige psychiatrische Einrichtung stand verlassen ein Stück weiter hügelaufwärts mitten im Wald.

Die Dame an der Rezeption starrte eine ganze Weile auf Monicas und Crawfords Ausweise, ehe sie sie ihnen zurückreichte. Sie wirkte überrascht. »Sind Sie sicher, dass Sie Joseph Moon sprechen wollen? Er war schon hier, als ich hier angefangen habe, hat die Einrichtung so gut wie nie verlassen. Seine Eltern sind praktisch die Einzigen, die ihn je besuchen kommen.«

Monica versicherte der Frau, dass es sich keineswegs um einen Irrtum handelte, es ginge um eine Sache, die schon länger zurückliege. Die Rezeptionistin schüttelte noch einmal den Kopf, dann griff sie nach dem Telefonhörer, drückte auf einen Knopf und murmelte etwas in die Sprechmuschel.

Wenig später tauchte ein junger Mann in Chinos und weißem Hemd auf, ein Dr. Anders Fisk, wie ihnen das Namensschild verriet. Sein dunkles Haar war kurz geschnitten, die Miene ernst, während er den Blick zwischen Monica und Crawford hin und her wandern ließ. »Joseph ist sehr labil. Ich halte es nicht für ratsam, dass Sie ihn aufsuchen.«

»Wir müssen dringend mit ihm sprechen«, antwortete Monica. »Ich würde es lieber hier in seinem vertrauten Umfeld tun, wo er sich am wohlsten fühlt, statt ihn unnötig aufs Revier zu zerren, um ihn offiziell zu verhören.«

Der Doktor kniff die Augen zusammen, dann sah er zur Dame am Empfang. »Und da behaupten die immer, wir würden nicht in einem Polizeistaat leben, wie?«

»Wir ermitteln in einer schweren Verbrechenssache«, sagte Monica, bemüht um einen entschuldigenden Tonfall.

Der Doktor schien zu stutzen. »Verstehe. Nun, dann wollen wir mal sehen, wie die Stimmung heute ist … Vielleicht ist er gar nicht dazu in der Lage, mit Ihnen zu reden.«

»Ich erbitte mir nicht mehr als fünf Minuten.«

Dr. Fisk gab nach. Er drehte sich um und führte sie durch einen Korridor. »Das Community-Care-Programm sollte eigentlich Langzeitunterbringungen wie die von Joseph unterbinden«, sprach er über die Schulter zu ihnen, während sie eine Reihe von doppelten Türen passierten, begleitet vom Quietschen ihrer Schuhe auf dem Linoleum. »Klappt leider nicht immer.«

»Nicht jeder kann es einrichten, sich zu Hause um kranke Angehörige zu kümmern«, sagte Crawford.

»Stimmt auch wieder«, gab Fisk zurück und klang seltsamerweise erleichtert. Vor einer weiteren Doppeltür mit der Aufschrift »Aufenthaltsraum« blieb er stehen. Durch das mit Drahtgitter verstärkte Glas konnte Monica das flackernde Licht eines Fernsehers ausmachen, begleitet vom typischen Sitcom-Gelächter aus der Konserve. Dr. Fisk hatte bereits die Hand am Glas, schien aber noch zu zögern. »Josephs Zustand hat sich in letzter Zeit leider verschlechtert. Er erhält gegenwärtig starke Psychopharmaka. Manchmal dringt kaum etwas zu ihm durch.« Damit öffnete er die Tür.

Im Raum befanden sich etwa ein Dutzend Patienten. Eine Frau stand mit weit ausgebreiteten Armen wie gekreuzigt wenige Zentimeter vor der Wand und starrte dagegen. Der Psychiater lotste Monica und Crawford an das hintere Fenster, vor dem ein Ohrensessel stand, mit beeindruckendem Blick auf die Stadt, die sich am Fuß des Hügels vor ihnen ausbreitete. Der Mann, der in dem Sessel saß, war aufgedunsen, das Gesicht gerötet mit schuppigen Flecken. Das, was von seinen Haaren übrig war, klebte in fettigen Strähnen am Schädel.

»Joseph, diese beiden Detectives würden sich gern mit Ihnen unterhalten.« Fisk brüllte beinahe. Der Angesprochene blickte auf und ließ seine Augen über das Gesicht des Psychiaters huschen, dann sah er zu Monica und Crawford. Nach einer Weile nickte er kaum merklich.

»Müde heute.«

Monica lächelte. »Wir werden Sie nicht lange beanspruchen.« Joseph hatte einige Aknepickel am Kinn. Und in seinen Mundwinkeln klebte etwas Weißes. Draußen auf dem Flur begann jemand zu schreien. Fisk zuckte müde mit der Schulter und wandte sich zum Gehen. »Bin in fünf Minuten wieder da.«

Monica nickte und sah sich nach einer Sitzgelegenheit um. Sie zog zwei Plastikstühle heran, einen für sich und einen für Crawford. Die Heizung lief auf Hochtouren, die

Luft war unerträglich heiß und drückend, was das Gefühl verstärkte, dass diese armen Seelen hoffnungslos verloren waren. Sie schälte sich aus ihrem Mantel und legte ihn gefaltet über ihr Knie.

»Mein Name ist Monica, das ist Crawford. Wir würden Ihnen gern ein paar Fragen stellen.«

»Jemand hat mir erzählt, dass Sie kommen werden«, flüsterte Joseph. »Hat mich schwören lassen, dass ich niemandem was verrate.«

»Wer war das?«

»Das darf ich nicht sagen.« Er sprach sehr langsam und schleppend.

»Erinnern Sie sich an ein Mädchen namens Freya?«

»Wir haben einen großen Fehler gemacht.«

»Was habt ihr getan?«

»Das wissen Sie doch schon, oder?« Seine blauen Augen begegneten Monicas.

»Haben Sie Freya etwas angetan?«, fragte sie.

Joseph Moon wandte sich ab und starrte schweigend in den grauen Tag, auf die fernen Lichter der Kessock-Brücke und die Black Isle dahinter. Nach einer Weile glaubte Monica, er sei mit offenen Augen eingeschlafen, bis er sich ihrer Anwesenheit schließlich doch wieder zu besinnen schien und den Kopf leicht zu ihr neigte. Dann begann er zu flüstern.

20

Der Regen hatte zugenommen, als sie aus der drückenden Hitze der New-Craigs-Psychiatrie ins Freie traten. Anders als nach dem Besuch in der Leichenhalle anlässlich der Autopsie von Freya Sutherland erlebte Monica jetzt nicht das Gefühl, wie wiedergeboren zu sein, als sie die kühle Luft in ihre Lunge sog.

»Was hatte das zu bedeuten?«, fragte Crawford. »Glaubst du, sie haben sie umgebracht?« Die peinliche Sache von gestern Abend war vorübergehend vergessen. Monica spürte die Regentropfen auf ihr Gesicht prasseln, während sie über den Parkplatz zu ihrem Volvo hasteten. Joseph Moon hatte verängstigt geklungen, als er sich zu ihr gebeugt und zu flüstern begonnen hatte: »Wir haben ihnen Versprechungen gemacht.« Ihr waren einige längere Bartstoppeln an seinem Kinn aufgefallen, die er beim Rasieren übersehen hatte. »Jetzt können wir nie wieder schlafen.«

»Er ist wirklich in einem schlimmen Zustand«, sagte Monica, als sie sich ins Auto gerettet hatten. Die Fenster beschlugen, während sie dasaßen und sich unterhielten. Diesmal hatte Monica den Beifahrersitz eingenommen, Crawford würde zur Abwechslung das Steuer übernehmen. »Denkst du, auf seine Zeugenaussage kann man sich vor Gericht verlassen? Allerdings schien er schon auf Freya Bezug zu nehmen.«

Nach diesen wenigen Worten hatte Joseph wieder aus dem Fenster gestarrt, nicht willens oder nicht fähig, dies weiter auszuführen. Crawford ließ den Motor an und stellte die Lüftung so ein, dass die Scheiben frei wurden.

»Und was jetzt?«

Monica warf einen Blick auf die Uhr am Armaturenbrett. Erst eins. Sie drehte sich zur Rückbank, streckte die Hand zu der Plastikbox mit dem Namen FREYA auf dem Deckel und öffnete sie. Sie griff nach dem dicken Notizbuch, das ganz oben auf dem Stapel lag, und schlug es auf. Jessica Sutherland hatte eine Liste mit Namen, Adressen und Telefonnummern von Freyas Freunden, Bekannten und Kollegen erwähnt. Monica blätterte durch die abgegriffenen Seiten und fragte sich, ob darin vielleicht das eine Puzzleteil enthalten war, das sie zum Mörder des Mädchens führen würde. Schließlich fand sie die gesuchte Liste ganz hinten im Buch. »Die Rezeptionistin hat doch gesagt, Joseph Moons Eltern würden ihn regelmäßig besuchen.« Monica fuhr mit dem Finger über die vielen Namen, notiert mit Tinte in unterschiedlichen verblichenen Farben, bis sie bei einer Adresse in Cromarty innehielt. »Ich finde, wir sollten ihnen einen Besuch abstatten.«

Cromarty war eine malerische Küstenstadt auf der Black Isle, die in Wirklichkeit nur eine Halbinsel war, jenseits des Moray Firth nördlich von Inverness gelegen, mit schmalen Gassen, kleinen Fischerhäuschen und ein paar alten Kirchen mit noch älteren Friedhöfen. Im Sommer war der Ort bei Monica, ihrer Mum und Lucy ein beliebtes Ausflugsziel für Picknicks, aber heute hing eine schwere Regendecke über der Stadt.

»Man glaubt fast, hier müsste es noch Piraten geben«,

murmelte Crawford, während er den Anweisungen von Google Maps in die Duke Street folgte.

»Wollen wir es nicht hoffen«, gab Monica zurück, als er vor dem gesuchten Haus parkte.

Das nicht weit vom Meer gelegene Gebäude war weiß getüncht, ein charmantes Einfamilienhaus wie aus dem Bilderbuch, mit einem hübschen Arrangement aus Treibholz im kleinen Vorgarten. Der Mann, der ihnen die Tür öffnete, war schon jenseits der siebzig, mit einer wilden grauen Mähne, gekleidet in wasserdichter Hose und einer abgetragenen orangen Gore-Tex-Jacke.

»Mr. Moon?« Es stand kein Name an der Tür, und der Mann hatte auf den ersten Blick keine Ähnlichkeit mit Joseph. Es war durchaus möglich, dass seine Eltern umgezogen waren, seit Jessica sich die Adresse vor einigen Jahren notiert hatte.

»Wer will das wissen?« Er beäugte Monica und Crawford misstrauisch über eine mit eitrigen Furunkeln besetzte Nase.

Monica hielt ihm ihren Dienstausweis hin. »Wir sind von der Polizei. Es geht um Joseph.«

Seine Miene wechselte von misstrauisch zu feindselig. »Sie kommen zwanzig Jahre zu spät. Ich sollte Sie gleich zum Teufel jagen.« Er hatte einen nordenglischen Akzent.

»Wir ermitteln in einem Mordfall.«

Aus dem Inneren des Hauses war eine weibliche Stimme zu hören. »Wer ist es denn, Brian?«

Brian Moon schüttelte stirnrunzelnd den Kopf, sagte dann aber: »Ich schätze, Sie kommen besser rein.«

Monica musste den Kopf einziehen und sich unter dem niedrigen Türstock durch in das alte Haus ducken. Das nautische Thema setzte sich auch bei der Inneneinrichtung fort, mit Gemälden von Meereslandschaften und Drucken von

Schiffen. Unter anderen Umständen hätte dies ein charmantes Ferienhäuschen sein können.

»Mögen Sie das Meer?«, fragte Crawford.

»Hab meinen Dienst bei der Navy abgeleistet, anschließend bin ich extra hier raufgezogen. In eine Stadt, die man wegen des *Shipping-Forecast*-Wetterberichts aus dem Radio kennt, was konnte da schon schiefgehen?« Er stieß ein freudloses Lachen aus über seine wenig geistreiche Bemerkung. »Mittlerweile komme ich kaum mehr vor die Tür. Das ist Julia.« Seine Frau stand in der angrenzenden Küche und schnitt Gemüse klein, das sie in einen Suppentopf beförderte. Sie betraten den Raum.

»Tut mir leid, dass wir Sie so überfallen«, sagte Monica. Julia legte mit lautem Klappern den Deckel auf und setzte sich neben Brian an den Küchentisch. Monica und Crawford stellten sich dem Ehepaar noch einmal vor und nahmen einander gegenüber Platz. »Freya Sutherland, eine Freundin von Joseph, wurde im Jahr 1994 als vermisst gemeldet. Sie hat damals eine Nachricht hinterlassen, in der stand, sie wolle mit Freunden weggehen …«

»Ach, und auf einmal interessieren Sie sich dafür!« Der jahrelang unterdrückte Zorn brach sich in der Stimme von Josephs Vater Bahn, und er wirkte trotz seines hohen Alters bedrohlich. »Zwanzig verfluchte Jahre zu spät!«, wiederholte er. Monica hatte reichlich Erfahrung darin, mit aufgebrachten Menschen umzugehen. »Zu spät wofür?«, fragte sie mit ruhiger Stimme.

»Ich habe Ihren Leuten damals gesagt, dass etwas passiert sein musste. Joseph war nach diesem Sommer nie wieder derselbe. Er war erst zwanzig, um Himmels willen. Hatte noch sein ganzes Leben vor sich …« Brian Moons Stimme brach, und seine Wut verwandelte sich in Trauer.

»Wem genau haben Sie das gesagt?«, fragte Monica. In der schmalen Vermisstenakte war kein Vermerk, dass man die Moons verhört hatte.

»Dem Detective, der vorbeikam. Er hat sich nach der jungen Frau erkundigt, dieser Freya«, antwortete Julia Moon. Sie hatte graues Haar, das zu einem kurzen Bob geschnitten war, und trug einen weißen Strickpullover mit Zopfmuster, dessen Ärmel hochgekrempelt waren. Während sie sprach, drückte sie Brians Arm.

»Ein schleimiger Bastard. Typischer Aktenschubser, der nie unnötig einen Finger rühren würde. Den hat das alles einen Scheißdreck interessiert«, murmelte Brian Moon, dessen Ärger bei der Erinnerung erneut hochkochte. Seine Beschreibung deckte sich ziemlich genau mit dem, was Monica selbst von Duncan Gregg hielt.

»Was haben Sie ihm erzählt?«

Brian funkelte wütend. »Was macht das jetzt noch für einen verdammten Unterschied.«

»Vielleicht haben Sie ja in den Nachrichten mitbekommen, dass man Freyas Leichnam gefunden hat«, sagte Monica. »Wir versuchen, Antworten zu finden. Für ihre Familie. Und vielleicht auch für Sie.«

Brian warf seiner Frau einen Blick zu und sah dann wieder zu Monica. »Haben Sie Kinder?«

»Eine Tochter.«

Er wandte sich an Crawford. »Und was ist mit Ihnen?«

»Nicht dass ich wüsste.« Monica blickte irritiert zu ihrem Kollegen, doch überraschenderweise prustete Moon nun los und wischte sich die Augenwinkel.

»Die alten Witze sind doch immer noch die besten, was? Erinnert mich an meine Zeit im Dienst. Was hatten wir damals für einen Spaß.« Moon schüttelte den Kopf. »Ich wusste gleich, dass Brodie King ein schlimmer Finger ist. Dafür reichte mir ein Blick in seine Augen. Mit dem stimmte was nicht. Joseph war schon immer leicht beeinflussbar. Als er Brodie und Miranda begegnete, war er voller Bewunderung, hielt sie für was Besonderes …«

»Wie hat Joseph die beiden kennengelernt?«

»Er ging in Inverness auf die Kunsthochschule, zusammen mit Brodie. Über ihn hat er Miranda kennengelernt. Die drei waren unzertrennlich.«

»Hat Joseph je was davon gesagt, dass er weggehen wollte? Zusammen mit Brodie und den anderen, im Sommer 1994?«

Brian warf seiner Frau abermals einen Blick zu, worauf sie beide die Köpfe schüttelten. »Wir haben ihn in diesem Sommer kaum zu Gesicht bekommen. Er war nie zu Hause. Falls er etwas geplant hat, wären wir die Letzten gewesen, die davon erfahren hätten.«

»Hat er bei Brodie gewohnt?«

»Irgendwo muss er gewesen sein«, gab Brian zurück. »Hier war er jedenfalls nicht. Seine Mum und ich waren es offenbar nicht wert, uns über seinen Aufenthaltsort zu informieren.« Wieder schüttelte er den Kopf, sichtlich erschüttert bei dieser Erinnerung.

»Wann fing Josephs Geisteszustand an, sich zu verschlechtern?«

Brian senkte den Blick auf die Tischplatte, die Hände ineinander verschränkt. Jetzt sprach Julia, ebenfalls mit deutlich englischem Einschlag. »Eines Nachts im Oktober kam Joseph zurück. Er hatte seinen Schlüssel und seine Brieftasche verloren und rüttelte an der Tür. Wir hatten ihn seit Monaten nicht gesehen …«

»Anfangs haben wir uns einfach nur gefreut, dass er wieder da war«, fuhr Brian fort. »Er sah schrecklich aus, dürr wie ein Besenstiel, völlig ausgezehrt – die ersten beiden Tage blieb er nur auf seinem Zimmer und schlief.«

»Kamen Brodie oder Miranda vorbei, um ihn zu besuchen?«

»Natürlich nicht.« Brian war laut geworden.

»Irgendwann haben wir Joseph runter nach Bristol geschickt, wo er für ein paar Tage bei meinem Bruder bleiben sollte. Es schien ihm besser zu gehen. Als er zurückkam, fuhr er regelmäßig mit dem Bus nach Inverness, auf der Suche nach Arbeit.«

»Was geschah dann?«

»Es war im darauffolgenden Herbst. Am zehnten September 1995«, sagte Brian, und Monica erkannte das Datum – es war der Jahrestag von Freyas Verschwinden. »Wir erhielten einen Anruf von der Polizei. Sie hatten ihn meilenweit entfernt aufgegriffen, er war hilflos herumgeirrt, angeblich unbekleidet. Langer Rede kurzer Sinn, er wurde zwangseingewiesen und mit Schizophrenie diagnostiziert. Erst war er im Craig Dunain, und seit dessen Schließung sitzt er im New Craigs. Das ist unser Sohn, das ist sein Leben.«

»Tut mir leid.«

Traurig schüttelte Moon den Kopf. »Tja, es klingt ganz so, als hätte Freyas Familie eine völlig andere Sicht auf all das. Zweifellos wegen Brodie King und Miranda Salisbury. Mir ist zu Ohren gekommen, Brodie sei danach jahrelang heroinabhängig gewesen – wenigstens hat er auch leiden müssen. Mein Blut gerät jedes Mal in Wallung, wenn ich Miranda im Fernsehen sehe …«

»Wo hat die Polizei Joseph denn aufgegriffen?«, erkundigte sich Monica, in der Hoffnung auf eine offensichtliche

Verbindung: entweder mit dem Ort, an dem Freyas Leichnam vergraben worden war, oder mit der Fettercairn Farm.

Stattdessen sagte Brian: »Das war draußen im Westen. Am Corrimony Cairn, wenn Ihnen das was sagt.«

»Corrimony Cairn?« Bei dem Namen klingelte tatsächlich etwas.

»Ist das so ein Steinhügel mit Kammer? Wie ein Clava?« Crawford meinte damit die Clava Cairns, neolithische Hügelanlagen, wie es sie unweit von Inverness zuhauf gab. Berühmt geworden waren sie durch die *Outlander*-Serie im Fernsehen.

»Ganz genau. Er liegt nicht weit von Glen Affric.«

»Hatte dieser Ort für Joseph irgendeine Bedeutung?«

Brian stieß ein verbittertes Lachen aus. »Sieht fast so aus. In seinem Wahn hat er ständig was gefaselt von einem Versprechen, das er nicht halten konnte.«

»Hat er gesagt, wem er angeblich ein Versprechen gegeben hatte?«

Brian Moore erhob sich schwerfällig von seinem Stuhl und verließ das Zimmer. Der Regen prasselte gegen die kleinen Fenster des Cottage. Monica registrierte den Geruch der Suppe auf dem Herd.

Julia spähte den Flur entlang, um sich zu vergewissern, dass ihr Mann außer Hörweite war, dann beugte sie sich auf Monica zu. »Wie alt ist Ihre Tochter?«

»Fünf. Ist erst vor Kurzem in die Schule gekommen.«

»Was für ein schönes Alter«, sagte Julia mit einem traurigen Lächeln. »Joseph war so aufgeregt, als er in die Schule kam. Als Einzelkind freute er sich besonders, neue Freunde zu finden. Er wollte immer schon dazugehören und gemocht werden.« Wieder spähte sie in den Flur. »Brian erinnert sich nicht gern an all das. Es ist einfacher, Brodie King und Miranda Salisbury die Schuld für alles in die Schuhe zu schieben. Manchmal frage ich mich, ob wir ihn enttäuscht haben. Irgendetwas muss ihm gefehlt haben.«

Eine Tür schlug zu, und Brians Schritte waren auf den knarzenden Dielenbrettern zu hören. Als er wieder in den Raum trat, hielt er etwas in der Hand.

»Vor ein paar Jahren mussten wir uns damit abfinden, dass Joseph nicht mehr nach Hause kommen würde. Damals haben wir sein Zimmer renoviert. Dabei fand ich das hier seitlich neben seinem Schrank.« Brian legte etwas auf den Tisch. Monica betrachtete die verblichene Fotografie. Darauf waren drei junge Menschen zu sehen, die im Dreieck standen. Hinter ihnen war ein riesiger Baum zu sehen, und neben ihnen etwas, das aussah wie eine Steinmauer. »Das ist Joseph.« Der junge Mann links sah ganz und gar nicht aus wie die Person, mit der Monica vor einer Stunde gesprochen hatte. Er trug eine dunkle Jeans und ein dunkles Hemd, die rötlich blonden Haare über dem Ohr stufig rasiert. Er war dünn und blass, strahlte aber eine jugendliche Vitalität aus, als läge ihm die Welt mit ihren grenzenlosen Möglichkeiten zu Füßen. *Was ist mit dir passiert, Joseph?,* fragte Monica sich unwillkürlich. *Was hat dich so tief sinken lassen?*

Brian bewegte den Zeigefinger zu dem jungen Mann in der Mitte. »Das ist Brodie King«, spie er gehässig aus. Er war größer als Joseph, genauso dünn wie sein Freund, hatte aber breitere Schultern und lange dunkle Haare. Er war ebenfalls dunkel gekleidet und hatte eine Sonnenbrille hochgeschoben. Seine Stirn war gerunzelt, und er starrte mit intensivem Blick unverwandt in die Kamera. »Und hier die großartige Miranda Salisbury.« Sie stand ein wenig abseits. Schlank, in abgeschnittener Jeans und weißem ärmellosen Top, einen lila Sonnenhut auf dem Kopf, der ihr Gesicht und die Haare überschattete.

Noch einmal ließ Monica die Augen über das Foto wandern. Auf den ersten Blick kam es ihr unecht vor, eine Gruppe von Kunststudenten, die für die Aufnahme posierten, und trotzdem schien eine sonderbare Kälte von ihnen auszugehen. Vielleicht irritierte sie die Tatsache, dass die drei im Dreieck standen? Oder der durchdringende und wissende Ausdruck auf Brodies Gesicht? *Vielleicht weißt du ja, was Joseph und Freya zugestoßen ist?*, meldete sich bei Monica eine innere Stimme.

»Sehen Sie sich Brodies Hand an.«

Crawford beugte sich vor und neigte das Foto leicht. »Deutet er auf etwas?«

Monica sah genauer hin und wünschte, sie hätte ihre Lesebrille mitgebracht. Brodie King hatte den Daumen der rechten Hand in den Bund seiner Jeans eingehakt. Der Zeigefinger war ausgestreckt, sodass es aussah, als würde er auf den Boden zwischen ihnen weisen.

»Haben Sie irgendeine Vorstellung, wo diese Aufnahme entstanden ist?«, fragte Monica, an Brian gewandt.

»Das war der einzige Grund, warum ich dieses Scheißfoto aufgehoben habe.« Als Brian die Hand danach ausstreckte, bemerkte Monica mit zusammengekniffenen Augen die Steinmauer neben den dreien. Aus diesem veränderten Blickwinkel erkannte sie plötzlich, was genau sie da vor sich hatte. Es war gar keine Mauer, sondern ein kleiner Menhir.

Brian drehte das Foto um und hielt ihr die Rückseite hin. Neben dem Aufdruck des Fotolabors stand da handgeschrieben mit schwarzem Kugelschreiber: CORRIMONY CAIRN 1994.

21

»Du denkst, irgendwas könnte da draußen am Corrimony Cairn vergraben sein?«, fragte Crawford, als sie wieder im Volvo saßen. Sein offensichtliches Entsetzen über diese Vorstellung verdrängte das anhaltende Unbehagen zwischen ihnen. Zumindest vorerst. Regen schlug gegen die Windschutzscheibe. Der Wind hatte zugelegt, das Meer war aufgewühlt, und ein jodartiger Gestank ging von der weißen Gischt aus.

»Ich werde Ridgeway kontaktieren.« Monica hatte bereits am Vortag mit dem forensischen Archäologen telefoniert, nachdem er seine Untersuchung der Gegend um den Witch's Coffin abgeschlossen hatte. Er war zu dem Fazit gelangt, dass es keinen Hinweis auf weitere vergrabene Leichen gab. Er hatte erwähnt, dass er am Morgen die Fähre zur Isle of Lewis nehmen wollte, um übers Wochenende einen Ausgrabungsort zu besuchen. »Er meinte, er sei am Montag zurück.«

Crawford nickte, wischte sich mit der flachen Hand übers Gesicht und sah im Seitenfach der Tür nach, ob noch eine von seinen Red-Bull-Dosen übrig war. Er fischte eine heraus, öffnete sie und nahm einen Schluck. Dann bot er Monica das Getränk an. »Es ist nur noch eine da«, sagte er entschuldigend.

Sie schüttelte den Kopf, ließ den Wagen an und sah auf die Uhr. Fast vier. An Freitagen holte ihre Mum Lucy von der Schule ab, um mit ihr den Wochenendeinkauf bei Lidl und Co-op zu erledigen. Aus irgendeinem Grund liebte Lucy diese Supermarktbesuche und fand es toll, ihrer Gran beim Beladen ihres kleinen Wägelchens zu helfen.

»Muss hart sein für diese Leute«, bemerkte Crawford und deutete hinter sich auf das Haus der Moons. »All die Jahre, in denen sie gehofft haben, es würde besser werden. Es sind immer die guten Menschen, die in der Hölle landen. Die richtig üblen Typen leben wie die Maden im Speck. Das ist nicht fair.«

»Nein. Ist es nicht.« Monica fragte sich, wie er überhaupt auf die Idee kam, das Leben könnte in irgendeiner Weise fair sein. Wobei gerade das etwas war, das ihr an Crawford so gefiel, sein Optimismus. Darin war er ihrer Mum sehr ähnlich. Vielleicht verstanden die beiden sich deshalb so gut.

»Zwei von ihnen haben Erfolg, Miranda Salisbury als Parlamentsmitglied und Brodie King als Starkoch. Joseph dagegen landet in der Psychiatrie, und Freya ist tot. Denkst du, sie haben sie getötet? Und Joseph konnte das mental nicht verkraften?«

»Möglich. Wie es aussieht, ist in dem Sommer damals etwas Schreckliches vorgefallen«, gab Monica zurück. »Wir müssen herausfinden, was das war.«

Sie fuhren den Rest der Strecke schweigend, wobei Crawford unablässig auf seinem Handy herumtippte. Dem wiederholten Summen nach trafen laufend neue Nachrichten bei ihm ein. Am Fuß der Church Street im Zentrum von Inverness fuhr Monica an den Straßenrand.

»Möchtest du auf einen Drink hochkommen?«, fragte

Crawford, während er bereits aus dem Wagen stieg. Seine grünen Augen verschränkten sich mit ihren, und er lächelte. »Keine Wiederholung von gestern Abend, versprochen.«

Nein, ich möchte keinen Drink, dachte Monica, während sie seinem Blick standhielt. *Ich möchte, dass du mich mit zu dir nimmst und mich vögelst.* »Ich fahre besser heim und sehe nach Lucy«, gab sie stattdessen zurück.

Crawford nickte. Er lächelte wieder und schien ganz der Alte zu sein, aber als er die Wagentür zuschlagen wollte, fiel ihr Blick auf seine linke Hand. Die Fingerkuppen an Zeige- und Mittelfinger waren rot. Sie hatte nicht gewusst, dass ihr Partner an den Nägeln kaute. Jetzt erkannte sie, dass sie blutig gebissen waren.

Als Monica am Haus ihrer Mutter in Rapinch eintraf, erzählte Lucy gerade begeistert von einem Spiel, das sie in der Schule gespielt hatten. Monica zog fragend die Augenbrauen nach oben und sah ihre Mutter an. Angela Kennedy formte lautlos mit den Lippen die Erklärung: »Hat mit der kleinen Harriet und ihren Freunden gespielt.« Auch wenn diese Verbindung zu den Sutherlands nicht gerade optimal war während der laufenden Ermittlungen, war sie unendlich erleichtert, Lucy endlich wieder glücklich zu sehen. Sie stand auf einem Stuhl, der an den Küchentresen herangeschoben war, und half ihrer Gran beim Ausrollen des Teigs für die freitagabendliche Pizza. Dann machte sie sich ans Belegen, mit Schinken und Ananas für sich selbst und Angela und mit Pilzen und Oliven für Monica. Während sie die pummeligen Fingerchen ihrer Tochter beobachtete, musste sie wieder an Crawford und seine blutigen Hände denken. Sie fand es verstörend, dass er neuerdings offenbar an den Nägeln kaute. Dabei war es nichts weiter als eine unschöne Angewohnheit, nichts, das Grund zur Beunruhigung geben musste.

»... hat gesagt, dass ihre Tante verschwunden ist, wie eine Fee. Ich glaube nicht, dass das in echt passieren kann, oder?«

Monica wurde sich bewusst, dass ihre Tochter fragend zu ihr aufsah. »Was hast du gesagt, Liebes?«

Ihre Mum mischte sich ein: »Harriet hat behauptet, ihre Tante Freya sei einfach verschwunden, hat sich in Luft aufgelöst wie eine Fee. Ich habe ihr erklärt, dass das manchmal passiert, wie im Märchen.«

Monica zwang sich, Lucy anzulächeln. »Niemand weiß genau, was aus Freya geworden ist.« Obwohl sie die Versuche ihrer Mum, Lucy zu schonen, durchaus guthieß. Schließlich wusste sie nur zu gut, was für eine lebhafte Fantasie ihre Tochter hatte. »Ich und Crawford versuchen, das herauszufinden, damit wir es Harriets Mummy und Daddy sagen können.«

22

Im Carselang gab Pauline Tosh den Ton an. Es war Samstagvormittag, und Monica saß bereits eine geschlagene Stunde bei Tyler, dem jungen Vollzugsbeamten, und wartete darauf, dass die Serienmörderin sich endlich aus ihrer Zelle bequemte und mit ihr sprach. Der einfachste Weg, den Mord an Freya aufzuklären, wäre es herauszufinden, woher Tosh von dem Leichnam gewusst hatte. Einen Versuch war es wert, und sei es auch noch so unwahrscheinlich, dass die Gefangene diese Info freiwillig herausrückte.

Während Monica in seinem Büro wartete, bereitete Tyler, der vor Kurzem Vater geworden war, Tee für sie zu und zeigte ihr voller Stolz eine Reihe von Videoaufnahmen. Sie zeigten seinen Sohn, Tyler junior, der zwar ein niedliches Baby war, aber ansonsten nur teilnahmslos in seinem Gitterbettchen lag.

»Ein eigenes Kind stellt die Welt völlig auf den Kopf, finden Sie nicht?«, sagte Tyler gerade. Das elektrische Kaminfeuer lief auf Hochtouren, um der von den dicken Granitmauern ausgehenden Kälte etwas entgegenzusetzen. Auf der Fahrt das Glen Wyvis hinauf waren die umliegenden Gipfel nach den gestrigen Niederschlägen mit einer feinen Schneeschicht bedeckt. Die Dächer und Türmchen des Carselang waren ebenfalls überzuckert. »Es kehrt mehr

Ernsthaftigkeit ein. Wenn mir etwas zustoßen würde …« Er schüttelte den Kopf. »Hab von dieser armen Frau gelesen, die man neulich gefunden hat. Dass ihre Familie all die Jahre nicht wusste, was aus ihr geworden war. Wenn ich mir vorstelle, das wäre mein Kind!«

Monica nahm einen Schluck von ihrem Tee. »Haben Sie die Story an die Presse verkauft?«

Tyler sah aus, als würde er sich fast an seinem Tee verschlucken. »Nein! Natürlich nicht! Hat das irgendjemand behauptet? Ich wüsste doch gar nicht, wie …«

Er klang ernsthaft gekränkt, und Monica hatte das Gefühl, sich entschuldigen zu müssen. »Obwohl nur eine Handvoll Leute von der Sache mit Tosh wusste, ist das an die Öffentlichkeit gelangt.«

»Tja, von mir stammt die Info jedenfalls nicht.«

»Haben Sie es schon mal erlebt, dass Kolleginnen oder Kollegen etwas an die Presse weitergegeben haben?«

Tyler senkte den Blick und rückte einen Stapel Besucherformulare vor sich auf dem Empfangstresen gerade. »Tja, man hört Gerüchte. Wie man sich ein paar Riesen dazuverdient.«

»Sie wissen, dass es den Familien der Opfer schadet? Es ist eine Art von Einmischung, die sich nicht gehört, und es zerstört das Vertrauen der Betroffenen in unsere Ermittlungen.«

»Das ist mir klar!«, wehrte sich Tyler. »Deshalb würde ich so was auch nie tun!«

»Ich glaube Ihnen«, sagte Monica, tatsächlich von seiner Unschuld überzeugt. »Trotzdem müssen Sie mir einen Gefallen tun.« Sie wühlte in ihrer Tasche nach einer ihrer Karten und hielt sie ihm hin. »Falls Sie zufällig mitbekommen, wer die Infos weitergegeben hat, oder falls sich jemand aus

Ihrem Kollegenkreis plötzlich ein neues Auto oder einen teuren Urlaub leistet, obwohl er doch angeblich keine Kohle hat – rufen Sie mich an.«

Das Telefon auf dem Tresen begann zu klingeln, und Tyler nahm ab. Er hörte dem Anrufer wortlos zu und legte dann wieder auf. »Tosh lässt ausrichten, sie verlässt ihre Zelle heute nicht mehr. Sie meint, Sie müssen ein anderes Mal wiederkommen, wenn Sie unbedingt mit ihr reden wollen.«

Diesmal warteten Monicas Mum und Lucy in Tain im Café auf sie, als sie auf der Rückfahrt dort haltmachte. Von Crawford heute leider keine Spur, dachte sie, als sie ihren Wagen draußen abstellte. Wieder einmal grübelte sie, was er ihr an diesem Sonntag am See wohl hatte sagen wollen. Seufzend verriegelte sie den Volvo mittels Knopfdruck und redete sich ein, dass es vermutlich nichts Wichtiges gewesen war. In seinen romantischen Beziehungen neigte er zu wiederkehrenden dramatischen Ausbrüchen, die sich allerdings meist schnell wieder legten.

Im wohlig warmen Café sog Monica das Röstaroma frisch gemahlener Bohnen, vermischt mit dem von hausgebackenem Brot, in sich auf. Für die Jahreszeit war in dem Lokal erstaunlich wenig los. Sie entdeckte ihre Mum und Lucy an einem Tisch in der Ecke. Als sie sich ihnen näherte, blickte ihre Tochter auf. Monica registrierte ihr blasses Gesicht und die Hand auf ihrem Bauch.

»Hat sie das alles ganz allein aufgegessen?« Monica deutete auf das riesige leere Dessertglas, das vor ihr stand.

Ihre Mum verschränkte defensiv die Arme. »Sie hat sich eine Belohnung verdient, nach der harten Schulwoche!«

»Mum, ihr ist übel, das seh ich doch sofort.«

»Tja, das kommt davon, wenn die Augen größer sind als der Bauch.« Angela Kennedy lachte. »Nur so lernt sie es.«

Die gelangweilt wirkende Kellnerin kam angeschlurft, und Monica bestellte einen Flat White. Dann setzte sie sich neben Lucy und fühlte mit dem Handrücken ihre Stirn.

»Ich glaub, ich bin krank«, stöhnte ihre Tochter.

Monicas Mum sah sich in dem menschenleeren Café um, dann beugte sie sich verschwörerisch zu ihr. »Und, wie ist es gelaufen?« Angela Kennedy war eine manische Krimileserin und interessierte sich brennend für True Crime, insbesondere aber für die Fälle ihrer Tochter. Manchmal recherchierte sie wie eine Besessene und stieß dann auf Nachrichtenseiten oder in Krimi-Chatgruppen auf wertvolle »Hinweise«, bevor sie ihre eigenen Theorien zu Monicas und Crawfords Fällen aufstellte. Mittlerweile wusste Monica mit dieser Marotte ihrer Mutter umzugehen. Das Beste war, man fütterte sie mit kleineren Informationshappen, die für den Verlauf der Ermittlungen entweder harmlos oder ohnehin öffentlich bekannt waren. Natürlich machte sie sich keine Illusionen: Jede Info, die sie mit ihrer Mum teilte, landete früher oder später in einer ihrer Chatgruppen.

»Nicht gut. Sie hat sich geweigert, mit mir zu reden«, gab Monica kleinlaut zurück und sah sich im Café um, bevor sie hinzufügte: »Aber das behältst du bitte für dich.«

»Selbstverständlich, Monica!«, sagte ihre Mum und blickte sich ebenfalls verschwörerisch um, begeistert, dass sie nun über Insiderinformationen verfügte. »Ich käme niemals auf die Idee!«

Wenig später hatte Lucy sich von ihrer durch den riesigen Eisbecher ausgelösten Übelkeit erholt, und sie beschlossen, das nicht weit entfernt liegende Dunrobin Castle zu besichtigen. Nachdem sie eine Weile über das weitläufige Gelände des herrschaftlichen Anwesens spaziert waren, fuhren sie auf der A9 durch Golspie zurück Richtung Süden. Es dämmerte bereits, als sie von der Black Isle aus die Kessock-Brücke nach Inverness überquerten. Es war Lucy, die die Flammen als Erste bemerkte. Angela war weggedämmert, und Monica hatte den Blick auf die Fahrbahn geheftet, als die Kleine auf dem Rücksitz schrie: »Da brennt was!«

Monica folgte Lucys Zeigefinger, der auf die Hänge von Craig Phadrig gerichtet war, jenem Hügel westlich des Stadtzentrums und Sitz der New-Craigs-Nervenklinik, der Monica und Crawford erst tags zuvor einen Besuch abgestattet hatten. Ihr erster Gedanke war, dass die Einrichtung brennen musste – es hätte gut zu diesem Fall gepasst. Sie brauchte einen Moment, bis ihr klar wurde, dass das Feuer zu weit westlich war, um am New Craigs ausgebrochen zu sein, ein Stück weiter den Hügel hinauf. »Es ist diese Kirche!«, durchbrach ihre Mum ihren Gedankenfluss. »Die oben auf dem Hügel!«

23

Die Sackgasse, die zur Kirche führte, war bereits abgeriegelt, als Monica in einem Affenzahn quer durch die Stadt raste und den Hügel hinauffuhr. Etwas weiter oben sah sie drei Feuerwehrfahrzeuge, die um das brennende Gebäude herumstanden. Sie erinnerte sich, dass das Gotteshaus aus den Siebzigern stammte und in erster Linie aus Holz und Glas bestand. Jetzt erhoben sich schwarzer Rauch und grelle Flammen daraus. Das trockene Holz gierte danach zu brennen. Als Monica unmittelbar vor der Polizeiabsperrung anhielt und ausstieg, sah sie, wie nah die brennende Kirche an das dichte Waldgebiet grenzte, das die oberen Hänge des Hügels bedeckte. Die Einsatzkräfte kämpften erbittert gegen den Brand an, um ein Übergreifen auf die Bäume zu verhindern. Selbst aus dieser Entfernung spürte Monica die Hitze der tanzenden Flammen, die eigenartige Schatten warfen, und für einen kurzen Moment musste sie an einen satanischen Hexensabbat denken, an bösartige Feenwesen und Kobolde, die Chaos und Zerstörung verbreiteten.

Mit einem Kopfschütteln bedeutete sie ihrer Mum und Lucy durch die Windschutzscheibe, im Wagen zu warten. Beide starrten mit großen Augen nach draußen, völlig eingeschüchtert von der Feuersbrunst, und machten keine Anstalten, den Schutz des Fahrzeugs zu verlassen. Der Beamte an der Absperrung erkannte Monica auf Anhieb und versuchte nicht, sie aufzuhalten, aber der heiße Luftzug, der hügelabwärts wehte, fühlte sich an, als würde man die Tür zu einem brennenden Hochofen öffnen. Schnell wurde klar, dass sie ohne einen Schutzanzug, wie die Einsatzkräfte sie trugen, nicht viel näher an die Brandstelle herankommen würde.

Sie zog sich zum Absperrband zurück. »Befand sich jemand im Gebäude?«

»Wir glauben nicht, Ma'am«, gab der Beamte zurück und musste schreien, um sich über das Tosen der Flammen Gehör zu verschaffen. »Für heute waren keine Messen oder andere Veranstaltungen geplant.« Monica atmete erleichtert auf. Der Gedanke, dass jemand in diesem Flammenmeer gefangen sein könnte, war zu grauenvoll. »Das ist schon die zweite Kirche, die in dieser Woche brennt«, fügte der Beamte hinzu. Und auch wenn Monica gottfroh war, dass niemand in dem Gebäude gewesen war, wurde sie das dumpfe Gefühl nicht los, dass ihr Team schon bald einen weiteren Fall auf dem Tisch haben würde.

24

Erst am Montagmorgen, nachdem sie Lucy an der Schule abgesetzt hatte und den Parkplatz des Reviers überquerte, kam Monica dazu, einen Blick auf ihr Handy zu werfen. Die Flut an verpassten Anrufen von Crawford war der erste Hinweis darauf, dass etwas nicht stimmte. Sie verfluchte sich innerlich, dass sie ihr Telefon auf lautlos gestellt hatte, und eilte ins Gebäude und die Treppe hoch.

Die Tür zu Detective Superintendent Hatelys Büro stand weit offen, er erwartete sie bereits, mit undurchdringlicher Miene, die Stirn in zornige Falten gelegt. Ihr Boss war der Typ Mann, der *Power: Die 48 Gesetze der Macht* von Robert Greene gelesen und sich eifrig Notizen dazu gemacht hatte, aber wie die meisten vergaß er das Gelernte, sobald er unter Druck stand, und verhielt sich seiner Natur entsprechend. In seinem Fall war es aggressives Machogehabe. Er winkte sie ungeduldig zu sich ins Zimmer.

»Schließen Sie die Tür«, blaffte er. Monica folgte der Anweisung. Dann stand sie abwartend da und sah ihn quer durchs Büro an. Sie spürte, wie sie die Hände seitlich sinken ließ. Auf dem Schreibtisch lag ein iPad. Er deutete darauf. »Was zur Hölle soll das?«

»Was denn?« Hately stand da, die Hände auf die Hüften gestemmt. Wie es aussah, würde er es ihr nicht leicht machen. Sie trat näher und drehte das Tablet zu sich herum, sodass sie auf das Display sehen konnte. Die Website einer Klatschzeitung war geöffnet, mit folgender Schlagzeile: TORY-PARLAMENTSMITGLIED IN HIGHLAND-MORDERMITTLUNG INVOLVIERT.

»Miranda Salisbury ist Gegenstand unserer Ermittlungen, und ich muss das über die Scheißpresse erfahren?«

»Tut mir leid«, murmelte Monica, selbst ein wenig geschockt. »Ich habe das auch erst am Freitag herausgefunden. Wollte Sie heute darüber informieren. Und mit Ihnen über einen Termin für eine Befragung sprechen.« Noch während sie das sagte, wurde ihr bewusst, wie lächerlich ihre Entschuldigung klang.

»Haben Sie das weitergegeben?«

Sie arbeitete jetzt seit fünf Jahren mit Hately zusammen und konnte sich nicht erinnern, dass sie ihn je so wütend erlebt hatte. »Was für einen Grund hätte ich wohl, der Presse eine solche Information zukommen zu lassen?«

»Vielleicht um Druck auf mich zu machen? Sie hatten womöglich Sorge, Sie würden von mir nicht genügend Zeit bekommen, oder Sie dachten, ich könnte den Fall ans Cold-Case-Team übertragen?«

»Wenn Sie mir so etwas wirklich zutrauen, dann weiß ich nicht, was ich in diesem Büro zu suchen habe.« Monica spürte, wie sich trotz ihres Zorns ein Kloß in ihrer Kehle bildete. »Sie haben offenbar keinen Funken Vertrauen in mich.«

Hately wandte den Blick ab. »Das habe ich nie behauptet.« Er wischte sich mit der Hand übers Gesicht und seufzte schwer. »Wer war es dann?«

Monica überlegte. »Nur mein Team wusste davon, ich, Crawford, Fisher und Khan. Ich glaube nicht, dass einer von ihnen Grund hatte, es auszuplaudern. Jessica Sutherland hat mir erzählt, sie habe am Freitagvormittag mit einem Pressevertreter gesprochen. Sie meinte, sie habe nur bestätigt, dass Pauline Tosh die Mordverdächtige sei. Von Salisbury konnte sie zu dem Zeitpunkt noch gar nichts wissen …« Monica unterbrach sich, als ihr Brian Moon wieder einfiel.

»Was ist?«

»Ein Freund von Freya, Joseph Moon. Wir haben mit seinen Eltern gesprochen. Sein Dad schien einen Groll auf die Polizei zu haben, und für Miranda Salisbury und Brodie King hat er auch nicht viel übrig.«

»Sie denken, er könnte der Presse etwas gesteckt haben?«

»Diese Leute haben mir versprochen, mit niemandem darüber zu reden.«

»Und Sie haben ihnen vertraut?« Hately klang jetzt beinahe erleichtert. Besser, irgendwelche Zeugen waren die undichte Stelle, als dass jemand aus ihrem eigenen Team getratscht hatte.

»Wir haben es nicht unter Kontrolle, wenn Zeugen mit der Presse reden«, sagte Monica. »Tut mir leid, dass ich Sie nicht gleich am Freitag über die Neuigkeit in Kenntnis gesetzt habe. Ich wollte Sie heute auf den neusten Stand bringen. Hab's vermasselt. Es ist nicht fair Salisbury und King gegenüber, aber der Fall erregt großes öffentliches Interesse. Irgendwann wäre das ja doch rausgekommen.«

»Salisburys Anwälte werden uns in der Luft zerreißen«, sagte Hately. Wieder starrte er sie an, aber sein Ton war etwas nachsichtiger geworden. »Sind Sie auch ganz sicher, dass die undichte Stelle nicht bei unseren Leuten zu suchen ist?«

Eine halbe Stunde später rief Monica ihr Team zusammen. Sie musterte nacheinander die drei jungen Detectives: Fisher mit seinen wie immer ordentlich frisierten dunklen Haaren und der Brille; der rothaarige Crawford im schicken Anzug; Khan mit zum unordentlichen Knoten hochgesteckten Haaren, Brille und locker sitzender weißer Bluse.

»Sie haben sicherlich alle die Story über Miranda Salisbury und Brodie King heute Morgen in der Zeitung gesehen.« Ihr gefiel das Ganze genauso wenig wie ihnen, aber wer war schon begeistert, wenn die eigene Integrität infrage gestellt wurde. »So leid es mir tut, aber ich muss diese Frage stellen. Wenn irgendjemand von Ihnen weiß, wie diese Info durchgesickert sein könnte, ist jetzt der beste Zeitpunkt, es mir zu sagen.« Die drei Detectives wechselten Blicke untereinander, aber keiner von ihnen sagte ein Wort. »Wenn es ein Ausrutscher war, kriegen wir das wieder hin.«

Crawford hatte zwar ein loses Mundwerk, aber wenn es drauf ankam, konnte er schweigen wie ein Grab. Fisher war ein Paragrafenreiter vor dem Herrn, dessen Hauptziel im Leben eine erfolgreiche Karriere bei der Polizei war. Und Khan? War es möglich, dass sie einem ihrer Pressekontakte etwas geflüstert hatte? Monicas Blick blieb für einen kurzen Moment an ihr haften. Khan schob sich die Ärmel ihrer Bluse über die Ellbogen hoch, verschränkte die Hände ineinander und ließ die Knöchel knacken. Sie heftete die Augen darauf. Monica sah noch einmal von einem Detective zum anderen. Niemand sagte ein Wort. Nach einer Weile erhob sie sich und rang sich ein Lächeln ab. »Na dann, zurück an die Arbeit.«

25

Den restlichen Vormittag und frühen Nachmittag saßen Monica und Crawford im Auto, auf einer längeren Fahrt nach Sutherland ganz oben im Nordwesten der Highlands, durch atemberaubende Landschaften, für die Menschen um die halbe Welt reisten. Sie bildeten einen eigenartigen Kontrast zu Monicas eigenen Gedanken: Statt die malerischen Berggipfel und Seen zu bewundern, dachte sie über ein Loch im Boden nach. Über Freya Sutherland, die mehr als zwei Jahrzehnte lang darin begraben lag. Und die Person, die sie dort verscharrt hatte. War es Brodie King? Mit Miranda Salisbury und Joseph Moon als Komplizen? Es würde jedenfalls erklären, weshalb Moons Verstand im Jahr darauf Risse bekommen hatte. Hatten die Schuldgefühle ihn nachts nicht mehr schlafen lassen? Und ihn so allmählich in den Wahnsinn getrieben? Was auch immer 1994 passiert war, King hatte das Ganze definitiv besser verarbeitet als Moon. Fotos von Kings lächelnder blonder Ehefrau und den gemeinsamen Kindern auf der Unternehmenswebsite hatten Monica verraten, dass er nicht nur eine eigene Familie besaß, sondern noch dazu eine erfolgreiche Restaurantkette leitete. Der neuste Zuwachs war das Laxford Inn, ein gehobenes Seafood-Restaurant. Monica hatte bereits dort angerufen. Sie hatte Auskunft bekommen, dass

King als Chefkoch fungierte und sieben Tage die Woche im Schichtbetrieb dort arbeitete. Er habe nicht die Absicht, in nächster Zeit nach Inverness zu kommen.

»Warst du schon öfter hier oben?«, fragte Crawford und unterbrach so ihren Gedankengang. Sie hatten den Großteil der Fahrt geschwiegen. Offenbar würde das Unbehagen von vergangener Woche noch eine Weile anhalten.

»Ein- oder zweimal«, gab Monica zurück. »Oft genug, um zu wissen, dass das hier der schnellste Weg ist.« Es hatte zu einer kleineren Diskussion geführt, welche Strecke sie wählen sollten, als sie vom Revier aufgebrochen waren. Crawford hatte die Route entlang der Westküste über Ullapool nehmen wollen; Monica dagegen wusste aus Erfahrung, dass es schneller ging, wenn man von der A9 aus eine Nebenstraße nahm und über die Berge über Lairg fuhr.

Crawford lachte. »Wie es aussieht, hattest du recht. Wir sind schon halb da. Woher wusstest du das?«

»War schon mal wegen eines Falls hier oben. Vor ungefähr sechs Jahren. Mein Dad lag damals im Sterben, deshalb war ich eine Weile in Inverness.« Während sie sprach, drohten die traumatischen Erinnerungen an die damaligen Ermittlungen und an den Tod ihres Vaters an die Oberfläche zu kommen. Sie registrierte eine kaum merkliche Veränderung in Crawfords Körpersprache: Er richtete sich hinter dem Steuer ein wenig gerader auf.

»Scheiße, ich erinnere mich, dass ich davon gelesen habe – oben in Kinlochbervie. Klang richtig übel.«

Monica räusperte sich. »Kann man so sagen«, gab sie schließlich zurück. »War heftig.«

Crawford warf ihr einen Seitenblick zu, sichtlich interessiert. Allerdings bedrängte er sie nicht weiter, und sie war froh, die alten Erinnerungen nicht auffrischen zu müssen.

Aber wenn das alles damals nicht passiert wäre, gäbe es Lucy nicht, rief sie sich ins Gedächtnis.

Am Wegweiser zum Laxford Inn bog Crawford ab. Das Lokal war ein renovierter ehemaliger Kuhstall, errichtet aus Stein, mit einem nagelneuen riesigen Glasanbau. Von dort aus hatte man Ausblick auf den Minch, jene Meerenge, die das Festland von den Äußeren Hebriden trennt. Crawford parkte den Volvo zwischen einem BMW und einem Ferrari, stieg aus und streckte sich nach der langen Fahrt erst einmal ausgiebig.

Auch Monica merkte beim Aussteigen, dass ihre Wirbelsäule nach den vielen Stunden im Auto wie gestaucht war. Sie drückte ihren Rücken durch und nahm den beißenden Geruch des Meeres wahr, das tröstliche Tosen der Wellen, die sich am nahen Sandstrand brachen. Die Glasfront des Inn ragte frei über den Strand hinaus, und trotz der herbstlich kalten Brise, die vom Nordatlantik heranwehte, entdeckte Monica auf der Terrasse zwei voll besetzte Tische. Die trinkenden Gäste waren in dicke Pullover und warmen Tweed gehüllt und unterhielten sich lautstark, während die Sonne sich allmählich zum westlichen Horizont senkte. Die Aussicht war wirklich überwältigend, und für einen kurzen Augenblick erlaubte Monica es sich, sich vorzustellen, sie gehöre selbst zu diesen Menschen, die in einem Sportwagen die North Coast 500 entlangbrausen und in teuren Hotels absteigen. Unterwegs mit einem wohlhabenden Ehemann.

Sie hatte in ihren Zwanzigern und Dreißigern ein paar ernste Beziehungen geführt, immer mit Männern, die weniger dominant waren, als ein Außenstehender vielleicht vermuten würde. Ein Künstler, ein Historiker, ein Pfleger in einer Psychiatrie. Sie hatte sich nie zu uniformierten Machotypen wie Polizeikollegen oder Feuerwehrmännern hingezogen gefühlt. Ihrem Daddy viel zu ähnlich, meldete sich eine innere Stimme zu Wort, und Monica musste ihr recht geben. Es war nicht zu leugnen, dass sie in Beziehungen die Hosen anhaben musste. Eine Reaktion auf die Einschränkungen, die sie als Jugendliche durch ihren autoritären Vater erfahren musste. Dann die Enttäuschung, wenn die Männer ihrer Wahl sie im Stich ließen.

Sie erinnerte sich an eine Reise nach Italien mit dem Historiker – an seinen großartigen Sinn für Humor und das Glück darüber, mit jemandem zusammen zu sein, der wirklich Ahnung hatte und mit reichem Wissen zu den Fresken in Florenz und Siena aufwarten konnte, der mit ihr die ganze Nacht lang durch Rom spazieren wollte, um zu guter Letzt die Sonne über dem Kolosseum aufgehen zu sehen. Später an diesem Tag hatten sie in einer ruhigen Seitenstraße miterlebt, wie ein Straßendieb eine Frau von ihrem Moped stieß und ihre Handtasche klaute. Instinktiv hatte Monica den Langfinger am Kragen gepackt und zu Boden gerungen. Die Frau lag neben ihrem Gefährt auf der Straße, der Unterarm durch den Sturz in einem unnatürlichen Winkel verdreht.

»Hilf ihr!«, hatte Monica gerufen und festgestellt, dass der Historiker in einem Hauseingang zusammengesackt war, die Hand an der Brust. Er hatte eine Panikattacke erlitten. Nachdem der Krankenwagen die arme Frau in die Klinik gebracht hatte und die Carabinieri eingetroffen waren, um den Dieb festzunehmen, hatte Monica den Rest des Tages damit verbracht, ihn zu beruhigen, aber das peinliche Wissen um seine Schwäche ließ sie nicht wieder los. Seine Reizbarkeit, verstärkt durch das traumatische Erlebnis. Seine Passivität beim Sex – das Gefühl, dass ihre ungebändigte Lust ihn völlig aufzehren und zerstören könnte. Er würde niemals dazu in der

Lage sein, ihre triebgesteuerte weibliche Seite zu beherrschen, das wurde ihr damals klar. Sie würde sich zu seinem Wohl immer zurückhalten müssen.

»Gehen wir rein?«, durchbrach Crawfords Stimme über das Dach des Wagens hinweg ihre Erinnerungen. Warum kamen sie ausgerechnet heute an die Oberfläche? Weil der Historiker so ganz anders gewesen war als Lucys Vater?

»Tja, wegen meiner beschissenen Vergangenheit bin ich nicht hergekommen«, murmelte Monica, und Crawford zog fragend die Augenbrauen nach oben. Ein leicht amüsierter Ausdruck legte sich auf seine Züge. Er schüttelte den Kopf und beugte sich in den Wagen, um sich seinen Mantel zu greifen, dann überprüfte er den Kragen seines Hemds und schlüpfte in das teure Kleidungsstück aus edler Wolle.

»Na, na, wer wird denn im Beisein von Kollegen fluchen.« In gespielter Empörung schüttelte er den Kopf, dann richtete er sich auf und verriegelte den Volvo.

Der Eingangsbereich war mit Landschaftsfotografien der markanten Gebirgszüge und der Seen der nordwestlichen Highlands dekoriert, dazwischen vereinzelt Aufnahmen von einem Mann in weißer Kochuniform an der Seite verschiedener prominenter Gesichter, den Arm kameradschaftlich um die Schultern dieser Bekanntheiten gelegt. Brodie King war mindestens einen Kopf größer als die meisten von ihnen und hatte das gleiche dunkle Haar, den blassen Teint und die dunklen Augen wie der junge Mann auf dem Foto, das 1994 am Corrimony Cairn aufgenommen worden war. Sein markantes Kinn, das von dunklen Bartstoppeln bedeckt war, war ein wenig fülliger geworden, aber ansonsten hatte er sich in den vergangenen vierundzwanzig Jahren kaum verändert. Ganz im Gegensatz zu Joseph Moon.

Die Rezeption war unbesetzt, weshalb Monica die Tür zum Restaurant aufdrückte. Ein Bartresen zog sich zu einer Seite über die gesamte Länge des Raums. Die Spiegel und Flaschen dahinter reflektierten das unverwechselbare Licht des Nordens. Der köstliche Geruch nach Knoblauch und Muscheln wehte von der Küche her in den Gastraum. Am Ende der Bar saßen zwei Männer auf hohen Hockern und sahen auf, als Monica eintrat. Einer von ihnen war ein Kellner in Tweedweste, weißem Hemd und schwarzer Hose. Sein vollendetes serviceorientiertes Lächeln geriet für den Bruchteil einer Sekunde ins Wanken, als er das ungleiche Paar sah: die hochgewachsene Frau in ihrem abgetragenen Tweedmantel und den kleinen, herausgeputzten Mann, der aussah wie aus dem Modekatalog. Monica aber schenkte ihm kaum Notiz. Ihr Interesse galt dem Mann neben dem Kellner, gekleidet in weiße Kochuniform, mit hochgerollten Ärmeln, aus denen bleiche Unterarme hervorragten.

Er musterte unverhohlen ihr Gesicht, und sie fühlte sich schlagartig wie gelähmt, erfasst von einer Angst, wie sie sie bislang nur selten erlebt hatte. Es war ihre Intuition, die Alarm schlug. Als würde sich im Traum eine Schranktür öffnen, hinter der ein menschenfressendes Ungeheuer zum Vorschein kam.

»Mr. King?«, fragte später Crawford neben ihr nach kurzem Zögern.

»Wer will das wissen?« Sein Akzent klang eher nach Lowlands im Gegensatz zum weicheren Schottisch der Highlands, das sie erwartet hatte. Vor ihm stand ein aufgeklappter Laptop, daneben lag ein Notizbuch. Die Uhr über der Bar zeigte zwei Uhr nachmittags. Der große Mittagsansturm war vermutlich gerade vorbei.

»Ich bin DI Kennedy von der Polizei in Inverness, das ist

DC Crawford.« Sie durchquerte den Raum und hielt ihm ihre Dienstmarke hin. Er warf einen flüchtigen Blick darauf und stellte dann wieder Augenkontakt her. Sie spürte, wie sie abermals ein eisiger Schauer überkam, obwohl sie diesmal vorgewarnt war. Jetzt starrte sie mehr auf seine Nasenspitze, als dass sie ihm in die Augen sah, ein alter Trick, den sie sich bei ihrem früheren Boss unten in Glasgow abgeschaut hatte. Es half, mit dem starren Blick von Psychopathen klarzukommen. *Sie riechen auch anders,* hatte er ihr jedes Mal versichert, wenn er ins Jagdfieber nach Hexen und Dämonen verfallen war. *Ihre Gehirne setzen andere Hormone frei. Manche Frauen stehen darauf, fühlen sich wie magisch davon angezogen.*

King wandte sich dem Kellner zu, der große Augen machte: »Gib mir zwei Minuten.« Der Kellner nickte, trat auf die Terrasse und zog die Glastür hinter sich zu. King richtete seine Aufmerksamkeit auf Monica. »Haben Sie noch nie was von Telefonieren gehört?« Es war nicht zu übersehen, dass er ein selbstbewusster Charakter war. In seinem beruflichen Umfeld galt Kaltschnäuzigkeit als Durchsetzungsvermögen und war allgemein akzeptiert.

»Wir halten Sie nicht lange auf.«

»Das denke ich auch. Hab den Scheiß gelesen, der heute Morgen über mich in der Zeitung stand. Dachte mir schon, dass ich Besuch kriege. Mein Anwalt hat mir geraten, Ihnen zu sagen, Sie sollen sich verpissen.«

»Sie haben mit Miranda gesprochen?«

»Keine Ahnung, von wem Sie reden.«

»Nein?« Monica nickte Crawford kurz zu, der daraufhin in die Manteltasche griff und ihr das Foto vom Corrimony Cairn hinhielt. Es zeigte Miranda Salisbury, Brodie King und Joseph Moon. »Es gab da noch eine andere junge

Frau, mit der Sie befreundet waren, damals im Jahr 1994. Ihr Name war Freya Sutherland.«

Monica beobachtete eindringlich Kings Gesicht, während sie sprach. Seine Augen waren von einem dunklen Grau, fast Schwarz. Seine Miene aber zeigte keinerlei Regung, nur seine Pupillen weiteten sich. Seine Hand hob sich an die Manschette seiner Kochjacke, und er schob sie höher, sodass noch mehr von seinem Unterarm zu sehen war.

»Sie ist verschwunden«, fuhr sie fort, »nur wenige Monate nachdem dieses Foto gemacht wurde. Mehr als zwanzig Jahre lang hat niemand von ihr gehört, bis vor einer Woche ihr Leichnam gefunden wurde. Erinnern Sie sich jetzt an sie?«

»Ich weiß nicht mehr viel aus der damaligen Zeit. Hatte ein paar harte Jahre.«

»Sie waren heroinabhängig?«

»Das wird behauptet.« King griff nach einer Packung Marlboro, die auf dem Tresen lag, und steckte sich eine Kippe in den Mund.

»Sie vier standen sich sehr nahe, zumindest macht es den Eindruck. Waren Sie und Miranda ein Paar?«

Brodie zuckte mit der Schulter. »Wer weiß.«

»So dicke Freunde, und auf einmal bricht alles auseinander?«

»So sind junge Menschen eben, oder? Das Feuer der Leidenschaft erlischt.«

»Ist es das, was zwischen Miranda und Ihnen geschehen ist?«

»Wir haben in diesem Sommer gerammelt wie die Karnickel.« Er sah Monica fest in die Augen. »Ist es das, was Sie hören wollen? Hätten Sie gern mehr Details?«

»Ich interessiere mich eher dafür, wie es zu Ende gegangen ist. Sie und Miranda gerieten beide auf die Erfolgsspur, Joseph landete im Craig Dunain, und Freya war tot und verscharrt.« Brodie King starrte sie weiter unbeirrt an, antwortete aber nicht. Sie bemerkte eine tiefe weiße Narbe, die sich über seinen Nasenrücken zog, als wäre sie ihm richtig übel gebrochen worden. »Hatten Sie zu der Zeit ein Auto?« Sie wusste bereits von Brian Moon, dass er damals einen VW Golf fuhr. King ließ sich immer noch nicht zu einer Antwort herab. »Verbringen Sie je Zeit unten in den Marschen? Halten Sie sich gelegentlich dort auf?«

»Vielleicht. Die jungen Leute taten das damals alle.«

»Wie haben Sie Freya kennengelernt?«

»Wie lernt man sich denn generell so kennen?«

»Sie war ein Mädchen vom Land, stimmt's? War sie leicht zu beeinflussen?« Brodie antwortete nicht. »Ihre Mum hatte ein wenig Geld. Man hat Sie als privilegiert bezeichnet.«

»Miese Disziplin. Das geschieht häufig bei alleinerziehenden Müttern, wenn kein Dad da ist.«

»Haben Sie Freya versprochen, Sie würden mit ihr weggehen? Haben Sie sie dazu gebracht, einen Abschiedsbrief zu hinterlassen, damit Sie sie ermorden konnten, ohne dass jemand Verdacht schöpfte?«

»Ich sehe schon, die Polizei von Inverness ist kein Stück schlauer als vor zwanzig Jahren.« Brodie lachte herablassend, doch Monica entging nicht, dass er beide Hände flach auf den Tresen gelegt hatte, als wollte er aufstehen. Sie nahm an, dass ihre Worte bei ihm einen Fluchtreflex ausgelöst hatten. »Tanzen einfach hier an mit einer unausgegorenen Geschichte.«

»Joseph Moon hat uns erzählt, Sie hätten einen Fehler begangen. Was glauben Sie, meinte er damit?«

»Haben Sie in letzter Zeit mit Joseph gesprochen? Nicht gerade der hellste Geist, was man so hört.«

»Das habe ich«, gab Monica zurück und trat näher. »Ihr bester Freund. Vielleicht ist er nicht mit dem klargekommen, was Sie Freya angetan haben?«

Für einen kurzen Moment verzerrte sich sein Gesicht zu einer zornigen Grimasse. Doch bevor er etwas erwidern konnte, öffnete sich eine Tür im hinteren Bereich des Restaurants, und die zwei kleinen Jungen, die Monica von Brodie Kings Website kannte, kamen angerannt.

»Daddy!«, schrien sie im Chor und schossen auf den Mann zu, der von seinem Hocker herunterrutschte und sich mit ausgebreiteten Armen hinstellte, um die beiden aufzufangen. Die blonde Frau von der Website folgte ihnen in den Raum, Brodies Ehefrau, gekleidet in Jeans und einen grünen Cardigan. Ihr Blick wanderte fragend zwischen den Detectives und ihrem Mann hin und her. Sie schien zu spüren, dass etwas nicht stimmte.

Brodie drückte die beiden Kinder an seine Brust und fing Monicas Blick auf. »Wenn ich Sie wäre …« – jetzt, da er sich aufrichtete, stellte sich heraus, dass er einige Zentimeter größer war als sie –, »würde ich noch einmal lange und scharf nachdenken, bevor ich das nächste Mal mit einer von diesen wilden Theorien hier aufkreuze.«

26

Es war schon nach vier, als sie die Kessock-Brücke überquerten. Monica fuhr westwärts durch Inverness und dann noch einmal hinauf nach Craig Phadrig. Den Feuerwehrleuten war es zwar gelungen, ein Übergreifen der Flammen auf den Wald hinter der Kirche zu verhindern, aber von All Angels war dennoch nicht viel mehr übrig als ein verkohltes Gerippe. Es wirkte unheilkündend unter dem bedrückenden Herbsthimmel, dachte Monica, als sie an der Zufahrt zur Kirche vorbeifuhr und stattdessen den Blinker setzte, um in die Balnafettack Terrace abzubiegen. Kurz vor Inverness hatte sie ein Anruf aus der Zentrale erreicht. Man hatte ihr mitgeteilt, dass man bei den Befragungen von Haustür zu Haustür einen Zeugen aufgespürt hätte.

Eine Frau ungefähr Mitte zwanzig öffnete ihnen die Tür eines Hauses mit grauem Rauputz. Sie hatte glatte braune Haare, trug ordentliche Sportklamotten aus Lycra und dazu schneeweiße Turnschuhe. Sie stellte sich ihnen als Sofia Dabrowski vor. Monica und Crawford folgten ihr in ein kleines Wohnzimmer. Wie Sofia waren die Räumlichkeiten sehr ordentlich, mit brauner Sitzgarnitur, pastellgrünem Teppich und dazu passenden Vorhängen und einem Duft nach teurem Zitrusöl.

Die Detectives nahmen auf dem Ledersofa Platz, während Sofia ihren Sohn nach unten rief.

»Das ist Adam.« Sofia sprach mit leichtem polnischem Akzent. Der Junge war um die zehn, mit aschblondem Haar, sehr dünn und ebenfalls in Sportklamotten gekleidet – er trug einen marineblauen Trainingsanzug und Nike-Air-Max-Turnschuhe. Er kam artig ins Zimmer und setzte sich.

»Du warst am Samstag im Wald spielen, als diese Kirche gebrannt hat?«, fragte Monica lächelnd. »Hast du etwas gesehen?« Adam zuckte mit der Schulter und sank etwas tiefer in den Sessel. Er wich ihrem Blick aus.

»Sag es einfach, Adam«, forderte Sofia ihn mit leichtem Ärger in der Stimme auf. »Er wollte heute Morgen nicht aufstehen und zur Schule gehen«, sagte sie. »Seit Samstag ist er nicht mehr ganz der Alte. Ich hatte keine Ahnung warum …«

»Du brauchst keine Angst zu haben, dass du Ärger bekommen könntest«, versicherte ihm Monica.

Adam starrte auf den Boden, die dürren Ärmchen fest vor der Brust verschränkt.

Crawford beugte sich vor, die Hände auf die Knie gestemmt. »Magst du die Sachen von Champion?« Er deutete auf Adams Brust, und erst nach kurzem Überlegen begriff Monica, dass er sich auf das Logo vorne auf dem Kapuzenshirt des Jungen bezog. »Das Zeug tragen die ganzen knallharten Typen im Fitnessstudio neuerdings auch.« Bei diesen Worten hob Adam den Blick, und ein Lächeln zupfte an seinem Mundwinkel. »Mir persönlich zu teuer. War früher mal eine Billigmarke, als ich noch ein Kind war, ist das zu fassen?«

»Wirklich teuer. Fünfundsechzig Pfund für den Hoodie, vierzig für die Hose. Aber was anderes will er nicht tragen.«

»Sieht gut aus«, gab Crawford zurück und lächelte den Jungen an. Dann sah er zu Monica. »Stimmt doch, oder?«

Adam strahlte jetzt übers ganze Gesicht, und Monica dachte: *Danke, Crawford. Das mit dem Kumpelgehabe unter Männern hast du voll drauf.* Sie nickte.

»Die Sache ist die, Adam«, fuhr Crawford fort, immer noch vorgebeugt, jetzt aber in geschäftsmäßigerem Tonfall. »Selbst wenn du es gewesen wärst, der die Kirche in Brand gesteckt hat, wärst du zu jung, um dafür ins Gefängnis zu gehen. Du musst dir also überhaupt keine Sorgen machen, dass …«

»Hab ich nicht! So was würde ich nie tun!«, protestierte Adam, alarmiert durch die plötzliche Wendung. Sofia schnappte nach Luft, doch Monica warf ihr einen beschwichtigenden Blick zu. Offenbar kam die Botschaft bei ihr an.

»Das weiß ich doch«, sagte Crawford. »Wir müssen nur genau wissen, was du gesehen hast, damit wir herausfinden können, wer es getan hat.«

»Ich habe einen Mann gesehen«, sagte Adam schließlich, »in der Grube.«

»Wo ist diese Grube?«, fragte Monica.

Sofia antwortete für ihren Sohn: »Es ist ein alter Steinbruch im Wald gleich hinter der Kirche, die Kinder spielen manchmal da.«

Monica nickte. »Was hast du im Wald gemacht?«

»Hab mir nur eine Baumschaukel gebaut, direkt am Rand der Grube.«

»Und da hast du jemanden gesehen?«

»Er ist aus einem Auto gestiegen.«

»Was für ein Auto war das?«

»Ich glaube, es war blau.«

»Hellblau oder eher dunkel?«

Adam deutete auf seinen dunkelblauen Hoodie. »Eher so wie das hier, glaube ich.«

»Kannst du dich an die Form erinnern? War es eine Limousine oder ein Kombi? Ein SUV?«

Der Junge schüttelte den Kopf. Er wirkte jetzt wieder eingeschüchtert.

»Adam interessiert sich nicht ernsthaft für Autos«, sagte Sofia. Monica nickte wieder und machte sich eine geistige Notiz, jemanden mit Fotos von verschiedenen Automodellen vorbeizuschicken. Wenn es ihnen gelang, Marke und Modell zu bestimmen, wäre das ein wertvoller Hinweis.

»Wie sah der Mann aus?«

»Er hatte eine Kapuze auf dem Kopf.«

»Hat er irgendwas zu dir gesagt?«

»Man soll nicht mit Fremden reden, schon gar nicht im Wald.«

»Du hast dich also versteckt?«

»Ich war auf dem Baum und habe das Seil festgeknotet.«

»Und du warst ganz allein?«

»Paul und Wojciech waren zum Abendessen nach Hause gegangen, aber ich wollte die Schaukel unbedingt noch fertig bauen.«

»Was hat der Mann gemacht?«, fragte Monica als Nächstes.

Adam dachte kurz nach. »Er hat den Kofferraum geöffnet und eine Tasche rausgeholt. Dann ist er durch den Wald gelaufen. Kurze Zeit später bin ich vom Baum runtergeklettert und wollte nach Hause gehen. Da kam er zum Auto zurückgerannt. Dann sah ich Rauch von der Kirche aufsteigen.«

Monica bedankte sich bei Sofia und Adam, erhob sich

und wandte sich zum Gehen, drehte sich dann aber noch einmal zu Adam um. »Warum hattest du erst Angst, mit uns zu reden? Dachtest du, wir würden dich beschuldigen?«

Hastig schüttelte er den Kopf. »Es war wegen dem, was alle über die Hexe erzählen.«

»Welche Hexe?«, fragte Monica vorsichtig.

»Seit sie den Leichnam der Hexe gefunden haben, der unten am Kanal begraben war, sagen alle in der Schule, im Wald würde es spuken. Ich dachte erst, der Mann könnte auch ein Geist sein, dass er vielleicht wissen könnte, wo wir wohnen.«

»Warum hast du ihn für einen Geist gehalten?«, hakte Crawford nach.

»Ich weiß nicht. Hab noch nie ein Auto in die Grube fahren sehen. Kam mir einfach so vor, als sollte er eigentlich nicht da sein.«

Es dämmerte bereits, als sie neben den Überresten der Kirche parkten. Aus der Nähe konnte Monica immer noch kleinere Rauchfäden aufsteigen sehen. Vor dem düsteren Grau des Himmels erinnerten das verkohlte Holz und das verbogene Metall an das Skelett eines Drachen. Lucy hätte diese Vorstellung gefallen, dachte Monica, während sie aus dem Volvo stieg. Kurz fragte sie sich, wie es ihrer Tochter wohl in der Schule ergangen war und ob ihre aufkeimende Freundschaft mit Harriet Sutherland weiter gediehen war.

»Es stinkt«, sagte Crawford, in der kalten Abendluft schnuppernd. Er hatte recht: Ein unangenehmer Geruch nach feuchter Kohle stieg aus der Ruine des Gebäudes auf. Er löste eine eigenartige Übelkeit in ihr aus, und Monica bedeckte ihre Nase und ihren Mund mit dem Mantelärmel. »Denkst du, an dem, was das Kind sagt, ist was dran?«, fuhr

Crawford fort, während sie den Hügel hinauf zum nahe gelegenen Wald gingen.

»Das mit dem Mann?« Monica war überrascht, dass ihr Partner es bezweifelte. Kinder waren zwar nicht die zuverlässigsten Zeugen, aber Adam Dabrowskis Bericht hatte recht vernünftig geklungen.

»Nein, das mit dem Spuken«, gab Crawford zurück. Monica zog hinter ihrem behelfsmäßigen Mundschutz aus Tweed die Augenbrauen nach oben. Er aber sah sie weiter todernst an. Offenbar machte er keinen Witz.

»Kinder erfinden gerne Geschichten, Crawford«, gab Monica zurück. Sie versuchte, nicht allzu oberlehrerhaft zu klingen, schließlich war er in einer Familie großgeworden, in der Satan und Dämonen als real gegolten hatten, wie ihr nun wieder einfiel. »Sie jagen sich gerne gegenseitig mit Geistern und Ungeheuern Angst ein.«

Crawford räusperte sich. Vor einem Maschendrahtzaun blieb er stehen und spähte in den dahinterliegenden Wald. »Du hast wahrscheinlich recht. Nur wie er davon gesprochen hat und nach allem, was dieser Gemeindevorsteher beim ersten Brand erzählt hat …«

Monica entdeckte einen Pfad, der zwischen den Bäumen hindurchführte, also kletterten sie über den Zaun, und nach etwa einer Minute Gehzeit mündete der Weg in einen schüsselförmigen Steinbruch. »Von hier aus würde es nicht lange dauern, um zur Kirche zu laufen«, bemerkte Crawford. »Der Brand ist auf der Rückseite des Gebäudes ausgebrochen.«

»Was ist mit dem Fahrzeug? Wie ist er damit hier reingekommen?« Sie betrachteten den sandigen Boden. Am Sonntag und an diesem Morgen hatte es stark geregnet, sodass mögliche Reifenspuren ganz sicher fortgespült waren.

Ein Stück weiter am hinteren Ende des Steinbruchs entdeckte Monica einen Weg, breit genug, um mit einem Auto durchzufahren. Sie folgten der Fahrspur, die nach fünf Minuten an einer Kreuzung zu einer Straße endete. In der Dämmerung konnte Monica die Absperrung ausmachen, die die Zufahrt blockierte, ein Metallgitter.

»Deshalb war Adam vermutlich überrascht, hier ein Auto zu sehen«, sagte Crawford. »Der Kerl muss das Schloss geknackt haben.«

Monica trat näher und sah sich die Barriere an. Ein altes Vorhängeschloss hing daran, das Tor war fest verschlossen. Sie wühlte in ihrer Tasche nach einem Stift und benutzte ihn, um darin herumzustochern. Im Licht ihres Handys konnte sie sehen, dass es intakt war. »Oder er hatte einen Schlüssel.«

»Sieht nicht so aus, als würde der Weg häufig benutzt«, meinte Crawford und deutete mit einem Nicken auf die überwucherte Fahrspur, die zurück zum Steinbruch führte. »Es können nicht viele Leute sein, die hier Zutritt haben.«

27

Lucy war noch wach, als Monica nach Hause kam, nachdem sie Crawford daheim abgesetzt hatte. Die Kleine lag auf dem Boden im Wohnzimmer, vor ihr ein aufgeschlagenes Buch. Ihr Kater Albert lag ausgestreckt neben ihr. Von Angela keine Spur, aber Monica hörte eine ihr unbekannte Stimme im Badezimmer Gälisch sprechen. Einen kurzen Moment war sie alarmiert, bis sie merkte, wie blechern die Stimme klang – ihre Mum hörte Radio, BBC Gàidhlig.

»Ich bin's!«, rief Monica und registrierte den Duft von Essen. Sie streifte ihre nach ihrem Besuch im Steinbruch lehmverkrusteten Stiefel ab und ging zum Herd, um nachzusehen, was da vor sich hin köchelte. Linsensuppe blubberte im Topf, eine der Spezialitäten ihrer Mum, die sie immer mit Knoblauch-Croûtons servierte. Monica merkte, dass sie einen Bärenhunger hatte. Sie hatte seit dem Frühstück nichts zu sich genommen, wie ihr jetzt klar wurde.

»Ich wollte nur schnell baden, während Lucy ihr Buch liest«, rief ihre Mum vom Badezimmer aus. »Aber ich habe die Tür offen gelassen, damit ich sie höre!«

»Schon gut!« Im vergangenen Jahr hatte Monica ihre Mum zur Rede gestellt und ihr eingeschärft, die Wohnungstür nicht mehr unversperrt zu lassen. Angela Kennedy verstand natürlich, dass es das Beste war, aber sie hasste es, kritisiert zu werden. Um es ihr heimzuzahlen, legte sie es neuerdings darauf an, Monica zu jeder Gelegenheit unter die Nase zu reiben, dass sie es mit ihrer mütterlichen Fürsorge übertrieb.

Schmunzelnd legte sie den Mantel ab und hängte ihn an die Garderobe hinter der Tür. Sie bereitete sich eine Tasse Tee zu und setzte sich dann neben ihre Tochter ins Wohnzimmer. Lucy las wieder in ihrer illustrierten Ausgabe von *Eine lausige Hexe*, diesmal in einem anderen Band der Reihe.

»Hast du das Buch aus der Bibliothek?«, fragte Monica.

»Ich glaube schon«, gab Lucy zurück, ohne aufzusehen.

»Was machen die Hexen so?«

»Ich sehe mir nur die Bilder an.«

»Hattest du einen schönen Tag? Wie war es in der Schule?« Monica streckte die Hand aus, um dem Kater das Fell zu kraulen, und spürte das warme Fell unter ihren Fingerkuppen. Das Tier begann zu schnurren. Es war schön, noch ein Lebewesen um sich zu haben, das erste Haustier, mit dem Monica zusammenlebte. Albert war zu ihnen gekommen, nachdem ein Kollege aus der Sozialarbeit, Michael Bach, zufällig erwähnt hatte, dass eine seiner Katzen von den anderen gemobbt würde und deshalb ein neues Zuhause bräuchte.

»Jemand hat gesagt, Harriets Tante war eine Hexe«, gab Lucy zurück.

»Und, was sagt Harriet dazu?« Die Gerüchte, die Adam Dabrowski so verstört hatten, hatten es also auch schon bis an die Grundschule ihrer Tochter geschafft.

»Sie hat gesagt, sie findet es toll, aber ein paar von den Jungs haben sie kleine Hexe genannt.«

»Also, das ist aber nicht nett.« Währenddessen überlegte Monica, wie es Jessica und Barry Sutherland wohl ging. Nachdem die Sache mit Miranda Salisbury an diesem Morgen an die Öffentlichkeit gelangt war, hatte DC Khan sie kontaktiert, um sich zu erkundigen, wie sie die Neuigkeit auffassten, aber bislang hatte Monica noch keine Rückmeldung erhalten. »Hast du heute mit Munyasa geredet?« Lydia hatte immer noch nicht auf die Nachrichten reagiert, die Monica hinterlassen hatte. Sie ging also weiter auf Rückzug.

»Wir sind keine Freunde mehr«, gab Lucy ganz nüchtern zurück.

»Wie schade.« Monica gab sich möglichst gelassen. Es war das erste Mal, dass Lucy über Munyasa sprach, seit sie sich zerstritten hatten. »Was ist passiert? Ihr wart doch beste Freunde.« Monica erinnerte sich an die Zeit, als die beiden händchenhaltend aus dem Kindergarten gehopst waren. Das war erst wenige Monate her.

»Er ist jetzt mit den Jungs befreundet.«

»Hast du etwas zu ihm gesagt, über das er sich geärgert hat?«

»Ich glaube, er mag sie einfach lieber.«

Monica suchte nach den richtigen Worten, wenn es so etwas überhaupt gab. »Weißt du, wir können nicht immer mit allen gleich gut auskommen«, sagte sie schließlich und dachte zurück an ihre eigene einsame Schulzeit. »Wichtig ist, dass man sich selbst treu bleibt. Dann finden deine wahren Freunde von selbst zu dir.«

Lucy starrte nur fragend zu ihr auf.

28

Juli 1994

Freya Sutherland rutschte auf der karierten Decke ein Stück herum und spürte die Sonne auf ihren Beinen. Sie atmete den Duft des Heidekrauts ein, der vom Wind herangetragen wurde, vermischt mit dem Rauch der Mentholzigaretten. Sie öffnete die Augen und richtete sich auf: vor ihr ein blauer Himmel über den Weiten der Highlands. Brodie King saß am Rand der karierten Picknickdecke und starrte zu den Gipfeln des Glen Affric im Westen.

Er war in seinem VW Golf mit ihr zum Corrimony Cairn gefahren, eine »Mystery-Tour«, wie er es selbst gesagt hatte, das Ziel streng geheim. Miranda und Joseph hatten nicht allzu begeistert gewirkt, als sie an diesem Parkplatz rausgefahren waren.

»Hier waren wir doch schon mal!«, hatte sich Miranda zum Spaß beschwert. »Warum machst du dann so ein Geheimnis draus?«

»Ich wollte so gern an den Strand«, hatte Joseph gemault. »Mädchen in knappen Bikinis und Eselreiten. Oder ich lass mir meinen Esel reiten …«

Miranda hatte ihm in gespieltem Ekel in den Oberarm geboxt. »Was soll das denn heißen?«

Völlig unempfänglich für die Proteste, war Brodie vom Parkplatz zum Cairn marschiert. Dort hatte er eine karierte Picknickdecke ausgebreitet und eine Auswahl an Sandwiches und anderen Snacks aus dem mitgebrachten Korb geholt. Im Gegensatz zu den anderen war Freya begeistert. Sie war zum ersten Mal hier. Der Cairn war von einer Symmetrie, die etwas Friedvolles ausstrahlte, und die Anlage war unfassbar alt. Brodie zufolge so alt wie die Pyramiden.

Nach dem Picknick waren Miranda und Joseph nach Drumnadrochit gefahren, acht Meilen entfernt. Sie hatten sich beschwert, dass Brodie nur eine Flasche Wein mitgebracht hatte, und wollten Nachschub besorgen. Es war erst wenige Wochen her, seit sie Freya an diesem Morgen an der Bushaltestelle aufgegabelt hatten, und trotzdem konnte sie sich ein Leben ohne ihre drei Freunde nicht mehr vorstellen. Sie passten einfach perfekt zu ihr.

»Es ist wunderschön hier«, schwärmte Freya und schämte sich, als Brodie weiter in die Ferne starrte, ohne zu reagieren. Schlagartig wurde ihr bewusst, dass sie zum ersten Mal seit Wochen längere Zeit allein miteinander waren. Ein eigenartiger Gedanke: Dass sie als Gruppe zwar bestens harmonierten, sie die einzelnen Mitglieder aber gar nicht so genau kannte. Es war ein bisschen so wie mit ihrer Familie; sie und ihre Mum neigten eher zum Streiten, wenn sie allein waren. Doch darüber wollte sie jetzt nicht nachdenken, nicht an einem Tag wie diesem, wo der Sommer sich endlos anfühlte, so voller Möglichkeiten.

Sie stupste Brodie mit dem nackten Fuß gegen die Hüfte. »Kann ich mal von deiner Zigarette ziehen?«

Diesmal sah er sich über die Schulter nach ihr um. Er trug ein weißes T-Shirt, und seine Augen waren hinter dunklen Brillengläsern verborgen.

»Ich verkauf dir eine, zehn Mäuse.«

Sie konnte nie genau sagen, wann er einen Witz machte und wann er etwas ernst meinte. »Ich will doch nur kurz ziehen.« Er nahm selbst einen tiefen Zug von dem Glimmstängel und drehte sein Handgelenk dann so, dass der Filter zu ihr zeigte.

»Du kannst nicht behaupten, ich sei nicht nett zu dir.«

Freya lächelte verschmitzt, beugte sich vor und schloss ihre Lippen um den Filter. Zur Stabilisierung legte sie ihre Finger an seine Hand. Seine Haut war angenehm trocken, und bei der Berührung verspürte sie ein leichtes Flattern in der Magengegend. Sie nahm einen Zug, atmete den Rauch aus und setzte sich zurück auf die Decke. Anfangs war sie davon ausgegangen, dass Miranda und Brodie ein Paar wären; sie wirkten so vertraut. Miranda legte häufig ihren Kopf auf seinen Schoß, und sie behandelten das Eigentum des jeweils anderen, als wäre es das eigene. Allerdings hatte sie sie nie küssen gesehen. Über die Schulter sagte Brodie jetzt: »Hattest du schon mal richtig heftige Schuldgefühle wegen irgendwas?«

»Was denn zum Beispiel?« Das Gespräch ging in eine völlig unerwartete Richtung, und wieder einmal war es ihr unmöglich zu sagen, ob es als Witz gemeint war oder nicht. »Meinst du was Illegales?« *Halt die Klappe, Freya.*

»Ich weiß nicht …« Zur Abwechslung war es Brodie, der verunsichert schien. »Ich kann es nicht genau sagen, einfach nur etwas, das du bereut hast?«

Freya dachte einen Moment nach. Sie erinnerte sich, wie sie einmal eine Plüschkatze aus einem Laden geklaut hatte. Wochenlang hatten sie Gewissensbisse geplagt, bis sie sie am Ende zurückbrachte. »Ich habe mich mies gefühlt, als mein Dad einen Unfall hatte«, sagte sie schließlich. »Er war eine Stunde lang eingeklemmt, ohne dass wir etwas mitbekommen haben.« Freya wurde erst jetzt bewusst, dass sie sich deswegen tatsächlich schuldig fühlte.

Brodie nickte bedächtig, als würde er sich das ausgiebig durch den Kopf gehen lassen. Schließlich sagte er: »Hast du dich nur schlecht gefühlt deswegen? Oder hast du dich insgeheim ein wenig gefreut?«

Freya wartete ab, ob sich nicht wieder dieses schiefe Lächeln auf seine Lippen stehlen würde. Der Teil von ihm, der gern provozierte und schockierte.

»Ich schätze …«

»Die wollten nicht mal unsere Ausweise sehen!«, wurde sie von Josephs Stimme unterbrochen. »Das erste Mal, seit ich vor zwei Jahren achtzehn geworden bin!« In einer Hand trug er eine blaue Plastiktüte, in der anderen eine Dose Merrydown Cider. Er strahlte übers ganze Gesicht. Miranda ging hinter ihm, in einem weißen Kleid und mit einem violetten Sonnenhut. Sie schüttelte den Kopf, grinste aber ebenfalls. Sie hatten den Wagen ungefähr hundert Meter die Straße hinunter auf dem Parkplatz abgestellt. Eine Familie musste zeitgleich mit ihnen angekommen sein, jedenfalls liefen sie direkt hinter ihnen. Der Vater runzelte die Stirn, weil Joseph so laut schrie.

Freya warf einen Blick zu Brodie, doch der war bereits aufgestanden und erwiderte Josephs Grinsen. Seine Miene wirkte schlagartig wie verändert, als hätte er sich eine Maske aufgesetzt. Er griff in Josephs Tasche, zog zwei Dosen Cider heraus und reichte eine an Freya weiter.

29

Auch an diesem Morgen war es nasskalt und trüb, als Monica und Crawford über die A82 am Loch Ness entlangfuhren und dann bei Drumnadrochit weiter auf die A831 Richtung Corrimony Cairn. Dr. Clive Ridgeway war, anders als geplant, erst am Montagabend nach Inverness zurückgekehrt, die Fähre von Stornaway nach Ullapool war wegen starken Sturmes mit Verspätung gefahren. Er hatte ihre E-Mail mit dem Foto von Miranda Salisbury, Brodie King und Joseph Moon am Cairn spät gelesen und sich erst um halb zwölf Uhr nachts bei Monica gemeldet. Der forensische Archäologe konnte sich kaum bremsen vor Aufregung. »Wir könnten gleich morgen hinfahren und uns das ansehen. An diesem Ort haben seit den Fünfzigerjahren keine Ausgrabungen mehr stattgefunden. Es gab eine Zeit, da dachten die Ortsansässigen, das Gebilde sei von Feen errichtet worden.«

Ridgeways blauer VW-Transporter stand bereits da, als Monica auf den kleinen Parkplatz fuhr. Ein Schild wies Besucher darauf hin, dass der Cairn einen kurzen Fußmarsch entlang der ruhigen einspurigen Straße lag. Tief hängende Wolken verhüllten die Berge, von denen Monica wusste, dass sie weiter westwärts lagen. Der Glen Affric, der Glen Turrit, wunderschöne Orte, für sie verknüpft mit verstörenden Erinnerungen an frühere Fälle. Monica sah Ridgeway aus seinem Transporter steigen. Er winkte ihr zu, öffnete die Seitentür und fing an, seine Ausrüstung zu entladen. Obwohl die Temperatur an Monicas Armaturenbrett nicht mehr als fünf Grad anzeigte, trug der Archäologe keine Jacke, nur ein Megadeth-T-Shirt, dazu eine kurze Combat-Hose und Wanderstiefel.

Sie kurbelte das Seitenfenster herunter und spürte, wie die kühle Herbstluft die Hitze aus dem Wagen verdrängte. »Können wir Ihnen helfen?«

»Nein, schon gut.« Gerade tauchte Ridgeways Assistent auf und machte sich daran, die Sachen Richtung Cairn zu schleppen. Monica fuhr das Fenster wieder hoch und blieb noch einen Augenblick im warmen Auto sitzen. Sie erinnerte sich, wie sie einmal mit ihrer Mum, Lucy und Tante May für ein Picknick eine kleine Spritztour hierher gemacht hatte. Angela Kennedy hatte die ganze Fahrt über die gälischen Ortsnamen von Glen Urquhart kommentiert und übersetzt: »Schlachterfelsen« und »Hügel der ungerechten Tötung«. Tante May hatte die Geschichte von der Hexe des Cràach zum Besten gegeben, die einsame Reisende in den Mooren ermordete. Monica erinnerte sich, wie sie im Rückspiegel das faszinierte Gesicht ihrer Tochter betrachtet hatte und dachte: *Kein Wunder, dass Lucy so wilde Fantasien hat.*

Crawford rutschte auf dem Beifahrersitz herum; er war auf den letzten Kilometern eingeschlafen. Jetzt streckte er sich, bis ein unschönes Knacken zu hören war.

»Spät geworden gestern?«

Er rieb sich die Augen. »Kann man wohl sagen. Ich hab mich über Brodie King schlaugemacht.«

»Und, irgendwas Neues?«

»Nicht wirklich. Hab nur mit ein paar Leuten geredet, die ihn kannten.« Er rutschte auf dem Sitz vor und schaute sich nach einer von seinen Red-Bull-Dosen um, gab die Suche allerdings schnell auf und zog stattdessen einen Kaugummi aus der Tasche. »Deckt sich mit dem, was wir bereits wissen. In den Neunzigern war er eine Weile heroinabhängig, dann ging er runter nach London, um wieder clean zu werden. Ein paar Jahre später hat er sein erstes Restaurant eröffnet.«

»Woher hatte er das Startkapital?« Monica war keine Expertin auf dem Gebiet, aber es kostete sicherlich eine ordentliche Stange Geld, wenn man ein Restaurant eröffnen wollte.

»Vielleicht von seiner Mum? Sein Vater war ja von der Bildfläche verschwunden.«

Monica überlegte kurz. »Wusste irgendjemand etwas über Miranda?«

»Nein, nichts«, gab Crawford zurück. Monica stellte den Motor ab. Sie schien nun doch zu akzeptieren, dass sie sich hinaus in die Kälte begeben mussten. »Sieht so aus, als wäre sie schon damals ganz die ausgebuffte Politikerin von heute gewesen. Wusste offenbar genau, wie sie ihren Namen da raushalten musste.«

»Tja, aber diesmal ist ihr das offenbar nicht gelungen«, sagte Monica, während sie ihren Mantel zuknöpfte und ausstieg.

Ridgeway kauerte am Eingangstunnel des Cairn und hielt die Hände mit angewinkelten Daumen zum Rechteck hoch, als würde er ein Foto umrahmen. »Sieht so aus, als hätten sie die Kamera hier positioniert«, murmelte er. Monica begriff, dass er den kleinen Menhir im Hintergrund des Fotos von King, Salisbury und Moon nutzte, um grob zu bestimmen, auf welche Stelle Brodie auf dem Bild deutete.

Er nickte seinem jungen Assistenten zu, der dem Wetter entsprechend in Gore-Tex-Jacke und langer Hose steckte, und scheuchte ihn hin und her, bis er nickte und die Hand hochriss. »Stopp!« Dann stellte er sich neben seinen Assistenten und begann, auf dem Gras herumzutrampeln, als suchte er nach irgendwelchen hohlen Stellen im Untergrund. Schließlich schien er zufrieden und rezitierte: »*Hier liegen die sterblichen Überreste von Elizabeth Charlotte. Als Jungfrau geboren, gestorben als Hure. Mit siebzehn noch unberührt, bemerkenswert für Aberdeen.*«

Monica warf Crawford einen verwirrten Blick zu, der seinerseits fragend die Augenbrauen hochzog. Die tief hängenden Wolken hatten Regen gebracht, der ihm die roten Haare an die Stirn klatschte. Ridgeway trat zu seinem aufgetürmten Equipment, das mit einer Plane abgedeckt war, griff darunter und brachte einen Metalldetektor zum Vorschein. »Unheimlicher Ort ist das hier«, sagte er, während er an den Einstellungen des Suchgeräts herumtippte. »Man hört so einiges an Geschichten.«

»Was denn zum Beispiel?«, fragte Crawford. Er liebte gute Gruselgeschichten.

»Ein Wikingerprinz soll hier herumspuken. Angeblich ist er nach einer Schlacht unten im Tal an dieser Stelle gestorben. Einer der Ausgrabungsteilnehmer in den Fünfzigerjahren hat Stein und Bein geschworen, er habe einen Schatten aus dem Boden kriechen sehen, im Zentrum des Cairn. Er meinte, er habe ihn verfolgt und versucht, in seinen Körper einzudringen. Am nächsten Morgen ist er abgereist und nie wieder hergekommen, sagt man.« Er zuckte mit der Schulter. »Wollte nur noch weg von hier.« Er deutete mit einem Nicken auf seinen Assistenten. »Versuch du bloß nicht auch so was.«

»Warum sollte ich denn abhauen wollen?«, gab der Mann unter seiner Kapuze hervor zurück. »Das hier war doch immer schon mein großer Traum.«

Ridgeway lachte prustend und erhob sich. Sein T-Shirt klebte völlig durchnässt an seinem Bierbauch. »Ist nicht gerade das Tal der Könige, aber hast du je versucht, in Kairo ein anständiges Pint zu bekommen?«

Monica sah schweigend zu, wie Ridgeway sich umdrehte und anfing, den Bereich mit dem Scanner abzugehen. Und allmählich regte sich in ihr doch ein mulmiges Gefühl. Was sie hier im Boden wohl finden würden? Die jahrtausendealte Stille dieses Ortes, das Gewicht all dieser Jahrhunderte – es fühlte sich zutiefst falsch an, das alles zu stören. Regentropfen sammelten sich in ihrem Haar und rannen ihr über die Stirn ins Gesicht. Sie zitterte und zog ihren Mantel enger; wünschte sich, sie hätte den Schirm aus dem Kofferraum mitgenommen. Kurz überlegte sie, ob sie zurücklaufen und ihn holen sollte.

Doch gerade als sie sich in Bewegung setzen wollte, bemerkte sie, wie Ridgeways Körpersprache sich kaum merklich veränderte. Er richtete sich auf wie ein Fischer, der glaubte, einen Fisch an der Angel zu haben. Er sah sich eine Stelle näher an und nickte seinem Assistenten zu. Der kam herbeigeeilt und sprühte mit Farbe ein X ins Gras. Ridgeway ging noch einmal zu seiner Ausrüstung und kehrte zu der Markierung zurück. Monica sah zu, wie er eine Metallsonde in den Boden stieß. Sie hin und her bewegte, wie er es schon an der Grabungsstelle in den Marschen getan hatte. Er sagte etwas zu seinem Assistenten, der jetzt eine kleine Schaufel in der Hand hielt. Der Assistent nickte, und nach kurzem Zögern ging er in die Hocke und begann zu graben.

30

Die Katze war in eine Plastikplane eingewickelt und steckte in einer Blechdose.

Als sie noch gelebt hatte, war der Name der Katze Sooky gewesen. Das hatte ihnen der kleine Metallanhänger an dem verblichenen rosa Halsband verraten, auf dem auch eine Telefonnummer mit der Vorwahl von Inverness stand. Doch das war bei Weitem nicht das interessanteste Detail. Als Gemma Gunn im kriminaltechnischen Labor von Inverness das halb mumifizierte, halb skelettierte Bündel auf den Seziertisch legte, fiel ihr als Erstes die dünne Metallfolie auf, die locker um den Torso des Tieres gewickelt war.

»Sieht ganz so aus, als hätte man ihr das Genick gebrochen«, stellte sie fest und deutete auf das Fell im Nacken. Selbst Monica als Laie erkannte, dass die Wirbel gebrochen waren. Gunn war Ende dreißig, sah aber deutlich jünger aus. Schlank und mit blonden langen Haaren, die zu einem strengen Pferdeschwanz zurückgebunden waren, die Lippen rot, die Fingernägel blau lackiert. Hinweise auf ihren persönlichen Stil, auch wenn Monica sich nicht vorstellen konnte, dass die Wissenschaftlerin je etwas anderes trug als den weißen Laborkittel, in dem sie jetzt steckte. »Es macht mich unheimlich wütend, Tiere so misshandelt zu sehen, fast schlimmer als bei Menschen«, fügte Gunn sachlich hinzu, während sie auf das graue Metall deutete. »Ich glaube, das ist Bleifolie.«

»Das war auch Ridgeways erster Gedanke.« Monica erinnerte sich, wie er das Tier vor gerade mal drei Stunden ausgegraben hatte. Seine Enttäuschung über diesen mickrigen Fund, ungefähr in einer Tiefe von einem Fuß, war nicht zu übersehen gewesen. Hatte er auf etwas Dramatischeres gehofft? Eine weitere Tote? Stattdessen war er auf eine arme kleine Miezekatze gestoßen. Aber Monica kannte die dunkle Triade des Psychopathen nur zu gut: Er neigte zu Bettnässen, Brandstiftung und Tierquälerei. Jemand, der Tiere tötete und an einem sorgfältig ausgewählten Ort verscharrte, war für ihre Ermittlungen von großem Interesse. Besonders wenn eine gute Freundin von diesem Menschen ermordet aufgefunden worden war.

»Haben Sie überprüft, ob die Nummer den Sutherlands gehört?«, fragte Gunn. Offenbar hielt sie die Detectives für einen inkompetenten Haufen.

»Es ist nicht Freyas, ich habe bei ihrer Schwester nachgefragt. Sie haben schon, so lange sie denken kann, dieselbe Nummer. Wir haben versucht anzurufen, aber es geht keiner ran. Wir sind in Kontakt mit der Telekom, um die dazugehörige Adresse herauszufinden.«

»Du hast also jemand anderem gehört, Kätzchen«, flüsterte Gunn und tätschelte den Kopf des Tieres. Sie schob sich näher heran und begann mit ihren behandschuhten Händen an der Metallfolie herumzutasten. Sie war wie eine Röhre um den Rumpf der Katze gewickelt. »Das Metall gibt nach«, fuhr die Wissenschaftlerin fort. »Möglicherweise von einer Rolle Dachdeckerblei …« Sie schälte die metallische Umhüllung ab, zog sie vorsichtig unter dem Körper der Katze heraus und strich sie glatt. Es klebten kleine Büschel rötlicher Katzenhaare daran. »Ich glaube, da steht was auf der Innenseite.«

Monica beugte sich nun ebenfalls vor. Die Folie hatte in etwa die Größe eines DIN-A4-Blatts. Tatsächlich waren in das weiche Metall Worte geritzt, über die Jahre nachgedunkelt und zum Teil durch Katzenhaare verdeckt. Mit einer Pinzette zupfte Gunn die kleinen Büschel weg und richtete dann eine Overhead-Lampe neu aus, sodass ihr Strahl direkt auf die Schriftzeichen fiel. Im grellen Licht des Scheinwerfers waren die Worte nun deutlich lesbar:

Brodie King
Miranda Salisbury
Joseph Moon

»Als hätte es irgendwelche Zweifel gegeben«, sagte Crawford, der auf der anderen Seite des Tisches stand. »Tolle Art, ein Tier zu behandeln.«

Gunn starrte immer noch auf die Metallfolie. »Es gibt noch eine Zeile darunter. Sie ist allerdings mit Kratzern überdeckt, als hätte man sie durchstreichen wollen.« Sie deutete mit der Pinzette darauf, und Monica konnte erkennen, dass da tatsächlich jemand versucht hatte, einige weitere Worte unkenntlich zu machen. »Ein paar Buchstaben sind noch zur Hälfte zu bestimmen«, sagte sie und deutete abermals darauf. »Das da ist eindeutig ein S.« Die Pinzette klapperte, als sie sie auf der stählernen Arbeitsplatte ablegte und nach der SLR-Kamera griff, die sie verwendet hatte, um Sooky zu fotografieren, bevor sie das Blech entfernt hatte. »Ein Experte kann das vielleicht entziffern.«

Während Gemma Gunn die Kameraeinstellungen anpasste, starrte Monica auf das Walzblei. Es erinnerte sie an irgendetwas. Oder war es eine Person? Nach kurzem Überlegen wurde ihr bewusst, dass sie kurioserweise wieder einmal an ihren ehemaligen Freund, den Historiker, denken musste. Vor jenem schicksalhaften Trip nach Rom, als es noch ausgesehen hatte, als würde sich ihre Beziehung zu etwas Ernstem entwickeln, hatte er sie mit nach Bath genommen, um seine Familie zu besuchen. Sie erinnerte sich, wie er sie voller Stolz herumgeführt und ihr die beeindruckende Architektur gezeigt hatte. Man hatte gespürt, dass die Geschichte der Stadt bis in die römische Antike und darüber hinaus zurückreichte. Sie hatten auch die römischen Thermen besucht. Dort hatte es einen Schaukasten mit Opfergaben an Sulis Minerva gegeben, die Schutzgöttin der dortigen heißen Quellen: Darin waren Bleitafeln ausgestellt gewesen.

»Ich denke, es könnte sich um so etwas wie eine antike Fluchtafel handeln«, sagte Monica.

Crawford und Gunn drehten sich beide zu ihr und sahen sie fragend an. »Was ist denn eine Fluchtafel?« Der beunruhigte Unterton in der Stimme ihres Partners war unüberhörbar.

»Eine Möglichkeit, seine ärgsten Feinde zu verfluchen. Man bittet die Götter, ihnen zu schaden, wie auch immer.« Monica überlegte einen Moment, dann fügte sie ergänzend hinzu: »Oder man bittet sie, einem zu helfen, jemandem Schaden zuzufügen.«

31

»Du denkst wirklich, sie hätten einer Freundin so etwas antun können?«, fragte Crawford ungläubig, als sie die Gerichtsmedizin durch die gläserne Eingangstür verließen. Das Labor lag auf dem Campus der Universität am Stadtrand von Inverness, nicht weit vom berühmten Culloden Moor entfernt. Genau wie über die weite Sumpflandschaft fegte über den Campus stets ein schneidender Wind, vor keiner Witterung verschont, die über die Berge vom Westen her heranzog. Monica mochte die Architektur: Die beeindruckenden modernen Gebäude aus Holz und Glas muteten vom Stil her skandinavisch an, als wäre diese Universität wegweisend für die Highlands der Zukunft. Zeichen einer neuen Zeitrechnung, in der die Geister der berühmten Schlacht und die Zerstörung einer uralten Gesellschaft und Kultur endlich gesühnt würden.

Heute jedoch lag in der eisigen Luft das gleiche Grauen, das sich auch in Crawfords Stimme bemerkbar machte – darüber, dass eine Gruppe junger Leute tatsächlich in der Lage sein sollte, ein Mädchen zu verfluchen und zu töten, das ihnen vertraut hatte. Monica war schon lange genug im Polizeidienst, um sich keinerlei Illusionen zu machen, wozu Menschen alles fähig waren. Trotzdem hatte der kalkulierte Vorsatz dieses Verrats etwas an sich, das sie schockierte. Insbesondere weil das Opfer ein junges Mädchen gewesen war, das seinen neuen Freunden vertraut hatte. Monica wusste, dass in Dantes Inferno der neunte und innerste Kreis der Hölle für die Judasse reserviert war. Es schien ihr durchaus passend.

»Ich halte das absolut für möglich«, gab sie schließlich zurück. »Warten wir ab, wohin uns die Beweislage führt.«

Ihr Telefon vibrierte in der Tasche. Es war Hately. »Ich hatte gerade Wednesday Donald am Apparat. Was glauben Sie, wen sie vertritt?«

Donald war eine in Edinburgh ansässige Strafverteidigerin, bei Vertretern der schottischen Polizei gefürchtet und gehasst für ihre aggressiven Taktiken vor Gericht. Monica respektierte das Bedürfnis nach einer starken Verteidigung – von allem anderen einmal abgesehen, war es wichtig, dass hohe polizeiliche Standards eingehalten wurden. Allerdings hatte sie selbst miterlebt, wie schonungslos Donald Vergewaltigungsopfer und Strafzeugen bei Mordprozessen ins Kreuzverhör nahm. In ihren Augen grenzte ihre Vorgehensweise an Sadismus.

»Was wollte sie?«

»Sie sagt, Miranda Salisbury ist in Inverness. Sie will noch heute mit Ihnen sprechen. Es gab bereits ein erstes Pressebriefing.«

»Wir verlassen in diesem Moment die Gerichtsmedizin.« Monica nahm an, dass Wednesday Donald sie unter Druck setzen wollte, während sie den Medien mit ihrem Vorgehen gleichzeitig deutlich machte, dass ihre Klientin nichts zu verbergen hatte. »Wir brauchen Zeit, um uns entsprechend darauf vorzubereiten.«

»Das Meeting findet in einer halben Stunde im Mercure Hotel statt«, gab Hately zurück. »Seien Sie pünktlich.«

Sie nahmen die A9 Richtung Norden zur Kessock-Brücke, dann bogen sie links ab und durchquerten das Longman Industrial Estate, ein größeres Gewerbegebiet. Es war schon fast Mittag, sodass auf den ohnehin stets vollen Straßen noch dichterer Verkehr herrschte. Bis Monica am Shore-Street-Kreisverkehr links abbog und die Academy Street hinauffuhr, waren sie bereits knapp dran. Am Bahnhof bog sie rechts in die Union Street ab und parkte unrechtmäßig auf einem Behindertenparkplatz, begleitet vom wilden Hupen eines aufgebrachten Fahrzeughalters. Monica winkte ihm zu und formte lautlos mit den Lippen ein »Polizei«, während sie und Crawford ausstiegen und auf ein riesiges, modernes Hotelgebäude zuhielten, das an der Ecke Union und Church Street stand.

Ein Mann erwartete sie an der geschlossenen Eingangstür in die zur Hotellounge gehörigen Bar. Der Kerl war so groß, dass selbst Monica sich strecken musste, um zu ihm aufzusehen, bestimmt über zwei Meter, und so breit wie ein Baumstamm. *Ein Bodyguard,* schoss es ihr durch den Kopf. Er ließ seinen Blick zwischen Monica und Crawford hin und her wandern, eindeutig ein Profi, der seine Hausaufgaben gemacht hatte. Er wusste genau, auf wen er wartete, weil er jetzt nickte und ihnen einen Flügel der Doppeltür aufhielt. Nachdem sie eingetreten waren, folgte er ihnen nach drinnen und schloss ab. Offensichtlich war der Raum eigens für dieses Treffen gemietet worden.

Miranda Salisbury saß allein an einem Fenstertisch, von Wednesday Donald zum Glück keine Spur. Vor ihr stand ein Laptop, daneben ein Stapel Unterlagen. Als Monica sich der bekannten Politikerin näherte, registrierte sie, dass sie in echt um Längen attraktiver war als im Fernsehen. Ihre kantigen Gesichtszüge und das weißblonde Haar, aufgrund dessen toryhassende Trolle ihr den Spitznamen Myra verpasst hatten, nach der berühmt-berüchtigten Serienmörderin, waren von einer zerbrechlichen Schönheit. Sie trug einen grauen Hosenanzug über einer weißen Satinbluse. Nägel und Make-up waren perfekt, das Haar ordentlich frisiert. Salisbury sah auf, bedeutete den Detectives, auf den beiden Stühlen ihr gegenüber Platz zu nehmen, und sah sich dann nach ihrem Bodyguard um, der sich diskret in eine Ecke des Raums zurückzog. Durch das Fenster konnte Monica den Ness sehen, der heute dunkler und schneller als sonst vorüberfloss. Ein durchaus passender Anblick.

»Bitte entschuldigen Sie, wenn ich Ihnen mit diesem Koloss Angst gemacht habe.« Salisbury warf ihrem Leibwächter ein Lächeln zu, worauf der fragend die Augenbraue hob. »Ich habe Drohungen erhalten …«

»Was für Drohungen?«, hakte Monica nach.

»Von der Art, wie wir Frauen in der Politik sie ständig erleben. Geäußert von charmanten Kerlen, die mich am liebsten vergewaltigen und ermorden würden.« Das nachmittägliche Licht, das hinter ihr ins Zimmer fiel, hüllte sie in ein jenseitiges Leuchten, das nicht recht zu der belebten Großstadt passen wollte. »Die meisten von denen verschanzen sich zu Hause und verbreiten ihren Hass übers Netz, aber vielleicht nicht alle.« Ihr Akzent klang mehr englisch als schottisch, und sie sprach sehr deutlich und präzise und achtete darauf, keine Silben zu verschleifen. Ihre Stimme, kombiniert mit dem eigenartigen Licht, hatte etwas Hypnotisches. Nach den Ausgrabungen in den Marschen und am Corrimony Cairn war der Effekt beinahe unheimlich.

Monica setzte zu einer Antwort an, stellte aber fest, dass ihre Kehle staubtrocken war. Crawford sprang zum Glück für sie ein: »Gab es in jüngster Zeit irgendwelche Drohungen?«

»Nicht in letzter Zeit, nein«, sagte Salisbury langsam. »Es

sei denn, man zählt Journalisten, die aus dem Nichts auf meiner Türschwelle stehen und mich mit Fragen löchern, ob ich eine alte Freundin getötet hätte.« Ihr Ton blieb unverändert; kalt und emotionslos. »Meine Anwältin jedenfalls ist der Ansicht, dass ich juristisch dagegen vorgehen sollte.«

»Tut mir leid.« Monica schluckte und räusperte sich. »Sie hätten es eigentlich nicht auf diesem Weg erfahren sollen. Die undichte Stelle lag nicht bei uns.«

»Nun, das wird sich zeigen«, gab Salisbury in eisigem Tonfall zurück. »Jedenfalls habe ich nicht viel Zeit. Sie stellen mir Ihre Fragen besser gleich.«

Die Art, wie diese Frau sie abkanzelte, versetzte Monica einen wütenden Stich. So leicht hatte sie sich von der Politikerin überrumpeln lassen. Wenn man jemanden zum Reden bringen wollte, lauteten die wichtigsten Grundregeln: Kontrolliere das Gesprächstempo, den Informationsfluss und den Ort des Treffens. In diesem Fall hatten sie gleich gegen alle drei verstoßen und sicher noch gegen ein paar weitere. Wieder einmal verfluchte sie denjenigen, der die Story an die Presse rausgegeben hatte, ließ sich aber nichts anmerken. »Selbstverständlich. Sie waren eng mit Freya Sutherland befreundet, damals im Sommer 1994.«

Miranda Salisbury zeigte keine Regung, und trotzdem merkte Monica, wie eine leichte Veränderung in ihr vorging. Ihre Schultern schoben sich kaum merklich nach vorn, und sie nahm eine defensive Haltung ein. »Das ist lange her, eine gefühlte Ewigkeit.«

»Eine sehr lange Zeit, um irgendwo verscharrt zu liegen«, gab Monica zurück. »Und eine lange Zeit, in der Freyas Familie im Unklaren war.«

»Natürlich habe ich mitbekommen, dass sie vermisst wurde. Aber sie war …«

»Naiv? Leicht zu beeinflussen?«

»Ich wollte sagen, eine richtige Künstlerseele«, konterte Salisbury. »Ich nahm an, dass sie auf Reisen gegangen war, auf der Suche nach Abenteuern. Ich ging zurück an die Uni in Edinburgh, war danach jahrelang nicht mehr im Norden. Hab den Kontakt zu den Leuten hier oben verloren. Aber natürlich habe ich mich manchmal gefragt, was aus ihr geworden ist.«

»Was dachten sie, mit wem sie fort ist?«

Salisbury zögerte. »Ich … darüber habe ich mir keine Gedanken gemacht.«

»Sie haben in diesem Sommer viel Zeit miteinander verbracht. Sie, Brodie King, Joseph Moon und Freya. Wie haben Sie die viele gemeinsame Zeit verbracht?«

»Ich erinnere mich nicht mehr so genau. Schätze, wir tranken die meiste Zeit Cider und hörten Musik auf schrottigen Kassettenrekordern.«

»Das ist witzig. Brodie King meinte auch, er könne sich nicht erinnern. Joseph Moon war da schon entgegenkommender. Er meinte, dass Sie alle einen großen Fehler begangen hätten. Irgendeine Vorstellung, was er damit gemeint haben könnte?« Während Monica sprach, tastete sie in ihrer Tasche nach ihrem Handy. Immer noch unsicher, ob sie das Foto von der Katze, die sie an diesem Morgen ausgegraben hatten, herzeigen sollte.

»Joseph geht es schon seit längerer Zeit nicht gut, er ist ernsthaft krank«, gab Salisbury zurück. »Das ist Ihnen sicher bekannt.«

»Sie haben also keine Vorstellung, was er damit andeuten wollte?«

»Nein.« Salisbury sah Monica fest in die Augen. »Ich habe keinen blassen Schimmer.«

»Waren Sie überrascht, als Sie gehört haben, dass man Freya ausgegraben hat?«

Salisbury erhob sich. »Ich muss jetzt gehen.«

Monica nickte und ließ ihr Handy zurück in die Manteltasche fallen. Sie kam zu dem Schluss, dass es besser wäre, erst die Nummer auf dem Katzenhalsband zu überprüfen und die Entschlüsselung des durch Kratzer unkenntlich gemachten Schriftzugs abzuwarten. Um sicherzugehen, dass beim nächsten Gespräch sie es war, die den Ton angab.

»Nur fürs Protokoll. Wann haben Sie Freya Sutherland das letzte Mal gesehen?«

»Ich sagte doch, ich kann mich nicht erinnern.« Salisbury ließ ihren Laptop in der dazugehörigen Tasche verschwinden.

»Und was ist mit Ihnen und Brodie King? Angeblich standen Sie beide sich sehr nahe. Und plötzlich herrscht Funkstille?«

Salisbury wandte sich bei der Erwähnung von Kings Namen ab. »Wir haben uns auseinandergelebt«, murmelte sie schließlich. Zum ersten Mal bekam ihre Fassade Risse. »Wie das bei jungen Menschen eben ist.«

»Und wann haben Sie ihn das letzte Mal gesehen?«

Der Bodyguard hatte den Raum durchquert und fixierte Monica und Crawford jetzt mit einem eiskalten Lächeln, als wäre er jederzeit bereit, sie mit seinen Presslufthammerarmen aus dem Weg zu räumen, falls Salisbury ihm ein entsprechendes Zeichen gab. Die Politikerin sah zu ihm auf, und allein seine Nähe schien ihrem Selbstvertrauen neuen Auftrieb zu geben. Als sie jetzt Monicas Blick begegnete, lag darin eine unerschütterliche Ruhe. »Da fragen Sie mich nichts Neues. Ich habe das alles schon vor zwanzig Jahren zu Protokoll gegeben. Sie vergeuden nur Ihre Zeit, genau wie dieser Detective damals.«

32

Zurück auf dem Revier, ließ Monica Crawford in der Einsatzzentrale allein und begab sich in der Kantine auf die Suche nach PC Duncan Gregg. Es war schon bald fünf, der Raum voll von Beamten der Spätschicht, die sich noch eine schnelle Mahlzeit genehmigten, bevor sie ihre Schicht antraten. Duncan Gregg war schon so lange im Polizeidienst, dass eine der Sitzecken für ihn reserviert war. Dort saß er in der Regel und tratschte mit seinen Kollegen.

Drei Beamte saßen um Greggs Tisch herum, gekleidet in die vorgeschriebenen Gore-Tex-Jacken und Fleecepullis. Von Gregg selbst allerdings fehlte jede Spur. Als sie sich näherte, lachte die Runde schallend. Der, der ihr am nächsten saß, bemerkte sie als Erster. Er warf seinen Kumpels einen bedeutungsvollen Blick zu, woraufhin das Gelächter schlagartig verstummte.

»Ma'am.« Der Beamte hatte graue Haare und einen beachtlichen Bierbauch.

»Ich bin auf der Suche nach PC Gregg?«

»Er ist nicht hier, Ma'am.« Der Beamte grinste seinen Kollegen verstohlen zu.

»Könnten Sie ihm bitte ausrichten, er soll sich bei mir melden?«

»Geht es um die Frau, die ausgegraben wurde? 'ne

Nutte – oh, Verzeihung, ich meinte Sexarbeiterin, habe ich recht? Verschleppt, als sie ihrem Job nachging.«

»Wie kommen Sie denn da drauf?«, fragte Monica und trat einen Schritt näher. Sie fixierte den Kerl von oben her und suchte nach einem Namensschild. Es war ihr ein Anliegen, die Namen sämtlicher Kollegen zu kennen, auch die der Arschlöcher. »PC Phillips.«

Seine Augen weiteten sich, verblüfft über die plötzliche Schärfe in Monicas Stimme. »Ich … keine Ahnung, ist nur so Gerede, was man halt so hört.«

»Da haben Sie recht, dummes Gerede«, sagte Monica. Sie spürte, wie der Zorn in ihr hochkochte beim Gedanken an Jessica und Barry Sutherland, die Jahre ihres Lebens auf die Suche nach Freya vergeudet hatten. »Sie haben doch keinen blassen Dunst, also halten Sie sich zurück.«

PC Phillips starrte betreten auf die Tischplatte. Monica seufzte tief. Natürlich war ihr klar, dass sie ihren Frust über das Treffen mit Miranda Salisbury jetzt an diesem Kollegen ausließ. Auch wenn Phillips es mehr als verdient hatte, mal so richtig zurechtgestutzt zu werden, war es generell ratsam, sich nicht mit uniformierten Beamten anzulegen. Sie reichte ihm ihre Karte und sagte dann in etwas milderem Ton: »Wenn Sie Gregg für mich bitten, mich zurückzurufen, wäre ich Ihnen überaus dankbar.«

Das Inverness Leisure war eine riesige städtische Sportanlage am westlichen Stadtrand. Lucy hatte an diesem Abend eine Schwimmstunde, und gerade ging Monica zu der Tribüne direkt am Becken, wo die Eltern Platz nehmen durften, um ihrem Nachwuchs zuzusehen. Die hallenden Rufe und der Chlorgeruch ließen sie an das alte Schwimmbad auf der Glebe Street denken, das längst abgerissen war. Dort hatte ihr Dad ihr das Schwimmen beigebracht. Sie erinnerte sich gut, wie sie durchs Wasser gepflügt war, und überlegte kurz, wann sie das letzte Mal schwimmen war. Während sie den Blick über die Ränge gleiten ließ und ihre Mum in der ersten Reihe entdeckte, kam sie zu dem Schluss, dass es im Urlaub auf der griechischen Insel Kos gewesen sein musste, noch vor Lucys Geburt. Vielleicht konnte sie ja in den kommenden Ferien mit ihrer Tochter in den Urlaub fahren, irgendwohin, wo es angenehm warm war; dann könnten sie zusammen schwimmen gehen.

»Lucy macht große Fortschritte beim Schwimmen«, sagte Angela Kennedy, als Monica sich neben sie setzte. »Hast du schon gesehen? Harriet ist in ihrer Gruppe.«

Die Stunde ging bereits dem Ende zu, die Kinder durften zum Abschluss mit Bällen und riesigen Luftmatratzen spielen. Monica folgte dem Blick ihrer Mutter. Da war Lucy, in ihrem orangefarbenen Badeanzug, die Schwimmbrille auf der Nase und die wilde Lockenmähne zu zwei Zöpfen zurückgebunden. Harriet schwamm neben ihr. Die Mädchen versuchten gerade, auf eine der Luftmatratzen zu klettern, die aber immer wieder kippte und sie zurück ins Wasser beförderte.

»Die beiden sind inzwischen unzertrennlich«, gab Monica zurück und dachte an ihre eigene Kindheit. Es war so einfach, Freundschaft zu schließen, wenn das Vertrauen in andere noch so unbelastet war.

Nach der Schwimmstunde half Monica Lucy beim Abtrocknen und Anziehen. Im Anschluss daran folgten sie dem immer gleichen Ritual: Sie legten einen Abstecher zu McDonald's oder Burger King ein. Angela Kennedy beschwerte sich zwar jedes Mal über das ungesunde Junkfood, doch Monica war sich sicher, dass sie sich über die Pause vom Kochen und die salzigen Fritten insgeheim freute.

Während sie den Parkplatz des Sportzentrums verließen, entdeckte Monica Jessica Sutherland, die mit Harriet an der Bushaltestelle wartete. Es war schon dunkel und hatte wieder zu regnen begonnen, zusätzlich peitschte ihnen der heftige Westwind das Wasser horizontal ins Gesicht.

Monica hielt am Straßenrand an und ließ das Beifahrerfenster herunter. »Warten Sie auf Barry, der Sie abholt?«

Jessica sah von ihrem Telefon auf. Nach einem kurzen Moment der Verwirrung erkannte sie Monica. »Oh – nein, wir warten eigentlich auf ein Taxi. Mein Auto wollte heute Morgen nicht anspringen, und Barry musste beruflich mit dem anderen Wagen nach Aberdeen.« Sie sah hinunter auf ihre Tochter, senkte die Stimme und beugte sich auf den Wagen zu. »Ich wollte für Harriet, dass möglichst alles seinen normalen Gang geht, nach dem ganzen Presserummel.«

»Wir gehen zu McDonald's!«, rief Lucy vom Rücksitz aus. »Kann Harriet mitkommen?«

Monica lächelte Jessica Sutherland an. Der Tag war lang gewesen, doch sie wollte die beiden nicht einfach so hier stehen lassen, um sich in einem Taxi bis raus nach Fettercairn kutschieren zu lassen. Erst recht nicht nach den Ereignissen der letzten Zeit. »Haben Sie Hunger? Ich kann Sie beide später nach Hause fahren.«

Nach den süßen und salzigen Köstlichkeiten bei McDonald's setzte Monica Lucy und ihre Mum zu Hause ab und nahm dann die A862 nordwärts Richtung Fettercairn. Es schien, als würde sie diese Strecke neuerdings fast täglich fahren. Während der Fahrt unterhielten sie sich über Autos, die immer ausgerechnet zum ungünstigsten Zeitpunkt kaputtgingen, und über den neusten Klatsch aus der Schule, wobei sie es beide tunlichst vermieden, über den Fall zu reden, schließlich saß Harriet auf dem Rücksitz und hörte jedes Wort mit.

Als ihnen der Gesprächsstoff auszugehen drohte, fragte Monica: »Was macht Barry drüben in Aberdeen?«

»Oh, er ist auf der Farm eines Freundes – er brauchte bei irgendwas Hilfe. Barry ist ein richtiges Arbeitstier, gönnt sich kaum Pausen. Letzte Woche hat er für Home Call die Hotline besetzt. Er hat mehr als zwei Stunden lang mit einem Mädchen telefoniert, das von zu Hause weggelaufen war und sich mit Selbstmordgedanken trug. Am Ende konnten ihre Eltern losfahren und sie in Perth abholen.«

»Das ist eine stolze Leistung.« Monica entdeckte das weiße Hinweisschild, setzte den Blinker und bog nach rechts Richtung Fettercairn Farm ab.

»Er setzt sich so für die Organisation ein. Ich kann mich glücklich schätzen. Keine Ahnung, was aus mir geworden wäre, wenn ich an jemand anders geraten wäre. Er hat eine Engelsgeduld. Ich bin mir sicher, kein anderer hätte sich in der Sache mit Freya so verständnisvoll gezeigt.«

Monica fuhr auf den Hof vor dem Farmhaus. Es brannte kein Licht, der Ort wirkte völlig abgeschnitten von der Welt, von absoluter Dunkelheit umgeben.

»Möchten Sie noch auf einen Tee mit reinkommen?«

Am liebsten wäre Monica direkt nach Hause gefahren und ins Bett gegangen, aber ihr entging die leichte Nervosität in Jessicas Stimme nicht. Ihre beiden Söhne waren bei einem Freund in Nairn; Barry wollte sie auf dem Rückweg dort abholen. Sie und Harriet im Farmhaus allein zu lassen schien ihr nicht richtig.

»Kamillentee wäre toll.« Sie würde ihnen Gesellschaft leisten, bis Barry und die Jungs zurück waren.

Monica brachte den Wasserkocher zum Kochen und suchte die Küchenschränke nach Tassen und Teebeuteln ab, während Jessica Harriet zu Bett brachte.

»Nach dem Schwimmen ist sie immer schrecklich müde«, sagte Jessica, als sie in die Küche kam. »Sie scheint sich wirklich gut mit Lucy zu verstehen. Das freut mich.«

»Lucy hatte einige Probleme in letzter Zeit«, gab Monica zu. Es tat gut, sich solche Dinge von der Seele zu reden, wie ihr wieder einmal bewusst wurde. Trotzdem war es ratsam, eine gewisse berufliche Distanz zu wahren. »Wie geht es Ihnen, seit Freya gefunden wurde?«

Jessica probierte den Tee, befand ihn für zu heiß und ging zum Spülbecken, um einen Schuss kaltes Wasser in die Tasse zu geben. »Es fühlt sich seltsam an, richtig surreal. Im einen Moment bin ich erleichtert, dass ich endlich Klarheit habe, und im nächsten überkommt mich wieder das kalte Grauen, weil es so endgültig ist.« Traurig schüttelte sie den Kopf. »Ich habe übrigens nachgedacht, wie es damals war, als wir merkten, dass Freya verschwunden ist, wie Sie mich gebeten haben.«

»Und, ist Ihnen irgendetwas eingefallen?«

»Ich habe schon überlegt, ob ich Sie anrufen soll, aber ich hätte Ihnen vermutlich nur Ihre wertvolle Zeit geraubt …«

»Jedes noch so kleine Detail kann wichtig sein.«

»Wenn Sie meinen.« Jessica stellte ihren Becher ab, ging nach oben und kehrte wenig später mit einer Papiertüte zurück. »Nach Freyas Verschwinden sind wir ihre Sachen durchgegangen. Wir hatten auf einen Hinweis gehofft, wo sie stecken könnte.«

»Und, war da irgendetwas?«

»Nicht zum damaligen Zeitpunkt. Erst als ich erfuhr, wo man ihren Leichnam gefunden hatte … Da musste ich an das hier denken.«

Jessica reichte die Tüte an Monica weiter. Sie holte das, was darin steckte, heraus: Es war eine kleine Schmuckschatulle aus Plastik. Sie drückte auf den Schnappverschluss, und der Deckel sprang auf. Darin lag eine Kette, mit einem kleinen silbernen Sarg daran.

»Ich hatte das Ding völlig vergessen, sie hat unheimlich viel Schmuck besessen, das können Sie sich nicht vorstellen. Aber dann hörte ich vom Fundort der Leiche, in der Nähe vom Witch's Coffin. Lesen Sie mal, was da draufsteht.«

Monica sah sich das Schmuckstück näher an. Der Sarg war in etwa so groß wie eine Pfundmünze. Sie konnte die feinen Linien erkennen. Doch leider bemühte sie sich vergebens, die Schriftzeichen zu entziffern. Sie griff nach ihrem Mantel, um die Lesebrille aus der Tasche zu fischen, die ihr Optiker ihr nach ihrem letzten Sehtest aufgeschwatzt hatte. Dann kniff sie die Augen leicht zu und hielt den Anhänger ins Licht: HEXENFLUCH ENTHALTEN.

»Kann man den öffnen?« Monica drehte den kleinen Sarg um.

»Ich weiß nicht. Hab es nie versucht.«

Monica fand mit dem Fingernagel einen Verschluss. Der kleine Deckel sprang auf, aber der Sarg war leer. »Haben Sie irgendeine Ahnung, wo Freya den herhatte?«

»Ich bin einfach davon ausgegangen, dass sie ihn selbst gekauft hat. Sie hatte so einen Hang zum Gothic-Look …«

Monica schloss das Medaillon wieder und legte die Kette zurück in die Schatulle. »Hätten Sie was dagegen, wenn ich das mitnehme?«

»Nein, schon gut.« Jessica wandte sich ab und sah sich

in der Küche um, als wäre ihr irgendetwas eingefallen. Sie schien nach etwas zu suchen.

»Ist alles in Ordnung?«

»Es ist nur unser Kater, Bramble. Ich habe gerade so viel um die Ohren, da habe ich gestern Abend völlig vergessen, ihn reinzulassen. Er war den ganzen Tag nicht zu Hause.« Sie trat zur Hintertür und rief hinaus in die Finsternis.

»Kommt es öfter vor, dass er so lange wegbleibt?«, fragte Monica und versuchte, möglichst beiläufig zu klingen. Natürlich musste sie sofort an die Ausgrabung vom Vormittag denken.

»Er ist eine Hofkatze, streunt ständig herum. Wahrscheinlich ist meine Sorge übertrieben. Ich hab schon Wahnvorstellungen ...« Sie richtete sich auf und rieb sich die Augen. »Es mag bescheuert klingen, aber seit man Freya gefunden hat, habe ich das Gefühl, der Tod sitzt mir im Nacken. Es sind nur Kleinigkeiten – erst springt das Auto nicht an, und dann verschwindet auch noch Bramble. Wenn ich auf meinen Instinkt hören würde, würde ich Barry und die Jungs einen Monat lang nicht vor die Tür lassen.«

Gerade wollte Monica ihr Mut zusprechen, als draußen auf dem Hof das Röhren eines Dieselmotors zu hören war, gefolgt vom Knarzen einer Handbremse, die fest angezogen wurde. Wenig später flog die Haustür auf, und Barry trat in die Küche. Er schien den Raum komplett auszufüllen, unter jedem Arm einen quiekenden Sohn. Jessica lächelte und entspannte sich in seiner Gegenwart sofort sichtlich.

»War nicht viel los unterwegs. Wir sind nach Hause gerast, stimmt's, Jungs? Und jetzt fresse ich die beiden hier zum Abendessen auf!« Er tat so, als würde er den einen Jungen an den Mund heben. Das Kind kreischte vergnügt, während sein Vater sehr überzeugend den menschenfressenden

Riesen mimte. Offenbar registrierte Barry Monica erst jetzt, denn er lächelte ihr verlegen zu, während er die beiden Jungen hastig wieder absetzte. »Verzeihung, ich …«

Monica erwiderte sein Lächeln. »Sieht aus, als hätten Sie großen Spaß gehabt.« Insgeheim aber überkamen sie wieder einmal Gewissensbisse: Lucy würde nie einen Vater haben, der sie so vergötterte wie Barry seine Kinder. Sie schluckte diesen quälenden Gedanken hinunter und leerte ihren Tee, weil sie sich in diesem Haus plötzlich wie ein Eindringling fühlte. Während sie auf den Flur hinaustrat und ihren Mantel überzog, betrachtete sie noch einmal die Fotogalerie an der Wand, eine Art Altar zu Ehren einer Familie, die sich anscheinend sehr nahestand. Die beiden Kinder als Babys, bei Geburtstagsfeiern, Jessica und Barry bei ihrer Hochzeit. Monicas Blick landete auf einem älteren Foto: Es zeigte Freya und Jessica als Teenager.

Monica war nicht bewusst gewesen, dass Jessica sie beobachtete, bis sie sie sagen hörte: »Das war mein letzter Geburtstag vor ihrem Verschwinden.«

»Tut mir leid, ich wollte nicht neugierig sein.«

»Schon gut.« Die Schwestern hatten die Arme umeinander gelegt. Jetzt bemerkte Monica, dass Freya auf dem Foto ein Halskettchen trug. Sie beugte sich näher, weil sie es im schwachen Flurlicht nicht richtig erkennen konnte. »Trägt sie auf dem Foto das Halskettchen mit dem Sargmedaillon?« Den Zeitraum näher einzugrenzen, ab wann Freya das Schmuckstück besessen hatte, konnte für die Ermittlungen hilfreich sein. Die seltsame Parallele zu dem Grab im Sumpf und zu der Tafel um den Körper der Katze, die sie am Corrimony Cairn ausgegraben hatten, waren für Monicas Empfinden mehr als nur purer Zufall.

»Nein, das ist ein anderer Anhänger. Ein fossiler Haifischzahn«, sagte Jessica. »Praktisch das einzige Schmuckstück aus ihrem umfangreichen Fundus, das mir auch gefallen hat. Ich habe ihn an unserem ersten Tag in den Flitterwochen auf Ibiza verloren. Barry war so süß und hat versucht, ihn für mich zu finden.«

»Sie waren sicher traurig.«

»Die örtliche Polizei verhielt sich ganz nach dem Motto: *Was will diese verrückte schottische Touristin, dass sie wegen eines beschissenen Halskettchens so ausrastet?*« Sie stieß ein kraftloses Lachen aus. »Barry hat den Strand zwei Tage lang durchkämmt. Bestimmt dachte er, er hätte eine Irre geheiratet! Aber schon eigenartig. Am Ende hat es sich sogar als nützlich erwiesen, dass ich es verloren habe. Eine Möglichkeit, mich zu verabschieden. Wissen Sie, ich habe das noch nie einer Menschenseele erzählt, aber ich habe mich so dumm gefühlt, dass ich es verloren habe. Wenn jemand mich danach fragte, sagte ich jedes Mal nur, Freya müsse es mitgenommen haben. Sie hat diesen Anhänger geliebt.«

33

Am nächsten Morgen, da Crawford spät dran war, erklärte Monica sich einverstanden, ihn im Starbucks im Stadtzentrum von Inverness zu treffen. Als sie gegen neun Uhr dreißig unter einem bleiernen Himmel dort eintraf, war ihr Partner nirgends zu sehen, deshalb bestellte sie zwei Flat Whites und ein Mandelcroissant für Crawford, der garantiert wieder einmal das Frühstück ausgelassen hatte. Gerade als sie das Tablett an einem Ecktisch abstellte, betrat er das Lokal. Gekleidet in den üblichen grauen Wollmantel über einem dunklen Anzug, winkte er, als er sie entdeckte, und eilte auf sie zu. Sie hatten sich immer noch nicht über diesen Abend bei ihr in der Wohnung ausgesprochen, allerdings legte sich das Unbehagen zwischen ihnen von Tag zu Tag etwas mehr. Es bestand also Hoffnung, dass sie bald zu einem normalen, entspannten, wenn auch leicht argwöhnischen Umgang miteinander zurückfinden würden. Als er sich näherte, registrierte sie seine Aufregung. Eine Haarsträhne hatte sich aus seiner Tolle gelöst und hing ihm in die Stirn. Normalerweise ein untrügliches Zeichen, dass er eine lange Nacht hinter sich hatte.

Sie schob ihm über den Tisch den Kaffee und sein Croissant zu. »Ist alles in Ordnung?«

Er nahm Platz. »Tut mir leid, hab verschlafen … der Scheißwecker am Handy hat nicht funktioniert.«

Monica nickte und akzeptierte die Entschuldigung kommentarlos, auch wenn sie ihr zweifelhaft erschien. Crawford war süchtig nach seinem Smartphone. *Nichts annehmen, alles überprüfen,* Regel Nummer eins der Ermittlungsarbeit. Dies hatte den Nebeneffekt, dass man auch jede Äußerung von Kollegen genauestens auf Herz und Nieren prüfte, dachte Monica nicht ohne eine gewisse Ironie. Sie nahm einen Schluck von ihrem Kaffee und setzte ihn dann ins Bild, was ihren Ausflug zu Jessica nach Hause betraf. Jetzt zog sie die Schatulle aus der Tasche und öffnete sie, um ihm den Anhänger zu zeigen. Crawford griff danach und hielt den kleinen Sarg ins Licht. »›Hexenfluch enthalten‹«, las er laut vor. Dann versuchte er, den Deckel zu öffnen, genau wie Monica es getan hatte, hatte mit seinen abgenagten Fingernägeln aber so einige Schwierigkeiten.

Sie nahm ihm das Kettchen ab und ließ das Medaillon aufschnappen. »Es ist nichts drin.«

»Der Fluch ist also schon entwichen?« Es klang nicht hundertprozentig so, als machte Crawford einen Witz. »Wissen wir, von wem sie das hatte?«

»Jessica konnte es mir nicht sagen.«

Als Monica das Kettchen wieder verschwinden lassen wollte, sagte Crawford: »Gibt es auf der Schatulle vielleicht einen Aufkleber von dem Laden, in dem es gekauft wurde?« Vorsichtig legte sie die Kette und den Anhänger auf den Tisch und drehte die Schatulle um. Auf dem Boden war nichts. »Vielleicht innen drin, unter der Ausfütterung?«

Sie öffnete die Schachtel und zog die Polsterung aus falschem Samt heraus. Darunter stand, am unteren Rand aufgedruckt, der Händler und die Adresse, CAULFIELD &

SON'S ANTIQUITÄTEN, ST. STEPHENS BRAE, INVERNESS. Gefolgt von einer Telefonnummer mit der alten 0463-Vorwahl, die noch aus der Zeit stammte, bevor sie zu 01463 geändert worden war.

»Es gibt keinen Antiquitätenladen auf der St. Stephen's Brae.« Monica ging die Straße regelmäßig entlang, sie lag nicht weit von Lucys Schule.

»Ist das nicht der Name des Antiquitätenladens an den Market Brae Steps?«, fragte Crawford. »Ich habe da vor einigen Jahren mal ein Armband für eine Freundin erstanden. Vielleicht sind sie ja umgezogen.«

Da ein Großteil der Innenstadt von Inverness reine Fußgängerzone war, stellten Monica und Crawford ihre Fahrzeuge ab und liefen durch den Busbahnhof und weiter die Academy Street entlang bis zur High Street. Auf halber Strecke die Market Brae Steps hinauf, jener Treppe, die das Zentrum mit dem Crown District oben auf dem Hügel verband, befand sich eine Tür mit einem kleinen Messingschild auf Augenhöhe:

CAULFIELD & SON'S ANTIQUITÄTEN
ÖFFNUNGSZEITEN:
DI-SA 11–16 UHR
& NACH VEREINBARUNG

Monica versuchte erst den Summer, dann hämmerte sie mit der Faust gegen die Tür. Crawford überprüfte die Zeit auf seinem Handy. »Es ist erst zehn Uhr dreißig.« Sie gingen zurück zur High Street, tranken im Caffè Nero einen weiteren Kaffee und beobachteten durch das Fenster ein paar junge Möwen, die sich um ein weggeworfenes Sandwich stritten. Um fünf nach elf drückte Monica erneut auf den elektrischen Summer, und diesmal öffnete sich die Tür mit einem leisen Klicken. Am Ende einer morschen Treppe öffnete sich eine weitere Tür in einen niedrigen Raum. Er war dunkel, und die unterschiedlichsten Objekte stapelten sich darin bis unter die Decke: Bücher, Lampenschirme, Kästchen mit Münzen, ein Sortiment Schaufensterpuppen in staubigen Militäruniformen. Während ihrer Zeit in London hatte Monica ganze Nachmittage damit verbracht, durch Antiquitätenläden zu stöbern und an den Ständen am Greenwich Market auf die Jagd zu gehen; der Besuch in diesem Laden hätte für sie eine willkommene Abwechslung zu diesem grauenvollen Fall sein sollen, allerdings herrschte hier eine ganz besondere Atmosphäre. Irgendetwas lag da unter dem Tabakgeruch und den Körperausdünstungen verborgen, etwas, das ihr ganz und gar nicht behagte.

Im hinteren Bereich des Verkaufsraums entdeckte Monica einen Tresen, hinter dem ein Mann saß.

»Mr. Caulfield?«

Der Mann hob den Kopf. Er war ein Schwergewicht und trug einen schwarzen Blazer, das bereits dünner werdende Haar zum Seitenscheitel frisiert. »Sie suchen wahrscheinlich meinen Vater, tut mir leid.« Er war Mitte bis Ende fünfzig, hatte ein stark gerötetes Gesicht und schlechte Haut.

»Okay«, sagte Monica langsam. »Ist Ihr Vater denn da?«

»Tja, da müssten Sie die Bridge Street runterfahren, ungefähr eine Meile Richtung Drumnadrochit.« Dem Akzent nach hatte er eine elitäre Privatschule besucht, möglicherweise aber war sein Ton auch aufgesetzt. »Dann biegen Sie an den großen schwarzen Eisentoren auf der Tomnahurich Street rechts ab.«

Monica begriff, dass er vom Tomnahurich-Friedhof sprach. »Sie wollen also sagen, dass er tot ist?«

»Nun, das will ich doch hoffen.« Caulfield lächelte, aber als Monica näher trat, erkannte sie, dass das Lächeln nicht bis in seine Augen reichte. »Nicht auszudenken, wenn wir ihn lebendig begraben hätten.«

Monica zwang sich zu einem müden Lächeln und hielt ihm ihren Dienstausweis hin. »Arbeiten Sie schon lange hier?«

Caulfields Augen weiteten sich, und für einen kurzen Augenblick vergaß er sich und sprach ohne seinen Privatschulakzent. »Hab direkt nach meinem Abschluss angefangen.«

»Sie waren also Mitte der Neunziger schon hier?« Er nickte zögernd, offenbar verwundert von ihrer Frage. »Erinnern Sie sich zufällig an eine junge Frau namens Freya Sutherland?« Monica bedeutete Crawford mit einem Nicken, ihm das Foto zu zeigen.

»Die ermordete Frau?« Er klang alarmiert und beeilte sich hinzuzufügen: »Hab davon in den *Highland News* gelesen.«

»Sie erinnern sich an ihr Gesicht?«

»Ist lange her.«

»Sie war also keine Kundin in Ihrem alten Laden? Vielleicht war sie mit einer Gruppe von Freunden da?«

Caulfield schüttelte den Kopf. »Dad hätte nie zugelassen … Seinerzeit ging es hier förmlicher zu.«

Crawford hielt das Foto von Salisbury, King und Moon am Corrimony Cairn hoch. »Erkennen Sie eine von diesen drei Personen?«

Wieder schüttelte der Mann den Kopf.

Monica öffnete die Schatulle und legte das Halskettchen

auf den Tresen. »Das hier wurde irgendwann vor September 1994 von Ihnen verkauft.« Caulfield griff nach dem Kettchen. Für einen flüchtigen Moment glaubte sie, so was wie ein Erkennen auf seinen Zügen zu bemerken. »Sie erinnern sich daran?«

»Wir verkaufen hier sehr viele Stücke.« Er hob es mit seinen kleinen, weich wirkenden Fingern hoch und drehte den kleinen Sarg auf seiner Handfläche herum. »Stammt vermutlich aus den Zwanzigern, aber auf alt gemacht.«

»Was hätte so was in den Neunzigern gekostet?«

»Ein paar Hundert vielleicht? Es ist aus Silber.«

Monica ließ sich diese Info durch den Kopf gehen. Für eine junge Frau, die Teilzeit in einem Spielcenter arbeitete, mussten hundert Pfund im Jahr 1994 ein halbes Vermögen gewesen sein. »Führen Sie Buch über Ihre Verkäufe?«

»Buchführung?« Caulfield machte ein verwirrtes Gesicht. »Nicht mehr so detailliert wie seinerzeit, als Dad noch war. Bei Antiquitäten ist es nicht gesetzlich vorgeschrieben …«

»Die Vorschriften interessieren mich nicht«, unterbrach Monica ihn. »Ich will nur wissen, wer es gekauft hat.«

»Ja, nun, mein Vater war da ein klein wenig speziell«, sagte er. »Aber das wurde alles handschriftlich festgehalten. Es wird eine Weile dauern, die Bücher durchzusehen.«

34

August 1994

An dem Morgen, als Freya zur Bushaltestelle ging, herrschte bereits seit einer Woche hochsommerliches Wetter. Schon vormittags um zehn war es drückend heiß. Der Weizen auf den Feldern reifte zu einem goldenen Ozean heran; die Samenkapseln des Ginsters knackten und platzten bei den hohen Temperaturen auf. Normalerweise hätte sie die Turnschuhe ausgezogen, die Wärme des Asphalts unter ihren Fußsohlen genossen und den zarten Kokosduft des Stechginsters am Straßenrand tief in die Nase gesogen. Heute aber nahm sie von alldem kaum Notiz. Sie hatte die halbe Nacht wach gelegen und hatte überlegt, was sie wohl falsch gemacht hatte.

Drei Tage zuvor hatten sie vereinbart, sich nach ihrer Schicht in der Spielhalle zu treffen. Eine geschlagene Stunde hatte sie auf den Stufen vor dem Rathaus gesessen, bis die Batterien ihres Walkmans allmählich den Geist aufgaben und PJ Harveys Stimme sich zu einem schleppenden, tiefen Blöken verzerrte. Sie hatte angenommen, dass sie irgendetwas missverstanden hatte oder die anderen aufgehalten worden waren, deshalb war sie die Church Street hinuntergetrottet zur nächsten Telefonzelle. Mittlerweile kannte sie sowohl

Brodies als auch Mirandas Nummer auswendig. Bei beiden versuchte sie es zwei Mal, doch es ging keiner ran. Ratternd und klappernd fiel die Zwanzig-Pence-Münze durch das Telefon zurück in den Ausgabebehälter – das enttäuschende Zeichen eines in die Leere gegangenen Anrufs. Vermutlich warteten ihre Freunde irgendwo ganz in der Nähe auf sie, nur dass sie keinen Schimmer hatte wo. Sie wühlte in ihrer Tasche nach Josephs Nummer, die auf die Rückseite ihres Skizzenbuchs gekritzelt war. Eine ruppige männliche Stimme, vermutlich Josephs Dad, meldete sich.

»Kann ich bitte Joseph sprechen?«

»Wer ist denn dran?«

»Ich bin eine Freundin von ihm, Freya. Freya Sutherland.«

»Er ist nicht da. War seit dem Wochenende nicht mehr zu Hause. Wenn du ihn siehst, richte ihm aus, dass er verdammt noch mal heimkommen soll. Seine Mutter kommt um vor Sorge.«

Freya hatte versprochen, die Nachricht weiterzugeben, und aufgelegt. Das, was Josephs Vater gesagt hatte, kam nicht unbedingt überraschend. Ihr Freund erzählte jedem, der bereit war, ihm zuzuhören, wie nervtötend er seinen Vater fand, mit seiner übertriebenen Strenge, und dass er es kaum erwarten könne, für immer von zu Hause fortzugehen. Sie wusste, dass er oft bei Brodie über Nacht blieb. Dessen Mutter war viel entspannter.

Sie war zurück zur Spielhalle gegangen. Als sie dort auftauchte, zog Bobby überrascht die Augenbrauen nach oben. Auch hier keine Spur von ihren Freunden. Schließlich gab sie auf und nahm den Bus zurück nach Fettercairn. Mit einer Mischung aus Enttäuschung und Ärger über die Zurückweisung hoffte sie trotz allem, dass zu Hause eine Nachricht auf sie wartete. Oder falls nicht, dass sie zumindest am nächsten Morgen etwas von den anderen hören würde. Doch es hatte niemand angerufen, niemand hatte eine Nachricht hinterlassen, und mittlerweile waren schon drei Tage vergangen. Die Vorstellung, dass ihre Freunde sie so völlig aus dem Nichts fallen gelassen hatten, war irgendwie beängstigend. Sie hatten ihr Leben hier erträglicher gemacht. Mit Spritztouren durch die nördlichen Highlands in den langen weißen Sommernächten. Berauscht von Wodka und Cola, während sie um Mitternacht lachend in die Meeresbrandung rannten.

Die Hitze unter dem Dach der Bushaltestelle war drückend, es roch nach Ammoniak. Pisse. Sie lehnte sich von außen dagegen und spürte das erhitzte Plastik durch ihr Baumwoll-T-Shirt. Sie spähte nach beiden Seiten die leere Straße entlang und versuchte, den Anblick des strahlend blauen Himmels zu genießen, die wärmende Sonne auf ihrer Haut.

Doch stattdessen dachte sie zurück an das letzte Treffen mit den anderen – Dienstagabend nach der Arbeit war das gewesen. Aber auch jetzt, wo sie die Begegnung in Gedanken noch einmal durchging, schien alles wie immer gewesen zu sein. Miranda, Brodie und Joseph waren in die Spielhalle gekommen und hatten herumgealbert wie üblich. Sie hatten an der Bar gesessen, hatten Bier aus Flaschen getrunken und darauf gewartet, dass sie Dienstschluss hatte. Freya erinnerte sich an die verrauchte Luft in der Spielhalle, an die blechernen Bandansagen der japanischen Spielautomaten, überlaut und in Endlosschleife. Knöpfe, auf die eingehämmert wurde, Süchtige, die einarmige Banditen mit stapelweise Pfundmünzen fütterten. Die Lärmkulisse hatte den kompletten Nachmittag unerbittlich auf ihren Kopf eingehämmert, und am Ende ihrer Schicht hatte sie sich wie ein verdammter Zombie gefühlt, als sie auf ihre Freunde zugewankt war. Jetzt fragte sie sich, ob sie vielleicht etwas zu kurz angebunden gewesen war.

Sie zuckte innerlich zusammen, als sie daran zurückdachte, wie sie Brodie ihr Skizzenbuch hingehalten hatte. Sie wollte ihm zeigen, was sie im Lauf des Nachmittags zwischen Spielmarkenverkäufen gezeichnet hatte. Es war genau sein Ding, das wusste sie. Er hatte sich interessiert gezeigt und mit den Fingerkuppen über die schwarze Tinte der keltischen Muster gestrichen. Hatte sie sich zu sehr bemüht, ihn zu beeindrucken? Oder hatte sie Miranda verstimmt, weil sie zu offensichtlich auf seinen Zuspruch aus war? Freya versuchte, sich Mirandas Gesichtsausdruck in Erinnerung zu rufen. Sie hatte auf einem Barhocker gesessen, in locker sitzender Jeans, einem Leinenkleid und Sandalen. Mindestens einen Silberring an jedem Finger. Wie üblich war es ihr gelungen, extrem cool auszusehen, selbst hier in der schmuddeligen Bar der Spielhalle. Sie hatte zu ihnen herübergesehen, während Brodie durch ihr Skizzenbuch geblättert hatte, und hatte ihr flüchtig zugelächelt, um sich dann weiter mit Joseph zu unterhalten, der neben ihr saß. Freya erinnerte sich, dass Miranda eine Halskette mit einem kleinen Medaillon getragen hatte. Sie hatte die Hand gedankenverloren zu dem Anhänger geführt und begonnen, das Ding zwischen Daumen und Zeigefinger zu reiben. War das ein Zeichen von Nervosität gewesen? Ein Hinweis darauf, dass sie sauer auf Freya war?

Im selben Moment drang das entfernte Brummen eines nahenden Busses über die Weiten der Felder zu ihr.

Um drei Uhr nachmittags beendete Freya ihre Schicht und rief vom Büro aus zu Hause an. Sie wollte nachfragen, ob sich jemand gemeldet hatte. Jessica war voll unverhohlener Schadenfreude und verkündete: »Nein, es hat niemand für dich angerufen. Ich war den ganzen Tag zu Hause.«

Dann erinnerte Freya sich, wie Brodie erwähnt hatte, dass er im College an einem Gemälde arbeite. Der nächste Bus zurück zur Fettercairn Farm würde erst nach fünf fahren. Sie war nicht scharf darauf, Leuten hinterherzulaufen, die anscheinend nichts mehr von ihr wissen wollten, aber ihre Wut war stärker. Sie wollte zumindest von ihnen selbst hören, warum sie sie einfach so aus dem Nichts hatten fallen lassen. Sie hastete die High Street entlang, nahm die Abkürzung durch den Bahnhof und lief weiter über die zweispurige Schnellstraße auf den hässlichen Betonkomplex des College zu. Die Hitze war nach wie vor unerträglich, und bis sie die Doppeltür am Eingang aufstieß und das kühle Innere des Gebäudes betrat, hatte sich ein dünner Schweißfilm auf ihrem Rücken gebildet.

Die Wände des Instituts für Kunst hingen voller Gemälde. Ein alter schwarz-weißer Flyer, der zum Protest gegen Thatchers Kopfsteuer aufrief, steckte an der Pinnwand, teils überdeckt von neueren Greenpeace-Flugblättern und Infozetteln zu einer Hilfshotline für Vergewaltigungsopfer. Klassische Musik drang aus einer geöffneten Tür am Ende des Korridors. Freya hielt darauf zu, blieb dann aber stehen, mit einem Mal verunsichert.

»Huch, du hast mich erschreckt!« Sie drehte sich um, und vor ihr stand Miss Rossetti, eine der Kunstdozentinnen, die sie bei einem ihrer früheren Besuche bereits kennengelernt hatte. Die Frau trat soeben aus der kleinen Küche. Freya hatte sie im Vorbeigehen nicht bemerkt.

»Tut mir leid, ich …« Mit Schrecken stellte Freya fest, dass ihr die Tränen kamen.

»Was ist denn los?« Miss Rossetti trat näher. »Komm erst mal rein und trink einen Tee, meine Liebe. Deine Freunde waren vorhin da, aber jetzt sind sie weg.« Sie lotste Freya in ein Studio, ließ sie Platz nehmen und drückte ihr die Tasse Tee in die Hand, die sie eigentlich für sich selbst zubereitet hatte. Freya registrierte die riesige Leinwand, an der Brodie den Sommer über gearbeitet hatte – violette Umrisse vor einer dunklen Landschaft. Sie waren also hier gewesen, hatten aber nicht daran gedacht, es ihr zu sagen. »Was ist passiert?«

»Ach, nichts.« Jetzt spürte sie heiße Tränen auf ihren Wangen, ihre Wimperntusche würde garantiert verlaufen. *Wie peinlich.* Sie dachte daran, wie cool sie bei ihrer Begegnung getan hatte. Sie hatte der Dozentin weismachen wollen, sie habe großen Spaß an Camus' *Der Fremde* gehabt und lese gerade Foucault. Und jetzt saß sie hier und flennte wie ein Schulmädchen, weil ihre Freunde sie versetzt hatten. »Ich befürchte, ich habe es mir mit Miranda und den anderen verscherzt. Nur weiß ich nicht, was ich ihnen getan habe.«

Miss Rossetti lächelte und nickte, mitfühlend, aber dennoch unbeteiligt. Als wäre Freyas Verhalten einfach nur kindisch. Freya schämte sich in Grund und Boden. Hastig wischte sie sich die Tränen aus den Augen, stellte die Teetasse ab, sprang auf und verließ den Raum.

In der Folgezeit und auch in den weiteren Jahren kamen Miss Rossetti gelegentlich Zweifel. An besonders heißen Tagen, wenn sie alleine dasaß und ihren Tee trank, dachte sie bisweilen zurück an diese kurze Begegnung. Und fragte sich, ob in Freyas Leben vielleicht alles anders gelaufen wäre, wenn sie selbst nur die richtigen Fragen gestellt, den richtigen Ton getroffen hätte.

35

Nach der stickigen Luft im Antiquitätenladen von Caulfield & Son's war Monica froh über die frische Meeresbrise, die ihnen ins Gesicht blies, während sie die High Street entlangliefen. Zwei Dinge mochte sie an Inverness besonders: In der Luft hing immerzu eine Ahnung des nahen Meeres, und vom Stadtzentrum aus waren nicht selten die Berge zu sehen. Bis sie nach einer längeren Zeit in London in ihre Heimat zurückgekehrt war, war Monica sich nicht darüber im Klaren gewesen, wie sehr sie diese dezenten Hinweise auf die nahe Wildnis insgeheim vermisst hatte.

Crawford unterhielt sich neben ihr am Telefon mit DC Fisher. Ihr Kollege ackerte nach wie vor die Unterlagen aus dem Gefängnisarchiv durch, um die Liste mit Pauline Toshs Kontakten weiter einzugrenzen. Dies würde sie hoffentlich in der Frage voranbringen, woher sie über den Verbleib von Freyas Leichnam Bescheid gewusst haben könnte.

Crawford bedeckte das Mikrofon am Handy und drehte sich zu ihr. »Er sagt, das sind Berge von Akten. Das dauert ewig, er war gestern bis zwei Uhr nachts im Büro.«

»Grüß ihn schön«, antwortete Monica. »Er macht seine Sache großartig.« Sie holte tief Luft und überlegte noch immer, was sie an diesem staubigen Antiquitätenladen so beunruhigend gefunden hatte.

»Die Chefin lässt grüßen. Sie machen Ihre Sache großartig«, gab Crawford ihre Nachricht weiter. Er murmelte noch etwas, das Monica nicht verstand, dann wandte er sich abermals ihr zu. »Fisher sagt, die Adresse zum Katzenhalsband ist gerade reingekommen.« Es war das Erste gewesen, worum sie DC Khan gebeten hatte, als sie am Morgen ins Büro gekommen war: die Nummer bei der Telekom zurückverfolgen zu lassen und sich die Adresse dazu geben lassen.

»Und?«

»Macleod Cottages Nummer 2«, sagte Crawford, »draußen in der Nähe von Muir of Ord, gar nicht weit von Dingwall entfernt.« Monica beobachtete, wie er nickte und dann scharf die Luft durch die Zähne sog. »Im Ernst? Sind Sie ganz sicher?«

»Was ist los?«

»Sekunde«, formte er lautlos mit dem Mund und bedeutete Monica, sich zu gedulden. Er konzentrierte sich wieder auf das Telefonat. »Nein, klar, keine Frage. Das ergibt Sinn.« Monica verspürte den kindischen Impuls, ihrem Partner das iPhone wegzunehmen und sich direkt von Fisher erzählen zu lassen, was er herausgefunden hatte. Aber immerhin schienen Crawford und er sich endlich besser zu verstehen; manchmal wechselten sie kaum ein Wort miteinander. »Immer noch keine Antwort? In Ordnung, ich frag die Chefin. Danke.« Crawford legte auf und sah Monica an. »Okay, hör dir das an. Fisher hat eine Suche auf Google Maps gestartet. Die Macleod Cottages gehören zu einem größeren Landwirtschaftsbetrieb. Direkt gegenüber, auf der anderen Seite einer Wiese, nicht mal fünfhundert Meter entfernt, liegt Carnoch House.«

Monica quetschte ihr Gehirn aus wie eine Zitrone und

fragte sich, ob ihr dieser Ort irgendetwas sagen sollte. »Gib mir einen Tipp.«

»Carnoch House ist eine große, freistehende viktorianische Villa, die vor einigen Jahren zum Verkauf stand. Deshalb ist es Fisher gelungen, die Einzelheiten dazu im Netz zu finden.« Crawford konnte einfach nicht widerstehen, alles haarklein zu erzählen, wenn er dadurch die Spannung steigern konnte. Erst am Ende kam dann die sensationelle Enthüllung. »Die Gebote lagen bei mehr als einer Million, für welche Summe es letztlich weggegangen ist, weiß ich leider nicht.« Im nächsten Moment erspähte er jemanden, den er kannte, einen Mann, der draußen vor dem Poundland-Laden stand und eine Zigarette rauchte. Er winkte ihm zu und rief etwas. Der Mann fing an zu lachen. Monica kannte ihren Partner mittlerweile gut genug, um zu wissen, dass es ihn nur anspornte, wenn sie ihren Frust offen zeigte. Allerdings fragte sie sich schon, ob er sich einem männlichen Boss gegenüber auch so frech verhalten würde. Ob die Tatsache, dass sie sich nähergekommen waren, sich auf ihr Arbeitsverhältnis auswirken könnte. Schließlich wandte er sich wieder zu ihr und sagte: »Carnoch House war zwischen 1950 bis zum Verkauf im Jahr 2016 im Besitz ein und derselben Familie. Es ist das Elternhaus von Miranda Salisbury.«

Die Macleod Cottages waren zwei aneinander angrenzende Einfamilienhäuser mit weiß getünchtem Rauputz, inmitten von Wiesen und Feldern. Etwas weiter im Westen war der Gipfel des Sgùrr Mòr zu sehen, der zur Fannich-Berggruppe gehörte. Die Gegend erinnerte ein wenig an die rund um die Fettercairn Farm, lag nur etwa zehn Meilen weiter nördlich, unweit des Dorfes Muir of Ord. Die Hausnummer 2 war an dem Messingschild am Gartentor zu erkennen. Monica parkte ihren Volvo neben dem Holzzaun, der unter dem Gewicht von üppigem Geißblatt einzuknicken schien.

»Sieht fast so aus, als wäre das Haus unbewohnt«, bemerkte Crawford. Der Garten machte den Eindruck, als hätte sich seit Monaten niemand mehr darum gekümmert. Er bildete das krasse Gegenstück zum ordentlich gemähten Rasen im Nachbargarten. Monica schritt über den Gehweg auf die Haustür zu und klopfte an, doch es öffnete niemand. Durch das Fenster sah sie von der Sonne ausgeblichene rosa Vorhänge, in deren Falten sich Staub angesammelt hatte. Nach einigen Minuten Warten gab sie auf und kritzelte eine rasche Notiz auf ihre Visitenkarte, die sie durch den Briefschlitz schob.

Bei der Tür nebenan hatten sie mehr Glück. Tatsächlich hatte der Bewohner sie offenbar längst bemerkt, denn er öffnete ihnen bereits die Tür, als sie sich näherten: Der Mann war jenseits der siebzig, wirkte erschöpft, aber gesprächsbereit. Er stellte sich ihnen als Mr. MacAdam vor und bat sie freundlich ins Haus. Seinem Heim haftete ein Hauch von Trauer an, weshalb Monica sich unwillkürlich fragte, ob Mr. MacAdams Ehefrau oder Partnerin wohl in jüngerer Zeit gestorben war.

»Leben Sie schon lange hier?«, fragte sie.

»Hab das Haus 1982 gekauft«, gab Mr. MacAdam zurück. »Wollte schon immer auf dem Land wohnen.«

»Es ist ein wunderschönes Fleckchen«, sagte Monica. »Sie kennen Ihre Nachbarn sicher gut?«

»Hab schon gesehen, wie Sie vor Mrs. Dunmores Haustür nebenan standen. Die werden Sie eine ganze Weile nicht antreffen. Sie ist in Spanien. Ist oft lange weg, ihre Enkelkinder besuchen. Im Sommer lässt sie den Garten immer komplett verwahrlosen.«

»Haben Sie vielleicht eine Telefonnummer, unter der wir Mrs. Dunmore erreichen können?«, fragte Monica voller Hoffnung.

»Nein, leider nicht.«

»Wissen Sie, wie lange sie schon hier wohnt?«

»Länger als ich jedenfalls. Allerdings mietet sie das Haus.«

Monica nickte, denn das erklärte, weshalb das Festnetz nicht auf ihren Namen lief. Wenn sie aber schon vor MacAdams Umzug hierher 1981 hier gelebt hatte, musste das bedeuten, dass die Katze am Corrimony Cairn ihr gehört hatte.

»Es kümmert sie nicht, wenn ihr Garten verwildert. Aber dass das Gestrüpp *mir* die Sicht versperrt, daran denkt sie nicht.«

»In dem Fall haben Sie das Recht, die Pflanzen zurückzuschneiden, sofern Sie in Ihren Garten hängen«, erklärte Crawford erstaunlich entgegenkommend.

»Nun, ich sehe nicht ein, weshalb ich das tun sollte«, gab MacAdam zurück.

»Auch wieder wahr«, sagte Crawford.

»Haben Sie das mit Miranda Salisbury gehört?«, schaltete Monica sich wieder ein. »Die Abgeordnete? Sie hat als Kind ganz in der Nähe im Carnoch House gewohnt.«

»Oh ja, ich kenne sie selbstverständlich.« Er deutete durchs Fenster auf ein kleines Wäldchen jenseits der Wiese. Dahinter konnte Monica gerade so das Dach und die Schornsteinaufsätze eines Gebäudes ausmachen. »Das da ist Carnoch House. Riesige Hütte. Angeblich für über eine Million verkauft.«

»Kannten Sie Miranda als Teenager?«, fragte Monica.

MacAdam nickte. »Wir sind ihr manchmal auf der Straße begegnet.«

»War an ihr irgendetwas auffällig?«, wollte Monica von ihm wissen. Mr. MacAdam saugte an seinen Lippen, seine Züge plötzlich angestrengt, als hätte er es mit einer kniffligen Rätselfrage zu tun. Jedenfalls deutete der kleine 50-Zoll-Fernseher an der Wand darauf hin, dass er sich seine Zeit mit nachmittäglichen Quizshows vertrieb. Monica rügte sich für ihr vorschnelles Urteil und versuchte, ihm auf die Sprünge zu helfen. »Irgendetwas?«

»Nun, ich erinnere mich, dass sie immer sehr weite Kleidung trug, ein wenig wie diese Hippies. Nicht so businesslike, wie sie heutzutage aussieht.«

»Erinnern Sie sich an ihre Freunde? Einen jungen Mann, groß und dünn, etwa im selben Alter, kam manchmal hier vorbei?«

»Damals trieben sich hier noch viel mehr junge Leute herum«, gab MacAdam abwehrend zurück. »Meine Töchter waren damals bereits erwachsen und waren von zu Hause ausgezogen, verstehen Sie, deshalb habe ich nicht so darauf geachtet.«

»Ihnen ist also sonst nichts aufgefallen? Nichts, das Ihnen im Gedächtnis geblieben wäre?«

MacAdam saugte wieder an seinen Lippen, und Monica begann, sich zu erheben. »Danke für Ihre …«

»Ich bin niemand, der gerne tratscht«, fiel MacAdam ihr ins Wort. »Ich habe früher mal als Ingenieur gearbeitet, wissen Sie? Drüben bei McDermott's, da gab es ein paar fürchterliche Klatschmäuler.«

Monica nahm wieder Platz. »Wir sind nicht an Klatsch und Tratsch interessiert.« Ihr Blick landete auf dem

Kaminsims und den gerahmten Fotos von einem jüngeren Mr. MacAdam. Darauf war er an der Seite einer Frau zu sehen, von der Monica annahm, dass es sich um seine Ehefrau handelte, sowie zwei Mädchen, vermutlich seine Töchter. Eine von ihnen trug einen schwarzen Talar und einen Doktorhut. »Vielleicht haben Sie es in der Zeitung gelesen. Wir ermitteln in einem Mord an einer jungen Frau. Sie war mit Miranda Salisbury befreundet. 1994 spurlos verschwunden.«

»Ein Mordfall?« MacAdam klang überrascht. »Ich lese nicht oft Zeitung.«

»Was ist Ihnen eingefallen? Zu Miranda?«

»Meine Frau mochte sie nie besonders. Hat ihr nicht über den Weg getraut. Einmal, als sie noch ein kleines Mädchen war, vielleicht zehn, elf, trafen wir sie in unserer Küche an. Unsere Haustür war damals nie abgeschlossen, damit unsere Mädchen und deren Freunde jederzeit vom Garten reinkommen konnten. Wir machten uns keine Gedanken über Einbrecher oder so. Als sie auf die Uni gingen, behielten wir diese Gewohnheit bei. Und dann fiel Susi, meiner Frau, eines Tages auf, dass plötzlich immer wieder Kleinigkeiten fehlten.«

»Was für Kleinigkeiten?«

»Ach, irgendwelches Zeug, eigentlich lächerlich. Einmal war es eine alte SodaStream-Flasche, die aus dem Kühlschrank verschwunden war. Ich selbst ließ öfter Kleingeld in einem Aschenbecher auf dem Fensterbrett herumliegen, das ich aus meinen Hosentaschen klaubte. Manchmal war da auf einmal weniger, als ich reingetan hatte. Mir ist das im Grunde nie richtig aufgefallen, erst hinterher. Eines Abends ging Susie in die Küche und sah Miranda da stehen, die Hand an meinem Geld.«

»Wie hat Ihre Frau reagiert?«

»Sie war schockiert. Sie sahen einander eine Weile an, dann lächelte Miranda, drehte sich um und spazierte mit einer Handvoll Münzen zur Tür raus.«

»Haben Sie die Polizei informiert?«

»Nein, nichts dergleichen, wir wollten kein großes Aufheben darum machen.«

»Sie haben nicht mal mit ihren Eltern gesprochen?«

»Susie hat angerufen und versucht, mit der Mutter zu reden, Anna hieß sie, aber das hat zu nichts geführt. Sie wollte nichts davon hören. Sie hat Susie gesagt, sie soll sich um ihren eigenen Kram kümmern, sie wüsste selbst am besten, wie sie ihr eigenes Kind zu erziehen habe. Die Kleine war total verzogen, verwöhnte Göre. Von da an sperrten wir unsere Türen immer ab.«

»Was war mit ihrem Dad?«

»Der war nie da. Hatte angeblich eine Freundin unten in London, bei der er den Großteil seiner Zeit verbrachte, hat als Banker gearbeitet oder so, irgendwas mit Finanzen jedenfalls.«

»Irgendetwas anderes, was interessant sein könnte?«

MacAdam zögerte, dann sagte er: »Ich war überrascht, als Miranda in die Politik ging. Konnte nicht glauben, dass es dasselbe Mädchen war, als ich ihren Namen das erste Mal hörte. Wie gesagt, Susie hat sie damals beim Stehlen erwischt, mein persönlicher Eindruck war, dass sie völlig außer Kontrolle war. Ich kam oft spät von der Arbeit nach Hause, da hab ich im Vorbeifahren gesehen, wie sie ausgegangen ist. Sie hatte in meinen Augen zu viele Freiheiten. Meine Mädchen waren immer um acht zu Hause, und ich wusste immer, wo sie waren.« Stolz fügte er hinzu: »Die Ältere ist Lehrerin, die Jüngere Buchhalterin.«

Monica lächelte, denn insgeheim gefiel ihr sein altmodischer Stolz auf die Leistungen seiner Töchter, auch wenn sie kein Fan von derart engstirnigem Denken war. Doch sie spürte, dass da noch etwas anderes war, irgendetwas hielt er in Bezug auf Miranda zurück. Es schwangen zu viele Emotionen mit, wenn er von ihr sprach, dadurch verriet er sich.

»Ist sonst noch irgendetwas vorgefallen? Als Miranda ein Teenager war?«

MacAdam senkte den Blick auf den Teppich, dann sah er wieder zu Monica auf. Etwas schien ihm peinlich zu sein. »Tja … einmal, ich hab nicht extra geschaut oder so … ich war mit dem Hund draußen, es gibt da diesen Pfad, der direkt am Carnoch House vorbeiführt. Es dämmerte bereits, ich hab nur zufällig zum Haus aufgesehen. Miranda stand am Fenster. Sie war … nun ja, sie trug nichts am Leib. Ich hab schnell weggeschaut, und dann hab ich doch noch mal raufgeguckt. Sie stand einfach nur da, hat nicht mal versucht, sich zu bedecken. Sie hat zu mir runtergestarrt, bis ich weitergegangen bin.«

»War da …«

MacAdam redete einfach weiter, ohne auf sie zu achten. »Ein paar Wochen später machte ich denselben Spaziergang, nur diesmal war meine Frau dabei, weil ich nach diesem Vorfall nicht mehr alleine gehen wollte. Wir hörten Stimmen aus dem Garten. Jemand stieß wüste Beschimpfungen aus.«

»Was haben Sie gehört?«

»Es war die Stimme eines Mädchens. Miranda, da bin ich mir sicher. Sie sagte: ›Ich will einfach nur, dass sie stirbt. Ich will diese verf… F… tot und begraben sehen.‹«

»Wann war das?«

»Es war um die Erntezeit herum, August oder September. Ich weiß das noch so genau, weil es kurz vor dem Geburtstag meiner Frau war. Diese Jahreszeit, wenn man das erste Mal beginnt, den nahenden Herbst zu erahnen. Meine Jüngste hatte gerade ihren ersten großen Job nach ihrer Ausbildung in Edinburgh angetreten; wir hatten ihr beim Umzug geholfen. Es muss 1994 gewesen sein.«

36

August 1994

Auf der Heimfahrt nach Fettercairn verwandelte Freyas Scham über ihre peinliche Begegnung am College sich allmählich in Wut. Während sie durch das Busfenster auf die ruhigen Gewässer des Beauly Firth und in den blauen Himmel starrte, verfasste sie in ihrer Fantasie bereits giftige Briefe an ihre sogenannten Freunde. Sie wollte ihnen so gern sagen, was für grässliche Menschen sie waren.

Doch bis sie von der Weggabelung durch die staubige Nachmittagshitze zurück zur Farm gelaufen war, war ihr Zorn bereits zum Großteil wieder verraucht. Ihre Mum und ihr Dad waren irgendwo draußen unterwegs, vermutlich auf einem der Felder. Jessica wäre bis nach dem Abendessen bei einer Freundin, dabei hätte Freya sich nur zu gern mit ihrer Schwester gezofft, um etwas Dampf abzulassen. Auf dem Notizblock neben dem Telefon erwartete sie auch diesmal keine Nachricht. Warum auch. Die anderen hatten sie fallen lassen wie eine heiße Kartoffel, daran bestand kein Zweifel mehr. Einen Moment stand sie ratlos im Flur herum. Winzige Staubpartikel tanzten in den Sonnenstrahlen, die durch die Fenster fielen. Warum machte sie dieser Anblick so melancholisch? Vielleicht, weil sie so zerbrechlich wirkten? So vergänglich? Genauso fragil wie ein Mensch auch. Sie hing genauso in der Luft und wartete darauf, dass endlich dieses Telefon klingelte. Sie machte sich einfach nur lächerlich.

Freya schüttelte den Kopf, ging nach oben und legte sich aufs Bett. Sie ließ den Blick durchs Zimmer schweifen: über ihre Schmuckschatulle, die Lavalampe; die Zeichnung, die Brodie ihr geschenkt hatte – eine weibliche Märchengestalt, die vor dem Corrimony Cairn stand. Sie hatte sie an die Wand gepinnt, weil sie glaubte, sie sei ein Sinnbild ihrer Freundschaft. Aus einem plötzlichen Impuls heraus riss sie die Zeichnung herunter und zerknüllte sie, dann öffnete sie das Fenster und hielt ein brennendes Feuerzeug daran. Sie hielt das Papierknäuel zwischen Daumen und Zeigefinger, bis es fast vollständig verbrannt war, dann ließ sie den letzten Fetzen los und ließ ihn in die Dämmerung davonsegeln.

In einiger Entfernung registrierte sie eine Bewegung. Ein Stück die Straße hinunter, die sie jeden Tag zur Bushaltestelle entlanglief, unweit des Henkersbaums. Sie kniff die Augen zusammen und hoffte insgeheim, den vertrauten Volkswagen in der Haltebucht stehen zu sehen. Kurz glaubte sie sogar, den Umriss einer Gestalt wahrzunehmen, die neben dem Baum stand und zu ihrem Fenster heraufstarrte. Als sie blinzelte, war die Gestalt wieder verschwunden, als hätte sie sich im abendlichen Dunst aufgelöst. Nach der Hitze des Tages versprach die Nacht eine leichte Abkühlung. Freya durchrieselte ein Zittern. Sie ließ das Fenster offen, kroch aber unter die Bettdecke. Sie schloss die Augen und lauschte auf die Geräusche der Vögel im Wald, auf das gelegentliche Fahrzeug, das auf der Hauptstraße vorüberfuhr. Trotz der ganzen Aufregung schlief sie schließlich ein.

Die Sonne schien auf eine einsame Hütte an einem See hoch oben in den Bergen. Sie war dort mit alten Schulkameraden, die sie nie getroffen hatte. Im seichten Gewässer des Sees lag eine uralte Rüstung, zum Teil verrostet, aber ansonsten von glänzendem Silber. Als sie ins Wasser watete, um sie sich genauer anzusehen, nahm sie neben sich eine Bewegung wahr. Ein Fremder, der sich über ihre Schulter beugte.

Freya fuhr aus dem Schlaf hoch und blinzelte, bis sie richtig wach war. Ein lautes Klappern schallte durchs Haus – jemand klopfte an die Haustür. Übelkeit überkam sie, weil sie so unsanft aus dem Tiefschlaf gerissen worden war. Fröstelnd legte sie sich zurück aufs Kissen und zog sich die Decke bis unters Kinn. Mittlerweile war es dunkel, der eigenartige Traum schien immer noch greifbar im Raum zu schweben. Ihr Arm war taub, sie hatte auf ihm gelegen. Es war ein gutes Gefühl, sicher und behütet unter der Decke liegen zu bleiben, aber dann war abermals ein Klopfen zu hören. Laut und beharrlich.

Wer klopft denn so spät an unsere Tür?, ging es ihr durch den Sinn. Vielleicht träumte sie ja doch noch? Nach kurzem Lauschen wurde ihr bewusst, dass niemand losgegangen war, um die Haustür zu öffnen. Offenbar arbeiteten ihre Eltern immer noch. Sie kroch aus dem Bett, immer noch in der kurzen Hose und dem T-Shirt von tagsüber, und ging nach unten. Das Knarzen der Dielenbretter war im ganzen Haus zu hören, alles war dunkel.

Als sie die Haustür aufzog, stand Brodie King davor. Er trug eine schwarze Lederjacke und starrte auf sie herab. Sein Gesichtsausdruck war wie immer irgendwo zwischen amüsiert und wütend.

»Hast du gerade Zeit? Wir müssen reden.«

37

Als sie sich Inverness näherten, summte Monicas Handy in der Manteltasche. Sie wollte es herauskramen und stellte dabei fest, dass der Tweedstoff inzwischen durchgescheuert war. Ihr Handy ragte durch ein Loch hervor.

»Pass auf, dass du nichts verlierst«, sagte Crawford und warf ihr einen Seitenblick zu. »Höchste Zeit, dass du dir einen neuen Mantel zulegst.«

»Der ist doch noch tipptopp«, gab Monica zurück. Wobei der Mantel tatsächlich schon über fünfundzwanzig Jahre auf dem Buckel hatte.

Sie warf einen Blick aufs Display. Es war eine Textnachricht von einer unbekannten Nummer: *Treffen Sie mich in einer Stunde im Café Grill.*

Sie setzte Crawford am Präsidium ab und bat ihn, Fisher bei der Durchsicht von Pauline Toshs Kontakten zu helfen. Dann fuhr sie zum Café Grill, einer Truckerabsteige im Longman-Gewerbegebiet, inmitten einer trostlosen Ansammlung von Lagerhäusern. Zwei Schwerlaster waren davor geparkt, daneben ein Polizeifahrzeug.

Im Café war nicht viel los, ganz wie es an einem Nachmittag mitten unter der Woche zu erwarten war. An einigen Tischen saßen Männer und lasen Zeitung. Aus der Küche drang leise Countrymusik. PC Duncan Gregg wartete an einem Ecktisch etwas weiter hinten, in Uniform. Er war in den Neunzigern bis Anfang der Zweitausender Detective bei der Kripo gewesen, arbeitete mittlerweile aber bei der Verkehrspolizei. Er tippte auf seinem Handy herum und hob den Kopf, als er die Tür aufgehen hörte. Mit ernstem Gesicht, die Stirn tief gefurcht, Mundwinkel nach unten gezogen, sah er misstrauisch zu ihr auf.

»Die großartige Monica Kennedy«, sagte er in dem Versuch, auf kumpelhaft zu machen, während sie ihm gegenüber Platz nahm. »Beste Ermittlerin des Nordens. Was verschafft mir die Ehre?« Aus der Nähe betrachtet, wirkte seine Gesichtshaut fahl, und in seinen Augen lag ein leichter Gelbstich. Er sah krank aus.

Sie lächelte. »Was denken Sie?«

Eine nervöse Kellnerin tauchte an ihrem Tisch auf. Monica bestellte einen schwarzen Kaffee. Gregg furchte die Stirn noch tiefer und starrte auf die Tasse, die vor ihm stand.

»Das Mädchen aus der Zeitung?«, sagte er schließlich. »Zumindest ist der Fall in aller Munde. Man hört, sie war eine von Toshs Opfern?«

»Ihr Name war Freya Sutherland«, sagte Monica. »Sie wurde 1994 als vermisst gemeldet. Sie haben damals ermittelt.«

»Hab ich das?« Greg senkte die Augen auf die Tischplatte. »Kann mich nicht erinnern, ist lange her.« Dennoch war Monica die Veränderung in seiner Körpersprache nicht entgangen. Sie holte das Foto von Freya Sutherland aus der Innentasche ihres Mantels und legte es vor dem Polizisten auf den Tisch. »Sie hat bis zu ihrem Verschwinden draußen auf der Fettercairn Farm gelebt, nicht weit von Beauly entfernt.« Gregg hatte nicht eben den Ruf, der Hilfsbereiteste zu sein, es sei denn, es war etwas für ihn drin.

Er griff nach dem Foto und hielt es auf Armeslänge hoch. »Hübsch. Ist ein großer Hof, oder? Mit viel landwirtschaftlicher Nutzfläche. Wäre heute einen ganzen Batzen wert, so wie die Grundstückspreise in den Highlands explodiert sind.«

»Das ist wahr.« Monica war froh, dass Gregg immerhin redebereit schien.

»Ihr Dad war arbeitsunfähig, von einem Traktor überrollt. Ich erinnere mich, wie er mir von dem Unfall erzählt hat.« Die Kellnerin brachte Monicas Kaffee und noch eine Kanne Tee für Gregg. »Aye«, sagte er langsam und legte das Foto zurück auf den Tisch. »War ein seltsamer Fall. Freya Sutherland. Hat einen Brief hinterlassen, nicht wahr?« Er goss Tee in seine Tasse und gab Milch und Zucker dazu.

»Ich wollte nur Ihre Meinung zu dem Fall hören.«

Gregg rieb sich mit der Hand übers Kinn. »Aye«, wiederholte er und überlegte offenbar, wie viel er preisgeben konnte. »Da war irgendwas nicht ganz koscher.«

»In welcher Hinsicht?«

»Na ja, einer von diesen typischen Fällen. Nichts Auffälliges, sieht nach einer klaren Sache aus, Teenager läuft von zu Hause weg, hinterlässt einen Brief.« Er nahm einen Schluck von seinem Tee. Gregg mochte zwar einen kränklichen Eindruck machen, aber Monica entging nicht, dass er bei glasklarem Verstand war. »Das Problem war, es kam so ganz ohne Vorankündigung. Freya hatte noch nie etwas Vergleichbares getan. Ihre Eltern waren völlig aufgelöst. Ich konnte im Grunde nicht viel tun. Sie war volljährig, durfte also gehen, wohin sie wollte. Aber irgendwie ließ mich das damals nicht los, deshalb hab ich ein wenig nachgeforscht.«

»Mit wem haben Sie gesprochen?«

»Vermutlich mit denselben Leuten wie Sie?«, sagte Gregg mit einem halbherzigen Lächeln. »Miranda Salisbury, Brodie King. Haben beide was aus sich gemacht. Was mich wenig überrascht; sie waren schon damals ein ziemlich gerissenes Pärchen.«

»Wie kommen Sie darauf?«

»Die Eltern der Vermissten waren überzeugt, dass die beiden ihre Finger im Spiel haben mussten. Freya hatte sie erst zu Beginn des Sommers kennengelernt, sie verbrachten jede freie Minute miteinander. Und auf einmal verschwindet sie, und sie sind immer noch da und behaupten, nichts zu wissen.«

»Hatte sie sonst mit jemandem näher zu tun?«

»Zumindest nicht nach allem, was sie erzählt haben. Salisbury, King, dieser andere Junge – dieser Nichtsnutz, Boon?«

»Joseph Moon«, korrigierte Monica ihn.

»Richtig. Den ganzen Sommer über waren sie die dicksten Freunde. Aber kaum stellte ich sie zur Rede, spielten sie die Ahnungslosen. Behaupteten, sie hätten davon geredet, gemeinsam wegzugehen, aber es sei nichts draus geworden. Die Sache ist die, Miranda Salisburys Mum hat den dreien ein Alibi gegeben für die Nacht, in der Freya verschwand. Hat behauptet, sie seien alle bei ihr im Haus gewesen.«

»Im Carnoch House?«, hakte Monica nach.

»Ja, Riesenhütte, draußen in der Nähe von Muir.« Gregg nippte wieder an seinem Tee. Monica war verblüfft, wie entgegenkommend er sich verhielt. Und es überraschte sie auch, dass es fast so klang, als hätte er damals ernsthaft herauszufinden versucht, was Freya zugestoßen war, auch wenn sich aus den spärlichen Notizen in den Akten zum Fall ein anderes Bild ergab. »Ich hatte nur so ein ungutes

Gefühl wegen der ganzen Sache. Besonders was Brodie King anging. Der Junge hatte so was Kaltes an sich, wissen Sie?«

Monica nickte. Das wusste sie tatsächlich.

»Ich bin ihm einmal zufällig im Marschland begegnet. Hab ihn auf eine kleine Spritztour raus nach Abriachan mitgenommen, um ihm auf den Zahn zu fühlen, hab ihm ein schlechtes Gewissen gemacht wegen Freyas Familie. Aber er blieb felsenfest dabei, dass er keine Ahnung hätte. Ich … ich war damals selbst noch jünger.« Gregg hob die Hand an die Stirn. »Sie wissen ja selbst, wie es damals zuging. Ist alles ein wenig aus dem Ruder gelaufen, da ist mir am Ende die Hand ausgerutscht. Hab ihn da draußen rausgeworfen und nach Hause laufen lassen.«

Monica erwiderte nichts. Damals war es bei der schottischen Polizei Standard gewesen, Druck auf Zeugen auszuüben: Hauptsache, man bekam ein Geständnis, über Beweise konnte man sich später Gedanken machen.

»Jedenfalls dachte ich mir, *am besten knacke ich als Erstes das schwächste Glied, Joseph Moon*. Hab ihn ganz allein gestellt und ausgequetscht, aber auch in seinem Fall ohne Erfolg. Damals nahm ich das alles noch sehr persönlich. Hab mich richtig in die Sache verbissen. Ich war entschlossen herauszufinden, was da los war.«

»Und, sind Sie auf was Handfestes gestoßen?«

»Brodie King und Joseph Moon haben beide Kunst studiert. Ich hab ein wenig rumgefragt, hab herumgeschnüffelt. Hab mit ein paar Dozenten gesprochen. Eine hat mir eine interessante Story erzählt.« An dieser Stelle hielt Gregg inne und sah sich im Café um. Nachdem er sich vergewissert hatte, dass die beiden Lastwagenfahrer in ihre Zeitungen vertieft waren und die Kellnerin in der Küche beschäftigt war, fuhr er fort: »Sie meinte, sie habe gesehen, wie die drei Freunde, King, Moon und Salisbury, von jemandem in einem schwarzen Rolls-Royce draußen vor der Uni abgesetzt worden waren. Sie war der Ansicht, dass Freya den Fahrer auch gekannt haben könnte.«

»War es möglicherweise Mirandas Mum oder Dad?«

»Das habe ich überprüft. Ihre Eltern besaßen mehrere Fahrzeuge, aber keinen Rolls.«

»Erinnern Sie sich an den Namen der Dozentin?«

Er dachte einen Moment nach. »Nein, er fällt mir gerade nicht ein. Sie ist bestimmt längst tot; stand damals schon mit einem Bein im Grab.«

»Haben Sie das Nummernschild überprüft?« Monica versuchte, beiläufig zu klingen, denn jetzt wurde ihr bewusst, dass es ein entscheidender Hinweis sein konnte, wenn sie den Besitzer herausfanden. Falls PC Gregg diese Info zurückhielt, um zu sehen, was für ihn raussprang, wenn er sie rausrückte, dann war jetzt der beste Zeitpunkt für ihn, einen Handel vorzuschlagen. Doch überraschenderweise redete er einfach weiter.

»Tja, ich war schon eine Weile an dem Fall dran und hab nur noch nebenbei ermittelt. Ich hatte das Gefühl, mit dieser Info endlich den großen Durchbruch zu haben. Schließlich konnte es doch nicht so schwer sein, einen Rolls-Royce ausfindig zu machen, zumindest dachte ich das. Und dann fing ich an, weiter nachzuforschen.« Er suchte Monicas Blick. »Sie können sich vermutlich denken, was als Nächstes passiert ist?«

»Der Fall wurde geschlossen?«

»Bill Quest hat mich zu sich zitiert.« Monica erinnerte sich an Bill Quest, ein extrem konservativer Detective Superintendent, der einige Jahre nach Monicas Eintritt in den Polizeidienst in den Ruhestand gegangen war. Ein paar Jährchen später war er nach einem Herzinfarkt tot umgekippt.

»Was hat er gesagt?«

»Er hat mich verwarnt. ›Was zum Teufel soll das mit Ihrer wilden Verbrecherjagd?! Das führt doch zu nichts. Erledigen Sie lieber Ihre eigentliche Arbeit!‹ Er wollte, dass ich mich nicht weiter um den Fall kümmere.«

»Sie vermuten, er hat jemanden gedeckt?«

»Möglich. Ich weiß es nicht. Vielleicht war er auch wirklich wütend auf mich. Damals lief das alles noch ein wenig anders: Wenn einer einen schlechten Tag hatte, hat er seine Untergebenen angebrüllt, dazu brauchte es keinen Grund. Aber Sie erinnern sich sicher, sind ja selbst noch von der alten Schule, stimmt's?«

Monica nickte und ärgerte sich über sich selbst, dass sie einen gewissen Stolz verspürte, sich dadurch seine Anerkennung verdient zu haben. »Aber es hat Sie nicht losgelassen?«

»Sie kennen das sicher, diese Fragen, die einem nicht aus dem Kopf wollen. Sechs Monate später war ich zufällig im Rahmen eines anderen Falls auf der Suche nach einem schwarzen Fahrzeug. Da ergriff ich die Gelegenheit, um mich noch einmal näher mit den Besitzern von Rolls-Royces in den Highlands zu befassen.«

»Und, was haben Sie rausgefunden?« Ohne es zu merken, senkte sie die Stimme und beugte sich näher auf ihn zu. Die Verunsicherung in Greggs Stimme war ihr nicht entgangen. Er klang beinahe ängstlich.

»Es gab eine Handvoll, aber einer stach eindeutig heraus.«

»Wem gehörte er?«

»William ›Buggsy‹ MacIvor.«

»MacIvor?« Der Name kam Monica bekannt vor, aber es dauerte einen Moment, ehe sie draufkam, wer das war. »Sie meinen den Schauspieler?«

»Mittlerweile bezeichnet er sich selbst als Comedian«, gab Gregg zurück und sah auf seinem Handy nach der Uhrzeit. »Ich fand ihn allerdings nie besonders witzig.«

»Wie käme er dazu, eine Gruppe Studenten herumzukutschieren?« Noch während sie die Frage stellte, ging sie gedanklich durch, was sie über den Mann wusste. In den Achtzigern und Neunzigern war er im gesamten Königreich eine Berühmtheit gewesen und war in einer Sitcom, die schon ewig lief, im vollendeten Highland-Outfit aufgetreten. Sein unverkennbarer Spruch in der Sendung lautete damals: »Oho, es ist ein weiter Weg bis Inverness!«

»Tja, das ist die verdammte Frage«, gab Gregg zurück. »Damals war er hier eine große Nummer. Hat viel für die Wohltätigkeit getan, hat bei verschiedenen Highland-Games die Rolle des Chieftain übernommen. Er hatte Verbindungen zu den ganz großen Tieren bei der Polizei, lud sie sogar zu seinen Dinnerpartys und anderen Feiern ein.«

»Hatte er nicht ein Anwesen am Südufer des Loch Ness? Balnakine House?« Monica war überrascht, welche Wendung die Ermittlungen plötzlich nahmen. Im selben Moment schwirrte ihr noch etwas anderes durch den Kopf. »Irgendetwas ist da draußen geschehen, stimmt's? In den Zweitausendern?« Damals war Monica in London gewesen und hatte alles getan, um ihre Heimatstadt zu vergessen. *Oho, es ist ein weiter Weg bis Inverness!*

»Das ist richtig. In den Neunzigern war das ein beliebter Treffpunkt für die Reichen und Schönen. Aber es gab immer Gerüchte über dieses Haus – von wegen Drogen und so. Aber wie gesagt, MacIvor hatte einen guten Draht nach ganz oben, und er war harmlos, deshalb hat man ihn in Ruhe gelassen. Dann, 2003 zu Hogmanay, bekamen wir einen Notruf rein. Eine junge Frau wurde nach einer Party im Haus vermisst. Man fand sie, mit dem Gesicht nach unten leblos im Loch Ness treibend.«

»Du lieber Himmel.« Jetzt erinnerte sich auch Monica wieder.

»Buggsy hat daraufhin erfolgreich eine Reihe von Tageszeitungen verklagt. Der Tod der Frau wurde offiziell zu einem Unfall erklärt.«

»Wie alt war sie?«

»Ihr Name war Sally MacFarlane. Anfang zwanzig. Drogenabhängig, Prostituierte, eine geballte Ladung Alkohol und Koks im Blut, keine Familienangehörigen, die sich für sie interessiert hätten. Das zumindest konnte man zu MacIvors Gunsten verbuchen. Und trotzdem war er von da an ein Geächteter und verlor sein Ansehen. Keine Gastauftritte mehr bei TFI Friday oder in dieser Sitcom, die Sache war einfach zu heikel, da wollte sich keiner die Finger schmutzig machen.«

»Noch eine junge Frau also«, sagte Monica nachdenklich. »Ungefähr in Freyas Alter.«

»Das ging mir damals auch durch den Sinn«, bestätigte Gregg und leerte seinen Tee. Langsam erhob er sich von seinem Stuhl, als wollte er gehen. »Aber das war damals alles schon viel zu lange her. Was für einen Unterschied hätte es gemacht?«

38

Als sie zu ihrer Mum kam, um Lucy abzuholen, fand Monica zu ihrer Überraschung Tante May am Küchentisch vor, während ihre Mutter gerade einen Apfelkuchen in den Ofen schob.

»Stell dir vor, ich bin May zufällig über den Weg gelaufen, da hab ich sie zum Abendessen eingeladen«, erklärte Angela Kennedy. Monica erkannte am Tonfall ihrer Mutter, dass May, die extrem aufdringlich und immer überkritisch war, sich höchstwahrscheinlich selbst eingeladen hatte.

»Du arbeitest also immer noch in jeder einzelnen Stunde, die Gott dir gönnt, wie?«, bemerkte ihre Tante schnippisch. May war Mitte siebzig, hatte graue Haare und eine Zunge so scharf wie ein Messer. Sie war die Schwester von Monicas Dad. Die beiden waren sich wie aus dem Gesicht geschnitten gewesen und auch ähnlich schlagfertig.

»Jemand muss ja dafür sorgen, dass es auf den Straßen sicher bleibt«, witzelte Monica.

»Nun, es klingt fast so, als solltest du Lucy öfter mal zurechtweisen! Sonst müssen sich die Leute noch vor ihr in Sicherheit bringen.«

Monica sah ihre Mum mit hochgezogenen Augenbrauen an, doch die wich ihrem Blick aus. »Ich habe gerade erst zu

May gesagt, was für ein Aufheben heutzutage um alles gemacht wird!«

»Ach ja?« Monica spürte, wie die Wut in ihr hochkochte. Das Letzte, was sie vor May von ihrer Mum hören wollte, waren weitere Details zu Lucys Missetaten.

»Manche suchen doch nur nach irgendwas, worüber sie sich aufregen können«, fuhr ihre Mum fort.

»Wovon genau redest du?«

»Tja …« Jener Persönlichkeitsaspekt ihrer Mum, der auf Klatsch und Tratsch stand, drängte sich nun in den Vordergrund. »Ich habe sie vorhin in der Schule abgeholt, da habe ich mitbekommen, wie eine der Mütter sich über Lucy und Harriet beschwert hat.«

»Was ist passiert?«

»Sie meinte, die beiden hätten ihrem Sohn Angst eingejagt, angeblich hätten sie gedroht, ihn zu verhexen, er würde mitten in der Nacht aufwachen, und seine tote Oma würde sich unter seinem Bett verstecken und ihn an den Beinen packen.«

»Um Himmels willen.«

»Heutzutage sind alle so schrecklich empfindlich, keiner versteht mehr einen Spaß. Wir haben uns immer gegenseitig damit aufgezogen, von wegen unter der Brücke gäbe es Trolle, und dann rannten wir immer völlig panisch nach Hause!«

»Sie ist völlig außer Rand und Band, sag ich euch«, mischte May sich wieder ein. »Es sind diese wilden Locken. Gott weiß, woher sie die hat.«

Monica fuhr herum und funkelte ihre Tante wütend an, die unwillkürlich zurückwich. Dann wandte sie sich ihrer Mum zu. »Wir haben das doch alles schon zigmal durchgekaut. Von wegen, was nur in Lucys Kopf vorgeht und was echt ist.« Sie bezog sich auf die besorgniserregende Phase im vergangenen Frühjahr, als Lucy behauptet hatte, mit ihrem verstorbenen Großvater in Kontakt zu stehen. »Das ist nicht gesund. Dass sie sich so auf das alles fixiert, an Magie glaubt. Es tut ihr nicht gut.« Sie wandte sich an May. »Und wage du es ja nicht, noch einmal so herablassend über Lucy zu reden.« May grinste und verschränkte trotzig die Arme. Monica spürte, wie ihre schwelende Unruhe nach dem Gespräch mit PC Gregg in frischen Zorn umschlug. »Du könntest dich ruhig mal fragen, warum Mum die Einzige aus der Familie ist, die noch freiwillig mit dir redet. Und warum sie sich noch mit dir abgibt.«

Ohne eine Antwort abzuwarten, schlüpfte Monica in ihren Mantel und marschierte die Treppe hinauf zum Gästezimmer. Sie nahm Lucy auf den Arm und trug sie hinaus zum Wagen.

Auf dem Parkplatz vor ihrer eigenen Wohnung wurde Lucy plötzlich ganz aufgeregt, während Monica die mit Kindersicherung verriegelte hintere Tür des Volvos öffnete, und rief: »Schau mal, Albert beobachtet uns!«

Monica drehte sich um und folgte dem ausgestreckten Finger ihrer Tochter, der auf das Fenster im zweiten Stock gerichtet war. Sie musste am Morgen vergessen haben, das Licht im Wohnzimmer auszuschalten, denn das Zimmer war vor dem nächtlichen Himmel hell erleuchtet. Die Katze saß auf dem Fensterbrett und starrte andächtig zu ihnen herunter, wie eine fette kleine Gottheit.

»Er ist wahrscheinlich hungrig«, sagte Monica. »Auf das Trockenfutter ist er nicht so scharf.« Während sie das sagte, musste sie an Jessicas Katze denken, Bramble. Ob er mittlerweile wohl heimgekehrt war? Sie half Lucy aus dem Wagen und streckte die Hand nach den Tüten mit Lebensmitteln aus der Marks-&-Spencer-Abteilung des Tankstellenshops unten im Longman-Gewerbegebiet aus. Als sie sie von der Rückbank zog und sich gerade wieder aufrichtete und dann zum Haus sah, wurde ihr Blick von etwas am Waldrand hinter dem Wohnblock abgelenkt. Ein Mann stand neben einem der Laternenpfähle entlang des Weges, der durch das Wäldchen führte. Einen Moment lang beobachtete Monica ihn, in der Erwartung, er würde sich abwenden und nach einem Hund rufen oder seinen Spaziergang fortsetzen, doch er rührte sich nicht vom Fleck. Vielmehr schien er ihren Blick zu erwidern, das Gesicht überschattet durch den orangen Lichtschein über ihm.

»Was ist los, Mummy?«

Monica sah hinunter zu Lucy und hob sie aus einem plötzlichen Impuls heraus auf ihren freien Arm. Fast unterschwellig registrierte sie, wie schwer ihre Tochter allmählich wurde. Als Monica den Blick wieder zum Wald richtete, war der Mann im regnerischen Halbdunkel verschwunden.

»Ich mag Essen aus der Mikrowelle lieber als normales Essen«, sagte Lucy, die mit ihrer Gabel in dem Karton mit überbackenem Blumenkohl herumstocherte. Monica hatte angefangen, das Essen mit einem Löffel auf einen Teller zu schaufeln, doch Lucy hatte darauf bestanden, es direkt aus dem Behälter zu essen.

Tja, ist wohl besser so, dachte Monica, *deine Mummy ist ohnehin eine lausige Mutter, die nie was für dich kocht.* »Gran gibt sich immer solche Mühe, dir was Leckeres zu kochen. Du solltest dich glücklich schätzen.«

Lucy dachte einen Moment darüber nach. »Ich mag es einfach lieber, wenn du das Essen kaufst.«

»Okay, aber verrate Gran bitte nichts davon.« Monica jubilierte innerlich, dass sie in den Augen ihrer Tochter gegen ihre Mum gewann, versuchte, sich ihren unberechtigten Triumph aber nicht anmerken zu lassen: »Ihre selbst gekochten Mahlzeiten sind viel gesünder.« Lucy zog die Stirn kraus und schien sich das durch den Kopf gehen zu lassen, während sie kaute. Monica hatte für sich selbst ein Gemüsecurry warm gemacht, doch nachdem sie den ganzen Tag nichts gegessen hatte, wurde ihr jetzt übel, und sie schob den Teller beiseite. »Gran hat mir erzählt, du und Harriet hättet zu einem der Jungen in der Schule unschöne Dinge gesagt? Ihr habt ihm wohl große Angst gemacht.«

»Freddy hat gesagt, Harriets Tante Freya ist ein Zombie. Er hat gesagt, er hat sie im Schrank in der Umkleide vom Sportzentrum gesehen.«

»Und deshalb hast du ihm erzählt, seine Granny lauere unter seinem Bett?«

»Wir haben ihm von einem Zauber erzählt, der macht, dass sie in der Nacht kommt.«

»Und, habt ihr den Zauberspruch aufgesagt?« Monica konnte selbst kaum glauben, dass sie diese Frage stellte.

»Wir haben ein paar Bleistiftspäne aus seinem Spitzer genommen und sie mit Dreck und Würmern vermischt.«

»Okay«, sagte Monica langsam, weil sie nicht wusste, was sie davon halten sollte. »Ihr mögt das lustig finden, aber manche Menschen finden Zauberei nicht so spaßig, sie haben Angst davor. Tust du mir den Gefallen und lässt Freddy in Zukunft in Ruhe?«

Als Lucy im Bett lag, öffnete Monica ihren Laptop und machte sich daran, alte Berichte zum Fall Sally MacFarlane zu lesen, der jungen Frau, die draußen bei Buggsy MacIvors

Haus tot im Wasser gefunden worden war. Nach ihrem Treffen mit Duncan Gregg hatte Monica direkt bei Crawford angerufen. Sie hatte es nicht erwarten können, ihn in die Sache einzuweihen. Er war nicht ans Telefon gegangen, und als sie es im Büro versuchte, war er ausnahmsweise einmal früher nach Hause gegangen. Stattdessen hatte sie mit DC Maria Khan gesprochen. Während sie jetzt durch die Medienberichte scrollte, erinnerte Monica sich, wie sie kurz gezögert hatte, bevor sie die Information zu dem Rolls-Royce und zu MacIvors möglicher Beteiligung mit ihrer Kollegin teilte. Nicht zum ersten Mal fragte sie sich, ob Khan vielleicht die geheime Informantin war, die Infos an die Presse weitergab. Letztlich war Monica zu dem Schluss gelangt, dass sie nicht handlungsfähig war, wenn sie ihren engsten Mitarbeitern nicht vertraute. Sie hatte Ähnliches bei der Met durchgemacht, so konnte man unmöglich arbeiten. Sie hatte Khan gebeten, sich nach der unbekannten Kunstdozentin zu erkundigen und herauszufinden, ob sie vielleicht doch noch am Leben war und den Fahrer des Rolls identifizieren konnte.

Sie sah auf ihren Laptop: FALL MACIVOR – TOTE NUTTE AUF DROGEN, lautete eine Schlagzeile.

Die Berichterstattung schien sich mit dem zu decken, was PC Gregg ihr erzählt hatte. Sally MacFarlane war auf einer Hogmanay-Party draußen in MacIvors Haus gewesen. 2003 war das. Vollgepumpt mit Alkohol und Kokain, war sie im Loch Ness ertrunken. Details zu der Party und dem, was dort vorgefallen war, gab es kaum, es lagen lediglich vage Aussagen vor. Nach einer Stunde klappte Monica ihren Laptop wieder zu; sie würde am Morgen die Polizeiakten und den Autopsiebericht anfordern müssen, um mehr herauszufinden. Sie griff nach ihrem Handy und stellte fest, dass Crawford sich auf ihren Anruf vom Nachmittag hin immer noch nicht zurückgemeldet hatte. Das sah ihrem Partner so gar nicht ähnlich. Gerade wollte sie noch einmal seine Nummer wählen, um das, was Gregg ihr erzählt hatte, mit ihm zu besprechen. Doch dann zögerte sie und legte das Telefon zurück auf den Tisch. Dass Crawford neulich spätabends noch bei ihr vorbeigekommen war, hatte zu nichts Gutem geführt. Sie konnten sich auch am nächsten Morgen unterhalten.

39

Nachdem sie Lucy an der Schule abgesetzt hatte, fuhr Monica aufs Revier. DC Maria Khan und DC Ben Fisher saßen bereits an ihren Schreibtischen in der Einsatzzentrale. Von Crawford noch keine Spur. *Zwei Tage in Folge zu spät?*

Monica setzte sich zu den Junior Detectives; sie hatte seit dem gestrigen Vormittag noch nicht die Gelegenheit gehabt, sich eingehend mit ihnen auszutauschen. »Wie weit sind wir aktuell?«

DC Ben Fisher war am Telefonieren gewesen, als sie das Büro betreten hatte. Jetzt legte er auf, lehnte sich in seinem Stuhl zurück, nahm langsam und umständlich seine Brille ab und rieb sich die müden Augen. Das ging zweifellos in erster Linie an ihre Adresse, um ihr zu demonstrieren, wie lange und hart er am Vortag gearbeitet hatte. »Das war ein Anruf wegen der Grube.«

»Der Grube?«

»Sie wissen schon, oben am Craig Phadrig?« Monica brauchte einen Moment, bis ihr dieser andere Fall, der Kirchenbrand, wieder einfiel. Der stillgelegte Steinbruch im Wald, in den der Brandstifter mit seinem Wagen gefahren war. Sie war so auf die Neuigkeiten um Buggsy MacIvor und seine mögliche Verbindung zum Mord an Freya

Sutherland fixiert gewesen, dass sie die Ermittlungen in diesem Fall beinahe vergessen hatte.

»Was hat der Anrufer gesagt?«

»Der Steinbruch gehört einem Bauunternehmen. Er wurde damals genutzt, als man die Wohnhäuser da draußen gebaut hat. Das am Telefon war die Sekretärin der Firma. Sie führen dort leider keine Liste, aber sie schätzt, dass mindestens ein Dutzend Leute einen Schlüssel zum Tor hat. Sie will mir die Namen durchgeben.«

»Gute Arbeit.« Wenn sie in der Brandsache zu einer raschen Aufklärung kamen, würde es ihnen Detective Superintendent Hately zumindest in der Hinsicht vom Leib halten. Dass ein in Ungnade gefallener Promi wie Buggsy MacIvor jetzt plötzlich in den Ermittlungen zum Fall Freya Sutherland auftauchte, würde das Medieninteresse nur noch anheizen. Etwas, wovon ihr Boss garantiert nicht begeistert wäre. »Haben Sie irgendwelche Fortschritte mit Toshs Kontakten gemacht?«

»Es ist ein beachtlicher Berg an Material zum Durcharbeiten«, gab Fisher zu seiner Verteidigung zurück. »Sie hatte mehr Kontakte, als man erwarten würde.«

»Schon gut, Fisher. Ich weiß, dass es ein mühseliger Job ist.« Manchmal fand sie es schrecklich ermüdend, dass ihr junger Kollege so von seinem Perfektionismus getrieben war und offenbar das Bedürfnis hatte, sie als autoritäre Vorgesetzte zu betrachten. »Bleiben Sie einfach dran. Ich hatte nicht erwartet, dass das von heute auf morgen passiert.«

»Ich war gestern bis tief in die Nacht im Büro. DC Crawford hat mir am Nachmittag geholfen, musste dann aber früh weg.« Das war ein wenig subtiler Seitenhieb gegen ihren Partner, wie Monica nicht entging.

»Hat er gesagt, wo er hinwollte?« Die Wanduhr verriet ihr, dass es halb zehn war. Es sah Crawford wirklich nicht ähnlich, dass er gleich an zwei aufeinanderfolgenden Tagen zu spät zur Arbeit kam.

»Ich nahm an, dass er einem Hinweis nachgehen wollte.«

»Steigt wohl eher den Muschis hinterher«, meldete Khan sich zu Wort.

Obwohl die Kollegin es offensichtlich als Witz gemeint hatte, hatte Monica sofort das Bedürfnis, ihn in Schutz zu nehmen. »Ich bin sicher, er wird bald da sein. Dann kann er es uns selbst erzählen«, konterte sie spitz. »Gab es sonst noch etwas?«

»Ja, da ist tatsächlich noch was. Kurz bevor Sie gekommen sind, hat mich eine E-Mail aus der Gerichtsmedizin in Dundee erreicht«, sagte Fisher. »Wegen der Teppichfasern, die man an Freyas Leichnam sichergestellt hat.« Neben dem örtlichen Labor unter der Leitung von Gemma Gunn nutzte das Team auch das Zentrallabor der Polizei von Schottland, das etwas weiter im Süden in Dundee seinen Sitz hatte. »Wir haben eine mögliche Übereinstimmung mit einem VW Golf überprüft, wie Brodie King damals einen gefahren haben soll«, erklärte Fisher, als könnte Monica dieses Detail entfallen sein.

»Und?« Das konnte ein entscheidendes Puzzlestück sein, um einen Indizienprozess vorzubereiten.

»Keine Übereinstimmung mit dem Golf«, sagte Fisher.

Monica fluchte verhalten. »Könnten die Fasern denn von einem Rolls-Royce stammen?«

»Man hat die Faserqualität und die Farbpartikel durch die KFZ-Datenbank laufen lassen. Leider ohne Ergebnis. Sieht so aus, als stammten die Fasern nicht aus einem Fahrzeug.«

»Sonst noch irgendwelche nützlichen Erkenntnisse?« In einem Fall, der schon so lange zurücklag und ruhte und in dem man auf keine hilfreichen Zeugenaussagen mehr zu hoffen brauchte, konnte es von entscheidender Bedeutung sein, eine stringente, hieb- und stichfeste forensische Beweisführung aufzubauen.

»Möglich. Die Fasern stammen von einem industriell gefertigten Teppich. Die Sorte wurde ausschließlich in Schottland verkauft, von einer Handvoll Großhändlern, im Zeitraum zwischen 1987 und 1988. Danach wurde das Produkt aus dem Sortiment genommen. Ich arbeite gerade an einer Liste der Händler.«

»Sehr gute Arbeit«, sagte Monica. »Ich werde Crawford bitten, Ihnen zu helfen, sobald er hier eintrifft.« Hately hatte ihren Antrag auf personelle Unterstützung bereits abgelehnt, unter dem Vorwand, dass seine Leute bei anderen Ermittlungen dringender gebraucht würden. Wobei Monica insgeheim den Verdacht hegte, dass ihr Vorgesetzter damit zumindest ansatzweise das Ziel verfolgte, ihre Ermittlungen ein wenig zu bremsen, nachdem Miranda Salisburys Anwältin ihnen neulich die Hölle heißgemacht hatte. »Sonst noch etwas?«

Jetzt räusperte sich Khan. »Ich glaube, ich habe den Namen der Dozentin, die von Brodie Kings und Joseph Moons College. Eine Miss Rossetti.«

Monica erinnerte sich, was PC Gregg über die Dozentin gesagt hatte, die seiner Aussage nach 1994 schon recht betagt gewesen sein soll. »Ich nehme an, sie ist verstorben?«

»Oh nein«, sagte Khan und klang überrascht. Sie strich sich die schwarzen Haare hinter die Ohren. »Sie lebt. In einem Pflegeheim.«

Monica bog auf den Parkplatz des Culloden-Pflegeheims ab und entdeckte auch gleich Khans schwarzen Honda Civic. Die jüngere Kollegin hatte noch eine andere Verabredung, deshalb war sie mit ihrem eigenen Wagen gekommen. Als Monica jetzt in die Parklücke fuhr, sah sie, dass die Tür des Honda weiße Kratzer aufwies, das Fenster heruntergekurbelt war und Khan darin saß und eine Zigarette rauchte. Sie trug eine schwarze Baseballcap und trotz des herbstlich grauen Wetters eine Sonnenbrille. Monica stieg aus und ging auf ihre Kollegin zu. Als sie einen Blick ins Wageninnere warf, sah sie, dass der Beifahrersitz unter einem Haufen CDs, Fastfood-Verpackungen und leeren Coladosen begraben war. Und aus dem Haufen ragte etwas, das offensichtlich ein Baseballschläger war. Khan stieg nun ebenfalls aus. Sie trug eine dunkle Jeans und einen Kunstpelzmantel. *Eins steht fest,* dachte Monica und verkniff es sich, allzu auffällig in den Wagen zu starren. *Das nächste Mal, wenn du jemanden für Undercover-Ermittlungen brauchst, nimmst du Khan. Bei der kommt garantiert kein Mensch auf die Idee, dass sie ein Cop ist.*

Das Culloden war ein trostlos wirkender Bungalow mit grauem Rauputz. Zum Glück wirkte das Gebäudeinnere ein wenig freundlicher: hohe Decken, weiß getünchte Wände und ein Duft nach frisch gebackenem Brot und die angenehmen Klänge von Radio 4. Natürlich war es brütend heiß wie in jedem Pflegeheim, sodass Monica und Khan sich augenblicklich aus ihren Mänteln schälten. Eine Assistentin führte sie in einen Aufenthaltsraum. Im Gegensatz zu PC Duncan Greggs fester Überzeugung, dass die Dozentin längst tot sein müsse, erfreute sich die betagte Miss Rossetti bester Gesundheit. Sie saß am Fenster vor einer Staffelei und arbeitete an einem Aquarell, das eine türkise Meerjungfrau darstellte. Die alte Frau drehte sich zu ihnen um, als die Assistentin sie mit Namen ansprach. Sie war spindeldürr, aber ihr weißes Haar war noch immer dick, und ihre Haut hatte einen gesunden olivfarbenen Teint. Ihre Augen strahlten, während sie Monica musterten und dann weiter zu Khan wanderten. Auf ihr ließ die alte Dame den Blick länger ruhen. »Ich liebe Ihren Mantel.« Vorsichtig steckte sie ihren Pinsel in ein Glas und schob dann ihre faltige Hand vor, um den Kunstpelzmantel in Khans Hand zu streicheln.

»Entschuldigen Sie bitte, dass wir einfach ohne Ankündigung hier reinschneien«, sagte Monica. Sie setzte sich auf einen Stuhl, den die Assistentin ihr anbot. »Bin ich richtig informiert, dass Sie früher am College als Dozentin tätig waren?«

»Das ist korrekt«, bestätigte Miss Rossetti erfreut. »Kunst, Kunstgeschichte, Kunsttheorie, einfach alles mit Kunst.« Sie lachte. »War schon als kleines Mädchen davon begeistert.«

»Ich hätte ein paar Fragen zu einigen Studenten, die Sie 1994 unterrichtet haben.«

»Es geht um Freya, nicht wahr?« Sie sprach mit leicht italienischem Akzent. »Freya Sutherland.«

»Sie kannten sie?«

»Oh ja. Sie war Teil einer Clique, diese jungen Leute kamen auch im Sommer, während das College geschlossen war, ins Atelier, deshalb habe ich sie ein wenig näher kennengelernt. Freya Sutherland, Miranda Salisbury und zwei von meinen Studenten, Brodie King und Joseph Moon.«

»Wir ermitteln im Fall von Freyas Ermordung«, sagte Monica leise. »Ihr Leichnam wurde kürzlich gefunden.«

»Ja.« Miss Rossettis Lippen pressten sich zu einer schmalen Linie. »Ich habe in den Nachrichten davon gehört. Es ist schrecklich.«

»Was hatten Sie für einen Eindruck von dieser Gruppe?«

»Damals kamen sie mir wie normale junge Menschen vor«, antwortete die Dozentin. »Auf der Suche nach ihrem Platz im Leben.«

Monica nickte. In Bezug auf Serienmörder bekamen Mordermittler aus dem Bekanntenkreis und dem Arbeitsumfeld gerne ähnliche Beschreibungen zu hören, von wegen, wie »gewöhnlich« oder »normal« der Betreffende gewesen sei, deshalb überraschte sie Miss Rossettis Einschätzung keineswegs. Die meisten Menschen taten sich schwer damit zu akzeptieren, dass jemand, den sie kannten und mochten, mit etwas so Schlimmem wie Mord in Verbindung gebracht wurde.

»Es scheint, als wären die anderen drei bereits befreundet gewesen, als Freya zu der Gruppe stieß, können Sie dies bestätigen?«

»Ja, sie habe ich tatsächlich erst später kennengelernt. Die anderen drei schienen recht dick befreundet zu sein; ich hatte damals den Eindruck, dass Freya ein klein wenig außen vor war.«

»Sonst irgendetwas, was Ihnen aufgefallen ist?«

»Ja, da ist tatsächlich was. Ich bin über die Jahre immer wieder ins Grübeln gekommen, immer dann, wenn ich in der Presse etwas über Freyas Familie las, die nach wie vor nach ihr suchte. Vielleicht hat es ja nichts zu bedeuten, aber …«

Monica wurde sofort hellhörig. »Was ist passiert?«

»Freya kam eines Tages ins Atelier.«

»Erinnern Sie sich, wann das ungefähr war?«

»Im August, kurz vor Semesterbeginn. Es war mein letztes Jahr vor meiner Pensionierung, deshalb erinnere ich mich so genau.«

»Was wollte Freya?«

»Sie war auf der Suche nach den anderen. Auf mich wirkte sie ziemlich aufgelöst, dachte, die anderen hätten sie versetzt. Ich hab wohl nicht genügend Interesse gezeigt und nahm sie nicht richtig ernst, weil ich mir das nicht vorstellen konnte.«

»Hatten sie ihr etwas getan?« Monica erinnerte sich, was Mr. MacAdam am Vortag gesagt hatte, von wegen, er habe mitbekommen, wie Miranda Salisbury gerufen habe, sie wolle irgendjemanden tot sehen, eine Frau. Zeitlich würde das ungefähr passen.

»Nein, so schlimm war es nicht. Sie hatten wohl schon länger nicht mehr auf ihre Anrufe reagiert, waren zu einer Verabredung nicht aufgetaucht, das war es, glaube ich. So was passiert bei Studentenfreundschaften öfter, alles ganz normal.«

»Sie haben also nicht herausgefunden, weshalb sie sich zerstritten hatten?«

»In der darauffolgenden Woche waren sie alle wieder vereint, als wäre nichts geschehen. Und dann hörte ich plötzlich, dass Freya vermisst wird, und Brodie King und Joseph Moon kamen einfach nicht mehr ins College. Ich hab mich damals schon gefragt, was passiert war.«

»Ich nehme an, ein Kollege hat Sie damals kontaktiert?«

»Nein.« Auf Miss Rossettis Gesicht ging eine Veränderung vor. »Das hatte ich auch erwartet, aber nein.«

»Oh?«

»Ich rief bei der Polizei an, aber es dauerte Wochen, bis sie überhaupt jemanden vorbeischickten, der bereit war, mit mir zu reden. Der Detective war recht kurz angebunden.« Das widersprach Greggs Version der Geschichte, wonach er die Dozentin erfolgreich ausfindig gemacht hatte. Vielleicht erklärte das aber auch, warum er so felsenfest behauptet hatte, die Dozentin müsste längst tot sein.

»Was wollten Sie der Polizei erzählen?«, erkundigte sich Monica.

»Nun, dass ich beobachtet hatte, wie Freyas Freunde aus einem Fahrzeug stiegen, einem schwarzen Rolls-Royce! Ich dachte, das könnte helfen herauszufinden, wohin sie verschwunden war.«

»Wann war das?«

»Ungefähr eine Woche vorher.«

»Ich weiß, das ist lange her, Miss Rossetti«, sagte Monica, »aber erinnern Sie sich zufällig an das Nummernschild?«

»Das habe ich leider nicht gesehen«, gab sie nun langsam zurück. »Aber ich kann Ihnen genau sagen, wer den Wagen gefahren hat. Genau das habe ich dem Detective damals auch erzählt. Ich hatte dieses Gesicht schon Tausende Male im Fernsehen gesehen. Es war dieser Comedian, Buggsy MacIvor.«

40

Als Monica und Khan den Antiquitätenladen an den Market Brae Steps betraten, saß Caulfield junior hinter dem Tresen, die Hände vor dem Bauch gefaltet.

»Bislang kein Glück, tut mir leid.« Seine Miene verzog sich zu einem schuljungenhaften Grinsen. »Die Bücher durchzusehen ist der reinste Albtraum. Seniors Rache an Junior aus dem Jenseits. Wenn Sie es Ende nächster Woche noch einmal versuchen wollen, habe ich vielleicht etwas für Sie.«

Monica registrierte wie schon bei ihrem ersten Besuch das Durcheinander von Verkaufsobjekten und den muffigen Geruch. Seine schamlose Hinhaltetaktik ließ Wut in ihr aufwallen. »Sie haben diesen Anhänger erkannt, stimmt's?« Sie beobachtete genau, wie sich ein alarmierter Ausdruck über Caulfields selbstzufriedene Miene legte.

»Tut mir leid, was?« Er wollte sich erheben, doch seine Knie waren unter dem Tresen eingeklemmt, und er plumpste zurück auf seinen Stuhl. Monica beugte sich über den Tresen, sodass ihr Gesicht nur wenige Zentimeter von seinem entfernt war. Sie bemerkte Mehl in seinem Mundwinkel, offenbar von seinem Frühstücksbrötchen, und roch Schweiß an seinem schmutzigen Hemd.

»Der Anhänger. Dieses Medaillon. Sie haben es erkannt.

Ich glaube, Sie wissen genau, wer es gekauft hat. Sie dachten, Sie könnten uns hinhalten, uns irgendwas erzählen von wegen unvollständiger Bücher. Liege ich richtig?«

Caulfield starrte wie versteinert zu ihr auf, vollkommen eingeschüchtert durch ihren plötzlichen Wutanfall.

Monica holte tief Luft, weil sie sich der Anwesenheit von Khan schlagartig wieder bewusst wurde. Die verfolgte ihren Ausbruch hinter ihrer dunklen Sonnenbrille mit. Es war schon eine Weile her, seit Monica sich im Rahmen ihres Jobs derart in Rage hatte bringen lassen. Nicht gut. Sie rang um Fassung. »Hören Sie. Wir lassen so schnell nicht locker. Das Mädchen, dem dieser Anhänger gehört hat, wurde in einem Loch im Boden gefunden. Tot und verscharrt. Das Medaillon wurde hier in diesem Laden verkauft. Ich habe in meinem Team einen richtigen Musterbeamten sitzen, der liebend gern Akten wälzt. Der wühlt sich bestimmt mit allergrößtem Vergnügen durch sämtliche Unterlagen, die mit Ihrem Geschäft in Verbindung stehen, inklusive Steuererklärungen.«

»Ich hab Ihnen doch gesagt, die Bücher sind das reinste Chaos. Ich bin nur noch nicht dazu gekommen. Dazu brauche ich ein paar Tage …«

»Sie wissen, wer dieses Schmuckstück gekauft hat; dazu müssen Sie nicht erst in Ihren Büchern nachsehen. Also los, raus mit der Sprache.«

»Es … es war nicht irgendjemand …« Während er losstammelte, wurde Monica bewusst, dass sie in ihrem Zorn gar nicht mehr auf die üblichen subtilen Hinweise geachtet hatte: Eine Schweißperle rann ihm seitlich übers Gesicht, und seine Hände zitterten. Caulfield hatte schreckliche Angst.

»Sie fürchten sich vor der Person, die diesen Anhänger gekauft hat, liege ich richtig?«

Caulfield nickte kaum wahrnehmbar.

Monicas Ton besänftigte sich ein wenig. »Das hier bleibt unter uns. Wir haben bereits einen Namen. Sie müssten ihn uns nur bestätigen.« Er wischte sich den Schweiß von der Stirn und murmelte etwas Unverständliches. Monica beugte sich näher auf ihn zu. »Sie müssen lauter sprechen.«

Er kniff die Augen leicht zusammen und blickte zu DC Khan, dann sah er wieder zu Monica und flüsterte abermals den Namen: »Buggsy MacIvor. Er war es, der den Anhänger gekauft hat.«

»Sind Sie sicher?«

»Er kam früher oft her, um sich mit meinem Dad auszutauschen. Er interessierte sich für Antiquitäten.«

»Welche Art von Antiquitäten?«

»Von der üblen Sorte.«

»In welcher Hinsicht?«

»Er war auf Objekte aus, die mit finsteren Absichten geschaffen wurden. Sie können jeden Antiquitätenhändler fragen, die werden Ihnen bestätigen, dass da was dran ist. Man spürt das. Haben Sie je in einem Restaurant gegessen und praktisch herausgeschmeckt, mit welchem Unwillen das Mahl zubereitet war?« Monica überlegte einen Moment und nickte dann bedächtig. »Auch Objekte lassen erahnen, in welcher Stimmungslage sie hergestellt wurden. Sie strahlen es aus.«

»Sie denken, der Sarganhänger war so ein Objekt?«

»Nun, Sie haben es selbst berührt. Was ging Ihnen da durch den Kopf?« Monicas erste, rein rationale Reaktion war, diese Vorstellung als Humbug abzutun, aber dann fiel ihr wieder ein, dass sie die Kette mit dem Anhänger über Nacht ins Handschuhfach ihres Wagens gelegt hatte, statt sie mit in ihre Wohnung zu nehmen. Wieder nickte sie. »Manche Menschen sind empfänglicher für Objekte, die aus den dunklen Abgründen der Fantasie ihres Erschaffers entsprungen sind. Manche stehen auf so was. Buggsy MacIvor gehört auch dazu.«

41

»Tut mir leid wegen der Sache eben, ich hätte nicht den Kopf verlieren dürfen«, entschuldigte sich Monica bei ihrer Kollegin, als sie den Laden verließen und die High Street hinuntergingen. Im Nachhinein wurde ihr bewusst, dass sich ihre Wut vor allem gegen PC Duncan Gregg richtete: Er hatte sie völlig unverfroren belogen in Bezug auf Buggsy MacIvor. Miss Rossetti hatte Gregg schon 1994 erzählt, dass sie Freyas Freunde mit dem Comedian gesehen hatte, und Gregg hatte nichts unternommen.

»Das war unglaublich«, gab Khan voller Hochachtung zurück, offenbar ohne jede Ironie. »Vor allem das mit dem ›Musterbeamten‹.« Monica sah zu ihr hinunter und bemerkte tatsächlich so etwas wie aufrichtige Bewunderung in den Augen ihrer Kollegin.

Es hatte wieder zu regnen begonnen. Dummerweise hatte Monica ihren Schirm im Kofferraum ihres Volvos liegen, und der stand auf dem Parkplatz in der Rose Street. Es passte wunderbar zu diesem Tag.

»Nicht wirklich«, sagte Monica. Jetzt dämmerte ihr, dass auch Tante Mays Genörgel und Lucys Schwierigkeiten in der Schule sowie die ganze Sache mit Crawford ihren Teil zu ihrem Wutausbruch beigetragen hatten. »Wer zulässt, dass der eigene Frust sich auf den Job überträgt, übersieht

Dinge. Das kann gefährlich werden. Glauben Sie mir, ich weiß, wovon ich rede.«

»Natürlich«, gab Khan zurück. »Das ist absolut nachvollziehbar.« Doch zu ihrem Verdruss verschwand das leise Lächeln in ihrem Mundwinkel nicht. Ein unmissverständlicher Hinweis darauf, dass sie nichts gegen solche Regelverstöße einzuwenden hatte. Und noch während Monica nachdachte, wie stark diese Neigung bei Khan wohl verankert war, merkte sie, dass ihr die Kollegin dadurch auf Anhieb sympathischer wurde. Schon paradox. Da zog sie einmal mit ihr los, und schon erfuhr sie mehr über die Kollegin als in sechs Monaten im Büro.

Auf dem Weg zum Antiquitätenladen hatte Monica Fisher und Crawford eine Nachricht geschickt, mit der Bitte, sie später in der MacGregor's Bar am Fuß der Church Street zu treffen. Fisher erwartete sie bereits in einer ruhigeren Ecke, den Laptop aufgeklappt vor sich auf dem Tisch, doch von Crawford keine Spur. Monica warf einen Blick auf ihr Handy. Ihr Partner hatte immer noch auf keine ihrer Nachrichten reagiert. »Haben Sie mit Crawford gesprochen?«

Fisher sah von seinem Laptop auf. »Er hat im Büro angerufen, gerade als ich loswollte«, sagte er. »Er meinte, er sei aufgehalten worden.«

»Aufgehalten?«

»So hat er es gesagt. Ich bin automatisch davon ausgegangen, dass es mit unseren Ermittlungen zu tun hat.«

»Tja, er wird es uns sicher sagen.« Monica merkte selbst, dass sie ihren Partner wieder einmal deckte. Was war nur mit ihm los?

Sie setzte sich und sah sich um. Nur ein weiterer Tisch war besetzt, in der gegenüberliegenden Ecke des hell erleuchteten

Raums. Die MacGregor's Bar war eins ihrer Lieblingslokale in Inverness. Benannt nach dem Besitzer, einem Interpreten traditioneller Musik, und nicht verwandt oder verschwägert mit dem berüchtigten Lokalverbrecher Francis MacGregor, der irgendwann zum seriösen Geschäftsmann mutiert war. Sie überließ es Khan, Fisher darüber zu informieren, was Miss Rossetti und Caulfield ihnen über MacIvor erzählt hatten. Der Comedian hatte Freya demnach ein Halskettchen geschenkt. Eine junge Frau, fast im gleichen Alter wie Freya, war einige Jahre später unweit seines Zuhauses tot im Loch Ness treibend gefunden worden.

Schließlich wandte Khan sich an Monica. »Miranda Salisbury und Brodie King wussten also sehr wahrscheinlich davon, dass Freya Buggsy MacIvor kannte, haben es während der Ermittlungen 1994 aber mit keinem Wort erwähnt.«

»Deutet das womöglich auf eine Komplizenschaft hin?«, schlug Fisher vor.

Aus Monicas Sicht war das sehr gut möglich. Vor allem, wenn man auch die anderen Hinweise berücksichtigte: die Fluchtafel am Corrimony Cairn und Mr. MacAdams Aussage von wegen, Miranda Salisbury habe jemanden tot sehen wollen. Irgendetwas war in jenem Sommer geschehen, etwas, das letztlich zu Freyas Tod führte und den weiteren Lebensweg von Joseph Moon radikal veränderte. Hatte diese Sache irgendetwas mit Buggsy MacIvor zu tun?

»Was wissen wir konkret über MacIvor?«, fragte Monica und spähte zu den anderen Gästen, offenbar einem Pärchen, um sich zu vergewissern, dass sie nicht belauscht wurden. Die beiden schienen in ihr Gespräch vertieft und tranken ihr Bier. Aus einem Hinterzimmer drangen leise Fidelklänge. Zufrieden fuhr sie fort: »Ich meine, abgesehen von dem, was er in der Öffentlichkeit von sich zeigt?«

»Nicht besonders viel«, gab Fisher zurück. »Nur das, was man im Netz so findet. Er wurde bekanntlich wegen bewaffneten Raubüberfalls auf ein Postamt verurteilt. Das war 1979, als er noch ein Teenager war. Niemand wurde verletzt, er hatte eine Spielzeugwaffe verwendet. Seither keine Strafvergehen mehr. Bis zu der Sache mit der Frau im See im Jahr 2003 war sein Ruf tadellos.« Fisher reichte sein Handy an Monica weiter. Auf dem Display war ein Foto aus einer Zeitung zu sehen. Buggsy MacIvor, mit einem breiten, fast schon comichaften Grinsen im Gesicht, war einen ganzen Kopf größer als die anderen Personen auf dem Bild, mit dichtem rötlichem Bart und im Bonnie-Prince-Charlie-Outfit. Die zugehörige Schlagzeile lautete »Lokalheld kehrt als Spiele-Chieftain zurück«, dazu ein Artikel mit der Headline DOCH KEIN SO WEITER WEG BIS INVERNESS!

»Das Foto stammt aus dem Jahr 1993«, sagte Fisher. »MacIvor war zu dem Zeitpunkt also fünfunddreißig.«

»Und sonst nichts?«

»Nein, bislang nicht«, sagte Fisher.

Monica dachte einen Augenblick nach. Im Idealfall lud sie MacIvor einfach zum Verhör und ließ sein Haus durchsuchen. Vielleicht fand man dort irgendeine Verbindung zu Freya. Es war unwahrscheinlich, dass nach so vielen Jahren noch irgendwelche forensischen Beweise existierten, aber wenn das, was Caulfield über MacIvors Interesse an verfluchten Objekten erzählt hatte, stimmte, war der Comedian möglicherweise genau die Sorte Killer, die Trophäen sammelte. Monica hatte so die leise Vermutung, dass sie MacIvor nur dann mit dem Mord an Freya in Verbindung würde bringen können, wenn sie in seinem Haus etwas fänden, das ihr gehört hatte. Aber einen Durchsuchungsbefehl ohne einen hinreichenden Verdacht genehmigt zu bekommen würde garantiert kein Kinderspiel werden. Hately versuchte ohnehin schon, die Ermittlungen zu bremsen, da würde er es ohne dringenden Tatverdacht nicht gutheißen, dass man MacIvors Zuhause durchsuchte.

Der Tag draußen war grau in grau, und es war ein eigenartiges Gefühl, dieses Treffen ohne Crawford abzuhalten. Denn so seltsam es klingen mochte, aber er war der Kleister, der in ihrem Team alles zusammenhielt. Und unter allen Cops, mit denen sie zusammengearbeitet hatte, war er das größte Ass, wenn es darum ging, irgendwelche Informationen aus Leuten rauszukitzeln. Wenn jemand etwas Nützliches über MacIvor in Erfahrung bringen konnte, dann er.

Höchste Zeit für eine kleine Notlüge. Sie erhob sich. »Ich muss meine Tochter abholen«, verkündete sie. In Wahrheit hatte ihre Mum erst vor wenigen Minuten eine kurze Nachricht geschickt, in der sie ihr mitteilte, dass sie Lucy abgeholt hätte. »Ich melde mich heute Abend wieder.«

Monica parkte den Volvo in der Huntly Street, am westlichen Ufer des Ness mitten im Stadtzentrum, gleich gegenüber von Crawfords Wohnung. Sie suchte die Straße in beide Richtungen nach seinem roten Audi ab; nichts zu sehen. Die Vorhänge oben im zweiten Stock waren aufgezogen, aber es gab kein Anzeichen irgendeiner Bewegung hinter den Fenstern. Monica beobachtete, wie eine Gruppe japanischer Touristen die nahe Fußgängerbrücke überquerte, die deutlich schwankte. Sie sprangen sogar extra auf dieser Touristenattraktion herum, damit sie noch kräftiger wackelte, und quiekten dabei vor Vergnügen. *Wenigstens ein paar Menschen haben Spaß am Regen,* dachte sie, während sie aus ihrem Wagen stieg. Diesmal dachte sie immerhin daran, den Schirm mitzunehmen. Sie überquerte die Straße und drückte auf den Klingelknopf zu Crawfords Wohnung. Erst jetzt fiel ihr auf, dass sie nie wirklich bei ihm zu Hause gewesen war. Er hatte jedes Mal schon unten auf der Straße gestanden, wenn sie ihn abgeholt hatte. Während sie wartete, überlegte Monica, wie er wohl eingerichtet war. Sie erinnerte sich, dass er einmal eine sündteure Espressomaschine erwähnt hatte, und eine Spielkonsole, die er sich gegönnt hatte, während er sich im vergangenen Jahr von einer Schusswunde erholte. Die Wohnung war sicher ordentlich aufgeräumt: In ihrer Vorstellung sah sie ein japanisch anmutendes Interieur, mit Tatamimatten und minimalistischen Prints. Natürlich lag die Vermutung nahe, dass es die japanischen Touristen von gerade eben gewesen waren, die ihr diese Idee ins Unterbewusstsein eingepflanzt hatten. Oder hatte Crawford wirklich etwas von japanischen Möbeln gesagt? Zumindest würde es zu seiner Begeisterung für die asiatischen Kampfkünste passen.

Tja, heute werde ich es jedenfalls nicht mehr herausfinden, musste Monica sich schließlich mit einer Mischung aus Enttäuschung und Wut eingestehen. Was auch immer Crawford umtrieb, er wollte offenbar nicht mit ihr darüber reden. Sie drückte noch einmal auf den Klingelknopf und wartete weitere fünf Minuten, während der Regen auf ihren Schirm herunterplätscherte, ehe sie zum Auto zurückging.

Monica fuhr die kurze Strecke die Greig Street hinunter und dann die Telford Road entlang in den weniger hippen Teil von Inverness, in dem ihre Mum wohnte. Jetzt bog sie in die Einfahrt des Gemeindebaus. Sie fühlte sich wie ein Schulmädchen bei der Überlegung, wie sie wohl empfangen würde. Abgesehen von dieser einen kurzen Nachricht wegen Lucy, hatten sie und ihre Mum nicht mehr gesprochen, seit Monica am Vorabend wütend aus dem Haus gestürmt war. Zum Glück war Angela Kennedy normalerweise nicht nachtragend. Doch sie gab gerne ihren Senf zu allem dazu, das war Monica auch klar.

»Du kannst einer älteren Person nicht einfach auf den Kopf zusagen, was du denkst, Monica.« Ihre Mum machte sich mit einer Teigrolle zu schaffen und bereitete Blätterteig zu, als Monica die Küche betrat. Die Ärmel hochgekrempelt und das hübsche Gesicht gesenkt, vermied sie jeden Augenkontakt.

Monica reckte sich, um ins Wohnzimmer zu Lucy zu spähen. Die Kleine war wieder einmal in ein Buch vertieft. Monica beugte sich ganz nahe zu ihrer Mum. »May ist eine miese Giftspritze. Schon immer gewesen.«

Angela sah sie tadelnd an und schüttelte dabei vehement den Kopf.

»Ich schlucke ihre ständigen Vorwürfe wegen Lucy schon seit Jahren runter.«

»Du redest hier von der Schwester deines Dads, Monica. Er würde sich im Grab umdrehen.«

»Tja, als er noch am Leben war, hat sie auch an ihm kein gutes Haar gelassen.«

»Das ist nicht der Punkt. Bei seiner Beerdigung war sie untröstlich, völlig aufgelöst, die Arme. Und eins will ich dir sagen: Sie war tödlich beleidigt, nachdem du sie so beschimpft hast. ›Noch nie hat mich ein Mensch so verletzt‹, hat sie gesagt. Ein Wunder, dass sie nicht gleich wieder einen ihrer Anfälle hatte und ins Raigmore eingeliefert werden musste!«

»Wie wahr.« Monica setzte den Wasserkocher auf und nahm am Küchentisch Platz. May bekam schon seit geraumer Zeit zu jeder passenden Gelegenheit einen ihrer »Anfälle«.

»Ich mein ja nur, Monica. Manchmal ist die Familie alles, was einem bleibt.«

»Tja, mit ihr bin ich fertig.«

»Du kannst dich nicht einfach immer nur von unbequemen Leuten lossagen, Monica.« Ihre Mum legte eine Pause ein. Das war der Punkt, an dem sie vermutlich am liebsten eingestreut hätte: *Deshalb hast du auch immer noch keinen Mann*. Stattdessen sagte sie: »Du lehnst es ab, dass Menschen sich wie Menschen verhalten. Bei dir ist immer alles gleich schwarz oder weiß, Sonnenschein oder Scheiße!«

»Sonnenschein oder Scheiße? Wie charmant.« Sie konnte sich nicht erinnern, von ihrer Mum jemals einen so derben Spruch gehört zu haben.

»Ist doch wahr. Nur, die Wahrheit tut weh, Monica. So warst du schon immer!«, meinte Angela schnippisch. »Du erwartest zu viel von anderen und nutzt es als Vorwand, sie zurückzuweisen, bevor sie dir zu nahekommen können.«

»Danke für die Info.« Monica war nicht in Stimmung für diese Art von Küchenpsychologie. Sie legte den Kopf schief und sah sich an, was ihre Mum da vorbereitete. »Wird das ein Kuchen?«

Angela Kennedy seufzte und schüttelte noch einmal den Kopf, doch Monica wusste, dass sie übers Kochen immer gerne redete, da konnte sie nicht widerstehen. »Das wird Bœuf bourguignon mit einer Decke aus Blätterteig, nur dass ich es mit etwas namens Seitan aus dem Reformhaus zubereitet habe, damit wir es alle essen können. Crawford hat mir davon erzählt – er behauptet, man könne es kaum von Fleisch unterscheiden.«

»Hast du denn was von ihm gehört?«

»Crawford? Nicht in den letzten Tagen, warum? Wollte er denn zum Abendessen vorbeikommen?«

42

August 1994

Freya starrte zu Brodie auf. Nach einer Weile wiederholte er seine Frage: »Hast du Zeit zum Reden? Es dauert auch nicht lang.« In ihrem halb wachen Zustand empfand Freya eine eigenartige Enttäuschung darüber, dass er jetzt hier aufkreuzte. Als wäre sie insgeheim sogar froh, wieder alleine zu sein, wie diese Staubpartikel im Sonnenlicht. »Eigentlich hab ich schon geschlafen.«

Allerdings machte sie keine Anstalten, die Haustür zu schließen. Stattdessen stand sie da und fragte sich, was für ein Bild sie für ihn wohl abgab. Niedlich? Mit zerzaustem Haar, wie gerade frisch aus dem Bett gekrochen, in Shorts und T-Shirt? *Ich habe deine Zeichnung verbrannt.*

»Du kriegst auch eine Zigarette.« Ein schiefes Grinsen.

»Verpiss dich.«

»Ich weiß doch, wie sehr du dich über kostenlose Kippen freust.«

»Nein, tu ich nicht. Wo warst du?«

»Wie viel hast du gespart?«

»Was, Geld? Warum?« Sie schlang sich fröstelnd die Arme um den Oberkörper, der Abend war kühl. »Warum hast du nicht zurückgerufen?«

»Komm mit mir zum Auto. Ich will nur reden.«

»Ich hab keine Schuhe an.« Überflüssigerweise deutete sie auf ihre nackten Füße. Brodie drehte sich um, ging in die Hocke und bedeutete ihr, auf seinen Rücken zu steigen.

»Du willst mich doch wohl nicht tragen.«

»Ich hab Süßigkeiten im Auto, auch kostenlos.« Sie boxte ihn gegen das Schulterblatt, ließ sich aber von ihm huckepack nehmen. Er umfasste ihre Oberschenkel und tat so, als würde er unter ihrem Gewicht ins Taumeln geraten. Dann richtete er sich auf und trug sie problemlos über den Hof. Sie schmiegte ihre Wange an seinen Nacken, spürte das kalte Leder seiner Jacke und atmete den Geruch nach Rauch und Deo ein. Der Golf war am Ende der Zufahrt geparkt, der Motor lief noch. Sie hatte erwartet, dass Miranda und Joseph darin saßen, aber der Wagen war leer. Freya glitt von Brodies Rücken herunter und setzte sich auf den Beifahrersitz, dankbar, dass die Heizung auf höchster Stufe lief. Er setzte sich hinters Steuer, zündete zwei Marlboro Menthol an und reichte ihr eine davon.

»Willst du eigentlich ewig hierbleiben?«

»Du hast doch versprochen, mir zu erklären, weshalb du nicht angerufen hast.« Allerdings stellte sie jetzt fest, dass sie gar nicht mehr wütend auf ihn war. Sie war einfach nur froh, dass er da war.

»Ich erklär dir das. Versprochen. Aber erst muss ich wissen, ob du mitkommen willst.«

»Mitkommen? Wohin denn?« Ihr war, als würde sie immer noch träumen. Die Frage war einfach zu eigenartig.

»Irgendwohin, wo es schön warm ist. In ein anderes Land.«

»Was war eigentlich los? Hab ich euch irgendwas getan,

wart ihr böse auf mich? Dass ihr einfach so mir nichts, dir nichts von der Bildfläche verschwindet?«

»Ich hab doch gesagt, ich erklär dir das später.« Brodie starrte durch die Windschutzscheibe. Jetzt klang er beinahe eingeschnappt. »Ich muss nur wissen, ob du mitwillst.«

»Wohin denn?«

»Wir fahren einfach drauflos. Nehmen eine Fähre rüber aufs Festland.«

»Du hast mir doch erst letzte Woche erklärt, du hättest keine Kohle«, sagte Freya. Sie erinnerte sich genau an dieses Gespräch, sie hatte ihm sogar Geld fürs Benzin geliehen. »Ich hab ungefähr fünfzig Pfund auf der hohen Kante.«

»Und was, wenn wir Geld hätten? Würdest du es dir dann überlegen?«

»Ich weiß nicht.« Doch dann stellte sich Freya vor, wie es wäre, noch ein weiteres Jahr zu Hause zu wohnen. Oder zehn Jahre. »Ja, vielleicht.«

Endlich entspannten sich Brodies Gesichtszüge ein wenig, und der Anflug eines Lächelns zeigte sich in seinen Mundwinkeln. »Gut. Es gibt da nämlich jemanden, den du kennenlernen solltest. Einen Freund von uns.«

43

Wie bei Angela Kennedys Kochkünsten zu erwarten, schmeckte das falsche Bœuf bourguignon, serviert mit buttrigen Erbsen und knusprigen Kartoffelspalten direkt aus der Pfanne, einfach köstlich. Nach dem Essen erledigte Monica den Abwasch und beobachtete durchs Küchenfenster, wie die Straßenbeleuchtung unten in der abendlichen Dämmerung von rosafarben zu orange überging. Die Silhouetten der Schornsteine vor dem violett-roten Himmel waren ihr noch aus ihrer Kindheit vertraut. Schon als Teenager hatte sie unzählige Male an genau dieser Stelle gestanden und überlegt, wie viel besser ihr Leben wäre, sobald sie endlich aus Inverness rauskäme. War es Freya Sutherland ähnlich ergangen? Hatten sie in jener Nacht ähnliche Gedanken beschäftigt, als sie von der Fettercairn Farm wegging?

Gerade wollte Monica Lucy auffordern, ihre Schuhe anzuziehen, weil sie gleich nach Hause fahren würden, als in ihrer Manteltasche das Handy zu klingeln begann. Sie nahm den Anruf entgegen.

»Hier spricht PC Kai Smith. Wir wurden angewiesen, Sie zu informieren, sobald ein Anruf wegen irgendwelcher Herumtreiber in der Gegend um Inverness reinkommt?«

Monica erinnerte sich, wie sie Crawford im Fall des Kirchenbrandes gebeten hatte, sich mit den Leuten in der Telefonzentrale in Verbindung zu setzen. »Was haben Sie für mich?«

»Es kam eine Meldung aus der Nähe von Connachton. Die Beamten treffen soeben ein.«

»Helfen Sie mir bitte auf die Sprünge, wo liegt Connachton genau?« Es gab in den Highlands so viele Orte mit ganz ähnlich klingenden Namen, dass es schnell zu Verwechslungen kam. Auch wenn sie froh über jeden Anruf war, schien ihr die Chance, dass ein zufällig gemeldeter Herumtreiber der gesuchte Brandstifter war, verschwindend gering.

»Direkt am Stadtrand von Inverness«, sagte PC Kai Smith, »südlich vom See.« Sofort war Monica klar, dass das in unmittelbarer Nachbarschaft von Buggsy MacIvors Haus lag, nicht weit vom Balnakine House. Sie spürte einen seltenen Anflug von Intuition.

»Können Sie mir die Adresse bitte durchgeben?«

Connachton war ein kleiner Weiler inmitten eines riesigen Plantagenwaldes. Auf den Straßen herrschte kaum Verkehr, und Monica drückte das Gaspedal durch, sodass sie es in einer knappen Viertelstunde dorthin schaffte. Sie sah das Gebäude, bevor sie es erreicht hatte, es brannte bereits. Ein orangerotes Leuchten erhellte den Abendhimmel. Sie bog um eine Kurve und erblickte ein niedriges Steingebäude, ein Stück von der einspurigen Straße zurückversetzt. Am Ende der Zufahrt blockierte ein Polizeifahrzeug mit blinkendem Blaulicht die Straße. Monica hielt direkt neben den beiden uniformierten Beamten rechts davon. Sie erkannte PC Phillips aus der Kantine und PC Duncan Gregg. Gregg stutzte, als er sie aus dem Wagen steigen sah.

Er sprach gerade in sein Funkgerät: »Ja. Sofortige Unterstützung von den Feuerwehreinsatzkräften.«

Monica rief: »Ist jemand im Haus?«

Gregg beendete seinen Funkspruch. »Wir sind gerade erst eingetroffen. Da brannte die Hütte schon lichterloh.«

Monica stieß das Gartentor auf und rannte über die Zufahrt auf das Gebäude zu. Im Näherkommen sah sie, dass es sich diesmal nicht um eine Kirche handelte, sondern um eine umgebaute Scheune. Flammen loderten aus einem geborstenen Fenster am anderen Ende des Gebäudes. Das Licht warf seltsame Schatten auf den dahinterliegenden Wald. Monica rüttelte an der Eingangstür. Verschlossen. Sie registrierte das Schild an der Hausmauer daneben: Cotton Lodge Barn. Sie warf sich mit der Schulter gegen das Türblatt, doch es gab nicht nach.

»Lassen Sie es mich versuchen.« Gregg war ihr zum Haus gefolgt. Er trat zweimal gegen die Tür und legte sein ganzes nicht unerhebliches Gewicht in die Stöße. Beim dritten Mal schwang die Tür auf. Dichter Rauch quoll nach draußen, glutrote Hitze, das Knacken und Knistern von trockenem Holz, das in Flammen stand.

»Es ist nirgends ein Auto zu sehen!«, rief Phillips ihnen über das tosende Feuer zu. »Wahrscheinlich steht es leer!«

Monica rief ins Haus hinein. *Bitte, lieber Gott, mach, dass niemand drin ist.* Das Brüllen der Flammen machte es ihr unmöglich, irgendetwas anderes zu hören, einen Schrei als Antwort hätte sie nicht wahrgenommen. Im Inneren des Hauses konnte sie nur schemenhafte Umrisse ausmachen, ein Bücherregal, gerahmte Bilder an den Wänden. Sie trat über die Schwelle, doch die Hitze und der Rauch zwangen sie zum Rückzug. Keuchend rang sie um Luft und rannte zum anderen Ende des Gebäudes. Dort griff sie nach einem großen Stein und warf ihn ins Fenster. Er prallte von der doppelt verglasten Scheibe ab, ohne auch nur den geringsten Schaden anzurichten. Wenig später tauchte Gregg neben ihr auf. Er war erfolgreicher, was das Fenster betraf. Er schlug mit seinem Knüppel darauf ein, bis erst ein Sprung darin erschien und es schließlich barst. Er entfernte die Splitter aus dem Fensterrahmen und leuchtete mit seiner Taschenlampe ins Innere. An diesem Ende der Scheune war noch kein Rauch zu sehen, und Monicas Blick fiel auf ein Doppelbett. Es war leer, und es war nicht gemacht.

»Versuchen Sie das andere Fenster«, rief sie Gregg zu, »nur um sicherzugehen.« Der Polizist ging weiter und schlug auch das nächste Fenster ein. Ein Zimmer mit einem Stockbett. Zum Glück war auch das leer.

»Vielleicht eine Ferienwohnung?«

Es sah ganz danach aus. Zum Glück war niemand da. Das Feuer griff nun auch auf den Rest des Gebäudes über und breitete sich mit furchteinflößender Geschwindigkeit weiter aus.

»Die Feuerwehr ist unterwegs!«, rief PC Phillips. Es war kaum eine Minute vergangen, seit Monica an der Brandstelle eingetroffen war, aber das Feuer hatte in dieser kurzen Zeit deutlich an Intensität zugenommen. Sie spürte die zunehmende Hitze und wandte sich ab. Ihre Haut brannte.

Im selben Moment bemerkte sie den Umriss zwischen den Bäumen. Eine Gestalt inmitten der tanzenden Schatten. Sie blinzelte, erwartete, dass der Schemen sich in der Finsternis auflöste. Stattdessen aber zeichnete er sich deutlicher ab. Es war eine Person, deren Gesicht durch eine Kapuze verdeckt war.

»Der Brand muss schleunigst gelöscht werden!«, rief Gregg neben ihr seinem Kollegen Phillips zu. »Sag denen, wenn sie nicht sofort hier auftauchen, könnte bald der komplette Wald in Flammen aufgehen!«

Monica streckte die Hand nach seiner Schulter aus und deutete mit dem Kinn in Richtung Waldrand. Jetzt sah sie, dass die Gestalt in die Hocke gegangen war und in das Flammenmeer starrte. Es war ein Mann, da war Monica sich aufgrund seines Körperbaus jetzt sicher. Wenig später schien er zu ihr aufzusehen. Offenbar hatte er ihren Blick gespürt. Monica machte einen Schritt auf ihn zu. Er stand auf und starrte kurz zu ihr herüber, das Gesicht immer noch im Schatten der Kapuze verborgen.

Sie trat vor und rief: »Halt! Stehen bleiben!« Manchmal tat dieser scheinbar so sinnlose Ruf doch seine Wirkung. Heute hatte sie damit allerdings kein Glück. Im Bruchteil einer Sekunde war er verschwunden.

Verdutzt starrte Monica ihm hinterher, ehe sie ihm nachsetzte. Der Untergrund war abschüssig und schartig. Sie war keine halbe Minute in den Wald hineingelaufen, als sie im Dunkeln die Orientierung verlor. Abgesehen von dem Feuerschein hinter ihr, war es um sie herum stockfinster. Sie registrierte eine Bewegung und drehte sich genau in dem Moment um, als der Schlag ihre Schulter streifte und sie am Hinterkopf traf.

Als sie wieder zu sich kam, lag sie auf einem Bett von Tannennadeln und starrte hinauf in den nachtschwarzen Himmel. Eine Taschenlampe wurde angeknipst, und der Strahl fand ihr Gesicht. Geblendet vom grellen Licht, konnte Monica lediglich erkennen, dass jemand über ihr stand. Und ihr Gesicht musterte.

»Brodie?« Ihre Stimme klang schleppend. »Brodie King? Sind Sie das?« Trotz des Rauchgestanks nahm sie noch etwas anderes wahr, Moos und Baumharz. Benommen fragte sie sich, warum sie Brodies Namen gesagt hatte. Ob er es wirklich war? Aber warum zur Hölle steckte er aufs Geratewohl irgendwelche Gebäude in Brand? In welcher Verbindung stand er zum Mord an Freya? Der Mann schien zu zögern. Ihr Instinkt riet ihr, nach ihm zu treten, zu kämpfen, doch das Licht hatte eine seltsam hypnotische Wirkung auf sie.

Einen Augenblick später hörte sie Rufe durch den Wald schallen. »Kennedy?! Sind Sie das, Ma'am?« Das Licht wurde ausgeknipst. Der Mann starrte noch eine Weile auf sie herunter, dann war er plötzlich fort.

44

Es war elf Uhr nachts, als Monica in ihre Wohnung zurückkehrte. Lucy hatte sich bei ihrer Gran schlafen gelegt, die sich bereit erklärt hatte, sie am Morgen zur Schule zu bringen. Sie tastete noch einmal ihren Hinterkopf ab. Ihr Schädel pochte, aber es war kein Blut geflossen. Es sah ganz so aus, als hätte sie sich genau im richtigen Moment umgedreht, sodass der Hieb sie lediglich gestreift hatte. Zum Glück hatte sie nur das Gleichgewicht verloren und war für einen kurzen Moment leicht benebelt gewesen. Wenn der Brandstifter allerdings vorgehabt hätte, ihr Schlimmeres anzutun, hätte er dazu reichlich Gelegenheit gehabt, während sie hilflos am Boden gelegen hatte. Vielleicht hatte Gregg ihn abgeschreckt, der gerade rechtzeitig aufgetaucht war?

Monica hatte sich vorsichtig auf die Beine gekämpft und sich den Schmutz von den Kleidern geklopft. Seltsamerweise hatte sie Gregg bei seinem Eintreffen nicht einmal erzählt, was geschehen war. »Ich hab ihn verloren«, war alles, was sie herausgebracht hatte. »Können wir eine Streife losschicken? Die soll sämtliche Parkplätze entlang der A9 abklappern.« Sie war immer noch leicht benommen gewesen, hatte aber mit fester Stimme gesprochen. Sie wusste, dass jenseits des Waldes die A9 vorbeiführte, die die Highlands mit der Mitte von Schottland verband. Die Straße war ihre einzige Hoffnung, den Täter zu stellen. »Sie sollen sich die Autonummern von sämtlichen Fahrzeugen notieren, die dort geparkt sind.«

»Wird gemacht, Ma'am.« Greggs Atem ging schwer. In der Ferne hörte sie das beruhigende Heulen der Sirenen. Die Löschfahrzeuge waren eingetroffen.

Während die Feuerwehr gegen den Brand ankämpfte, kam die Nachbarin, die die Polizei gerufen hatte. Sie wohnte in einem Haus ganz in der Nähe. Monica ging zur Polizeiabsperrung, um mit ihr zu reden. Die Frau, eine Mrs. Jane Roberts, war Mitte fünfzig und trug einen orangen Regenmantel. Sie hatte einen kleinen, quirligen Cockerspaniel an der Leine.

»Was haben Sie gesehen?«

»Ich war mit dem Hund unterwegs, und irgendwie hat er sich seltsam verhalten, schien irgendwie nervös. Wir kamen gerade um die Ecke« – damit deutete sie die Straße hinunter –, »als ich an der Tür der Cotton Lodge jemanden bemerkte.«

»Hatten Sie diese Person schon einmal gesehen?« Das Feuer in ihrem Rücken warf einen orangen Schein auf Jane Roberts' Gesicht. Nach dem Schlag auf den Hinterkopf hatte diese Befragung für Monica etwas Unwirkliches an sich, fast als wäre es ein Traum. Wieder einmal rätselte sie, wie sie auf die Idee gekommen war, Brodie King könnte der Brandstifter sein. Einfach, weil es von der Statur her gepasst hätte? Oder weil sie den ganzen Tag lang über ihn nachgedacht hatte? Es gab definitiv keinen logischen Grund für diesen Verdacht und auch nicht für die Annahme, dass dieses Feuer irgendetwas mit Freyas Tod zu tun hatte. Blinzelnd stellte Monica fest, dass sie die Antwort der Frau nicht mitbekommen hatte. »Verzeihung. Was sagten Sie?«

»Ich sagte, ich habe ihn noch nie gesehen. Außerdem war sein Gesicht durch die Kapuze verdeckt.«

»Und warum fanden Sie ihn dann verdächtig?«

»Ich kenne die Eigentümer des Hauses. Sie leben in Birmingham und vermieten ausschließlich an Familie und Freunde. Manchmal kommen Leute von Inverness hier raus, auf der Suche nach leer stehenden Häusern, die sie renovieren könnten.«

Monica bedankte sich bei ihr und erklärte, dass man sich bei ihr melden würde, um ihre Zeugenaussage schriftlich aufzunehmen. Dann blieb sie noch eine halbe Stunde da, bis die Feuerwehrkräfte den Brand allmählich unter Kontrolle brachten. Auf dem Weg zurück zu ihrem Volvo spürte sie PC Greggs Blick auf sich.

»Schon witzig, dass ausgerechnet Sie hier draußen auftauchen, nachdem wir uns erst gestern gesehen haben. Was für ein Zufall, wie?«

Monica rang sich ein Lächeln ab. »Ja, ein Riesenzufall.«

»Die Streifen haben entlang der A9 bislang nichts Auffälliges entdecken können. Aber ein paar Parkplätze haben sie noch vor sich.«

Monica nickte und spürte wieder das Pochen am Hinterkopf. »Nun denn, halten Sie mich auf dem Laufenden.« Sie wandte sich zum Gehen und konnte es kaum erwarten, endlich nach Hause zu kommen, für eine heiße Dusche und um sich auszuruhen, als Gregg plötzlich näher trat und sie am Arm packte.

»Haben Sie Ihren Partner heute Abend gar nicht dabei?«, fragte er stirnrunzelnd. »Crawford heißt er, richtig?«

Monica sah hinunter auf die Hand, die sich in ihren

Unterarm grub. »Heute nicht, nein«, sagte sie langsam. »Ich war schon zu Hause, als mich der Anruf erreichte.«

»Verstehe.« Gregg nickte und vergewisserte sich, dass PC Phillips außer Hörweite war. Als er sich überzeugt hatte, dass der Kollege bereits im Streifenwagen saß, beugte er sich dicht auf sie zu. »Nur ein Tipp. Behalten Sie ihn gut im Auge, diesen Crawford.«

Gregg zwinkerte kurz, dann wandte er sich ab und saß bereits bei Phillips im Streifenwagen, bevor Monica überhaupt zu einer Antwort in der Lage war.

Sie ließ den Blick durch ihre leere Wohnung schweifen und spielte die Situation bestimmt zum fünfzigsten Mal noch einmal durch. Worauf hatte Gregg vorhin hinausgewollt? Wollte er sie nur aufziehen, oder gab es wirklich etwas, das er über ihren Partner wusste und sie nicht? Sie vertraute Crawford bedingungslos, aber trotzdem quälte sie die Frage, warum er plötzlich verschwunden war. Warum reagierte er nicht auf ihre Anrufe? Jetzt ließ sie zum ersten Mal den naheliegenden Verdacht zu, dass etwas nicht stimmte. Jemand hatte die Ermittlungen behindert, indem er Insiderwissen an die Medien weitergegeben hatte. Crawford wusste noch nichts von der Verbindung zu MacIvor, und bislang war dieser Teil der Geschichte, im Grunde der interessanteste Teil, nicht in der Berichterstattung in den Medien aufgetaucht.

»Verdammter Mist«, fluchte Monica leise. Sie ging zum Kühlschrank, holte eine Packung Erbsen aus dem Gefrierfach und hielt sie sich an den Hinterkopf. Dann bückte sie sich zum Vorratsschrank nach dem Whisky, den sie neulich Abend zusammen mit ihrem Kollegen getrunken hatte. Sie goss sich zwei Fingerbreit in ein Glas.

Es ergab alles absolut keinen Sinn. Crawford stand auf schicke Klamotten, fuhr einen schicken Wagen, aber es war nicht Geld oder Status, die ihn antrieben. Er verfolgte zu hundert Prozent das Ziel, einen guten Job als Polizist zu machen, daran bestand für sie kein Zweifel. Aber was war es dann? Sie stürzte den Whisky in einem Zug hinunter und kniff die Augen zu, während er brennend durch ihre Kehle rann.

Monica dachte daran zurück, wie sie zusammen getrunken hatten. Dabei fiel ihr siedend heiß wieder ein, dass Crawford ihr etwas hatte sagen wollen. Sie hatte es ins Lächerliche gezogen, woraufhin er auf seine liebste Verteidigungstaktik zurückgegriffen hatte: Er hatte die emotionale Nähe durch körperliche ersetzt und versucht, sie zu verführen. Monica wurde bei dieser Erkenntnis von einer eigenartigen Woge der Scham und des Schreckens erfasst. Fast als hätte sie ihren Kollegen ausgenutzt, indem sie es zugelassen hatte.

Sie füllte abermals ihr Glas und nahm einen weiteren tiefen Schluck.

45

Als Monica aufwachte, lag sie auf dem Sofa und spürte, wie Übelkeit in ihr aufstieg. Sie erinnerte sich vage, dass sie auf Plenty of Fish jemandem ein eindeutiges Sexangebot gemacht hatte. Sie streckte ihren rechten Arm aus und tastete um sich herum alles ab: das Leder der Couch, auf der sie lag, die vertrauten Stoffkissen, aber zum Glück kein anderer Körper, der schlafend neben ihr lag. Erleichtert schlug sie die Augen auf. Ihr Laptop stand aufgeklappt auf dem Wohnzimmertisch, die leere Whiskyflasche daneben. *Herrje, du entwickelst dich allmählich wirklich zu der lächerlichen Karikatur einer Kriminalbeamtin.*

Während sie unter der Dusche stand, das Wasser so kalt, dass es gerade so zu ertragen war, überlegte sie, wann sie das letzte Mal so verkatert gewesen war. Es musste weit vor Lucys Geburt gewesen sein. Und wann hatte sie das letzte Mal so angeschlagen gearbeitet? Lange her … Sie zwang eine Tasse löslichen Kaffee in sich hinein und lief dann sofort zur Toilette, um das Ganze wieder auszukotzen. Sie überlegte, ob sie sich krankmelden sollte, doch dann fielen ihr der Brandstifter, Freya, Buggsy MacIvor wieder ein … Außerdem waren sie ohnehin unterbesetzt. Schließlich schlüpfte sie in eine schwarze Hose, ein weißes T-Shirt und einen Kaschmirpullover. An einem Tag wie diesem tröstete sie die bequeme weiche Wolle zumindest ein wenig über ihren Zustand hinweg.

Die kühle Luft draußen wirkte belebend, doch als sie sich in den Volvo setzte, schien sich das Lenkrad in ihrer Hand zu bewegen. Gerade wollte sie den Motor anlassen, da jagten ihr plötzlich alle möglichen Horrorunfälle durch den Kopf, zu denen sie während ihres kurzen Wechsels zur Verkehrspolizei im vergangenen Winter gerufen worden war. Ein junger Mann hatte sie beispielsweise an einer Unfallstelle auf der A9 angefleht: »Ich hatte doch nur ein paar Pint, dachte, das geht schon noch. Sie kommen doch wieder in Ordnung, oder?« Er hatte soeben ins Röhrchen geblasen, nach einem Unfall, der zum Tod von zwei Touristen geführt hatte, einem älteren Ehepaar. Monica stieg aus ihrem Wagen und setzte sich auf die Mauer am Straßenrand, wo sie wartete, bis das gerufene Taxi eintraf.

Khan war bereits im Büro, aber immer noch kein Zeichen von Crawford. Genauso wenig wie von DC Ben Fisher.

»Crawford hat eine Nachricht hinterlassen«, teilte Khan mit, als Monica neben ihr Platz nahm. Sie gab sich alle Mühe, sich nichts anmerken zu lassen. Ein Gutes hatte es ja, wenn man ohnehin einen Teint hatte wie eine Schwindsüchtige: Niemand registrierte es, wenn sie so höllisch verkatert war wie jetzt.

»Was hat er gesagt?«, erkundigte sich Monica. In ihrem derzeitigen Zustand wollte sie nicht über das nachdenken, was Gregg gestern Nacht angedeutet hatte.

»Es geht ihm nicht gut. Er kommt heute nicht.«

»Nicht gut?«

»Das waren seine Worte.«

»Wie klang er?«

»Keine Ahnung, er hat in der Zentrale angerufen. Soll ich den diensthabenden Beamten fragen?«

Monica schüttelte den Kopf und fischte ihr Handy aus der Tasche. Immer noch nichts von Crawford. Was zur Hölle war nur mit ihm los? »Tut mir leid, dass ich mich gestern Abend nicht mehr gemeldet habe«, sagte sie schließlich. »Ich habe einen Anruf erhalten, musste noch mal raus, es gab schon wieder ein Feuer.«

Khan nickte. »Ich habe davon gehört. Sie haben den Brandstifter gesehen?«

Offenbar hatte PC Gregg allen im Präsidium von der Aufregung erzählt. Monica fasste sich an die Beule am Hinterkopf, froh, dass er von diesem Teil der Geschichte nichts wusste. Während sie an die wilde Verfolgungsjagd durch den Wald dachte, kam ihr plötzlich der Gedanke, warum der Brandstifter überhaupt geblieben war und sie beobachtet hatte. Hätte er nicht ahnen müssen, dass sie ihn entdecken würden? Oder lag genau darin für ihn der Reiz? Oder hatte er insgeheim gehofft, dass sie ihn sehen, ihn vielleicht sogar erwischen würden? Gelegentlich hatten Verbrecher tatsächlich solche seltsamen Fantasien.

Schließlich gab Monica zurück: »Er hat sich recht schnell und sicher durch den Wald bewegt, er schien die Gegend zu kennen.«

»Ich frage mich, warum er ausgerechnet dieses Haus angezündet hat«, überlegte Khan.

Monica dachte darüber nach. Die ersten beiden Brandstätten waren Kirchen gewesen, in diesem Fall war es ein Ferienhaus. »Vielleicht, weil er wusste, dass es leer stand?«, gab sie zurück und war selbst überrascht von ihrer Idee. »Er wollte es brennen sehen, ohne dass ihn jemand dabei überraschen konnte.«

»Oder er wollte nicht, dass jemand zu Schaden kam?«, schlug Khan vor.

Monica überlegte kurz. Der pochende Schmerz in ihrem Hinterkopf deutete auf Gegenteiliges hin, wobei sie ihm andererseits hilflos ausgeliefert gewesen war, und er hatte ihr nichts weiter getan. »Wo steckt Fisher?«

»Er war bis drei Uhr nachts hier und hat über den Unterlagen zu Tosh gebrütet. Er hat eine Notiz hinterlassen, um uns mitzuteilen, dass er erst später kommen würde. Er wollte einem Hinweis nachgehen.«

»Haben Sie schon irgendwelche Erkenntnisse zu Buggsy MacIvor?«

»Nichts, was von Nutzen wäre«, musste Khan bedauernd eingestehen. »Er war seit den frühen Zweitausendern in keinem Film und keiner Serie mehr zu sehen. Wohnt immer noch draußen im Balnakine House, lässt sich aber nur noch selten in der Öffentlichkeit blicken. Er lebt inzwischen sehr zurückgezogen.«

Wäre sie nicht so verkatert gewesen, wäre Monica garantiert wütend auf Crawford gewesen. Das war der perfekte Fall für ihn, hier hätte er nach Lust und Laune herumschnüffeln können. Erst jetzt wurde ihr bewusst, wie sehr sie sich mittlerweile auf sein Können verließ.

»Wir haben also niemanden, der ihn 1994 schon kannte? Niemanden, der seine Verbindung zu Freya irgendwie bestätigen könnte?«

»Bislang nicht, nein.«

»Wissen wir, was er heutzutage so treibt?«

»Er tritt gelegentlich noch als Stand-up-Comedian auf, und er ist aktiv auf Twitter.«

»Die Tote im See unweit seines Hauses hat wohl nicht gereicht, um seine Fans abzuschrecken?«

»Im Gegenteil. Er hat die Sache in sein Programm integriert.« Khan drehte ihren Laptop um. Auf dem Bildschirm war ein YouTube-Video zu sehen, mit dem Titel »Kranke, politisch komplett unkorrekte Comedy«. Der Clip hatte 150.000 Aufrufe. Sie drückte auf die Playtaste. Das Video war in einem spärlich beleuchteten Klub aufgenommen und begann ohne Vorspann mitten im Akt.

»Zu meiner Zeit im Fernsehen war mein Spruch ›es ist ein weiter Weg bis Inverness‹. Hat jeder schon mal gehört, oder? Oho, es ist ein weiter Weg bis Inverness! Aye, obwohl, nein, mittlerweile nicht mehr. Jetzt sitze ich in diesem Scheißkaff fest, wahrscheinlich lebenslänglich. Und wollen Sie wissen warum? Ich verrat's Ihnen. Weil sie dir in jedem anderen Teil dieses Landes sagen, dass du dich verpissen sollst, wenn du eines Morgens eine ersoffene Nutte hinterm Haus hattest.« MacIvor war ein großer Mann, hatte immer noch seinen roten Bart und trug einen Kilt. »Oben in den Highlands interessiert das dagegen keinen. ›Tote Nutte, was? Aye, wird wohl Nessy gewesen sein, die sie erwischt hat. Gut für den Tourismus, jawoll.‹ Ich sag's Ihnen, da oben schert das keinen auch nur einen feuchten Furz.« Dazu lief er auf der Bühne hin und her wie ein hibbeliges Kleinkind, während er seinen Text wütend ins Mikro spie und der Kilt ihm um die Beine wehte. »Totes Mädchen im Loch Ness, und schon erklärt man mich unten in London zur Persona non grata. Oho, es ist ein weiter Weg bis Inverness! Das hätte ihr mal jemand verklickern sollen, bevor sie versucht hat heimzuschwimmen. Dann hätte ich meinen Job vielleicht noch, verdammte Scheiße …« Damit endete das Video.

»Was für ein charmantes Kerlchen«, bemerkte Monica und musste an die Fotos von Sally MacFarlanes Leichnam denken. Sie war mit dem Gesicht nach unten im dunklen Wasser getrieben. MacIvors Auftritt war der eines typischen Narzissten, obwohl sie zugeben musste, dass er immer noch eine düstere Art von Charisma hatte und auf der Bühne große Präsenz zeigte. Sie beugte sich vor und ließ das kurze Video noch einmal von Anfang an laufen, nur diesmal ohne Ton. Sie beobachtete ausschließlich seine Augen. Es lag eine abgrundtiefe Kälte darin, und er schien ein beinahe diebisches Vergnügen dabei zu empfinden, über die Sache zu reden. Ein Monster, das sich im Licht der Öffentlichkeit versteckte? Ein Mörder, der einen gewissen Nervenkitzel dabei empfand, offen von der Frau zu sprechen, die er eigenhändig getötet hatte?

»Ich nehme an, wir haben noch keinen Kontakt zu jemandem aus Sally MacFarlanes Familie oder ihrem Freundeskreis?«

»Nein, sie war ein Einzelkind. Ihr Vater ist unbekannt, die Mutter starb, als Sally zwei war. Sie ist in einer Pflegefamilie aufgewachsen. Dann obdachlos, kam immer wieder mal in Notasylen unter, Drogenprobleme, das volle Programm.«

»Arme Frau.« Potenziert durch ihren Kater, empfand Monica eine starke Traurigkeit über Sally MacFarlanes kurzes Leben. Sie hatte in dieser kalten Welt Trost gesucht und war stattdessen benutzt und ermordet worden.

»Ich habe mir Sally MacFarlanes Autopsiebericht angesehen«, sagte Khan. »Sie hatte das Doppelte vom früheren Alkohollimit intus, dazu eine beträchtliche Menge Diazepam und Kokain.«

»Irgendwelche Anzeichen von Gewalt?«

»Sie hatte Blutergüsse an Armen und Beinen. Es waren keine sichtbaren Verletzungen festzustellen, die auf eine

Gegenwehr hingedeutet hätten. Sieht ganz so aus, als wäre sie von dem vielen Alkohol und den Drogen völlig weggetreten gewesen.«

»Irgendwelche Zeugen?«

»Niemand, der sich bei der Polizei gemeldet hätte. Es waren viele Gäste auf der Party, einige davon reich und berühmt. Keiner von ihnen hat sie ins Wasser gehen sehen, keiner konnte sich erinnern, wie sie das Haus verlassen hat. Normalerweise arbeitete sie auf der Straße unten am Longman. Es konnte nie geklärt werden, was sie draußen bei Buggsy MacIvors Haus zu suchen hatte.«

»Zwei junge Frauen, die unter tragischen Umständen im eigenen Umfeld ums Leben gekommen sind, ist ein wenig viel für einen Einzelnen«, bemerkte Monica.

»Was passiert als Nächstes? Sollen wir MacIvor vorladen? Uns einen Durchsuchungsbefehl besorgen?«

Monica überlegte kurz. »Die einzige Verbindung zwischen MacIvor und Freya, die wir momentan haben, ist dieser Anhänger, den er ihr vielleicht geschenkt hat, sowie die Zeugenaussage einer Frau, die ihn mit Freyas Freunden gesehen hat. Nach dem Eklat mit Miranda Salisburys Anwältin wird es schwierig werden, einen Durchsuchungsbefehl genehmigt zu bekommen, ohne dass wir eine zweifelsfreie Verbindung zwischen MacIvor und Freya vorweisen können. Erst recht, wo er wegen der Vorwürfe in Sachen Sally MacFarlane erfolgreich gegen einige Zeitungen geklagt hat.«

»Und was sollen wir dann tun?«

Monica räusperte sich und wünschte sich, sie hätte die Finger vom Whisky gelassen. Was hatte sie sich nur dabei gedacht, sich während eines so brisanten Falls so sinnlos zu betrinken?

Die Tür zum Büro flog auf, und DC Ben Fisher kam hereingestürmt. Er hielt einen Becherträger von Costa Coffee hoch. »Ich dachte, da DC Crawford nicht da ist, übernehme ich den Kaffeelieferdienst.«

Während Monica ihren strebsamen jungen Kollegen musterte, verspürte sie fast so etwas wie Zuneigung. Auch so ein Nebeneffekt des Katers. Schon erstaunlich, dass Kaffee aus einem Pappbecher selbst an einem so düsteren Tag für einen Lichtblick sorgen konnte.

Fisher zog einen Becher aus der Halterung und reichte ihn an Monica weiter, den nächsten gab er Khan. »Der ist mit Haselnusssirup«, sagte er nervös. »Den wollte ich eigentlich nur in meinen Kaffee reinhaben, aber dann haben die ihn versehentlich überall reingekippt.«

Monica nahm einen Schluck und stellte fest, dass das klebrig süße Koffeingetränk genau das Richtige gegen Kater war. »Schmeckt köstlich.«

Fisher rückte seine Brille gerade und nickte, sichtlich erfreut. »Khan sagte, Sie seien einem Hinweis nachgegangen?«

Normalerweise war die Ermittlungsarbeit im Außeneinsatz nicht gerade Fishers Ding, aber nachdem Crawford sich derzeit rarmachte und die Ermittlungen offenbar in einer Sackgasse angelangt waren, war sie bereit, sich auf jeden Hinweis einzulassen.

Fisher richtete noch einmal seine Brille und räusperte sich. Wie es aussah, hatte er sehr aufregende Neuigkeiten. »Sie wissen bestimmt noch, wie wir über Kontaktpflege sprachen, oder?«

Monica nickte. Sie erinnerte sich schwach an das Gespräch mit Fisher vor einigen Monaten. Er hatte unten in London einen Kurs zum Thema Informationsbeschaffung besucht. Einigen Detectives, wie beispielsweise Crawford, der ein Naturtalent war, fiel es leicht, Menschen zum Reden zu bringen. Andere taten sich da schwerer. Fisher gehörte definitiv zu letzterer Kategorie.

»Tja, ich habe CD Crawford um Hilfe gebeten … Wir haben angefangen, zusammen zu trainieren, gehen gemeinsam ins Fitnessstudio. Seit den Ereignissen im Frühjahr, Sie erinnern sich?« Er senkte den Blick, und Monica nickte abermals. Wie hätte sie diesen Fall vergessen können, der all die schmerzhaften Erinnerungen an ihre eigene Kindheit geweckt hatte? Zu dem Zeitpunkt hatte sie geglaubt, sie und Fisher würden sich allmählich näherkommen. Sie hatten sich über sehr intime Details aus ihrem Privatleben ausgetauscht. Letzten Endes aber hatte sich abgezeichnet, dass er einer solche Nähe am Arbeitsplatz nicht gewachsen war. Seither hatte er sich wieder in sein Schneckenhaus zurückgezogen und sich ganz auf seine Rolle als Karrieremensch konzentriert. »Ich dachte, das Fitnessstudio wäre ein gutes Umfeld, um sich ein Netzwerk an Kontakten aufzubauen.«

Monica nickte. »Ein sehr guter Gedanke.«

»Ja, nun, ich habe mich erinnert, dass ich mich einmal mit dem Manager des Royal Hotel unterhalten habe. DC Crawford und ich hatten ihn im Fitnessstudio kennengelernt.«

Monica nickte wieder, plötzlich hellhörig. Die Rede war von dem Hotel, in dem Pauline Tosh als Küchenhilfe gearbeitet hatte.

»Mir ist eingefallen, dass das Hotel in den Neunzigern eins der prestigeträchtigeren Häuser war und damit definitiv sehenswert. Bevor die Stadt vom Massentourismus überrannt wurde, gab es nur eine Handvoll vergleichbarer Bars und Restaurants.«

»Das stimmt«, sagte Monica und wünschte sich, Fisher würde endlich auf den Punkt kommen.

»Ich dachte, wenn Buggsy MacIvor damals schon in der Nähe von Inverness wohnte, besteht doch eine gewisse Chance …«

»… dass er dort Tosh begegnet ist?«

Fisher hatte Mühe, sich das Grinsen zu verkneifen. Wenn sie nachweisen konnten, dass MacIvor und Tosh sich gekannt hatten, wäre das eine Möglichkeit, wie Tosh von der Stelle erfahren haben könnte, an der Freya Sutherlands Leichnam vergraben lag.

»Und?«

»Ich habe mit dem Manager gesprochen. Er meinte, früher hat man regelmäßig Fotos von Angestellten mit Promis gemacht, die zu Gast waren. Nur leider wurden sie vor rund zehn Jahren alle abgehängt, weil die neuen Eigentümer die Bilder geschmacklos fanden.«

»Sie haben aber trotzdem einen Zeugen gefunden?« Fisher hätte auf keinen Fall ein so selbstzufriedenes Gesicht gezogen, wenn er nichts in der Hand gehabt hätte.

»Einen der früheren Köche. Hat zwanzig Jahre lang im Hotel gearbeitet, Peter William heißt er. Er ging in Ruhestand, als das neue Management übernahm. Ich habe seine Kontaktdaten.« Fisher stand mit stolzgeschwellter Brust da. Er hatte witzigerweise ein wenig wie Crawford geklungen, während er seinen Bericht abgeliefert hatte. »Hab ihn aufgespürt. Er wohnt mittlerweile etwas nördlich, nicht weit von Dingwall. Er hat die ganzen alten Fotos mitgenommen, weil man sie sonst weggeworfen hätte.«

»Und, was haben Sie?«

Fisher legte seine Aktentasche auf den Tisch und öffnete sie mit einem Klicken. Darin steckte eine Fotografie, immer noch in ihrem Rahmen. Das Bild zeigte einen jugendlichen Buggsy MacIvor hinter einer Bar, als würde er dort bedienen. Er trug ein rot-oranges Hawaiihemd und eine Glengarry-Mütze. Auf der einen Seite stand eine blonde Bardame, die in die Kamera strahlte, auf der anderen, mit einem eher peinlich berührten schiefen Grinsen, ein vertrautes Gesicht. Dunkle Augen starrten in die Kamera.

Khan stieß einen leisen Pfiff aus. »Ben Fisher hat uns den entscheidenden Beweis geliefert!«

Fisher wurde rot und versuchte, seine Freude zu überspielen, indem er sich räusperte und mit etwas tieferer Stimme weitersprach. »Haben wir damit, was wir brauchen? Für einen Durchsuchungsbefehl?«

Monica dachte einen Moment darüber nach. Das Foto stellte eindeutig eine Verbindung zwischen MacIvor und Tosh her. »MacIvor hat sich in den Neunzigern vermutlich mit Tausenden von Leuten hier in Inverness ablichten lassen«, sagte sie schließlich und sprach damit aus, was Hately vermutlich kontern würde, wenn sie mit dem Foto bei ihm ins Büro spazierten.

»Was dann?«, fragte Khan. »Sollen wir einfach unangekündigt im Carselang aufschlagen und Pauline Tosh bitten, uns alles über Buggsy MacIvor zu erzählen?«

46

Als Monica den Besuchsraum im Carselang betrat, saß Pauline Tosh bereits auf einem Stuhl, die Hände vor sich auf dem Tisch verschränkt. Instinktiv wanderte Monicas Blick zu Toshs Handgelenken, um sich zu vergewissern, dass sie Handschellen trug. Beim Anblick der Metallringe entspannte Monica sich und richtete die Augen auf das Gesicht der Mörderin. Ihre dunklen Haare sahen frisch gewaschen aus und waren zu einem Mittelscheitel frisiert. Sie trug den üblichen dunkelblauen Einteiler, und ein Lächeln umspielte ihre Mundwinkel. Während der Fahrt herauf zum Gefängnis, diesmal mit Khan am Steuer, bis zu diesem Moment, wo sie sich zum wiederholten Mal in einem Raum mit Tosh befand, war Monica der Überzeugung gewesen, dass sich dieser Besuch als reine Zeitverschwendung erweisen würde. Die Chancen darauf standen immer noch gut, aber zumindest hatte Tosh sich bereit erklärt, sie zu treffen.

Monica lächelte und deutete mit dem Kinn auf die beiden weißen To-go-Kaffeebecher in ihrer Hand. »Haben Sie was dagegen, wenn ich mich setze, Pauline?«

Toshs Blick richtete sich auf die Becher, sie war wie hypnotisiert. »Ist einer von denen für mich? Der kleine Wärter hat mir schon erzählt, dass Sie mir was mitgebracht haben.« Tosh saß seit mehr als zehn Jahren hinter Gittern; da war

Monica der Gedanke gekommen, dass sie sich über einen Kaffee, und sei es nur einer zum Mitnehmen, freuen würde.

»Ich habe sie aus Inverness mitgebracht, aus einem Café in einer Seitenstraße unweit der High Street.«

»In der Nähe der High Street, ja? Sieh an. Warten Sie nur, bis die Mädels das hören.«

»Er war schon kalt, als ich hier eingetroffen bin, aber der Wärter war so nett, sie für uns in der Mikrowelle aufzuwärmen.«

Monica nahm Platz und schob einen der Becher über den Tisch, Pappe schabte über Holz. Tosh beäugte ihn misstrauisch. »Man drückt dieses Plastikteil am Deckel runter, dann kann man durch das Loch trinken.« Monica demonstrierte es an ihrem eigenen Becher. Tosh griff nach ihrem Becher und tat es ihr gleich, ein wenig unbeholfen, weil sie an den Tisch gefesselt war. »Vorsichtig, ist wahrscheinlich noch zu heiß.«

In Wirklichkeit war Tyler Mitchell sehr vorsichtig gewesen, als er den Kaffee aufgewärmt hatte. Er hatte nicht vergessen, wie Tosh eine Mitinsassin lebenslang durch Narben entstellt hatte, als sie ihr heißes Wasser, vermischt mit Zucker, ins Gesicht geschleudert hatte. Tosh nahm einen zaghaften Schluck und neigte den Becher, um ihn sich anzusehen. Dabei straffte sich die Kette an ihrem Handgelenk.

»Da steht ja der Name des Cafés und die komplette Adresse drauf. Macht man das heutzutage so? Früher hat man den Kaffee noch in einfarbigen Styroporbechern bekommen. War aber lange nicht so gut wie das Zeug hier.« Tosh nahm noch einen schlürfenden Schluck und blies die Backen auf. »Da werde ich ja heute richtig verwöhnt, wirklich.«

Monica tastete nach dem gefalteten Stück Papier in ihrer Manteltasche: der Ausdruck des Fotos von Tosh mit Buggsy MacIvor. »Da haben Sie uns ja schön reingelegt, Pauline«, sagte Monica und gab sich ganz entspannt. »Hat uns ziemlich auf Trab gehalten, weil wir dachten, Sie hätten 1994 diese Frau umgebracht. Wie sich rausstellt, waren Sie zu der Zeit am anderen Ende der Welt.« Sie beobachtete, wie Tosh sich versteifte. »Zum Glück haben Sie mir selbst diesen Hinweis geliefert. Von wegen, auf der *Road to Mandalay* über die Sieben Weltmeere segeln und so. Ich wäre nie im Leben darauf gekommen, irgendwelche Schiffe zu überprüfen, wenn Sie das nicht gesagt hätten.« Monica lachte gezwungen, woraufhin Tosh seltsam schief grinste. Dann nuckelte sie wieder an ihrem Becher, die dunklen Augen starr auf Monicas Gesicht geheftet.

»Ich war mir nicht sicher, ob Sie das durchschauen. Deswegen habe ich das mit dem Seemann gesagt. Als Hinweis sozusagen.«

»Hab eine Weile gebraucht, aber am Ende kam ich dann doch drauf.«

»Ich mag Rätsel, auch Kreuzworträtsel.«

»Dann bringe ich Ihnen nächstes Mal ein ganzes Buch voll mit.«

»Aye, das wäre ein Volltreffer«, sagte Tosh, dann verzog sie das Gesicht. Schlagartig wurde Monica bewusst, dass sie genau das Falsche gesagt hatte: Sie war automatisch davon ausgegangen, dass es ein nächstes Mal geben würde. Rasch wechselte sie das Thema. »Wie finden Sie den Kaffee?«

Tosh legte den Kopf schief und betrachtete abermals den Becher. »Der muss ein Vermögen gekostet haben, habe ich recht, Monica? So hübsch, wie der aussieht?«

»Tja, da haben Sie mich wohl ertappt«, gab Monica zurück. »Die Wahrheit ist, ich wollte mich bei Ihnen beliebt machen.«

»Ach, so ist das, ja?«

»Sie müssen mir einen Gefallen tun, Pauline«, sagte Monica jetzt ernst und sah der Mörderin unumwunden in die Augen. Sie waren kalt und düster, wie ein mitternächtliches Grab. »Können Sie mir sagen, wer Freya Sutherland getötet hat?«

Tosh starrte sie eine Zeit lang wortlos an, und für einen kurzen Moment glaubte Monica, sie würde vielleicht tatsächlich einen Namen ausspucken. Stattdessen aber blähte sie die Backen. »Ich hätte von alldem nie erfahren, wenn ich nicht hier drinnen festsäße.«

Monica fischte den Ausdruck des Fotos von Tosh und MacIvor aus der Manteltasche und legte ihn auf den Tisch. »Erinnern Sie sich an ihn, Buggsy MacIvor? Er muss Sie gekannt haben, als Sie noch im Royal angestellt waren.«

Ohne sich das Foto anzusehen, antwortete Tosh: »Ach, hat er das, aye?«

»War er es, der Ihnen erzählt hat, wo Freya begraben liegt?«

Toshs Augen wanderten über die Wände, an denen die grüne Farbe abblätterte, dann flüsterte sie: »Ich habe Geschichten gehört über diesen Buggsy MacIvor.«

»Was für Geschichten?«

»Dass er seine kleinen Spielchen mochte.«

Monica spürte, wie ihr ein eisiger Schauer über den Rücken rieselte. »Welche Art von Spielchen?«

»Von so was will ich nichts wissen«, sagte Tosh, das Gesicht angewidert verzogen. »Da dreht sich mir der Magen um.«

»Wer hat Ihnen davon erzählt?«

»Ich bin keine, die viel für Tratsch übrig hat, mit so was kann man mich nicht locken. Ich höre sie nur flüstern …«

»Was zum Beispiel?«

»Ich höre die anderen flüstern.« Ein bösartiges Lächeln stahl sich auf ihre Lippen. »Diese Wände haben ihre Geheimnisse.«

»Was für Geheimnisse?«

»Geheimes Wissen über Sie. Und Ihr Mädchen.« Monica spürte, wie ihr das Blut aus den Wangen wich, ihr Blick verlor den Fokus. »Geschichten darüber, wer ihr Vater ist. Geschichten, dass Sie sie deswegen loswerden wollten. Stimmt das?«

Wut brachte Monicas Blut in Wallung. Am liebsten wollte sie Toshs Kopf in beide Hände nehmen und in die Tischplatte rammen. Sie blinzelte. Tosh starrte sie mit aufrichtigem Interesse an. Jessica Sutherlands verzweifelter Gesichtsausdruck kam ihr wieder in Erinnerung; all die Jahrzehnte der Unwissenheit. Deshalb war Monica letztlich hier. Sie spürte, worauf Tosh mit ihrer Frage abzielte: Sie wollte sich der Fantasie hingeben, dass sie beide sich gar nicht so unähnlich waren.

Schließlich antwortete Monica ihr flüsternd: »Wer weiß, Pauline. Wer kann schon so genau sagen, was die Ungeheuer tief in uns drin wirklich wollen?«

»Wir gleichen einander wie ein Ei dem anderen, wir beide.« Tosh grinste breit und ließ ihre kleinen gelben Zähne sehen, weshalb Monica kurz den Eindruck hatte, einer wahrhaftigen Dämonin gegenüberzusitzen. »Unten am Loch Ness war das. Ein großes, altes Haus, so hab ich es gehört. Hat gern alles auf Band aufgenommen. Das Loft war eigens für seine Spielchen ausgestattet.«

47

Monica eilte durch die Gänge und passierte zahlreiche abgeschlossene Türen, bis sie hinaus auf den Hof stürzte. Sie wollte so viel Abstand wie möglich zwischen sich und Tosh bringen.

»Mrs. Kennedy! Ähm, Officer!«

Während sie im Gefängnis gewesen war, hatte es zu schneien begonnen. In den Bergen hielt der Winter immer etwas früher Einzug. Dicke Flocken wurden vom Wind erfasst und in engen Kurven herumgewirbelt. Als weiße Flecken landeten sie auf dem Kopfsteinpflaster, bevor sie darauf zu Schwarz schmolzen.

»Warten Sie, Ma'am!« Sie drehte sich nach der Stimme um und sah Tyler Mitchell über den Hof hinter sich herlaufen.

Monica klopfte ihren Mantel ab, weil sie annahm, dass sie etwas vergessen hatte. Sie hatte es eilig gehabt, sich aus der Besucherliste auszutragen. Der junge Gefängniswärter schien aber nichts bei sich zu haben.

Als er näher kam, sagte er: »Ich habe getan, worum Sie mich gebeten haben«, stieß er keuchend hervor, begleitet von den weißen Wölkchen seines Atems. Er trug seinen North-Face-Parka, die Kapuze gegen das Schneegestöber hochgezogen. Monica zog die Schultern vor und richtete ihren eigenen Kragen auf, doch der Wind durchdrang mühelos den abgetragenen Stoff. Nach all den Jahren war es wirklich höchste Zeit für einen neuen Mantel.

Sie brauchte einen Moment, bis ihr wieder einfiel, dass sie Tyler gebeten hatte, sich umzuhören, wer die Presse informiert haben könnte. Zu dem Zeitpunkt war sie davon ausgegangen, dass er ihre Bitte vergessen würde, sobald sie zur Tür raus war.

»Was haben Sie herausgefunden?« Monica spürte, wie sich ihr der Magen zusammenschnürte. Wenn Tyler die undichte Stelle tatsächlich hier im Gefängnis ausfindig gemacht hatte, wäre Crawford aus dem Schneider.

Er sah sich um, betrachtete die Mauern, die Fenster, die auf den Hof hinausgingen, als könnte das Gefängnisgebäude selbst sie belauschen. »Es ist seltsam«, sagte er, »wie schnell sich Tratsch hier drinnen verbreitet. Ich habe früher nie was drauf gegeben. Bin für mich geblieben und habe meine Arbeit gemacht, der ganze Quatsch hat mich nicht interessiert.«

»Aber jetzt doch?«

»Alle diese Dinge zu hören, das ist manchmal schwer zu verkraften.« Tyler klang aufrichtig erschüttert.

»Was denn zum Beispiel?«

»Einer der Jungs, die vor ein paar Jahren in Ruhestand gegangen sind. Er hat weibliche Insassen dafür bezahlt, dass sie mit ihm schlafen. Das ist nicht richtig. Wie man hört, hat man Insassinnen früher auch dazu gezwungen, gegeneinander zu kämpfen, als eine Art Bestrafung.«

Monica schluckte. Das alles war zu der Zeit passiert, als ihr Vater noch im Gefängnis arbeitete. Es weckte Erinnerungen an jenen Fall, der letztlich zu ihrem Zerwürfnis geführt hatte. *Verdammt, das entwickelt sich ja zu einem richtigen Scheißtag*. Sie spürte den Wind, der ihr eisige Schneekristalle ins Gesicht blies. Gleichzeitig wurde sie von Schuldgefühlen erfasst, dass sie es gewesen war, die den armen unschuldigen Tyler den dunklen Abgründen menschlichen Verhaltens ausgesetzt hatte. Schließlich antwortete sie: »Menschen sind komplexe Wesen, Tyler. Es heißt nicht, dass sie alle schlecht waren.«

»Sie machen Verbrecher dingfest, und mir ist klar, dass das schlimme Menschen sind. Sie haben es verdient, dass man sie wegsperrt. Aber manche von den Dingen, die man ihnen antut … Es ist nicht richtig.«

»Worauf genau spielen Sie an?«

»Einer der anderen Beamten hat davon geredet, dass er letztes Weihnachten Tausende beim Kartenspielen gewonnen hat. Sein Gegner, dem er die Kohle abgeluchst hat, war spielsüchtig. Musste seinen Wagen verkaufen, um seine Schulden abzubezahlen. Er schien sich diebisch darüber zu freuen. Ein anderer meinte, er wolle seinem alkoholkranken Nachbarn ein Dessert mit Sherry unterjubeln, um ihn wieder zum Trinken zu bringen. Er fand das witzig.«

»Wir alle haben unsere finsteren Seiten. Wir alle sind zu solch unschönen Dingen fähig.« Er nickte, doch seine schreckgeweiteten Augen verrieten Monica, dass er ihren Einwand nicht guthieß. »Haben Sie irgendetwas über den geheimen Informanten rausgefunden? Wer ist das Leck?«

Tyler schüttelte hastig den Kopf. »Leider Fehlanzeige. Keiner von den Kollegen scheint der Presse zu trauen.« Monica spürte die Enttäuschung. »Sie sagen, es hätten früher öfter mal Dinge über das Carse in der Zeitung gestanden. Darin wurde der Belegschaft die Schuld für diverse Missstände in die Schuhe geschoben. Ich glaube nicht, dass irgendeiner von ihnen was an die Presse weitergegeben hat.«

Draußen vor dem Gefängnis lehnte DC Khan am Honda, auf der vom Wind abgewandten Seite. Sie rauchte eine Zigarette, die schwarze Baseballkappe tief in die Stirn gedrückt und den Mantel aus Kunstfell fest zusammengezogen. Strähnen ihrer schwarzen Haare peitschten ihr ins Gesicht.

»Wollte Tosh Sie nicht sehen?«, erkundigte sich Khan, als sie Monicas niedergeschlagene Miene bemerkte.

»Doch, sie hat mit mir gesprochen«, gab Monica zurück, allerdings ohne große Begeisterung. Die Neuigkeiten, die Tyler ihr übermittelt hatte, waren einfach zu deprimierend. »Wir bekommen unseren Durchsuchungsbefehl für MacIvors Haus. Und jetzt lassen Sie uns von hier abhauen.«

48

August 1994

Freya trat aus der düsteren Spielhalle ins abendliche Sonnenlicht. Hitze stieg vom Asphalt auf, der Himmel gefärbt in perfektem Azurblau. Natürlich war ihr bewusst, dass sie sich über einen weiteren Abend mit ihren Freunden freuen sollte, aber trotzdem hatte sie ein ungutes Gefühl. Sie spähte die Castle Street hinunter in Richtung Stadtzentrum. Von dem schwarzen Rolls-Royce keine Spur. Als sie den Träger ihrer Schultertasche hochschob, der sich in ihre Schulter grub, musste Freya an ein Märchen denken, das ihre Mutter ihr und Jessica früher immer vorgelesen hatte, »Hänsel und Gretel«. Mit diesem Haus im Wald, das ganz aus Pfefferkuchen bestand, und der alten Hexe, die darin lebte. Irgendwie erinnerte es sie an Buggsy MacIvor. Warum zeigte er sich ihnen gegenüber so gönnerhaft? Lud sie in seine riesige Hütte da draußen am See ein, machte ihnen teure Geschenke, spendierte Essen, Drinks? Die anderen schienen sich keinerlei Gedanken darüber zu machen. Sie nahmen es einfach als ganz gewöhnliche Großzügigkeit eines Freundes hin.

Freya seufzte und zündete sich eine ihrer Gauloises Blondes an. Der Rauch schimmerte im Sonnenlicht gespenstisch blau, als könnte sich da jeden Moment eine Erscheinung herausschälen. Sie erinnerte sich, wie unwohl sie sich in seinem riesigen, alten Haus am Ufer des Loch Ness gefühlt hatte. Als hätte man eigentlich Eintritt zahlen müssen, um es zu besichtigen. Bei ihrer ersten Begegnung mit Buggsy auf der breiten Steinveranda war er viel größer und breiter gewesen, als sie erwartet hatte. Mit Schultern wie ein Bulle. Er trug Levi's-Jeans, ein blaues Sweatshirt von Teddy Smith und hellbraune Timberland-Stiefel. In den Klamotten sah er eher aus wie jemand, der in Bobby's Ark abhing und die Spielautomaten mit Pfundmünzen fütterte, und nicht wie der Mann, den sie aus dem Fernsehen kannte. Sie erinnerte sich auch, wie er gesprochen hatte: Hatte einem nie richtig in die Augen gesehen, sondern immer nur so von der Seite her angeglotzt. Und witzig war er auch nicht unbedingt gewesen, eher nervös und hibbelig. Ständig war er durch das riesige Wohnzimmer getigert, und wenn er etwas sagte, dann kam es immer wie aus dem Nichts: »Na, dann nehmen wir halt noch einen Scheißdrink« oder »Wenn du schon qualmen musst, schwing deinen Arsch vor die Tür, Brodie«.

Freya hatte angenommen, dass Buggsy sie nicht mochte, aber am darauffolgenden Tag hatten Brodie, Miranda und Joseph sie von der Farm abgeholt. Sie waren nach Inverness gefahren und hatten auf den Ness Islands gesessen, einer malerischen Inselgruppe mitten im Fluss. Dort hatten sie Eis gegessen und sich eine Flasche Mad Dog 20/20 mit Kiwigeschmack geteilt.

»Du hast einen Fan, das weißt du schon«, hatte Miranda lachend gesagt. Sie trug eine dunkle Brille unter ihrem Sonnenhut, sodass es Freya unmöglich war, ihre Miene zu ergründen.

Freya warf Brodie einen Blick zu. Seit diesem Abend vergangene Woche, als er zu ihr rausgefahren war, um mit ihr zu reden, waren sie nicht mehr alleine gewesen. Sie wusste immer noch nicht genau, was die anderen so getrieben hatten, während sie untergetaucht waren. Brodie hatte mal nebenbei erwähnt, dass Miranda irgendwie sauer war, hatte das aber nie näher ausgeführt. Und Freya wollte ihn damit nicht bedrängen. Miranda war im Grunde immer freundlich und nett zu ihr, und trotzdem spürte sie, dass sie etwas vor ihr verbarg. Freya hatte allerdings größtes Verständnis – sie hätte genauso wenig gewollt, dass man sie nach ihren Schwierigkeiten mit ihrer Mum fragte oder wie es bei ihr so lief, seit ihr Dad diesen Unfall gehabt hatte.

Brodie trug ebenfalls eine dunkle Sonnenbrille, die langen Beine in der dunklen Jeans vor sich ausgestreckt. »Jep.« Er nahm einen Schluck von dem Mad Dog. »Du hast Buggsy definitiv den Kopf verdreht. Er meinte, dein Style gefällt ihm.«

Freya starrte verlegen auf das Gras, auf dem sie saßen. Seltsamerweise freute sie sich über dieses Kompliment, obwohl sie sich kein bisschen zu dem Comedian hingezogen fühlte. »Ich hatte nicht das Gefühl, dass er mich besonders gut leiden kann; er hat mich ja kaum angesehen.«

»Das ist nun mal Buggys Art«, sagte Miranda. »Er hat Monate gebraucht, um mich direkt anzusprechen.« Überraschenderweise griff sie jetzt in ihre Tasche und holte etwas heraus. »Er wollte, dass du das hier bekommst. Er war zu nervös, um es dir persönlich zu überreichen. Ist ein schüchternes Kerlchen. Unter der rauen Schale verbirgt sich ein richtiger Kuschelbär.«

Miranda überreichte Freya eine kleine Schatulle. Sie nahm sie verwundert entgegen und öffnete sie. Darin lag ein Anhänger in Form eines Sarges. Verunsichert hielt sie das Schmuckstück hoch, und Brodie fing an zu lachen. »Typisch Buggsy. Es gibt kein besseres Zeichen für Freundschaft als einen Sarg.«

Freya merkte, wie sie rot wurde; zum Glück legte Joseph im selben Moment ein aufgeschlagenes Magazin zwischen ihnen ins Gras. Sie alle richteten ihre Blicke darauf, und sie ließ die Schatulle unauffällig in ihrer Tasche verschwinden.

»Berlin, da müssen wir hin«, sagte Joseph.

»Warum Berlin?«, fragte Miranda und schenkte Joseph ein nachsichtiges Lächeln. Und dann redeten sie plötzlich über das, was Brodie sie schon gefragt hatte. Von wegen, dass sie aus Inverness weggehen sollten, irgendwohin, um gemeinsam ein neues Leben anzufangen.

»Hier steht, dass Berlin die Welthauptstadt der House-Musik ist und auch in Sachen Kunst den Ton angibt. Sie haben da dieses Outdoor-Event namens Love Parade, eine kostenlose Party mitten in der Stadt. Angeblich wohnt man dort auch sehr billig. Es gibt haufenweise besetzte Häuser, und selbst wenn man eine Wohnung ganz normal mietet, ist das spottbillig.«

»Wir brauchen trotzdem Geld«, sagte Miranda. »Um da hinzukommen und alles.«

»Buggsy gibt uns die Kohle«, gab Brodie zurück.

»Warum sollte er uns Geld geben?«, hatte Freya gefragt.

Draußen vor der Spielhalle bemerkte Freya einen Wagen, der neben ihr zum Stehen kam. Der schwarze Rolls-Royce. Einen Augenblick zögerte sie. Die Erinnerung an Hänsel und Gretel und das Pfefferkuchenhaus; die naheliegende Lehre aus dem Märchen, dass man wachsam sein musste, wenn einem plötzlich alles nur so zuzufliegen schien. Ihr fiel ein, dass sie MacIvor ihren Eltern gegenüber noch nicht einmal erwähnt hatte, dabei waren ihre Mum und ihr Dad beide riesige Fans. Sie wären völlig aus dem Häuschen, wenn sie das wüssten. Warum hatte sie es ihnen nicht erzählt? Weil sie sich Sorgen machen könnten? Weil sie es nicht gutheißen würden?

Das Beifahrerfenster glitt nach unten. Brodie starrte sie aus dem Wageninneren an. Er grinste schief, und sie stieg ein.

49

Es war sechs Uhr abends, als Khan Monica nach ihrem kleinen Ausflug ins Carse zu Hause absetzte. Lucy war noch bei ihrer Mutter zu Hause, deshalb rief Monica noch einmal auf dem Präsidium an, legte sich schnell eine passende Geschichte zurecht und erhielt so die gewünschte Adresse. Das Haus war ein Neubau, eine Doppelhaushälfte in der Tornagrain-Gegend im Osten von Inverness. Vor den meisten Häusern standen zwei Autos, die Vorgärten waren ordentlich gepflegt. Eine relativ junge Vorortgegend, die dem amerikanischen Ideal recht nahe kam.

Es dämmerte bereits, als sie vor der Nummer fünfzehn Firthview Street anhielt. Im Haus brannte Licht, und sie spähte durchs Küchenfenster. Eine attraktive Frau mit langen braunen Haaren stand am Herd und rührte in einem Topf. Ein Kind saß mit dem Rücken zu Monica am Küchentisch. Sie fischte ihr Handy aus der Tasche, fand PC Duncan Greggs Nummer und wählte sie. Beim ersten Mal kam sie nicht durch, deswegen versuchte sie es gleich noch mal. Schließlich meldete sich Gregg. Er klang verärgert. »Warum rufen Sie mich an? Ich dachte, wir hätten uns darauf geeinigt, dass Sie mir nur schreiben?«

»Ich muss dringend mit Ihnen reden«, gab Monica zurück, ohne abzustreiten, dass er sie um dieses Arrangement gebeten hatte.

»Das passt gerade gar nicht. Ich bin zu Hause bei meiner Familie, wir wollten gerade essen.«

»Ich weiß, ich kann Sie sehen.«

Gregg stieß einen leisen Fluch aus und legte auf. Durchs Fenster beobachtete Monica, wie er aus dem hinteren Gebäudeteil in der Küche auftauchte und zum Volvo herausspähte. Er sagte etwas zu seiner Frau, die ihre Hände auf die Hüften stemmte und den Kopf schief legte. Eine eindeutige Körpersprache, die besagte: *Ist das dein Ernst?* Verärgert schüttelte sie den Kopf, und Gregg trat durch eine Seitentür nach draußen, blaue Crocs an den Füßen, in Jeans und weißem Poloshirt. Er kam die Einfahrt herunter und nahm auf der Beifahrerseite ihres Wagens Platz. Sofort machte sich der aufdringlich blumige Duft von Weichspüler breit.

»Was wollen Sie? Tauchen einfach so hier auf?«

»Es geht um neulich Abend. Was war das für ein Haufen Scheiße, den Sie mir da auftischen wollten?«

»Warten Sie, was?«

»Das, was Sie über Crawford gesagt haben. Dass Sie mir das vor den Latz geknallt haben und dann einfach ohne weitere Erklärung abgehauen sind, war ja wohl das Letzte.«

Gregg seufzte und ließ den Kopf hängen. »Meine Frau mag es nicht, dass ich ein Handy habe. Hab vergessen, es auszuschalten.«

»Warum will sie nicht, dass Sie ein Handy besitzen?« In Monicas Kopf schrillten die Alarmglocken. Wenn man dem eigenen Partner ein Telefon verweigerte, war das oft ein Zeichen für einen krankhaften Kontrollzwang. Aber bei allem, was sie über Duncan Gregg wusste, erschien ihr diese Vorstellung total absurd.

Geknickt schüttelte er den Kopf. »Ich hatte ein paar Probleme mit dem Spielen. Hab mich verschuldet. Der alte Herr von meiner Frau musste uns da raushauen, sonst hätten wir unser Haus verloren. Das lässt sie mich immer noch spüren. Verdächtigt mich ständig, dass ich heimlich mit den Buchmachern telefoniere und wieder Wetten platziere …«

»Okay. Ich halte Sie nicht lange auf«, versprach Monica. »Sie müssen mir nur dringend sagen, was Sie über Crawford gehört haben.«

Gregg rutschte nervös auf dem Sitz hin und her und schaute in den Seitenspiegel. »Bleibt das auch sicher unter uns?«

»Ich verrate niemandem, dass ich es von Ihnen hab, versprochen.«

»Ich dachte, ich tu Ihnen einen Gefallen, wenn ich es Ihnen sage.«

»Sie mögen mit Leuten zusammenarbeiten können, denen Sie nicht trauen. Ich kann das nicht.«

»Mir sind Gerüchte über Ihren Jungen zu Ohren gekommen.«

»Was für Gerüchte?«

»Diese Schulden, die ich hatte?«, sagte Gregg jetzt. »Mein Gläubiger war Francis MacGregor.« Jetzt war Monica es, die den Kopf schüttelte. MacGregor hatte angeblich Verbindungen zu Unterweltorganisationen in ganz Schottland. Gregg fuhr fort: »Ich habe einen Freund, der gehört zu MacGregors engsten Vertrauten, hält mich über seine Pläne auf dem Laufenden. Er meinte, er habe Ihren Jungen mit ihm gesehen.«

»Crawford hat sich mit MacGregor getroffen?« Das ergab absolut keinen Sinn. Crawford hasste MacGregor, hatte sogar schon mal eine Schrotflinte auf ihn gerichtet. Ob dieses Treffen mit MacGregor etwas mit der Tatsache zu tun hatte, dass Informationen an die Presse durchgesickert waren? Was entging Monica hier? »Wann war das?«

»Vor ein paar Tagen.«

»Sind Sie absolut sicher, dass er es war?«

»Mein Informant hat keinerlei Gründe, mich zu belügen. Hat gesagt, sie hätten sich eine Stunde lang unterhalten. MacGregor habe ihm einen Vorschlag unterbreitet, so hat es mein Kontaktmann gesagt.«

»Wer ist dieser Kontaktmann? Ich muss mit ihm reden.«

»Ich hätte Ihnen das alles gar nicht erzählen dürfen.« Duncan Gregg klang ernsthaft verängstigt. »Wenn MacGregor herausfindet, dass jemand aus seinem engsten Umfeld Informationen weitergibt, ist derjenige tot.«

Monica musste daran denken, wie eigenartig sich Crawford in letzter Zeit benommen hatte. An die Tatsache, dass er an diesem Abend bei ihr in der Wohnung mit ihr über irgendetwas hatte reden wollen. Sie hatte tatsächlich zugelassen, dass ihre privaten Gefühle ihre Arbeit beeinträchtigten. Mit etwas mehr Disziplin hätte sie das alles vielleicht verhindern können. »Was hat er noch erzählt?«

Gregg warf wieder einen Blick in den Spiegel, dann langte er nach dem Türgriff, als wollte er gehen. Monica beeilte sich, ihm zuvorzukommen, und fasste nach dem Türgriff, um ihn am Aussteigen zu hindern. »Verdammte Scheiße, was soll das?«

»Warum haben Crawford und MacGregor sich getroffen?«

»Ich weiß es nicht. Irgendein Deal, hieß es.«

Das ergab wirklich überhaupt keinen Sinn: Es war ihr ein Rätsel, warum Crawford sich mit MacGregor treffen sollte, ohne sie einzuweihen; und warum Gregg ihr diese Info freiwillig mitgeteilt hatte, obwohl er damit Kopf und Kragen riskierte. Monica beugte sich vor und sah ihm forschend ins Gesicht. Sie starrte ihm in die Augen in der Hoffnung, einen Anflug von Bosheit oder List darin zu entdecken als eindeutigen Hinweis darauf, dass er ihr einen Haufen Lügen auftischte. Aber wenn überhaupt, konnte sie nur Bedauern erkennen.

»Es tut weh, wenn es jemand ist, der einem nahesteht, was? Aye, ist ein richtiges Haifischbecken. Letzten Endes kann man in unserem Job den eigenen Kollegen nicht trauen. Hab das alles selbst schon zigmal miterlebt.«

Monica wandte den Blick ab und starrte durch die Windschutzscheibe auf die gelben Lichtkreise, die die Straßenlaternen auf den dunklen Asphalt der Sackgasse warfen. Eine Schrecksekunde lang glaubte sie, sie würde in Tränen ausbrechen. Sie wandte sich ab und sah zu Greggs Haus. Seine Frau spähte jetzt durchs Küchenfenster zu ihnen nach draußen.

»Ich gehe besser wieder rein.« Monica wurde bewusst, dass sie immer noch den Türgriff umklammert hielt, den Arm über Greggs Bauch gestreckt, sodass er festsaß. Jetzt nahm sie seinen stinkenden Atem wahr, vermischt mit dem Geruch von Deodorant. Sie kannte den Duft, ein Ex-Freund von ihr hatte die gleiche Marke benutzt.

»Warum haben Sie es mir erzählt?«

Gregg seufzte und blickte an Monica vorbei zu seiner Frau. »Ich habe gehört, was im vergangenen Jahr mit Ihrer Tochter passiert ist. Der Gedanke, dass Ihnen etwas zustoßen könnte, gefiel mir nicht. Nicht nach allem, was sie durchmachen musste.«

Normalerweise schaffte Monica es problemlos, den Arbeitsstress aus ihrem Privatleben herauszuhalten. Aber die Aufregung um die gleich in aller Herrgottsfrüh anstehende Hausdurchsuchung bei Buggsy MacIvor, vermischt mit dem ganzen Wirbel um Crawford, brachten sie in dieser Nacht um den Schlaf. Als sie schließlich doch allmählich wegnickte, schwirrten ihr in diesem eigenartigen Zustand zwischen Wachen und Träumen diverse Bilder durch den Kopf, die mit dem Fall in Verbindung standen. Uralte Särge und tote Katzen verschmolzen mit verschiedenen Versionen ihrer selbst als Teenager. Sie und Crawford waren im selben Alter und fuhren durch eine graue Landschaft. Sie sollten irgendwo an einer Universität anfangen. Der Traum hatte eindeutig sexuelle Untertöne. Ihr war, als würden sie irgendwann unweigerlich miteinander schlafen müssen, weshalb sie in einem Zustand heftiger Erregung aus dem Schlaf schreckte. Es war lange her, dass sie ein solches Chaos der Gefühle erlebt hatte. Die Grenzen zwischen Arbeit und Privatleben schienen in Auflösung begriffen, was ganz und gar nicht gut war, wie sie wusste.

50

Am nächsten Morgen zog der erste große Herbststurm auf. Mit Anbruch der Dämmerung schoben sich dichte Graupelschauer vom Nordatlantik her Richtung Westküste der Highlands und wanderten dann weiter nordöstlich das Great Glen hinauf. Loch Ness war das brodelnde Chaos, besetzt mit weißen Schaumkronen.

Eine Staffel Polizeifahrzeuge näherte sich auf der B852 entlang des südlichen Ufers dem Balnakine House. Es war in den Zwanzigerjahren des vorigen Jahrhunderts von einem aristokratischen Playboy errichtet worden. Nach einem Brand, der zu seinem Tod geführt hatte, blieb von dem Gebäude in den Fünfzigern nur mehr ein Gerüst übrig, sodass es leer stand und immer weiter verfiel, bis es zwanzig Jahre später renoviert wurde. Buggsy MacIvor hatte das Anwesen in den frühen Neunzigern gekauft.

»Wieder kein Crawford?« Diesmal lag ein Hauch von Besorgnis in DC Khans Stimme.

Monica war froh, am Steuer zu sitzen, die Augen fest auf die Fahrbahn gerichtet, während die Scheibenwischer gegen den Regen ankämpften, der unerbittlich gegen die Windschutzscheibe prasselte. Sie wussten beide, dass Crawford sich eine Hausdurchsuchung wie diese niemals freiwillig hätte entgehen lassen, es sei denn, es war ernsthaft etwas nicht in Ordnung.

Monica schüttelte den Kopf. »Muss wohl immer noch krank sein.« Sie war noch zu keinem Ergebnis gekommen, was sie mit Duncan Greggs unerfreulicher Enthüllung anfangen sollte. Die linienkonforme Beamtin in ihr wäre am liebsten sofort zu Detective Superintendent Hately gelaufen, um notfalls die interne Beschwerdestelle einzubinden. Die sollten Crawford zu einer formellen Anhörung zitieren. Mit ebendieser Absicht hatte sie früh an diesem Morgen das Revier betreten. Doch irgendetwas hatte sie zögern lassen. War sie wirklich dazu fähig, die enge Beziehung zu ihrem Kollegen einfach so zu ignorieren?

»Vielleicht versuche ich später, ihn anzurufen?«, schlug Khan vor, als ihr klar wurde, dass Monica nichts weiter dazu sagen würde.

Vor ihnen machte die B852 einen Knick nach links und führte ins Landesinnere. Die vordersten Fahrzeuge in der Kolonne wurden langsamer, um rechter Hand in eine Zufahrt abzubiegen, die durch ein hohes schmiedeeisernes Tor blockiert war. Durch den strömenden Regen beobachtete Monica, wie ein Beamter ausstieg und eine Böe die Tür des Einsatzfahrzeugs erfasste. Er rannte zum Tor und drückte auf den Knopf der Gegensprechanlage. Nach fast fünf Minuten Warten, während denen sich auf der Straße hinter ihrem Volvo, der das Schlusslicht der Kolonne bildete, eine Autoschlange gebildet hatte, schwangen die beiden Torflügel endlich nach innen auf.

Balnakine House, im Stil einem traditionellen Highlandschloss nicht unähnlich, war ein riesiges Gebäude am Ende einer von Bäumen gesäumten Zufahrt, das auf einer Seite beinahe über den See auskragte. Während Monica aus ihrem Wagen stieg, wurde das durch den Sturm zu schäumender Gischt aufgepeitschte Wasser vom Wind auf die Stufen vor dem Haus geweht. Die Beamten ganz vorne im Konvoi hatten den Durchsuchungsbefehl bereits vorgezeigt und stiegen nun die Stufen zur Haustür hoch und verschwanden im Haus.

Ein Mann stand auf der obersten Stufe der Sandsteintreppe, die durch den gemauerten Vorbau größtenteils vor dem Wind geschützt war. Monica hielt auf ihn zu. Er war hochgewachsen, größer als sie, mit bullig breiten Schultern und den entsprechenden kräftigen Oberarmen. Buggsy MacIvor trug genau wie früher einen dichten rötlichen Vollbart und schob einen umfangreichen Bauch vor sich her. Monica ertappte sich dabei, wie sie unwillkürlich zögerte. Ihr wurde bewusst, wie sehr sie sich in diesem Moment Crawford an ihrer Seite wünschte. Sie hatte sich an seine Gegenwart gewöhnt, er war jemand, auf den sie sich verlassen konnte. Was für ein Witz. Zum Glück hatte sie wenigstens Khan als Verstärkung dabei.

»Mr. MacIvor?« Beim Klang ihrer Stimme drehte er sich zu ihr um. Er trug eine Adidas-Jogginghose und ein weißes Unterhemd, darüber einen schmuddeligen violetten Morgenmantel. Monica wurde bewusst, dass sie automatisch seine übliche Kluft aus Kilt, schwarzem Jackett und einer rot karierten Schärpe erwartet hatte, so wie sie ihn all die Male im Fernsehen gesehen hatte. Sein Gesicht war gerötet und verquollen, doch in seinem Blick lag eine unerwartete Schärfe. Hinter ihm, auf einer Bank an der Hausmauer, geschützt vor dem Regen, saßen ein Mann und eine Frau. Sie beobachteten, wie die Polizeibeamten das Haus betraten, mit einer Mischung aus Nervosität und Betroffenheit.

MacIvor wandte sich ab und unterhielt sich über die Schulter mit Monica. »Buggsy ist nicht in Plauderstimmung. Was zur Hölle soll das?«

Er hatte etwas Animalisches an sich, ging es Monica durch den Kopf, als sie die oberste Treppenstufe erreichte. Einen wilden, gehetzten Ausdruck im Gesicht, was ihn umso bedrohlicher wirken ließ.

»Was glauben Sie, weshalb wir hier sind?«

Buggsy MacIvor knurrte missmutig und entfernte sich kopfschüttelnd. Im Lauf ihrer beruflichen Karriere hatte Monica diese Pose des kleinen, hilflosen Jungen unzählige Male bei gewaltbereiten Männern erlebt: Bei dem zweihundert Pfund schweren Kerl, der seine eigene Ehefrau gerade krankenhausreif geschlagen hatte und jetzt die Schultern hängen ließ wie ein verängstigter Zweijähriger.

»Buggsy ist nicht in Stimmung«, meldete sich jetzt die Frau auf der Bank zu Wort. »Vorerst werden Sie nichts aus ihm rauskriegen. Lassen Sie ihn lieber in Frieden, sonst wird er noch handgreiflich.«

MacIvor war zum anderen Ende der Veranda gegangen und starrte in die Ferne. Sein violetter Morgenmantel flatterte hinter seiner massigen Gestalt im Wind. Ein seltsam verstörender Anblick.

Monica wandte sich der Frau zu. »Tut mir leid, aber wie lautet Ihr Name?«

»Wir sind hier die Hausmeister«, schaltete der Mann sich jetzt ins Gespräch ein. »Ich bin Mike Brundell, das ist meine Freundin, Mairi Ross. Wir kümmern uns um die Hütte. Damit Buggsy sich keine Gedanken zu machen braucht.« Monica musterte das Paar. Sie schienen beide über vierzig zu sein, beide trugen grüne Regenmäntel, Flanellhemden und weite blaue Jeans. Monica gewann den Eindruck, dass sie in den Neunzigern hier vor dem Haus angespült worden waren, in typischer Britpop-Montur. Offenbar hatten sie ihren Kleidungsstil seither nicht geändert. Gekommen und geblieben.

»Wie lange arbeiten Sie schon für Mr. MacIvor?«

Mairi warf Mike einen Seitenblick zu, der sich wiederum vergewisserte, dass Buggsy außer Hörweite war, bevor er antwortete. »Seit 2003. Wir waren davor schon jahrelang mit Buggsy befreundet. Nach all den Lügen, die über ihn verbreitet wurden, haben ihm viele von damals den Rücken gekehrt …«

Mairi konnte sich nicht länger bremsen. »Wir haben ihm das Leben gerettet«, erklärte sie stolz. »Das hat er selbst gesagt. Wenn wir nicht gewesen wären, wäre er längst tot.«

Monica blieb unbeeindruckt von Mairis Geschichte, während ihr Blick abermals wie magisch von Buggsys breitem Rücken angezogen wurde. Der Regen klatschte ihm mitten ins Gesicht, sein Morgenmantel war bereits dunkel und durchnässt. »Waren Sie Mitte der Neunziger mal hier?«

»Möglich. Ich kann mich kaum an diese Zeit erinnern …« Mairi stieß ein eigenartiges kleines Kichern aus, das sich schließlich zu einem nervösen Lachen auswuchs.

»Ich hab Buggs das erste Mal 99 getroffen«, sagte Mike. »Mairi habe ich ihm ein Jahr später vorgestellt. Hab damals eine schwierige Phase durchgemacht, da hat er mich bei sich aufgenommen. Sie verschwenden hier übrigens nur Ihre Zeit.« Seine Stimme schraubte sich in die Höhe, und seine Züge waren plötzlich angespannt. »Was auch immer Sie über ihn gehört haben, es ist nichts dran an dem Gerede. Schließlich sind wir seit zehn Jahren jeden Tag mit ihm zusammen! Wir wüssten doch, wenn was wäre!«

Monica betrachtete Mike von oben her. Für einen Moment sann sie darüber nach, weshalb manche Leute das Bedürfnis hatten, den Handlanger für jemanden zu spielen, im Schatten einer großen Persönlichkeit zu stehen. Dann wandte sie sich ab und bedeutete den zwei uniformierten Beamten, die nach ihr die Treppe hochgekommen waren, MacIvor im Auge zu behalten, damit er nicht abhaute.

An der Haustür zögerte Monica kurz. Laute, stampfende Musik dröhnte durchs Haus. Sie brauchte einen Moment, um den Sänger zu erkennen, es war Hamish Imlach. Sie besaß eine von seinen Platten, aus der Sammlung ihres Dads; Crawford hatte sie aufgelegt, als er neulich Abend bei ihr vorbeigekommen war. Er sang »The Reprobate's Lament«. Seltsam unheimlich-komödiantische Liedzeilen über einen übergewichtigen, alkoholsüchtigen Kerl. Monica spürte jemandes Blick auf sich und stellte fest, dass Buggsy MacIvor sie jetzt vom Ende der Veranda aus beobachtete. Er bewegte seine Hüften und seinen beleibten Oberkörper in einem schlangenähnlichen Tanz, die Augen fest auf ihr Gesicht gerichtet. Dann strich er mit der flachen Hand über seine Brust, hielt auf Höhe der Brustwarzen kurz inne und glitt dann weiter über den Bauch zum Bund seiner Jogginghose, um sie noch tiefer zu schieben, als wollte er sich selbst befummeln. Währenddessen fixierte er Monica unbeirrt, leckte sich über die Lippen und warf ihr einen Kuss zu, ehe er sein Handy aus der Hosentasche zog. Er tippte darauf herum, und die Musik im Haus wechselte zu »Celebration« von Kool & the Gang. MacIvor wirbelte herum, sodass er wieder in die Gegenrichtung blickte, von ihr abgewandt, ehe er den Morgenmantel von den Schultern gleiten ließ, die Parodie einer provokativen Verführungsgeste, und sich mit gespielt sinnlichem Blick, die Lider auf Halbmast, nach Monica umsah.

Sie bedachte ihn mit einem knappen, eindringlichen Blick, dann trat sie ins Haus. Einer der Beamten musste den Einschaltknopf an der Stereoanlage gefunden haben, denn wenig später verstummte die Musik und wurde abgelöst vom Heulen des Windes, der ums Haus pfiff, sowie den Stimmen der Polizeibeamten, die sich daranmachten, das Haus sorgsam zu durchkämmen. Vorhin auf dem Revier hatte Monica das Team dahingehend gebrieft, wonach sie Ausschau halten sollten. Nämlich nach Objekten, die im Jahr 1994 einer jungen Frau gehört haben könnten, aber vor allem nach Freyas Skizzenbuch, von dem Jessica sich sicher war, dass ihre Schwester es bei sich gehabt hatte, als sie ihr Zuhause zum letzten Mal verließ. Es war die Art von Andenken, von dem sich ein misogyner Mörder in der Regel nur unschwer trennen konnte, da es so viel von der Identität und vom Charakter des Opfers in sich trug. Zwar würden Dinge, die Freya gehört hatten, allein nicht ausreichen, und für deren Auffinden hier im Haus würde ein fähiger Verteidiger jederzeit eine Erklärung finden, deshalb war Monica noch viel versessener auf handfeste Beweise dafür, dass Freya hier im Haus gewesen war.

»Denkt daran«, rief sie mit erhobener Stimme, »jede Faser eines industriell gefertigten Teppichs, die zu denen passen könnte, wie wir sie an Freyas Leichnam sichergestellt haben, ist hilfreich. Wir brauchen Fotos und Proben. Alte VHS-Kassetten, Musikkassetten müssen von uns untersucht werden.« Überflüssig, ihre Anweisungen zu wiederholen, sie hatte in ihrem Briefing bereits zur Genüge betont, wie wichtig die Sache war. Allerdings würde es nicht schaden, das Gedächtnis der Beamten noch einmal aufzufrischen, die tatsächlich kurz innehielten und ihr zuhörten, bevor sie ihre Suche fortsetzten.

Monica drehte eine Runde durchs Erdgeschoss. Es sah schrecklich aus, das reinste Chaos. Nach dem Durcheinander von leeren Bierdosen und Schnapsflaschen zu urteilen, verbrachten die angeblichen Hausmeister Mike Brundell und Mairi Ross mehr Zeit mit gemeinsamen Trinkgelagen mit Buggsy MacIvor, als dass sie sich um Sauberkeit bemühten. Das Wohnzimmer war mit Fotos aus MacIvors früher glänzender Karriere dekoriert. Auf der Bühne als *Enfant terrible* im vollendeten Bonnie-Prince-Charlie-Outfit, als er in den frühen Achtzigern beim Edinburgh Festival Fringe den Perrier Comedy Award gewonnen hatte; dann, ein paar Jahre später, in *Better In Than Out,* der Sitcom, in der er die Rolle spielte, die ihn letztlich berühmt machte. Außerdem fand sich noch eine Reihe von Auszeichnungen aus seinen Glanzzeiten, die jetzt in einer Glasvitrine vor sich hin staubten. Langsam gewöhnten sich Monicas Augen an das spärliche Licht. Sie registrierte, dass es in diesem Haus praktisch keine Antiquitäten gab. Überraschend, wo Caulfield doch betont hatte, was für ein begeisterter Sammler MacIvor war.

»Boss.« Monica drehte sich zu DC Khan um, die sie mit leiser Stimme gerufen hatte. Sie war nach unten gekommen, nachdem sie die Durchsuchung der oberen Stockwerke überwacht hatte. Heute trug die jüngere Kollegin einen Anzug unter einer abgetragenen orangefarbenen Marmot-Jacke. Regentropfen hingen in ihren dunklen Haaren; einige sammelten sich zu größeren Tropfen und rannten ihr über die Stirn bis zum Ohr. Sie schien nichts davon mitzubekommen. Dem Anschein nach war sie wegen irgendetwas nervös. »Es gibt da etwas, das Sie sich ansehen sollten, oben im ersten Stock.«

51

Monica folgte DC Khan die breite Treppe nach oben, während der Regen auf das Oberlicht hoch über dem Treppenhaus prasselte. Normalerweise liebte Monica das Geräusch des Regens, aber nicht heute. Schließlich musste sie sich Gedanken darüber machen, was Freya Sutherland in diesem Haus zugestoßen sein mochte. War sie von ihren Freunden hierhergelockt worden? Geblendet vom Glamour dieses Fernsehstars? War etwas aus dem Ruder gelaufen? Oder war es von Anfang an darum gegangen, Freya zu töten?

Oben am Treppenabsatz im ersten Stock fand sie eine Pfütze vor; offenbar war das Dachflächenfenster undicht. Vielleicht erklärte das auch den Geruch, den Monica jetzt wahrnahm und der das komplette obere Stockwerk durchdrang. Eine Mischung aus Schimmel, Fäulnis und Moder; beißend, aber subtil. Sie gingen weiter ins nächste Stockwerk.

Khan führte Monica in ein Zimmer, das von Wandleuchten erhellt wurde, mit schmalen Fenstern, die nach Norden gingen, mit Blick auf den Loch Ness. In dem Zimmer befand sich nichts weiter als ein Billardtisch, ansonsten war es leer. »Da drüben.«

Monicas Blick folgte Khans ausgestreckter Hand. An der gegenüberliegenden Wand hing ein riesiges Gemälde, fast bodentief. Es zeigte einen Minotaurus, der in der Hocke kauerte. Monica ging darauf zu. Früher, in ihrer Schulzeit, war sie besessen gewesen von griechischer Mythologie, deshalb hätte sie eigentlich begeistert sein müssen von dem Motiv. Doch als sie sich dem Bild näherte, spielte sich bei ihr eine heftige körperliche Reaktion ab. Ihre Schultern versteiften sich, und ihr Magen war plötzlich wie zugeschnürt. Fast, als stünde sie einem Raubtier gegenüber. Monica konnte jetzt erkennen, dass die Perspektive des Betrachters auf das Monster etwas sehr Unangenehmes hatte. Als hätte der Maler die Gliedmaßen der Kreatur ganz bewusst leicht unharmonisch dargestellt, ohne jede Grazie. Bei näherem Hinsehen stellte Monica mit Schrecken fest, dass die Farbe mit etwas vermischt war, das an menschliche Haare erinnerte, und stellenweise auch mit abgeschnittenen Fingernägeln. Kurz schoss ihr der Gedanke durch den Kopf, ob das Bild wohl unmittelbar etwas mit dem Mord an Freya Sutherland zu tun hatte, aber der Rahmen war schon sehr alt und die Farbe verblichen. Monica beugte sich darauf zu und entdeckte eine Jahreszahl, 1879.

»Das Gemälde hängt an einem Scharnier«, sagte Khan, die jetzt neben Monica stand. »Es ist nicht mal besonders gut versteckt, hier ist der Griff.« Mit behandschuhter Hand langte Khan nach einem kleinen Metallhenkel, der am Rahmen befestigt war. Das Gemälde klappte von der Wand weg und gab eine Tür aus schlichtem Sperrholz frei. Sie war durch zwei Vorhängeschlösser gesichert.

»Tosh hat also die Wahrheit gesagt«, flüsterte Monica. »Können Sie jemanden herbestellen, der uns das aufmacht?«

Während sie warteten, sah Monica sich noch einmal ausgiebig im Raum um. An der Wand hing Verschiedenes, kleinere Ölgemälde, viele davon mit mythologischen Themen, aber auch Kunstobjekte. Mithilfe der Taschenlampe an ihrem Telefon inspizierte Monica sie genauer. Neben einem der Fenster hing eine grässliche Bronzeskulptur, ein Storch, dem ein Pfeil in der Brust steckte. Gleich daneben eine grob geschnitzte Holzmaske, alt und staubverklebt, die dunklen Augenhöhlen mit einem Drahtgeflecht ausgefüllt. Dann fiel ihr Blick auf einen kleinen Schaukasten. Monica spähte hinein. Hinter dem Glas befanden sich zwei vertrocknete Objekte. Ein Streifen Papier lag daneben, bedruckt mit verblichenen Buchstaben: FINGER & KIEFERKNOCHEN VON BILLY JAMES, MORDENDER WEGELAGERER.

Monica wich unwillkürlich einen Schritt zurück. Der Fäulnisgestank, der das gesamte Gebäude durchdrang, schien hier am intensivsten zu sein. Fast als stünde sie hier vor dem Zentrum der Verderbtheit dieses Hauses. Sie musste an das denken, was der Antiquitätenhändler über den finsteren Charakter mancher Objekte gesagt hatte. Jetzt verstand sie, was er gemeint hatte. Sie wollte sich keine Sekunde länger allein in diesem Zimmer aufhalten. Monica nahm einen tiefen Atemzug von der übel riechenden Luft und tat alles, um dieses irrationale Gefühl niederzuringen. Dann zwang sie sich dazu, sich noch einmal ausgiebig umzusehen. Der Fußboden war mit lackiertem Parkett ausgelegt, keine Chance also, hier eine Verbindung zu den Teppichfasern herzustellen, die man an Freyas Leichnam sichergestellt hatte. Was auch immer dem armen Mädchen zugestoßen war, das Beste war, Pauline Toshs Rat zu befolgen und sich den Dachboden anzusehen.

»Gleich kommt jemand mit dem passenden Werkzeug.« DC Khans Stimme von der offenen Tür her ließ sie zusammenschrecken. »Tut mir leid, dass es so lang gedauert hat. DC Fisher hat mich angerufen. Sie wissen ja, wie er ist.«

Monica nickte und ging dann auf DC Khan zu. Froh, einen Vorwand zu haben, zur Tür zu gehen.

»Was hatte Fisher zu berichten?« Er war auf dem Revier geblieben, um sich der umfangreichen Recherchearbeit zu widmen, die die beiden Fälle, der von Freya Sutherland und der des Brandstifters, gerade erforderlich machten.

»Er ist endlich mit dieser Liste durch. Die mit sämtlichen Personen, die einen Schlüssel zu diesem Steinbruch haben, nicht weit von dieser ausgebrannten Kirche?«

Es kam Monica vor wie eine halbe Ewigkeit, seit sie und Crawford mit diesem Jungen, Adam Dabrowski, und seiner Mum Sofia gesprochen hatten. In Wirklichkeit war seither gerade mal eine Woche vergangen. »Irgendwas Auffälliges?«

»Nicht auf den ersten Blick, aber er hat mit den Eigentümern dieses abgebrannten Hauses, der Cotton Lodge Barn, telefoniert. Sie haben in den vergangenen Jahren ziemlich viel daran renoviert; er stellt mir eine Liste aller Handwerksbetriebe zusammen, die dort beschäftigt waren, um zu sehen, ob es irgendwelche Übereinstimmungen gibt.« Khan senkte den Blick und spähte auf ihre Füße. Sie trug schwere schwarze Stiefel im Militärlook. »Er meinte auch, DC Crawford habe angerufen und eine Nachricht hinterlassen. Er sagt, er sei immer noch krank.«

Was führte Crawford im Schilde? Monica öffnete den Mund und wollte gerade etwas entgegnen, da kamen zwei Beamte polternd die Treppe herauf, einer mit einem Brecheisen, der andere mit einem Bolzenschneider. Sie bestand darauf, dass sie alle vier erst einmal Schutzanzüge anlegten, bevor sie das Allerheiligste des Hauses betraten. Wenn sie forensische Indizien sichern würden, die bewiesen, was mit

Freya geschehen war, dann hier, davon war Monica überzeugt.

Monica führte die beiden Männer durch den Billardraum. Klappte das Gemälde des Minotaurus beiseite und bedeutete dem Beamten mit dem Bolzenschneider, die Tür zu öffnen.

52

Der Beamte brauchte keine Minute, um die eisernen Vorhängeschlösser durchzuschneiden. Dann zog er die beiden Riegel zurück und öffnete die Tür. Auf der Innenseite war sie mit einem Material gepolstert, das nach Vinyl aussah, vielleicht als Schalldämmung. Im selben Moment schlug Monica ein Gestank entgegen, dass sie sich die Hand vor den Mund hielt, um sich nicht zu übergeben. Feucht, modrig, fast wie ein Destillat der Atmosphäre des Hauses. Hinter der Tür verbarg sich eine schmale Stiege, die Wände zu beiden Seiten mit Schaumstoff ausgekleidet.

Monica nahm die Taschenlampe entgegen, die ihr der zweite Beamte hinhielt, und stieg die unbeleuchtete Treppe hinauf. Am oberen Absatz befand sich eine weitere Tür aus alten, rohen Kiefernbrettern. Es gab kein Schloss oder ein Schlüsselloch, nur einen runden Knauf. Monica holte tief Luft und fragte sich, was für Gräuel sie dahinter erwarten mochten. Dann schob sie sie mit einem Ruck auf. Es gab keine Fenster oder Oberlichter. Monica bewegte die Taschenlampe durch das Zwielicht hin und her. Der Raum erstreckte sich über die gesamte Länge des Hauses, zu einer Seite niedriger, wo die Dachschräge bis zum Boden verlief. Er schien komplett leer zu sein. Sie leuchtete auf den Boden: Spanplatten. Weit und breit kein Teppich. Monica fluchte leise vor sich hin und machte einen Schritt in den Spitzboden hinein. Die Quelle des Gestanks offenbarte sich ihr, als sie die feuchte Stelle am Mauerwerk zu ihrer Rechten entdeckte. Darauf wucherte ein orangefarbener Schimmelpilz. Sie beugte sich näher und berührte vorsichtig die Wand. Sie war so feucht, dass ihr Finger regelrecht im Gemäuer versank, das sich wie nasser Sand anfühlte.

»Was um Himmels willen ist das?« DC Khan war tiefer in den schmalen Dachboden vorgedrungen. Sie war stehen geblieben und starrte auf etwas. In der hinteren Ecke war ein Gegenstand zu sehen. Er schien vom Dachsparren zu hängen.

Der Beamte, der die Vorhängeschlösser geknackt hatte, stand jetzt neben Khan. »Der frühere Eigentümer hat Selbstmord begangen, oder?«, murmelte er. »Hat sich erhängt, nachdem er bankrottging.«

Monica war die Geschichte neu. Sie ging an ihren Kollegen vorbei auf das Ding zu. Im Schein ihrer Taschenlampe war ein schwarzer Umriss zu sehen. Es sah wirklich aus wie ein menschlicher Körper, der an einem Seil von der Decke hing.

»Ist das ein Mensch?« Khans alarmierte Stimme klang hohl in dem beengten Raum.

Monica zwang sich, über die knarzenden Sperrholzbretter darauf zuzugehen. Schließlich streckte sie die Hand nach dem aufgehängten Objekt aus. Es fühlte sich weich an unter ihrer Berührung. Sie trat noch näher heran.

Das Ding war etwas kleiner als ein erwachsener Mensch. Eine Schlinge um den Hals, baumelte es am Dachbalken. Mit einer dicken Staubschicht bedeckt, als hinge es schon viele Jahre da, ohne auch nur ein einziges Mal bewegt worden zu sein. Eine groteske Puppe, die in einem Bonnie-

Prince-Charlie-Outfit steckte, mit einer rothaarigen Perücke auf dem Kopf und einem Bart, der auf das weiße Porzellan des Gesichts aufgemalt war. Das Ebenbild von Buggsy MacIvor, aufgehängt und zurückgelassen in seiner eigenen leer geräumten Raubtierhöhle.

Die Durchsuchung von Balnakine House dauerte bis neun Uhr abends, allerdings glaubte Monica nicht mehr, dass sie etwas finden würden, das Freya mit diesem Haus in Verbindung brachte, nachdem sie die aufgehängte Puppe auf dem ansonsten leeren Dachboden gefunden hatten. Wenn das, was Tosh über den Speicher gesagt hatte, stimmte, nämlich dass MacIvor ihn früher für seine »Spielchen« verwendet hatte, dann war hier offenbar schon vor Jahren gründlich sauber gemacht worden.

Die Suche förderte nichts zutage außer einer Handvoll Kontoauszüge und Rechnungen von Mitte der Neunziger. Monica gab Anweisung, sie auf mögliche Belege für den Kauf des Halskettchens durchzusehen, das Freya geschenkt bekommen hatte. Wenn dieser Fall mit seiner dünnen Beweislage es je vor Gericht schaffen sollte, konnten solche Details entscheidend sein. VHS-Kassetten hatten sich allerdings keine gefunden, und auch keine Tonaufnahmen. Im ganzen Haus gab es noch nicht mal einen Computer.

Als Monica dem letzten der Beamten nach draußen folgte, hatte es endlich zu regnen aufgehört. Der Mond stand hoch am Himmel und spiegelte sich auf der Oberfläche des Loch Ness. An jedem anderen Tag hätte sie es genossen, einfach auf der Veranda zu stehen und diese einzigartige Aussicht zu genießen. Die Ruinen von Urquhart Castle waren im schwachen Mondschein am nördlichen Ufer des Sees gerade noch auszumachen. Doch heute

Abend war das Panorama verdorben durch die schaurige Entdeckung der Puppe auf dem Dachboden. Was sich dort oben wohl zugetragen hatte? Buggsy MacIvor war der perfekte Tatverdächtige im Mordfall Freya Sutherland, vielleicht hatte er sogar Sally MacFarlane auf dem Gewissen. Aber es sah ganz so aus, als würde er damit davonkommen. Sie konnten ihm nichts nachweisen.

»Kommt schon, Jungs, Mädels, ihr wisst, dass ihr es wollt! Geht alles auf Onkel Buggsy!«

Monica drehte sich nach der Stimme des Comedians um. Er trug immer noch seine Jogginghose und den violetten Morgenmantel, hatte aber offenbar eine komplette Persönlichkeitsveränderung durchgemacht. Dem Stapel Schachteln auf der Veranda nach zu urteilen, hatte er einen Berg von Essen bestellt und versuchte nun, Pizzastücke und Bierflaschen an die abziehenden Streifenbeamten zu verteilen. Monica ging auf ihn zu. Er hielt ihr eine Flasche Bier hin.

»Heute nicht, Buggsy, ich bin im Dienst.« Sie beobachtete sein Gesicht im Schein der Lampe über ihnen. So beherzt er klingen mochte, wirkte er doch, als würde er etwas im Schilde führen, und wich ihrem Blick aus. Außerdem nahm Monica jetzt einen Geruch an ihm wahr, fast, als hätte seine Kleidung den säuerlichen Mief des Hauses angenommen.

»Verstehe«, knurrte er. »Sie tun nur Ihren Job, nehme ich an. Nichts Persönliches.«

»Ich habe Ihre Puppe gesehen, oben unterm Dach«, sagte Monica. »Haben Sie einen Teil von sich da oben gelassen?«

Diesmal sah Buggsy MacIvor Monica fest in die Augen und starrte sie einen Moment durchdringend an. Sie hatte das Gefühl, als wollte er ihr etwas mitteilen.

»Komm schon, Buggs.« Mike Brundell stieß ihn mit dem Ellbogen an. »Gehen wir rein. Wird kalt hier draußen.«

Diese Unterbrechung schien Buggsy MacIvor aus seinen Gedanken zu reißen, was auch immer ihm durch den Sinn gegangen war, denn seine Miene verzog sich zu einem finsteren Stirnrunzeln. Noch einmal funkelte er Monica fest an, dann rief er: »Es gibt Pizza und Bier, bedient euch, und dann verschwindet aus meinem Haus! Und sagt diesen Paparazzi-Bastarden, sie sollen sich ebenfalls verpissen!«

Als Monica und Khan durch das Tor vom Grundstück fuhren, hatte die Presse tatsächlich dahinter ihr Lager aufgeschlagen. Monica schenkte den Medienvertretern keine Beachtung, sondern setzte den Blinker und bog nach links ab Richtung Inverness. Sie wollte sich gar nicht vorstellen, was das große Medieninteresse noch für Reaktionen bei den Leuten auslösen würde. DC Khan hatte glänzende Arbeit geleistet, wie sie den ganzen Tag lang Presseanfragen bearbeitet hatte, doch der berühmte Comedian Buggsy MacIvor und eine ermordete junge Frau waren eine Topstory. Berücksichtigte man außerdem, dass die Serienmörderin Pauline Tosh und die Politikerin Miranda Salisbury in den Fall verwickelt zu sein schienen, würde sich das Ganze garantiert zu einem Medienereignis auswachsen, das bald niemand mehr würde kontrollieren können.

53

Bis sie Khan an ihrem Honda Civic abgesetzt hatte, der vor dem Revier geparkt stand, war es schon weit nach Lucys Bettgehzeit. Monica kam zu dem Schluss, dass es keinen Sinn hatte, jetzt noch zu ihrer Mum zu hetzen, um ihr eine gute Nacht zu wünschen. Stattdessen begab sie sich noch einmal zur Huntly Street unten am Fluss. Die Straße lag ruhig da, das Pflaster immer noch dunkel vom ausgiebigen Regen. Ein wenig erinnerte es sie an die Leere in diesem Dachboden im Balnakine House. Wenn Freya wirklich dort oben umgebracht worden war, waren die Spuren längst beseitigt, der Mord vergessen. Beweise wären garantiert nur noch sehr schwer sicherzustellen. Falls MacIvor Videobeweise der Tat aufbewahrt hatte, wo steckten diese dann? Balnakine House war sein einziger Immobilienbesitz, und den hatte man gründlich durchsucht, inklusive Außenanlagen. War es möglich, dass ein Komplize Beweise für ihn aufbewahrte? Oder steckten die Bänder, falls sie existierten, in irgendeinem Schließfach? Falls eventuelle Beweise nicht vernichtet wurden, waren die Chancen, dass sie sie noch finden würden, verschwindend gering. MacIvor hatte den Dachboden bereits vor einiger Zeit leer geräumt; hatte er diesen Teil seines Lebens ein für alle Mal hinter sich gelassen?

Monica fuhr in die Ladebucht am Straßenrand. In Crawfords Wohnung brannte kein Licht. Sie wünschte, er säße neben ihr auf dem Beifahrersitz, um den Fall mit ihr zu diskutieren. Während sie zu den dunklen Fenstern hinaufstarrte, verspürte sie ein hohles Gefühl im Bauch.

»Crawford, du verdammtes Arschloch.« In ihrer Stimme lag eine Traurigkeit, dass Monica recht schnell zu der Einsicht gelangte, dass sich unter ihrer Wut in Wirklichkeit verzweifelte Sorge verbarg. Scheiß auf den Aspekt, dass sie Arbeitskollegen waren; die Wahrheit war doch: Sie hatte starke Gefühle für ihren Partner entwickelt. Ein unangemessener Mix aus lustvoller Fantasie und aufrichtiger Besorgnis. Zum wiederholten Mal verfluchte sie sich innerlich, dass sie zugelassen hatte, wie die Dinge sich an jenem Abend bei ihr in der Wohnung entwickelt hatten. Sie hätte den Ratschlag ihrer Mum schon viel früher beherzigen und sich übers Internet einen Partner für eine Beziehung suchen sollen.

Sie stieg aus dem Volvo, überquerte die Fahrbahn und drückte auf verschiedene Klingelknöpfe, bis ihr jemand öffnete und die Tür sich mit einem Klicken aufschieben ließ. Oben im ersten Stock rüttelte sie an Crawfords Wohnungstür. Es überraschte sie nicht, dass keine Antwort kam, nur das Heulen des Windes war ganz schwach durch die dicken Sandsteinmauern des Gebäudes zu hören. Sie ging in die Hocke, um durch den Briefschlitz in die Wohnung zu spähen, aber es war zu dunkel, um irgendetwas zu erkennen.

»Kann ich Ihnen helfen?«

Die Stimme ließ Monica den Kopf nach hinten drehen. Die Frau, die ihr auf dem Treppenabsatz gegenüberstand, wich kaum merklich zurück, einen alarmierten Ausdruck auf dem Gesicht. Unwillkürlich versetzte sich Monica in die Lage dieser Frau und stellte sich vor, wie sie für sie aussehen musste: Ein lauerndes Ungetüm, das durch fremde Briefschlitze spähte. Ein urbaner Mythos. »Die Polizei …«, sagte die Frau. Sie schien sich ein wenig zu fangen und fuhr fort: »Sie sind Monica Kennedy, nicht wahr?«

»Hat Connor Ihnen von mir erzählt?« Monica musterte die Frau; sie war braunhaarig, um die dreißig.

»Ich … ich weiß nicht …« Ihr alarmierter Gesichtsausdruck ließ darauf schließen, dass sie es bereute, ihre Wohnungstür geöffnet zu haben.

»Ich muss wissen, wo er ist, es ist dringend.«

Die Frau nickte bedächtig, und ihr Blick wanderte zur dunklen Treppe. Jetzt wurde Monica bewusst, dass sie ernsthaft verängstigt wirkte. Als sie wieder sprach, kam nichts als ein Flüstern heraus: »Geht es um die Schuldeneintreiber?«

»Welche Schuldeneintreiber?«

»Sie waren vor einigen Tagen hier auf der Suche nach Connor. Normalerweise kommt er alle paar Wochen mal auf eine Tasse Tee vorbei, aber ich hatte ihn schon eine Weile nicht gesehen. Ich habe hier draußen auf dem Flur etwas gehört, da dachte ich, er sei es. Deshalb kam ich raus, um Hallo zu sagen.«

»Aber es war jemand anders?«

»Da waren zwei Männer.«

»Wie sahen sie aus?«

»Einer von ihnen war groß und trug einen langen schwarzen Mantel. Der andere war etwas älter, hatte lange schon leicht graue Haare und einen Bart. Aber es war komisch, irgendwie wirkte er gleichzeitig jung. Keine Ahnung, ob das irgendeinen Sinn ergibt?«

Die Beschreibung passte haargenau auf Francis MacGregor. Monica erinnerte sich an ihre eigenen Begegnungen mit ihm. Er hatte tatsächlich etwas seltsam Altersloses an sich. »Was haben sie gesagt?«

»Es war eigenartig … Der Ältere hat mich angestarrt, und ich stand einfach nur da. Keine Ahnung … am liebsten wollte ich die Tür wieder zuschlagen, aber es war zu spät. Er kam direkt auf mich zu.«

»Was hat er gesagt?«

»Er meinte: ›Richten Sie Ihrem Nachbarn aus, höchste Zeit, dass er für sein Vergnügen bezahlt.‹«

Noch während die Frau das sagte, wurde bei Monica eine Erinnerung geweckt. Im vergangenen Frühjahr, als sie und ihr Partner Francis MacGregor das erste Mal über den Weg liefen, waren seine letzten Worte an Crawford die folgenden gewesen: *Wir sehen uns wieder, mein Junge. Wir sehen uns wieder.*

»Wann war das genau?«

»Vor ein paar Abenden.«

»Und seither haben Sie Connor nicht wieder gesehen?«

»Nein. Ich habe ihm eine Nachricht geschickt, um ihm davon zu erzählen, und er schrieb zurück, ich solle mir keine Sorgen machen. Aber seitdem habe ich nichts mehr von ihm gehört.«

54

Monica war zurück in ihrer Wohnung und trank Kamillentee. Dabei starrte sie gedankenverloren auf den Laptop, das geöffnet vor ihr auf dem Wohnzimmertisch stand. Natürlich war ihr bewusst, dass sie versuchen sollte, im Fall Freya Sutherland irgendetwas Sinnvolles zu unternehmen, aber immer wieder kehrten ihre Gedanken zurück zu Crawford. War es wirklich möglich, dass er Francis MacGregor Geld schuldete? Es passte so gar nicht zu dem, was sie über ihren Partner wusste. Geld war für ihn und seine Motivation nie besonders wichtig gewesen. Und wenn es so wäre, wieso hätte er dann zur Polizei gehen sollen? Außerdem hatte er etwas mit einer der reichsten Frauen des Nordens von Schottland. Falls er wirklich in Geldnöten war, könnte er sich dann nicht einfach von ihr Geld borgen? Es sei denn, die Schulden waren keine finanziellen. Monica hatte noch die Nummer von Francis MacGregor, von diesem Fall vor sechs Monaten, unter der sie ihn damals aufgespürt hatten. MacGregor war berüchtigt dafür, dass er schwer zu greifen war, und als sie jetzt diese Nummer wählte, war sie wenig überrascht, dass sie der Bandansage nach nicht länger vergeben war. Als Nächstes versuchte sie es bei Heather Sinclair, gelangte aber direkt auf die Mailbox.

Albert, der auf der Heizung gelegen hatte, kam zu ihr getigert und goss sich aufs Sofa. Er sah aus wie verschüttete Sahne. Monica strich mit den Fingern durch das weiche Fell seines Bauches, den das Tier ihr entgegenreckte. »Deine Diät schlägt offenbar nicht an, mein Lieber.« Der Kater schnurrte und boxte mit den Beinen in die Luft. Sie genoss diesen Moment simplen häuslichen Friedens. Und dennoch fragte sie sich, was es zu bedeuten hatte, dass sie ihn alleine erlebte, statt zusammen mit Lucy, ihrer Mutter, einem Freund oder einem Liebhaber. Vielleicht gehörte sie zu der Sorte Mensch, die dazu verurteilt war, alleine zu bleiben, in ihrer eigenen kleinen Welt?

Mit Crawford hatte es sich anders angefühlt. Als gäbe es doch eine Möglichkeit, die beiden Aspekte ihres Lebens zu vereinen. Eine dumme Träumerei, ein Fehler – dass sie diese Nähe zugelassen hatte. Wenn irgendeine andere Kollegin oder ein anderer Kollege verschwunden wäre, wäre sie extrem besorgt gewesen, aber es hätte sich zumindest problemlos in ihren Arbeitsalltag integrieren lassen. Sie wäre damit einfach schnurstracks zu Hately ins Büro spaziert. Aber in Crawfords Fall lag die Sache etwas komplizierter.

Sie seufzte und beschloss, Musik aufzulegen. Versonnen blätterte sie durch ihre Plattensammlung und hielt bei einem Album inne: *Return of the Wayfaring Stranger* von Burl Ives. Sie legte die Platte auf den Teller und senkte die Nadel an irgendeinem beliebigen Punkt auf die Rille. Passenderweise sang Burl an der Stelle ein trauriges Lebewohl für seine »Liebste«. »Verdammter Mist.« Nach kürzester Zeit hob Monica die Nadel wieder an und saß abermals in vollkommener Stille da.

Wovor genau rannte Crawford davon? Monica wusste genügend über Francis MacGregors dunkle Vergangenheit, er war jederzeit dazu fähig, anderen ernsten Schaden zuzufügen. Er hatte Rache geschworen, als Crawford diese Waffe auf ihn gerichtet hatte. Möglicherweise hatte er bis jetzt gewartet, um mitten in einem aufsehenerregenden Fall Vergeltung zu üben? Vielleicht hatte er Crawford gezwungen, die Sache mit Tosh an die Presse weiterzugeben? Aber das ergab trotz allem keinen Sinn. Und als sie den Kopf zum Fenster drehte und den Mond betrachtete, überkam sie eine besorgniserregende Verunsicherung. Was, wenn MacGregor sich Crawford längst geholt hatte? In letzter Zeit hatte ihr Partner sich nur über Telefon oder Textnachricht bei ihr gemeldet. Alles relativ unpersönlich. Außerhalb der Stadt, in der weiten Moorlandschaft, inmitten tiefer Seen, da waren die Möglichkeiten, sich einer Leiche zu entledigen, nahezu grenzenlos. Dieser Gedanke setzte sich wie ein tonnenschweres Gewicht in ihrem Magen fest. Wenn sie Hately anrief und sie gemeinsam eine Suchaktion anstießen, würde MacGregor ihren Partner dann töten? Wenn sie Crawfords Leichnam fänden, würden sie vielleicht beweisen können, dass MacGregor für seinen Tod verantwortlich war, aber es wäre ein denkbar schwacher Trost. Oder ging ihre Fantasie mit ihr durch?

Während Monica ihre Situation noch einmal überdachte und sich überlegte, wie sie am besten vorgehen sollte, wurde ihr bewusst, dass sich das, was PC Duncan Gregg ihr gesagt hatte, letzten Endes tatsächlich bewahrheitete. Er war es gewesen, der sie auf die Verbindung zwischen Crawford und MacGregor aufmerksam gemacht hatte. Und auf einmal erschien ihr alles total logisch. Sie musste herausfinden, von wem er diesen Hinweis hatte. Sie musste in Erfahrung bringen, wer es war, der Crawford mit MacGregor gesehen hatte.

55

PC Duncan Greggs Handy war ausgeschaltet, als sie es bei ihm versuchte. Sie schickte eine Textnachricht, in der sie ihm mitteilte, dass sie ihn so schnell wie möglich sehen musste. Dann legte sie sich aufs Sofa, mit dem Telefon in der Hand, und driftete langsam in einen Halbschlaf. Am nächsten Morgen versuchte sie es erneut. Sein Handy war nach wie vor ausgeschaltet; offenbar kam er Mrs. Greggs Wunsch tatsächlich nach. An jedem anderen Tag wäre sie direkt zu ihm nach Hause gefahren, aber sie war sich natürlich bewusst, dass der Fall Freya Sutherland derzeit am seidenen Faden hing. Trotz ihrer Sorge um ihren Kollegen konnte sie Jessica Sutherland nicht im Stich lassen. Das zusätzliche Drama um Buggsy MacIvors Verwicklung in den Fall würde den Stress für sie und ihre Familie garantiert noch erhöhen. Monica wusste, dass DC Khan sie am Vortag kontaktiert hatte, machte sich aber eine geistige Notiz, selbst noch einmal anzurufen.

Als sie ins Büro kam, saß Fisher bereits an seinem Schreibtisch, mit zerwühlten Haaren, der oberste Knopf am Hemd offen, die Ärmel hochgekrempelt. Drei leere Kaffeebecher standen neben seiner Tastatur, wenn auch ordentlich aufgereiht. Er sah aus, als hätte er die komplette Nacht im Büro verbracht und wollte, dass es auch garantiert jeder mitbekam. Aber wenn sie bedachte, dass sie selbst kaum ein Auge zugetan hatte, wie gelähmt in ihrer Untätigkeit, war sie ihrem fleißigen jungen Kollegen aufrichtig dankbar. Von Anfang an hatte er bei diesem Fall alles gegeben und sich mit Feuereifer auf die kleinteiligen, eher undankbaren Arbeiten gestürzt.

Sie setzte sich neben ihn. »Was haben Sie für mich, Fisher?«

»Tja, die schlechten Neuigkeiten zuerst.«

Monica nickte. Enttäuschung machte sich in ihr breit. Gleich käme also noch so ein Dämpfer, zusätzlich zu der nicht enden wollenden Pechsträhne, die sie in diesem Fall zu haben schienen.

»Die Teppichfasern, die wir an Freyas Leichnam gefunden haben? Wie sich rausstellt, wurde genau dieser Teppich doch in größerer Menge verkauft, als ursprünglich angenommen.«

Monica stieß einen leisen Fluch aus. Sie hatte insgeheim gehofft, in den Highlands hätten nur einige wenige Leute einen solchen Teppich erstanden.

»Offenbar wurde er billig verramscht und an viele kleinere Betriebe geliefert. Ich werde weitergraben, aber die Suche erweist sich doch langsam als mehr oder weniger fruchtlos.«

Fisher machte allerdings keinen allzu niedergeschlagenen Eindruck. »Sie haben auch gute Neuigkeiten?«, fragte Monica deshalb.

»Sie wissen ja, dass ich mich durch Pauline Toshs Kontakte geackert habe.«

»Sicher.« In Wahrheit hatte sie das in der ganzen Aufregung um den Fall beinahe vergessen. Die Durchsicht von Hunderten von Kontakten, von Zellenkolleginnen über

Besucher bis hin zu Briefpartnerinnen und -partnern, mit denen Tosh im Lauf der Jahre in Verbindung gestanden hatte, kam der berühmten Suche nach der Nadel im Heuhaufen gleich. Nur dass Fisher regelrecht strahlte, und das war ein gutes Zeichen, dass er die Nadel gefunden hatte. »Was haben Sie?«

»Es war eine ziemliche Sisyphosarbeit. Ich habe mich durch Angestelltenlisten gewühlt, habe Adressen herausgefunden und Daten eruiert. Offen gestanden habe ich selbst nicht mehr daran geglaubt, dass ich irgendwann zu einem Ende komme.« Trotz all ihrer Besorgnis kam Monica nicht umhin, aufrichtige Bewunderung für Fishers Engagement und Detailverliebtheit zu empfinden.

»Ich bin Ihnen was schuldig, Fisher.«

Ihr junger Kollege konnte sich ein Lächeln nur mühsam verkneifen. »Ich habe es geschafft, die Liste beträchtlich einzugrenzen.«

»Sagen Sie mir noch mal, nach welchen Kriterien Sie bei der Suche vorgegangen sind?«

»Ich habe mich auf alle diejenigen konzentriert, die zum Zeitpunkt von Freyas Verschwinden in oder nicht weit von Inverness gewohnt haben und die in den letzten drei Jahren Kontakt zu Tosh hatten. Ich weiß, das klingt nicht besonders ertragreich, aber ich hielt es für wahrscheinlich, dass sie mit der Person, die ihr von der Stelle erzählt hat, an der Freya vergraben war, erst kürzlich Kontakt gehabt haben muss.«

Monica nickte wieder, wenn sie in diesem Punkt auch nicht ganz so zuversichtlich war wie Fisher. Die Serienmörder, die sie kannte oder mit denen sie sich zumindest befasst hatte, schienen sich doch relativ lange, oft über viele Jahre, mit scheinbar nebensächlichen Details ihrer Taten beschäftigt zu haben. Trotzdem musste irgendetwas Tosh dazu veranlasst haben, sie ausgerechnet jetzt darauf aufmerksam zu machen. Daher schien Fishers Überlegung doch eine gewisse Berechtigung zu haben. »Wie viele haben Sie?«

»Sieben Personen«, gab Fisher stolz zurück und reichte ihr einen Ausdruck. Monica überflog die Liste. Kein Buggsy MacIvor, keine Miranda Salisbury und kein Brodie King. Natürlich. Aber konnte einer der Namen auf diesem Blatt Papier den entscheidenden Schlüssel zur Lösung des Falls liefern?

»Ich nehme an, keine von diesen Personen hat eine Verbindung zu einem unserer Verdächtigen?« Wobei Monica überzeugt war, dass Fisher sie darauf hingewiesen hätte, aber fragen kostete bekanntlich nichts.

»Auf den ersten Blick nicht«, gab Fisher zurück. »Ich hatte allerdings noch nicht ernsthaft die Gelegenheit, mir diese Leute genauer anzusehen.« Natürlich entging ihr die unterschwellige Botschaft keineswegs: Bitte haben Sie Geduld, schließlich habe ich die ganze Nacht durchgearbeitet.

Monicas Blick wanderte noch einmal über die Liste, in der Hoffnung, dass ihre Intuition sich meldete und ihr irgendein Name ins Auge sprang.

Die Tür zum Büro ging auf, und DC Khan trat ins Zimmer, in ihrem Kunstpelzmantel und mit einer Baseballcap auf dem Kopf, schrill und glamourös zugleich, und trotzdem war nicht zu übersehen, wie erschöpft sie war. Monica wusste, dass sie gestern am späten Abend noch einmal raus zur Fettercairn Farm gefahren war, um mit Jessica und Barry Sutherland zu reden.

»Wie haben sie es aufgenommen?«

»Sie haben geweint, waren ziemlich aufgewühlt.« Khan zuckte mit der Schulter. »Die Presse bedrängt sie unaufhörlich mit Fragen zu MacIvor, manche Journalisten rufen sogar ganz dreist auf ihrer Hilfshotline an und fragen nach Freya.« Sie rieb sich die Augen und gähnte.

»Ich schau später selbst bei ihnen vorbei«, sagte Monica und bekam mit einem Schlag Gewissensbisse, dass sie Khan alleine hatte fahren lassen. Sie wünschte, sie könnte ihr das mit Crawford erklären, wollte das Thema aber lieber noch nicht anschneiden. Erst musste sie mit PC Duncan Gregg reden.

Fisher räusperte sich, brachte Khan auf den neusten Stand, was die Teppichfasern betraf, und informierte sie über die Liste von Namen, die er zusammengestellt hatte.

»Und was nun?«, fragte Khan, als er fertig war. »Wollen wir einen nach dem anderen abklappern? Nach jemandem suchen, der auch eine Verbindung zu MacIvor oder den anderen hatte?«

Monica dachte einen Augenblick darüber nach. Trotz aller Sorge um Crawford und der Unklarheiten um den Fall schien ihr die Lösung mit einem Mal naheliegend. »Mir reicht's.« Sie erhob sich und griff sich ihren Mantel. »Ich fahr jetzt raus ins Carselang und bringe Tosh dazu, mir zu verraten, von wem sie die Info zu der Stelle in den Marschen hatte.«

56

Monica hatte das Gefühl, sich in einem absurden Albtraum zu befinden, als sie die Pappbecher auf dem mit Graffiti bekritzelten Tisch abstellte und die Schachtel mit den sechs verschiedenen Donuts daneben platzierte. Die hatte sie bei Perk auf der Church Street in Inverness gekauft, nachdem ihr der Gedanke gekommen war, dass ein Kaffee allein diesmal vielleicht nicht ausreichen würde. Und wer konnte schon sagen, welchen Preis Pauline Tosh verlangte, falls Monica noch einmal gezwungen wäre, nach Carselang zu kommen. Sie betrachtete den leeren Stuhl gegenüber, die limettengrünen Wände ringsum und spürte die Feuchtigkeit auf der Haut, während das ferne Geräusch einer zuschlagenden Tür durch die Gänge hallte. Das Gefängnis war einer der letzten Orte, an denen Monica sich aufhalten wollte, und doch war sie jetzt schon wieder hier. Fast, als würde sie insgeheim davon angezogen.

Sie prüfte die Uhrzeit auf ihrem Handy: kurz nach zwölf Uhr mittags. PC Duncan Gregg hatte nicht auf ihre Nachrichten reagiert, und auch Crawford hatte sich nicht gemeldet, bis sie das Büro verlassen hatte. Monica war bereits zu dem Entschluss gelangt, dass sie Hately aufsuchen würde, wenn sie bis zum Ende des Tages keine Klarheit in dieser Sache hatte. Ihr blieb keine andere Wahl.

Der Schlüssel an der Tür gegenüber wurde umgedreht. Nach einem kurzen Augenblick öffnete sie sich mit einem metallischen Krachen, und Tosh stand davor, in ihrem grünen Dickies-Overall. Der Wärter schob sie ins Zimmer, befestigte ihre Handschellen am Tisch und ging dann wieder. Als er nach draußen verschwunden war, sperrte er die Tür hinter sich wieder ab. Endlich sah Tosh Monica in die Augen.

»Eine Schachtel Donuts?« Ihre Augen weiteten sich, voll kindlicher Freude. »Sechs Stück, ganz für mich allein?«

»Aber nicht alle auf einmal verputzen.«

»Oh, das könnte ich gar nicht«, gab Tosh schwermütig zurück. »Hab mittlerweile einen Appetit wie ein Spatz. Ich teile sie mit den anderen Mädels, das tue ich.« Die Handschellen gestrafft, hatte sie einige Mühe, die Schachtel zu öffnen. Ihre Hände waren jetzt für Monica nicht mehr zu sehen.

»Möchten Sie einen, Monica?«, fragte Tosh und legte den Kopf schief.

»Nein danke, ich bleibe beim Kaffee.«

»Nichts geht über eine gute Tasse Kaffee, wenn es draußen kalt ist. Meine Rede.« Allerdings machte sie keine Anstalten, nach dem Becher zu greifen. Dieses kleine Detail entging Monica dummerweise, weil sie gedankenverloren auf den Tisch starrte, immer noch mit der Geschichte um Crawford beschäftigt. Während ihr Blick über die Tischplatte wanderte, lass sie die dort eingeritzten Worte: SCHEISS BULLEN, ALBA GU BRATH. Hier verstand jeder den gälischen Spruch für *Schottland für immer*. Sie tastete in ihrer Manteltasche nach der Liste, die Fisher für sie zusammengestellt hatte. Falls Tosh tatsächlich bestätigen konnte, dass sie den Ort, an dem Freya begraben worden war, von einem dieser Kontakte hatte, würde es sie in dem Fall einen großen Schritt voranbringen.

»Das letzte Mal, als ich hier war, waren Sie mir eine große Hilfe.«

»Habe ich was an der Nase?« Tosh verzog das Gesicht, als wollte sie ein Kind mit Grimassen unterhalten. Bei jeder anderen Person wäre es wahrscheinlich sogar witzig gewesen.

»Ich kann nichts entdecken«, gab Monica zurück.

»Muss dann wohl weg sein«, sagte Tosh und kräuselte die Nase, als würde sie zittern. »Da hat anscheinend jemand an mich gedacht … Entschuldigen Sie, Monica, was sagten Sie?«

»Ich brauche noch einmal Ihre Unterstützung, Pauline. Ich habe hier eine Liste mit Namen, Freunde von Ihnen. Ich muss wissen, wer Ihnen von Freyas Grab im Marschland erzählt hat.«

»Wäre das denn kein Vertrauensbruch?« Tosh saß bewegungslos da.

»Sie müssen es mir sagen.«

»Ich sagte doch, ich habe nur Geflüster gehört.«

Monica zog den Ausdruck aus ihrer Manteltasche. Sie fing an, die Namen darauf vorzulesen. »Josephine Bryan, Cameron Jackson, Rolf Stilger …« Bei der Erwähnung dieses Namens registrierte sie eine leichte Veränderung in Toshs Miene. »Rolf Stilger? War es …«

»Was ist das?«, rief Tosh.

Monica wandte den Blick nur für den Bruchteil einer Sekunde ab, ehe ihr Unterbewusstsein eine Bewegung wahrnahm. Als sie sich wieder zu Tosh drehte, traf sie ein harter Schlag seitlich am Kopf. Monica landete unsanft auf dem Steinboden und begriff unmittelbar danach, dass Tosh sich aus ihren Handschellen befreit hatte – sie hatte sich über den Tisch auf sie geworfen. Die Zeit schien sich zu verlangsamen. Sie stellte sich alle diese Türen vor. All die schmalen Korridore. Ein weiterer Augenblick, und sie spürte, wie Toshs überraschend schweres Gewicht auf ihrer Brust landete. Es presste ihr die Luft aus der Lunge. Die kleinen, kräftigen Hände der Mörderin fanden Monicas Kehle, die Daumenkuppen tasteten nach ihrer Luftröhre. Da war der Geruch nach einer Handcreme von Crabtree & Evelyn, genau die gleiche, die auch Tante May benutzte. Und der Knoblauchgestank in ihrem Atem, der sich feucht auf ihre Wangen legte. Ihr Blick begegnete dem von Tosh – ihre Augen wirkten kalt und dämonisch.

Die Welt um sie herum begann zu pochen. Sie wusste, dass es nur Sekunden dauerte, bis ein Mensch bewusstlos wurde, wenn er stranguliert wurde. Die Ränder ihrer Wahrnehmung wurden dunkler, während sie gegen Toshs Gewicht auf ihrer Brust ankämpfte. »Bitte, meine Tochter«, wollte sie sagen, aber die Worte klangen gurgelnd, beinahe komisch.

»Psscht …«, flüsterte Tosh. »Psscht …«

Im selben Moment wurde Monica bewusst, dass sich sämtliche von Toshs Opfern genauso gefühlt haben mussten. Erst ein falsches Gefühl der Sicherheit. Dann ein Angriff aus dem Hinterhalt. Tosh hatte sich noch nicht einmal besonders anstrengen müssen, dachte sie bedauernd, während sie hilflos mit den Beinen strampelte und verzweifelt versuchte, sie hochzuziehen, um ihre Angreiferin damit abzuwehren. Sie keuchte, wollte schreien. Starrte in Toshs dunkle Augen. Die Schwärze um sie herum kroch immer näher, von allen Seiten drang sie in raschem Tempo auf sie ein. Monica spürte, wie der letzte Rest Kraft aus ihrem Körper wich.

57

Verzweifelt riss Monica ihren Kopf hart nach links. Das lockerte Toshs Griff um ihren Hals für einen kurzen Moment, jedenfalls genug, um sich ein wenig Zeit zu verschaffen. Sie rang keuchend nach Luft, griff nach Toshs Fingern und zog sie hinunter auf ihre Brust, genau wie ihr Dad es ihr vor Jahren beigebracht hatte, um sich notfalls aus einer versuchten Strangulierung zu retten. Dadurch verlagerte sich Tosh Gewicht leicht nach vorne. Was ausreichte, damit Monica ihr Bein frei bekam. Sie stemmte die Hüften hoch und rollte sich seitwärts zur Wand hin. Irgendwie hatte es funktioniert, denn plötzlich lag Tosh unter ihr.

Jetzt legte Monica ihr beide Hände um die Kehle. Toshs Hals war kräftig und breit, doch Monicas Daumen schmiegten sich mühelos um ihre Luftröhre. Dann drückte sie mit aller Kraft zu. Sie empfand eine eigenartige Intimität, angesichts dieser Wärme, die von einem anderen menschlichen Wesen ausging, der ungewohnten Nähe. Hitze wanderte über Monicas Stirn. Erst als etwas Rotes auf Toshs Gesicht herabtropfte, merkte sie, dass es Blut war. Sie streckte die Arme aus und legte ihr ganzes Gewicht in den Würgegriff. Tosh lief violett an und zerrte verzweifelt an Monicas Händen. Trat mit ihren kurzen Beinen aus, warf sich wie wahnsinnig hin und her, um den Druck von ihrer Luftröhre zu nehmen.

Monica dachte nicht daran, locker zu lassen. Sie wollte spüren, wie die letzten Lebensmomente aus dem Körper der Mörderin wichen. *Dann wirst du es nie erfahren,* meldete sich eine leise Stimme in ihrem Hinterkopf. *Und auch Jessica Sutherland bleibt für immer im Unwissen.*

»Es war Rolf Stilger, stimmt's?«, stieß Monica hervor und lockerte ihren Griff ganz leicht. Tosh machte den kläglichen Versuch eines Nickens, die Augen im inzwischen dunkellila Gesicht weit aufgerissen. Monica ließ von ihr ab. Sackte neben ihr auf dem Linoleum zusammen. Die Mörderin schien kaum mehr bei Bewusstsein zu sein, hob die Hand an ihren Hals. Es zeichneten sich bereits Würgemale ab, und beide Augen waren blutunterlaufen. Die Mörderin stieß ein leises Stöhnen aus. Monica tastete nach der Verletzung an ihrer Stirn und wühlte in der Manteltasche nach einer Serviette, um den Blutfluss zu stoppen. Sie nahm an, dass Tosh sie mit dem Ellbogen erwischt und ihr eine Platzwunde zugefügt hatte.

»Was hat Rolf Stilger Ihnen erzählt?«, fragte Monica und starrte Tosh fest ins Gesicht. Es waren allerdings keine weiteren Einschüchterungen mehr nötig. Die Verbrecherin in Pauline Tosh respektierte das Gesetz des Dschungels. Monica hatte sich als die Stärkere erwiesen, jetzt würde sie sich ihr unterordnen.

»Rolf war ein Fan«, sagte Tosh, die Stimme nichts als ein Krächzen nach dem starken Druck, der auf ihre Luftröhre ausgeübt worden war. »Hat mir gerne Geschichten geschrieben, ›fiese kleine Storys‹, so hat er sie selbst immer genannt.«

»Ein Fan?« Monica nahm das Rasseln in ihrer eigenen Stimme wahr, aber dank des Adrenalins verspürte sie noch keinen Schmerz. Sie hörte das ferne Geräusch eines Türsummers. Vermutlich hatte jemand auf dem Monitor mitbekommen, was passiert war, und kam jetzt angerannt. Nicht dass irgendjemand rechtzeitig hätte hier sein können, wenn Tosh die Oberhand behalten hätte.

»Interessiert sich für Serienmörder, meinte er. Hat jedes Buch darüber gelesen. Wollte mal einen in echt treffen, und ich war von Inverness aus am besten zu erreichen. Außerdem bin ich Schottin, genau wie er.«

»Was hat er Ihnen über Freya erzählt?«

»Nichts. Hat nur erwähnt, dass er im September 1994 an der Gleisbaustelle im Marschland gearbeitet hat. Er war als Nachtwächter angestellt, meinte, er habe beobachtet, wie jemand dort draußen begraben wurde.«

»Er hat gesehen, wie man den Leichnam eingegraben hat?«

»So hat er es gesagt.«

»Hat er Freya getötet?«

»Er meinte zu mir, er habe nicht das Zeug zum Töten, es läge nicht in seiner Natur.« Tosh rieb sich die schmerzende Kehle. »Sie haben mich fast umgebracht, Monica. Es tut weh.«

Monica achtete nicht auf diesen Vorwurf. »Wo lebt er jetzt?«

»Er hat versprochen, die Geschichte bei seinem nächsten Besuch zu Ende zu erzählen. Er schien es richtig zu genießen. ›Wart's nur ab‹, meinte er. ›Du wirst staunen, wenn du den Rest hörst.‹ Und dann erfahre ich, dass er bei einem Brand ums Leben gekommen ist, in einem Haus. Deshalb habe ich Sie kontaktiert. Ich wollte wissen, ob er wirklich mit angesehen hatte, wie jemand vergraben wurde.«

»Er hat Ihnen nie einen Namen genannt?«

Tosh schüttelte den Kopf. Sie wirkte immer noch eingeschüchtert, gewann aber allmählich ihre Fassung wieder. Monica kämpfte sich auf die Beine und versuchte, etwas Abstand zwischen sich und die Mörderin zu bringen.

»Er hat Ihnen von Buggsy MacIvors Dachboden erzählt?«

»Das waren alles Gerüchte, die mir im Royal schon zu Ohren gekommen waren. Ein kleiner Beitrag meinerseits«, kam es krächzend von Tosh, begleitet von einem eiskalten Lächeln.

Monica hörte jemanden durch den Korridor rennen, dann wurde der Schlüssel im Schloss umgedreht. Sie holte tief Luft. Als die Wirkung des Adrenalins allmählich abklang, spürte sie ein schmerzhaftes Pulsieren an ihrer Kehle. Die Schachtel Donuts stand immer noch auf dem Tisch. Bizarrerweise überlegte sie jetzt, ob sie sie wieder mitnehmen und im Auto aufessen sollte, beschloss aber, sie den Wärtern dazulassen. Als die Tür aufschwang und zwei Justizbeamte in den Raum stürmten, trat sie einen Schritt zurück. »Behalten Sie Ihre kleine Tochter gut im Auge«, sagte Tosh und rappelte sich langsam hoch. »Wer weiß, was bei ihrem Umgang aus ihr wird, angesichts der Nähe zu Ihnen oder Leuten wie mir.«

58

Es schneite heftig, als Monica ihre Aussage zu dem Vorfall mit Tosh fertig zu Protokoll gebracht hatte und das Carse endlich wieder verlassen durfte. Auf der Straße herrschten schlechte Sichtverhältnisse, man sah gerade mal fünfzig Meter weit. Das Moor war mit einer feinen weißen Schicht überzogen, der See ein schwarzer Streifen inmitten der Landschaft. Sie fuhr mit heruntergekurbeltem Fenster und genoss die eisige Luft, nach ihrer haarscharfen Begegnung mit dem Tod froh, am Leben zu sein. Es hatte etwas seltsam süchtig Machendes, dem Tod so knapp von der Schippe zu springen. Als der Volvo in einer scharfen Kurve ins Schlittern geriet, wurde ihr bewusst, dass sie angesichts der witterungsbedingten schlechten Straßenverhältnisse viel zu schnell fuhr. Obwohl es bei ihr kaum eine körperliche Reaktion auslöste, als sie das Steuer herumriss, um den Wagen wieder unter Kontrolle zu bringen. Offenbar waren ihre Adrenalinreserven für diesen Tag bereits erschöpft. An einer Ausweichstelle fuhr sie an den Straßenrand und hielt an. Selbst das Pulsieren in ihrer Kehle verschaffte ihr auf eigenartige Weise Befriedigung.

Sie wählte die Nummer des Büros und hatte Fisher am Apparat. »Wir haben schon gehört, was passiert ist. Geht es Ihnen gut?!«

Monica versicherte ihm, dass es ihr nie besser gegangen sei. Dass sie nur wünschte, sie hätte die Donuts wieder mitgenommen, weil sie nach der ganzen Aufregung jetzt am Verhungern war.

»Okay«, sagte Fisher langsam. »Ich habe mich noch ein wenig mit den Personen beschäftigt, die mit Tosh in Kontakt waren. Es ist wirklich seltsam …«

»Einer von ihnen ist beim Brand eines Hauses ums Leben gekommen«, sagte Monica.

»Ja, woher wissen Sie das?« Er klang baff.

»Rolf Stilger. Er war es, der Tosh die Stelle verraten hat, an der der Leichnam vergraben war.«

»War er der Mörder? Oder ein Komplize von MacIvor und den anderen?«

»Tosh scheint nicht zu glauben, dass er beteiligt war. Sie sagt, er habe als Nachtwächter an den Bahngleisen gearbeitet und nur *zufällig* mitbekommen, wie jemand Freya verscharrt hat.«

»Warum zum Teufel hat er das niemandem gesagt?!«, erklang DC Khans wütende Stimme aus dem Lautsprecher.

»Klingt fast so, als wäre er ein ziemlich abartiger Typ«, gab Monica zurück. Sie beobachtete die dicken Schneeflocken, die gegen die Windschutzscheibe flogen. »Besessen von Serienmördern, deshalb hatte er Tosh kontaktiert. Aber es klang fast so, als wüsste er noch mehr. Er hat Tosh versprochen, dass er ihr bei ihrem nächsten Treffen erzählen würde, wer den Leichnam begraben hat.«

»Und dann ist er bei einem Feuer gestorben?«, hakte Khan nach.

»Genau. Deshalb hat sie mir geschrieben.«

»Warum hat sie es uns nicht einfach erzählt?«

»Sie ist eine Serienmörderin«, sagte Monica, als wäre das die Erklärung.

»Der Brandstifter könnte also etwas mit Freyas Tod zu tun haben?«, meldete Fisher sich zu Wort.

»Scheint mir durchaus möglich.« Monica erinnerte sich an dieses unbestimmte Gefühl draußen bei der Cotton Lodge Barn. Irgendetwas war ihr an ihrem Angreifer bekannt vorgekommen, als wäre sie ihm schon einmal begegnet. Sie hatte sogar den Verdacht gehabt, dass es Brodie King sein könnte. »Bringen wir alles in Erfahrung, was es über Rolf Stilger herauszufinden gibt. Vielleicht hat er vor seinem Tod jemandem aus seiner Familie oder seinem Freundeskreis etwas anvertraut.«

Monica legte auf. Die Uhr am Armaturenbrett zeigte bereits vier Uhr nachmittags an. Die Stunden waren innerhalb der Gefängnismauern verflogen wie Minuten. Ganz unten im Tal in weiter Ferne sah sie das schwache Licht der Straßenlaternen gegen den Schneesturm anleuchten. Ein Fahrzeug kam ihr entgegen, ein gelber Schneepflug, der die Straße zum Carselang frei räumte. Sie warf einen Blick auf ihr Handy. Jetzt, da sie wieder Empfang hatte, sah sie, dass ihr eine Reihe von Anrufen und Nachrichten entgangen war. Keine von Crawford, dafür hatte sich Duncan Gregg zu einem Treffen bereit erklärt. Zu ihrer Beunruhigung waren da auch vier verpasste Anrufe von ihrer Mum.

»Ist alles in Ordnung?«

»Warum gehst du nicht ans Telefon, Monica?!«

»Ich musste rauf ins Carse. Was ist los? Geht es Lucy gut?«

»Ihr geht es bestens. Es ist wegen Albert. Er ist rausgehuscht, als ich mittags vorbeikam, und nicht wieder heimgekommen. Wir haben schon alles nach ihm abgesucht.«

Monica war erleichtert, dass Lucy nichts passiert war. Doch dann fiel ihr Jessicas Kater Bramble ein, der ebenfalls vermisst wurde. War er wieder aufgetaucht? Ganz zu schweigen von der armen Katze, die oben am Corrimony Cairn verscharrt worden war. Es sah Albert definitiv nicht ähnlich, einfach zu verschwinden, schon gar nicht bei diesem miserablen Wetter. Wenn man ihn bei Regen rausließ, saß er normalerweise spätestens nach fünf Minuten miauend vor der Wohnungstür und wollte wieder reingelassen werden. Mehr als lustlos an Baumstämmen herumschnüffeln tat er im Grunde nie.

Das Café war bereits geschlossen, als Monica auf den Parkplatz fuhr. Die Temperaturen in Inverness lagen über dem Gefrierpunkt, deshalb kam statt Schnee nur heftiger Regen herunter. Ein BMW wartete mit laufendem Motor. Monica hielt direkt daneben an. Wenig später stieg Duncan Gregg aus und blickte sich misstrauisch um, bevor er zu ihr in den Volvo stieg.

»Heute Abend gibt es garantiert einige Unfälle. Diese jugendlichen Raser schleudert es links und rechts von der Fahrbahn. Wissen nicht, wie man bei Nässe fährt.«

Monica starrte auf ihre Hände auf dem Lenkrad. Sie sahen eigenartig aus im schummrigen Licht, als gehörten sie jemand anders. Wenn sie sich konzentrierte, fühlte sie auch jetzt noch die Taubheit in ihren Daumenkuppen, dort, wo sie sich in Toshs Luftröhre gebohrt hatten.

»Was ist mit Crawford passiert?«

»Freut mich auch, Sie wiederzusehen«, schnaubte Gregg kopfschüttelnd. »Ich hätte das nie erwähnen sollen, dachte, ich tue Ihnen einen Gefallen. Aber stattdessen …«

Monica seufzte. »War ein harter Tag.« Sie legte den Kopf

schief und schob ihre Haare aus dem Gesicht, damit Gregg die Wunde an ihrer Stirn sehen konnte. Er stieß einen Pfiff durch die Zähne aus, wobei Monica ein Schwall von seinem übel riechenden Atem entgegenschlug.

»Das ist die Seite an dem Job, von der sie einem in den Hochglanzanzeigen nichts erzählen. Dass man von Hinz und Kunz und allen ihren Kumpels als Boxsack missbraucht wird.«

»Ich denke, Crawford ist ernsthaft in Gefahr«, sagte Monica unumwunden.

»Gut kombiniert, Sherlock«, gab Gregg zurück. »Jeder im Umkreis von fünf Meilen von Francis MacGregor ist in Gefahr. Da kommt es nicht mehr drauf an, ob man sich mit ihm anlegt oder nicht.«

»Aber Crawford ist ein Cop.«

»Cops haben Unfälle, genau wie jeder andere auch. Und manchmal verschwinden sie, stimmt's?«

»Wer hat Ihnen von der Sache erzählt? Ich muss es wissen.«

Gregg schüttelte den Kopf. »Verdammter Mist. Es war ein Mädchen, in Ordnung?«

»Was für ein Mädchen?«

»Ich nehme an, man würde sie als Tänzerin bezeichnen. Kennen Sie das Fingertips?« Das Fingertips war eine schmuddelige Stripbar über einem Nachtklub auf der High Street. Monica nickte. »Angeblich gehört der Laden MacGregor, getarnt durch einen seiner Kontaktmänner.«

»Sie hat Ihnen also gesteckt, dass Crawford sich mit MacGregor getroffen hat?«

»Das hat sie gesagt, ja.«

»Warum hat sie es Ihnen erzählt?«

Gregg fischte ein Päckchen Polo-Minzbonbons aus

der Tasche, holte eines heraus und steckte es sich in den Mund.

»Ich habe schon eine Weile ein Auge auf sie«, sagte er schließlich. Monica war sich nicht sicher, ob sie wirklich wissen wollte, wie dieses Arrangement im Detail aussah. »Sorge für ihre Sicherheit.« Er hob die Schultern. »Klang ganz danach, als hätte sie eine Schwäche für den Kerl, Ihren Partner. Vielleicht hat sie sich Sorgen gemacht, als sie sah, dass er näher mit MacGregor zu tun hatte.«

59

In dem Wäldchen hinter Monicas Wohnhaus war es kalt und dunkel. Sie war kurz in ihre Wohnung hochgegangen, in der Hoffnung, Albert wäre zurück, zu Hause bei ihrer Mum und Lucy. Aber das betroffene Gesicht von Angela sprach Bände. »Ich hätte ihn nicht rauslassen dürfen!«

»Es ist nicht deine Schuld, Mum«, hatte Monica geantwortet. Dann hatte sie sich mit ihren letzten Reserven noch einmal vor die Tür begeben und sich im nasskalten Wald auf die Suche nach Albert gemacht. An einem Tag, an dem einem eine Serienmörderin um ein Haar den Garaus gemacht hätte, kam einem zum Glück alles andere relativ unbedeutend vor. Bevor sie hinauf in ihre Wohnung gegangen war, hatte sie sich eine Mütze, die im Auto lag, über die Verletzung an ihrer Stirn gezogen. Dann hatte sie den Kragen ihrer Bluse hochgeklappt, um die Würgemale an ihrem Hals zu verbergen. Sie würde ihrer Mutter irgendwann später erklären, was geschehen war. Aber nicht heute Abend.

Warum musste nur immer alles gleichzeitig passieren? *Aller guten Dinge sind drei,* hatte ihre Granny immer gesagt. Doch was hatte sie mittlerweile nicht schon alles aufgetischt bekommen, dachte sie, während sie ihren Tweedmantel gegen eine Gore-Tex-Jacke eintauschte. Die stockenden Ermittlungen, Toshs Angriff auf sie, die Sache mit Crawford und MacGregor, Lucys Schwierigkeiten in der Schule und jetzt Albert, der zu allem Überfluss verschwunden war.

»Sollen wir mitkommen und suchen helfen?«, hatte ihre Mutter gefragt und Monica die Taschenlampe gereicht, die sie unter der Küchenspüle aufbewahrte, dazu ein Päckchen von Alberts geliebten Leckerlis.

»Bleibt lieber hier«, gab Monica zurück und warf einen Blick zu ihrer Tochter, die durchs Wohnzimmerfenster nach draußen starrte, in der Hoffnung, Albert würde aus dem Wald herausspaziert kommen. »Ich möchte nicht, dass Lucy ihn tot auf der Straße findet.« Die Augen ihrer Mutter weiteten sich vor Entsetzen, weshalb Monica sich insgeheim rügte: *Nicht jeder ist so abgebrüht wie du, was das Sterben betrifft.* Jetzt fügte sie rasch hinzu: »Ich bin mir sicher, es geht ihm gut. Nur für alle Fälle.«

Draußen vor dem Haus knipste sie die Taschenlampe an und leuchtete die nähere Umgebung ab. Der Wind hatte aufgefrischt, Regen wirbelte zwischen den tanzenden Schatten umher. An jedem anderen Tag hätte sie es hier draußen mit der Angst zu tun bekommen, aber heute fühlte sie sich unverwundbar. Ob es wohl eine in den Genen verankerte körperliche Reaktion war, eine Art Belohnung für den überstandenen Stress? Das triumphierende Gefühl, dass sie das gefährliche Raubtier überwältigt hatte? *Tja, von dem Triumphgefühl wird nicht viel übrig sein, wenn du morgen rausfindest, dass Crawford entführt wurde oder vielleicht sogar tot ist.* PC Gregg hatte ihr den Vornamen der Tänzerin genannt, die ihm von Crawford erzählt hatte, Emily. Allerdings hatte er behauptet, er habe keine Telefonnummer oder Adresse von ihr. Monica würde sie auf eigene Faust über das Fingertips aufspüren müssen, sie wusste nur noch nicht wie.

Sie griff sich die Tüte mit den Katzenleckerlis und rief Alberts Namen. Der Wind trug ihre Stimme bis zum Wald. Sie hatte bereits die umliegenden Straßen abgesucht, doch keine Spur von ihm. Vielleicht war der Kater durch den Sturm verschreckt worden und hatte sich irgendwo verkrochen? Es hatte ihm doch sicher niemand was getan?

Der Regen rann an ihrer Jacke herab und durchnässte ihre Hosenbeine. Sie spürte die eisige Feuchtigkeit an ihren Schenkeln. Ein dezenter Geruch nach Verwesung stieg vom Boden auf, als sie beim Gehen das verrottende Laub aufwühlte. Der sogenannte Wald war in Wirklichkeit nur ein schmaler Streifen Baumbestand, der ihren Wohnblock von einer Siedlung weiter oben auf dem Hügel trennte. Ein Stück urbaner Wildnis, eine Art Grenzland. Bei diesem Gedanken versteifte sich Monica unwillkürlich. Die Härchen in ihrem Nacken richteten sich auf. Die Nachwirkungen der großen Anspannung vom Nachmittag? War ihr Körper immer noch im Verteidigungsmodus? Jedenfalls hatte sie das unverkennbare Gefühl, beobachtet zu werden. Sie blickte zurück zu ihrer Wohnung, wo sie ihre Mum und Lucy hinter dem Küchenfenster sah. Sie spähten nach draußen in den Sturm. Das erinnerte sie an den Mann, den sie glaubte vor einigen Nächten auf dem Pfad im Wald gesehen zu haben. Wie er sie direkt anzustarren schien. Jetzt stellte sich heraus, dass er von seinem Standpunkt etwas weiter oben auf dem Hügel wirklich ungehinderten Blick in ihre Wohnung gehabt hatte. Er hätte auch Albert am Fenster sehen können, wenn sie es sich recht überlegte. Hatte er das Tier in den Wald gelockt?

Aber was hätte das für einen Sinn? *Nun, was hatte es für einen Sinn, eine tote Katze draußen am Corrimony Cairn zu vergraben?*, konterte ihre innere Stimme. Wieder rief

Monica nach Albert. Und auch diesmal verhallte ihre Stimme ungehört im Wind. Auch andere Geräusche wurden durch den Sturm ausgeblendet, knackende Zweige im Unterholz, raschelndes Laub.

Monica spürte mehr, als dass sie es hörte, wie sich ihr jemand näherte. Als sie die Gegenwart des Fremden schließlich zweifelsfrei wahrnahm, war er ihr bereits so nah, dass er die Hand nach ihr ausstrecken konnte. Monica drehte sich blitzschnell um und ließ erschrocken die Taschenlampe fallen. Der Strahl bohrte sich ins Unterholz. Sie fühlte die Hand an ihrem Arm und riss instinktiv das rechte Knie hoch. Und landete einen harten Treffer. Der Mann keuchte auf und krümmte sich nach vorn, bekam aber ihre Hüften zu fassen.

»Warte! Monica! Verfluchter Mist.«

Sie stieß ihn von sich und wandte sich ab, um wegzurennen, da erkannte sie die Stimme. Und nahm den schwachen Geruch von Aftershave wahr.

»Crawford?« Sie bückte sich, um die Taschenlampe aufzuklauben, und leuchtete ihm damit ins Gesicht. Er blinzelte und hielt sich immer noch den Bauch.

»Scheiße, du hast mir einen Riesenschrecken eingejagt.«

Monica durchflutete unendliche Erleichterung, dass er lebte und wohlauf war. Sie packte ihn an den Schultern und drückte ihn fest an sich, spürte seinen dürren, aber muskulösen Körper durch die Lederjacke, die er trug. Dann schob sie ihn auf Armeslänge von sich und schrie: »Verdammt, in was bist du da reingeraten, Crawford? Warum hast du mich nicht angerufen, du Idiot?«

»Tut mir leid. Irgendwie ist mir das alles entglitten.«

Ein wilder Mix von Gefühlen brodelte in ihr hoch: unendliche Erleichterung, Zuneigung, Frust, Enttäuschung.

Sie dachte zurück an die Tage voller Sorge, in denen sie ihn gedeckt hatte, und entschied sich letztlich, dem Ärger Vorrang zu geben: »Du erklärst mir besser schnell, was los war, sonst kannst du deine Aussage morgen in aller Form im Beisein von Hately und mir machen.«

Crawford nickte hastig, den Arm immer noch in die Magengrube gedrückt. »Können wir irgendwo hingehen, wo wir ungestört reden können? Ich glaube, ich habe endlich die nötigen Beweise. Ich glaube, ich weiß, wer Freya getötet hat.«

»Warum zur Hölle hast du nicht angerufen, Crawford? Wo hast du verflucht noch mal gesteckt?« Doch Monicas Zorn verrauchte bereits und wurde unweigerlich abgelöst von Neugier. Und Crawford kannte sie gut genug, um zu wissen, dass sie ihm zuhören würde.

»Ich erkläre dir alles, versprochen.« Wachsam sah er sich um und spähte zwischen den Baumreihen hindurch. »Aber können wir das bitte woanders machen, nicht hier?«

60

Monica starrte Crawford einen Moment an und spürte den durchnässten, eiskalten Stoff an ihren Schenkeln kleben. Die Suche nach Albert würde heute Abend allem Anschein nach zu keinem Ergebnis mehr führen. Sie betete inständig, er möge sich in einem Schuppen oder Gartenhäuschen verstecken, vielleicht war er ja irgendwo eingeschlossen. Sie würde eine Suchanzeige erstellen und morgen ein paar Flugblätter verteilen, die Nachbarschaft um Mithilfe bitten.

»Ich war gerade auf der Suche nach Albert«, sagte sie schließlich. »Er ist entwischt.« Bevor Crawford antworten konnte, drückte sie ihm den Schlüssel für den Volvo in die Hand. »Gib mir fünf Minuten.« Damit eilte sie ins Haus, um in trockene Klamotten zu wechseln und Lucy zu versichern, dass sie Albert am Morgen finden würden. Ihrer Mum erklärte sie, dass sie noch einmal für eine Stunde zurück ins Büro müsse.

Crawford hatte bereits den Motor angelassen und die Heizung hochgedreht, als Monica zu ihm ins Auto stieg. Sie war froh, im Warmen zu sein, und in der Jeans und dem alten Rollkragenpullover mit Zopfmuster, in die sie auf die Schnelle geschlüpft war, empfand sie es im Wagen sogar als recht gemütlich. Während Crawford losfuhr, musterte sie ihn von der Seite. Seine Mütze war völlig durchnässt, triefende Haarsträhnen lugten darunter hervor. Mit seinen hohen Wangenknochen und der gehetzten Miene erinnerte er Monica an Al Pacino in dem Film *Serpico*.

»Ich hätte dir einen Pullover mitbringen können«, sagte sie.

Crawford brummte etwas Unverständliches und schaute nervös in beide Seitenspiegel. Die Straße lag dunkel und verlassen hinter ihnen.

»Uns folgt niemand.« Monica musste es sich verkneifen, die Hand auszustrecken und sie ihrem Partner in den Nacken zu legen. Stattdessen holte sie tief Luft und starrte angestrengt zum Seitenfenster hinaus. Toshs Angriff auf sie beschäftigte sie nach wie vor. *Was für ein verrückter Tag.* Sie dehnte ihren Nacken und spürte das Pulsieren an der Kehle, wo Toshs Finger sich in ihre Luftröhre gedrückt hatten. Dann richtete sie sich etwas gerader auf und versuchte, so etwas wie einen autoritären Ton in ihre Stimme zu legen: »Wo fahren wir hin?«

Am Kreisverkehr an der Shore Street setzte Crawford den Blinker nach rechts. »Wir fahren in die Marschen.« Den Blick stur geradeaus gerichtet, nahm er die Ausfahrt und überquerte den Fluss nach Rapinch. Unvermittelt machte sich bei Monica ein entfernter Verwandter von Beunruhigung bemerkbar. Wozu brachte er sie hierher? War sie in ihrer Verzweiflung zu gutgläubig gewesen? Vielleicht war es falsch gewesen, einfach so zu ihm in den Wagen zu steigen? Vielleicht war ihr Urteilsvermögen durch die Sache mit Tosh getrübt? Mit Schrecken machte sie sich bewusst, dass er irgendwie mit Francis MacGregor unter einer Decke steckte.

»Crawford, was hast du vor?«

Jetzt wandte er ihr sein Gesicht zu. Seine Miene wirkte schockiert. »Was meinst du, hast du etwa Angst vor mir? Ich tu dir doch nichts. Du bist diejenige, die mir einen Tritt in die Magengrube verpasst hat, schon vergessen?«

Und du bist derjenige, der Informationen an die Presse weitergegeben hat. Und der Francis MacGregor Geld schuldet, hab ich recht? Monica hütete sich allerdings, diese Vorwürfe laut auszusprechen. Sie wollte diesen Moment unerwarteter Nähe auskosten, vielleicht war es das letzte Mal, denn sobald sie ihm diese eine Frage gestellt hätte, wäre zwischen ihnen nichts mehr, wie es war.

Sie fuhren die Grant Street hinunter, wo sich die Kneipenbesucher vor den zwielichtigen Bars drängten und qualmten. Vor der Abzweigung zum Haus ihrer Mutter bog Crawford allerdings links ab und dann gleich noch einmal, hinein in ein Labyrinth aus schmalen Straßen mit kleinen Reihenhäusern und größeren Wohnblöcken aus den Siebzigern, ein trister Anblick mit ihrem grau gewordenen Rauputz. Hier waren schon mehr als nur ein Polizeifahrzeug ausgebrannt und Fahrzeughalter, die sich verfahren hatten, von jugendlichen Banden eingekesselt worden, um dann zur Flucht zu Fuß gezwungen zu werden, oft in einem Hagel von Steinen und Flaschen. Monica war nur wenige Straßen von hier entfernt aufgewachsen und kannte die Gegend so gut wie die Menschen, die hier lebten, ein tröstlicher Gedanke. Dabei wusste sie sehr gut, dass viele hier ihr lieber nie wieder über den Weg laufen würden. Zum Glück wütete draußen immer noch der Sturm, sodass diejenigen, die sie vielleicht erkannt hätten, hübsch brav in ihren Häusern blieben.

Nachdem Crawford fünf Minuten lang immer wieder in die Rückspiegel geschaut hatte, während er durch die engen Straßen kurvte, bog er auf einen Parkplatz ab, der zu einem größeren Wohnblock gehörte. Er stieg aus und führte Monica durch ein weiteres Gewirr von Gassen und Fußwegen zu einem anderen Wohnblock, dann eine schmuddelige Treppe hinauf. Ihre Schritte hallten vom Beton wider, durch ein zerbrochenes Fenster wehte der Wind Regen herein. Im fünften Stock hielt Crawford inne, legte den Zeigefinger an die Lippen und lauschte. Nach einem Moment schien er zufrieden und eilte einen Korridor entlang, bis er vor einer Tür stehen blieb.

»Es ist nicht viel, aber es ist ein Zuhause«, sagte er und grinste Monica an, während er aufsperrte. In der Wohnung roch es nach abgestandenem Rauch, Ammoniak und Frittierfett. Der Teppich unter ihren Füßen war klebrig; die Raufasertapete hatte sich stellenweise gelöst und war mit Graffiti beschmiert. Das Licht eines Fernsehgeräts flackerte am Ende des Flurs, vermutlich befand sich dort das Wohnzimmer, begleitet vom Lärm eines Videospiels. Den Geräuschen nach nietete gerade jemand einen Gegner um.

»Wer ist da?!« Eine männliche Stimme übertönte das stakkatoartige Geballer.

»Ich bin's.«

»Wer ist ich?«

»Crawford.« Auf die Antwort folgte eine weitere Salve von Schüssen. Schulterzuckend drehte er sich zu Monica um. »Das ist Archie, du weißt schon, der, den wir neulich draußen vor dem Poundland gesehen haben?« Sie erinnerte sich tatsächlich, wie Crawford auf der High Street einen Typen angesprochen hatte. Er führte sie in die kleine Küche, die nicht viel ansehnlicher war als der Rest. »Ich würde dir ja einen Kaffee anbieten …« Im Spülbecken stapelte sich das schmutzige Geschirr, und auch die Arbeitsfläche war zugestellt mit dreckigen Tellern, Tassen und Töpfen.

Monica musterte Crawfords Profil. Etwas in ihr sträubte sich, die Fragen zu stellen, die ihr durch den Kopf schwirrten.

Was seltsam war, wo sie doch nichts sehnlicher wollte als Antworten. Ihr Partner aber machte keine Anstalten, das Gespräch zu beginnen, deshalb sagte sie schließlich: »Jetzt sag schon. Was ist passiert?«

»Du wirst es nicht glauben …« Crawford fischte eine Zigarette aus einer Packung und beugte sich vor, um sie am Gasherd anzuzünden. Sie konnte sich nicht erinnern, ihn jemals rauchen gesehen zu haben. »Einfach nur scheißverrückt. Ich kann wirklich nicht …«

Monica fiel ihm ins Wort. »Ich weiß, dass die Presse die Story von dir hatte. Also verarsch mich bitte nicht.«

Als Crawford jetzt zu ihr aufblickte, war sein Gesicht leichenblass. »Ich hab's komplett vermasselt.«

Es war eigenartig, aber nachdem sie im Auto noch so etwas wie Verlangen nach ihm verspürt hatte, war sie nun von ihm abgestoßen. »Red weiter.«

Crawford nahm auf einem Stuhl Platz und wischte sich mit der flachen Hand übers Gesicht. »So verdammt dämlich. Die ganze Geschichte mit Heather ist mir irgendwie über den Kopf gewachsen, es wurde mir allmählich zu ernst. Deshalb bin ich in dieser Bar gelandet.«

»Welche Bar war das?«

»Eine Stripbar, das Fingertips, direkt auf der High Street.«

Monica wandte den Blick ab. Jenseits des Fensters breiteten sich unter ihnen die Lichter der Stadt aus, bis sie an den dunklen Wassern des nahen Firth abrupt endeten. Irgendwo westlich davon lagen die Fettercairn Farm und die Bergkuppen des Glen Turrit, des Glen Affric, des Glen Cannich und des Glen Mullardoch. Ein urbaner Außenposten, inmitten grenzenloser Wildnis.

»Ich bin mit einem der Mädchen ins Gespräch gekommen. Sie geht wie ich gern ins Fitnessstudio. Dann führte eins zum anderen …«

»Wer war dieses Mädchen?«

»Emilija.«

»Und dann? Bist du mit ihr ins Bett gegangen?«

»Ja. Keine Ahnung. Ich mochte sie wirklich, sie hat einen guten Sinn für Humor. Wir hatten viel Spaß miteinander, deshalb hab ich mit ihr eine Spritztour in die Berge gemacht. Sie meinte, sie liebe die Berge.«

»Und Heather denkt immer noch, ihr beide zieht zusammen?«

»Ich hab's echt verkackt. Es hat sich nicht richtig angefühlt. Ich hab ja versucht, mit dir darüber zu reden, an diesem Abend bei dir in der Wohnung.«

Monica rief sich das Gespräch in Erinnerung. Sie hatte zu dem Zeitpunkt deutlich gespürt, dass ihr Partner ihr irgendwas erzählen wollte. Stattdessen wären sie um ein Haar zusammen in der Kiste gelandet. *Heiliger Bimbam, das alles wäre sogar witzig, wenn es nicht so traurig wäre.*

»Was ist geschehen?«

»Sie hat mich gebeten, sie zu treffen, im Fingertips. Als ich dort eintraf, war geschlossen, deshalb musste ich klingeln, um reinzukommen. Und wer, denkst du, wartet drinnen auf mich?«

»Sag du es mir, Crawford.«

Er wischte sich abermals mit der Hand übers Gesicht, zündete sich einen weiteren Glimmstängel an und griff dann in seine Jackentasche, aus der er eine flache Wodkaflasche holte, eine Billigmarke. Er nahm einen großen Schluck und verzog das Gesicht.

»Francis MacGregor«, sagte er schließlich. »Hat total dämlich gegrinst. Ein paar von seinen Kolossen waren bei ihm. Er sagte: ›Wissen Sie noch, wie Sie auf mich gezielt haben? Tja, ich hab auch was für Sie.‹ Und dann forderte er mich auf, mich zu setzen, und zeigte mir ein Video. Von mir und Emily im Bett. Wie ich mit ihr rede. Ich hab ihr von den Ermittlungen erzählt.«

»Um Himmels willen, Crawford, wie konntest du nur so dumm sein? Eine Stripperin, die sich zufällig in dich verknallt?«

»Das Seltsame war, dass ich irgendwie so eine Ahnung hatte. Als dieses Video lief. Hattest du je so ein Gefühl? Als wüsstest du genau, dass du alles vermasselst und es trotzdem tust?«

»Was will MacGregor von dir?«

»Rache, weil ich mit der Waffe auf ihn gezielt habe. Erst ruiniert er meinen Ruf, dann zwingt er mich, für ihn zu arbeiten.«

»Was hast du ihm geantwortet?«

»Was glaubst du? Ich hab gesagt, danke, aber lieber nicht. Er fand das komisch, meinte, ich habe die Wahl. Entweder ich lasse mich feuern, oder ich werde dafür bezahlt, dass ich ihm gelegentlich aus der Patsche helfe. Wäre eine Win-win-Situation für uns beide, meinte er.«

Monica wusste über diese Art von Arrangement bestens Bescheid. Während ihrer Zeit bei der Met war es in ihrem Kollegenkreis zu einer inflationären Unterwanderung durch Drogendealer gekommen.

»Warum bist du damit nicht zu mir gekommen?«

»Ich war völlig durch den Wind.«

»Du hast ernsthaft über sein Angebot nachgedacht?«

»Ich kann mir nicht vorstellen, nicht bei der Kripo zu sein.«

»Und zu welcher Entscheidung bist du gelangt?«

»Komm schon, Monica. Ich stehe hier vor dir und rede mit dir, oder nicht?« Er seufzte und nahm noch einen großen Schluck aus der Wodkaflasche. »Ich hab eine Nachricht erhalten, von einer unterdrückten Nummer. Ich bin davon ausgegangen, dass sie von Francis MacGregor kommt.« Er suchte in der Tasche seiner Lederjacke nach seinem Handy und hielt ihr die Nachricht hin: ÜBERPRÜFEN SIE BUGGSYS BOOT. »Ich hatte keinen Schimmer, was es damit auf sich hatte, bis ich von der Durchsuchung in Buggsy MacIvors Hütte gestern Vormittag erfuhr.«

»Francis MacGregor hat dir Infos zu Buggsy MacIvor zukommen lassen?« Monica erinnerte sich, wie Crawford erwähnt hatte, er habe Neuigkeiten zum Fall.

»Ich konnte kein Boot finden, das auf MacIvor registriert war, deshalb bin ich runter zum Muirtown Basin gefahren.« Er meinte die Docks am Ende des Caledonian Canal, unweit der Stelle, wo man Freyas Leichnam ausgegraben hatte. »Hab ein bisschen herumgefragt. Der Hafenmeister wusste nichts, aber er erzählte mir von einem Jungen, Alan ist sein Name. Lebt mit seiner Mum gleich bei der Metallbrücke, dieser Brücke, die sich öffnen lässt.«

Monica nickte. Sie war gelegentlich gezwungen gewesen zu warten, bis die Brücke über den Kanal wieder geschlossen wurde, nachdem ein Boot durchgelassen worden war. Eine Reihe Gemeindebauten stand mit Blick auf die malerische Schleuse.

»Wie sich rausstellt, ist der Junge so was wie ein Trainspotter, nur für Boote. Er weiß alles über die verschiedenen Bootstypen und kennt die Namen sämtlicher Segler. Er führt Buch in seinem ›Kapitänslogbuch‹, wie er es nennt.«

»Und, hast du MacIvors Boot?«

»Es ist auf eine Firma angemeldet, aber Alan sucht bei

jeder Gelegenheit das Gespräch mit den Kapitänen, um mehr über die Geschichte der jeweiligen Boote zu erfahren. Er hat ein paarmal mit MacIvor gesprochen. Sein Boot heißt *The City of Inverness.*« Crawford öffnete ein Foto auf seinem Handy. Es zeigte eine riesige weiße Motorjacht. »Ich glaube, der Name soll eine witzige Anspielung sein?«

Monica nickte. Im Jahr 2000 war die Stadt Inverness von der Queen zur City erklärt worden. Damals hatte das unter den Einwohnern für einiges Gespött gesorgt.

»Du hast es gefunden?«

»Keine Spur davon in Inverness, und auch Alan meinte, er habe es seit mindestens fünf Jahren nicht gesehen. In all der Zeit hat er nicht eine einzige Brückenöffnung verpasst.«

»Und?«

»Tja, Alan meinte, einige von den Booten bleiben einfach auf dem Caledonian Canal und den Lochs im Great Glen, wenn die Eigentümer keine besonders erfahrenen Segler sind. Ich habe es in verschiedenen Hafenanlagen versucht. Drüben in Fort William bin ich dann fündig geworden. Gestern Nacht war ich da.« Er legte den Kopf schief, um kurz zu lauschen; dann, offenbar zufrieden mit der Geräuschkulisse aus lautem Geballer, trat er vor den Schrank unter der Spüle. Er bückte sich, tastete darin nach den Rohren ganz hinten und zog schließlich eine Plastiktüte heraus, die mit Malerkrepp zugeklebt war. Aus dem Ärmel seiner Jacke zog er ein Jagdmesser und durchtrennte das Klebeband, dann öffnete er die Tüte. Er brachte einen Umschlag und eine Audiokassette zum Vorschein und legte beides auf den Tisch.

»Was ist da drauf?«

»Ich habe mir das Band noch nicht angehört, aber wenn ich mir die Bilder in dem Umschlag so ansehe, gehe ich davon aus, dass es eine Aufnahme von der Ermordung Freyas ist.«

61

Es war schon nach elf, als sie auf dem Revier eintrafen. Heute Abend war von DC Ben Fisher nichts zu sehen, er gönnte sich nach den vielen durchgearbeiteten Nächten offensichtlich eine wohlverdiente Pause. Monica war froh, die Sache mit Crawford vorerst keinem ihrer Kollegen erklären zu müssen. Sie hatte noch nicht die Chance gehabt, über die Tragweite seiner Geschichte nachzudenken, insbesondere aber darüber, ob seine Karriere als Detective damit beendet war. Mit dieser Frage konnte sie sich hinterher noch befassen.

Sie knipste das Licht an und ließ den Blick durchs Büro schweifen. Da war der Geruch nach Kopierpapier und Kaffee, der sich in sämtliche Wände des Raums eingebrannt zu haben schien; das Hintergrundsummen der Computer, das erst in der abendlichen Stille zu hören war. In einer Ecke standen ein paar selten genutzte Sofas, ursprünglich gedacht für informelle Meetings, in der Praxis aber von müden Detectives beansprucht, um zwischendurch ein paar Stunden zu schlafen, wenn sie zu müde oder zu beschäftigt waren, um nach Hause zu fahren.

Sie stellte ihre Handtasche auf dem kleinen Kaffeetisch zwischen den Sofas ab, während Crawford zur Kaffeemaschine ging und eine Kanne aufsetzte. Ein seltsames

Gefühl – Monica in Pulli und Jeans, Crawford in Lederjacke und Kapuzenshirt. Es war irgendwie so, als wären sie nach Unterrichtsschluss ins verlassene Schulgebäude eingedrungen. Sie zog ein Paar Gummihandschuhe über und öffnete den Umschlag. Darin befand sich ein seidenes Täschchen. Es war schwarz, verziert mit erotischen Bildern im Japanstyle. Es passte zu den anderen Objekten draußen im Balnakine House. Während Crawford mit zwei Bechern Kaffee auf die Sitzgruppe zukam, fragte Monica: »Gab es auf diesem Boot einen Computer? Ein Laptop oder irgendwas Vergleichbares?«

»Da war ein alter Rechner. Ich wollte das Risiko nicht eingehen, ihn durch die Gegend zu schleppen, dachte, die hier würden genügen.«

»Dann müssen wir uns als Erstes einen Durchsuchungsbefehl organisieren und den sicherstellen.« Unterdessen überlegte Monica, woher MacGregor wissen konnte, dass sie den Comedian im Visier hatten. Gregg war als Informant am naheliegendsten, entschied sie. Er hatte schon 1994 von der Verbindung zu Buggsy MacIvor gewusst. Aber wie dem auch sei, auch das war eine Frage, die sie sich für einen anderen Tag aufsparen mussten. Jetzt ging es darum, handfeste Beweise gegen MacIvor zu finden. Die Scherben konnten sie später aufkehren.

Als sie das Täschchen öffnete, nahm Monica den Hauch eines Parfüms wahr. Wenig später erkannte sie, dass es Charlie Red war, ein blumiger Billigduft, der Mitte der Neunziger unter jungen Frauen sehr beliebt war. Trotz der langen Zeit schien ihr der Geruch noch relativ frisch zu sein. Monica wusste, dass Gerüche zuverlässig Erinnerungen auslösen konnten. Die Vorstellung, MacIvor könnte nach Fort William gefahren sein, um auf seinem Boot zu sitzen und sich den Mord an Freya Sutherland noch einmal haarklein vorzustellen, war schauderhaft. Wahrscheinlich war, dass er den Dachboden schon kurz nach der Geschichte mit Freya leer geräumt hatte und das Boot zu seinem neuen Unterschlupf wurde. Das erklärte auch, weshalb sie im Haus nicht fündig geworden waren.

Monica wollte gerade die Fotos herausholen, als sie Crawfords Blick begegnete. »Sei ehrlich. Wie schlimm sind sie?«

»Hab definitiv schon Schlimmeres gesehen.« Er fischte die Wodkaflasche aus der Jackentasche und goss sich ein wenig davon in seinen Kaffee. »Aber schlimm genug.«

Das erste der Fotos zeigte Freya Sutherland komplett bekleidet. Sie saß auf einem Sofa, auf einer Seite Brodie King, auf der anderen Miranda Salisbury. Dann folgte eine Aufnahme von einem großen Mann mit nacktem Oberkörper und dichter Behaarung an Bauch und Brust. Man sah lediglich seinen Oberkörper, von der Hüfte aufwärts bis zum Hals. Auf dem nächsten Bild war sein Gesicht zu sehen. Oder das, was davon sichtbar war. Der Rest war hinter einer Stiermaske verborgen, die aussah wie das typische Highlandrind mit seinem roten Fell. Es hätte ulkig aussehen können, wären da nicht die Augen des Maskenträgers gewesen. Mit irrer Intensität starrten sie in die Kameralinse. Das nächste Foto war verschwommen und zeigte Freya Sutherland, immer noch komplett angezogen, aber die riesigen Pranken eines Mannes um ihren Hals. Auf ihrem Gesicht ein schockierter Ausdruck.

»Jesus Christus«, flüsterte Monica. Es folgten zehn fast identische Aufnahmen. Schließlich kam noch eine Reihe weiterer verschwommener Fotos, diesmal von Freya mit gefesselten Händen. Monica betrachtete eingehend den

Hintergrund, auf der Suche nach etwas, das einen eindeutigen Hinweis auf den Ort gab, einen Anhaltspunkt, dass es sich um MacIvors Haus handelte. Obwohl sowohl Miranda Salisbury als auch Brodie King eindeutig zu identifizieren waren, war auf keinem der Bilder MacIvors Gesicht zu sehen. Und der Hintergrund war ärgerlicherweise auf sämtlichen Aufnahmen unscharf.

»Denkst du, wir könnten die etwas schärfer kriegen?«, fragte Crawford.

Monica machte sich da keine großen Hoffnungen. Die Fotos waren von niedriger Auflösung und stark unterbelichtet. »Vielleicht ist das gar nicht nötig.« Sie erhob sich und ging zum begehbaren Schrank in der Ecke des Raums. Sie verbrachte fünf Minuten damit, irgendwelche Kisten zu durchwühlen, bis sie mit einem alten Kassettenrekorder wieder herauskam. Sie überlegte, wann sie den das letzte Mal für ein Verhör verwendet hatten. Das Gerät weckte alte Erinnerungen. An Hunderte von Befragungen, die sie unten in London durchgeführt hatte. Und auch an früher, als sie mit Freunden zusammen Musik gehört hatte, vor allem im Sommer auf den Inseln im Ness, INXS oder Guns N'Roses, und wie sie dabei von einer besseren Zukunft geträumt hatte.

Besser als das hier?, dachte Monica nicht ohne Sarkasmus. Sie sah zu Crawford, der jetzt seinerseits die Fotos noch einmal durchschaute. Die Wodkaflasche stand vor ihm auf dem Tisch.

Sie steckte den Kassettenrekorder in die Steckdose, schob die Kassette rein und drückte auf Play. Eine ganze Weile waren nur unbestimmte Geräusche im Hintergrund zu hören, leise Musik und Stimmfragmente.

»Das wird grandios!« Es war unverkennbar Buggsy Mac-

Ivors Stimme, die jetzt auf Band zu hören war, offenbar mitten im Gespräch. »Ich weiß, was du für eine bist … Verfluchte Scheiße!«

»Was soll das heißen?« Eine Mädchenstimme mit weichem Highlandakzent. Das Gesagte war nur schwer zu verstehen, übertönt von zu viel Knistern und Rauschen. Monica nahm daher an, dass die Kassette im Lauf der Jahre häufig abgespielt worden war.

»Du weißt genau, was ich meine. Mädchen wie du, vor euch hat meine Mutter mich schon gewarnt, ihr seid doch alle gleich.«

»Ich weiß nicht, was das bedeuten soll …«

»Und ob du das weißt!«

»Warum sagst du so was?«

»Du bist 'ne Nutte, stimmt's? Eine Scheißnutte!« Monica warf Crawford einen Blick zu, doch sein Gesicht verriet keinerlei Regung. »Du denkst wohl, ich mach Späße, oder? Hältst mich für einen Clown, wie?«

Es folgte eine kurze Pause.

»Nein, das tue ich nicht.«

»Du hältst mich für eine verdammte Witzfigur. Jemand, auf dem du herumtrampeln kannst, wie es dir gefällt, hab ich recht?«

»Das stimmt nicht, Buggsy.«

»Willst du, dass ich dich bis zur Bewusstlosigkeit würge? Willst du, dass ich das für dich tue?«

»Nein.« Das Mädchen klang, als hätte sie Todesangst. »Nein, will ich nicht.«

»Denkst du, ich sollte Freya erwürgen?«

Die Stimme eines anderen Mädchens war zu hören: »Ich weiß nicht, Buggsy. Vielleicht gefällt es ihr. Vielleicht ist es genau das, was sie will.«

»Hörst du das? Miranda sagt, ich soll dich lieber nicht würgen, weil es dir gefallen könnte. Bist du so eine? Ja?«

Es folgte längere Stille, in der nur Atemgeräusche und leises Schluchzen zu hören waren. Dann war das Band zum Glück zu Ende und stoppte mit einem Klicken.

62

Am nächsten Morgen sah Crawford zu, wie ein Trupp uniformierter Beamter die Stufen zum Balnakine House hochstiegen. William »Buggsy« MacIvor erwartete sie bereits an der Haustür, auch diesmal in seinem violetten Morgenmantel. Der Comedian funkelte Monica unter zerzausten roten Haaren hervor an. Er würde nicht protestlos mit ihnen kommen, so viel stand fest.

Als die Beamtin, die die Verhaftung vornehmen sollte, das Wort ergriff, ließ Buggsy den Kopf sinken und legte seine ganze Kraft in einen ungestümen Schwinger in ihre Richtung. Er traf die Polizistin hinter dem Ohr, die durch die Wucht des Schlages zur Seite wegkippte und hart auf den Stufen landete.

»Verdammte Bastarde!« Jetzt schlug er nach dem zweiten Beamten, der sich wegduckte und den Angreifer um die Hüfte packte. Doch irgendwie gelang es dem Comedian, die Oberhand zu gewinnen, und saß plötzlich auf dem Polizisten drauf. MacIvor stieß einen animalischen Schrei aus und biss dem armen Kerl ins Gesicht, dann erhob er sich, der Mund blutverschmiert. »Ihr könnt euch alle verpissen, jawoll! Haut bloß ab!«

Sein Blick landete auf Monica. »Scheißnutte!« Jetzt kam er die Stufen herunter auf sie zu, mit lodernden Augen.

Für Monica bestand kein Zweifel, dass er sie jetzt und hier auf den Stufen vor seinem Haus kaltmachen würde, wenn er die Gelegenheit dazu bekäme. Unwillkürlich spannte sie ihren Muskelapparat an, während das Adrenalin durch ihre Blutbahnen rauschte, bereit, es mit ihm aufzunehmen. Doch er schaffte es nicht bis zu ihr. Die Beamtin, die immer noch auf den Stufen lag, trat nach MacIvor, erwischte ihn am Bein und brachte ihn so aus dem Gleichgewicht. Er landete auf dem Boden, ein rot-violetter Haufen, und im gleichen Augenblick warfen sich die anderen Polizisten auf ihn. Monica verfolgte mit, wie zwei Beamte nötig waren, um ihm die kräftigen Arme hinter den Rücken zu zwingen und ihm Handschellen anzulegen. MacIvor schrie ununterbrochen weiter wie ein Irrer, versuchte, die Polizisten zu beißen, tobend wie ein riesenhafter Zweijähriger. Endlich beförderten die Beamten ihn zur hinteren Tür des bereitstehenden Polizeiwagens, halb zogen, halb trugen sie ihn.

»Was ist hier los?! Das können Sie doch nicht machen!« Das Hausmeisterpaar, Mairi Ross und Mike Brundell, hatten von der Haustür aus alles mitverfolgt. Jetzt hasteten sie die Stufen herunter, die Augen geweitet. »Buggs hat nichts getan!«, rief Mairi. »Wohin bringen Sie ihn?!«

Mike blieb am Fuß der Treppe stehen, als die Wagentür hinter MacIvor zugeschlagen wurde. Er wandte sich an Monica. »Was geschieht hier? Was wird jetzt aus uns?«

Monica teilte ihm mit, sie wisse es nicht. Im nächsten Moment spürte sie, wie ihr Handy in der Manteltasche vibrierte, und drehte sich weg, um den Anruf entgegenzunehmen. Es war Fisher. »Wir haben Salisbury. Sie war zu Hause, ist freiwillig mitgekommen.« Monica beendete das Telefonat und wählte DC Maria Khans Nummer. Die junge

Kollegin war in den Nordwesten gefahren, um die Verhaftung von Brodie King zu überwachen.

»King ist nicht da. Seine Frau will nicht mit uns reden, aber die Angestellten des Restaurants sagen, er sei schon die letzten zwei Tage nicht mehr zur Arbeit erschienen. Fast, als hätte er gewusst, dass wir kommen.«

Monica stieß einen leisen Fluch aus. Ob Brodie King es nach ihrem Besuch einfach nur mit der Angst zu tun bekommen hatte und abgehauen war? Oder hatte er geahnt, dass sie ihm letztlich doch auf die Schliche kommen und etwas Handfestes finden würden?

»Ich habe angefangen, mir seinen Freundeskreis und seine Kollegen anzusehen, alles, wo er sich versteckt halten könnte«, fügte Khan hinzu.

Monica bedankte sich bei ihr und legte auf. Das Hausmeisterpaar war die Treppe zum Haus wieder hochgestapft. Sie sah sich nach Crawford um. »King ist abgehauen.«

»Das war's dann wohl mit unserem sauberen Rundumschlag«, gab er zurück und rieb sich die müden Augen. Sein normalerweise so attraktives Gesicht war von einem gequälten Ausdruck überschattet, er wirkte erschöpft. Unwillkürlich fragte sie sich, wie lange es wohl schon her war, seit er das letzte Mal anständig geschlafen hatte.

»Brodie King hat viele Jahre unten in London verbracht; er könnte dort eine Immobilie besitzen oder zumindest Kontakte haben.«

Währenddessen gingen Monicas Gedanken wieder einmal zu dem Brandstifter. Konnte der Feuertod von Pauline Toshs Kontakt Rolf Stilger wirklich ein Zufall sein? Und wenn nicht, warum ausgerechnet jetzt? Sie hatte noch nicht die Gelegenheit gehabt, ernsthaft über seinen Tod nachzudenken und darüber, ob er etwas mit seiner Behauptung zu tun hatte, von wegen, er habe gesehen, wie Freya vergraben wurde. Ihre erste Aufgabe war es nun, sich den Bericht zu diesem Brand mit Todesfolge anzusehen. War er am Ende von Brodie, MacIvor oder Salisbury getötet worden? Die Fotos und Audioaufnahmen waren starke Beweise, auch wenn sie darüber, wie sie ihnen in die Hände gefallen waren, Stillschweigen bewahren müssten. Das Problem war nur, dass sie nicht zu hundert Prozent stichhaltig waren. Wenn sie hingegen nachweisen konnten, dass einer von ihnen oder alle drei Stilger beseitigt hatten, um ihn zum Schweigen zu bringen, würde sie das ein gutes Stück voranbringen, ganz zu schweigen davon, dass die drei ihre gerechte Strafe für seinen Tod erhalten würden.

Monica wandte sich ab und blickte Richtung See. *Ohne Stilger hätten wir Freyas Leichnam niemals gefunden. Selbst ein Mistkerl wie er verdient Gerechtigkeit*, ging es ihr durch den Kopf.

63

Monica nahm gegenüber Miranda Richardson und ihrer berühmt-berüchtigten Anwältin, Wednesday Donald, Platz. Sie waren unter sich in dem beengten, vernachlässigten Raum mit den limettengrünen Wänden und dem Teppichboden. Monica hatte das Zimmer selbst ausgewählt. Miranda Salisbury kam aus einer wohlhabenden Familie, war Parlamentsmitglied für die Konservativen und daran gewöhnt, dass man ihr mit Achtung begegnete – zumindest im persönlichen Umgang. Während Monica die Präliminarien für das Verhör auf Band sprach, beobachtete sie Salisbury verstohlen. Sie wirkte nicht mehr ganz so überheblich wie bei ihrer letzten Begegnung im Hotel: Ihr Gesicht war ausgezehrt, müde und blass im Kontrast zu ihren weißblonden Haaren. Sie trug Jeans und Sweatshirt, keinen Gürtel, dazu Turnschuhe ohne Schnürsenkel.

Monica eröffnete die Befragung mit den folgenden Worten: »Wir wissen mittlerweile weitestgehend über die Geschehnisse von damals Bescheid, Miranda.«

»Und wieder einmal wird meine Klientin von Ihnen schikaniert!«, fiel Wednesday Donald ihr ins Wort. Es war erst elf Uhr vormittags. Die Anwältin musste noch im selben Moment ins Auto gesprungen und von Edinburgh aus in den Norden gefahren sein, als sie von der Festnahme ihrer

Starklientin hörte. »Wir haben bei der internen Prüfstelle der Polizei Schottland bereits Beschwerde eingereicht. Es wurden schamlos Informationen an die Presse weitergegeben, ganz offensichtlich vor einem politischen Hintergrund.«

Monica starrte die Frau wortlos an und dachte bei sich: *Wenn mein Versager von einem Partner eines nicht ist, dann politisch.*

»Auch jetzt drängt sich mir der Verdacht auf, dass meine Klientin eingeschüchtert werden soll. Wenn Sie irgendwelche stichhaltigen Beweise haben, dann legen Sie sie jetzt auf den Tisch.«

Monica räusperte sich. Es mochte den Anschein machen, als hätte sie momentan die Oberhand, dank Audiobeweis und Fotos, und doch machte sie sich nichts vor. Wednesday Donald würde sich auf jeden noch so kleinen Fehler im Protokoll stürzen. Einer von vielen Gründen, warum DC Connor Crawford im Augenblick auf dem Weg in den Norden war, um DC Khan bei der Suche nach Brodie King zu unterstützen. Auch wenn Monica es sehr geschätzt hätte, ihn bei dieser Befragung an ihrer Seite zu haben, war sie froh, wenn er möglichst nichts mit den formalen Aspekten dieser Ermittlung zu tun hatte.

»Sie wissen so gut wie ich, Miss Donald, dass wir an diesem Punkt unserer Ermittlungen nicht verpflichtet sind, irgendwelche Beweise offenzulegen. Sobald wir Anklage erheben und dieser Fall vor Gericht geht, werden Sie reichlich Zeit haben, sich auf die Verteidigung Ihrer Klientin vorzubereiten. Im Moment möchte ich ihr lediglich ein paar Fragen zu ihrer Freundin Freya Sutherland stellen, unter anderem auch zu ihrer Beziehung mit einem gewissen William ›Buggsy‹ MacIvor.«

Monica beobachtete Miranda Salisburys Mienenspiel. Da war eindeutig ein Flackern in ihrem Augenwinkel. Donald dagegen runzelte für einen Moment die Stirn. Offenbar war der Anwältin diese Verbindung neu.

»Insbesondere interessiere ich mich für gewisse Audioaufzeichnungen, an denen Ihre Klientin möglicherweise beteiligt war.« Der letzte Rest Farbe wich aus Miranda Salisburys Gesicht. Ihre Lippen pressten sich zu einer festen Linie zusammen. Wednesday Donald hatte offenbar allergrößte Mühe, ihre Klientin nicht verwundert von der Seite anzusehen. Stattdessen machte sie sich eine Notiz und sah dann zu Monica auf, als hätte die Kommissarin nichts Unerwartetes geäußert.

»Nun, meine Klientin wird sich schwertun, einen hilfreichen Beitrag zu Ihren Ermittlungen zu leisten, wenn sich ihr die Zusammenhänge nicht erschließen.«

»Ihre Klientin kennt ihre Rechte«, gab Monica zurück. Dann legte sie den Kopf schief und sah Miranda Salisbury an. »Es war ein eigenartiger Sommer, nicht wahr, damals im Jahr 1994?«

Salisbury blickte zu Wednesday Donald, die ihr mit einem Nicken ihr Okay gab. Salisburys Stimme war nicht viel mehr als ein Flüstern. »Kein Kommentar.«

»Sie und Brodie King sind beide zu einigem Geld gekommen. Er hat ein Restaurant eröffnet, Sie absolvierten Ihren Universitätsabschluss und gingen in die Politik. Ohne auch nur einmal zurückzuschauen. Für Freya Sutherland und Joseph Moon lief es nicht ganz so gut, liege ich richtig? Die eine tot, der andere in dauerhafter psychiatrischer Unterbringung.«

»Kein Kommentar.«

»Hatten Sie einfach nur Glück? War es Talent? Mir

kommt es seltsam vor, wenn man bedenkt, dass Sie sich alle einmal so nahestanden. Und auf einmal ist es fast, als wollten Sie nichts mehr miteinander zu tun haben?«

»Kein Kommentar.«

»Dürfte ich Ihnen meine Theorie hierzu darlegen?« Monica ließ die Worte eine Weile zwischen ihnen hängen. »Sie und Brodie freundeten sich mit Buggsy MacIvor an, vielleicht landeten Sie bei ihm in seinem Haus, wo eine Party stieg, und dann blieben Sie in Kontakt? Ich denke, Sie brauchten damals Geld. Ich weiß, dass Ihre Familie wohlhabend ist, aber ich vermute, dass Ihre Eltern sich nicht gut um Sie gekümmert haben. Ich glaube, dass Sie und Brodie King anfingen, Buggsy MacIvor kleine Gefallen zu tun, um sich etwas dazuzuverdienen. Vielleicht waren es sogar sexuelle Dienstleistungen. Und wenn Sie nur für Fotos posiert haben.« Salisburys Hände zitterten, sodass Monica davon ausgehen konnte, dass sie zumindest mit einigen Punkten ins Schwarze traf. »Kommt Ihnen das irgendwie bekannt vor?«

»Kein Kommentar.«

»Ich denke, irgendwann kam es zu Spannungen. Meine Vermutung ist, dass Sie ein Problem mit Freya Sutherland hatten. Vielleicht mochten Sie sie nicht, vielleicht redeten Sie sich aber auch nur ein, sie nicht zu mögen, weil Sie wussten, was Sie ihr antun würden?«

»Kein Kommentar.«

»MacIvor wollte gern einen Schritt weiter gehen. Seine Fantasie, eine junge Frau zu töten, ausleben? Er hat angeboten, Sie gut zu bezahlen, wenn Sie ihm ein passendes Objekt liefern. Deshalb haben Sie sich mit Freya Sutherland angefreundet. Sie war zu dem Zeitpunkt das gefundene Opfer, in einem sehr labilen Zustand, nicht sicher, was sie …«

»So war es nicht!«, unterbrach Miranda Salisbury ihre Schilderungen mit flüsternder Stimme.

Bevor Monica antworten konnte, schaltete Wednesday Donald sich abermals ein: »Ich hätte gerne einen Moment allein mit meiner Klientin. Sie ist offensichtlich nicht in der Verfassung für eine weitere Befragung, nach dem ganzen Stress, dem sie in der vergangenen Woche durch das harte Vorgehen der Polizei ausgesetzt war. Wir hätten uns jederzeit zu einem Treffen für ein Verhör bereit erklärt. Der Zirkus heute Morgen war völlig unverhältnismäßig. Ich sorge mich um das Wohlergehen meiner Klientin und möchte, dass sie von einem Experten auf Anzeichen eines Traumas untersucht wird, ehe wir fortfahren.«

Monica hatte alle Mühe, sich ihren Frust über die unverhohlene Hinhaltetaktik der Anwältin nicht anmerken zu lassen. Im Beisein jeder anderen anwaltlichen Vertretung hätte sie Salisbury mittlerweile längst zum Reden gebracht. Wahrscheinlich kostete Wednesday Donald deshalb auch ein paar Kröten mehr. Es waren genau solche Momente, in denen ein Fall die entscheidende Wendung nehmen konnte. »Wir werden einen ärztlichen Gutachter kommen lassen.« Als sie sich schließlich erhob, setzte sie noch hinzu: »Aber damit sind meine Fragen nur aufgeschoben, nicht aufgehoben. Sie werden dadurch nicht verschwinden.«

64

Monica begab sich in die Einsatzzentrale, um sich nach dem frustrierenden Verhör mit Miranda Salisbury eine kleine Verschnaufpause zu gönnen. Ein Geständnis der Abgeordneten hätte ihre Theorie untermauern können, aber sie hatte nicht die Zeit, sich darüber zu ärgern. Als Nächstes war Buggsy MacIvor an der Reihe. Im Idealfall hätte einer von den jüngeren Detectives das Verhör durchgeführt, während sie nur dabeisaß und das Ganze als unbeteiligte Zuhörerin mitverfolgte. Aber ihr ohnehin unterbesetztes Team stand wegen der parallel ablaufenden Suche nach Brodie King unter zusätzlichem Druck.

Abgesehen von DC Ben Fisher, war das Büro unbesetzt. Sie bereitete sich selbst einen Kaffee zu und setzte sich neben ihn.

»Khan hat sich gerade gemeldet«, sagte er. »Sie haben Brodie Kings BMW gefunden, er hat ihn am Pier in Lochinver zurückgelassen.«

»Selbstmord?« Noch während sie es aussprach, erinnerte sich Monica an Brodies Miene, als seine Frau und Kinder ins Restaurant gekommen waren. Seine Familie vergötterte ihn, das war nicht zu übersehen gewesen; allein deswegen hoffte sie, dass er sich nicht umgebracht hatte.

»Khan denkt das nicht. Eine Bardame hat ausgesagt, sie

erinnere sich, wie er zu jemand anderem ins Auto gestiegen sei. Das war vor ein paar Nächten.«

»Ist ihr zufällig das Nummernschild aufgefallen? Oder irgendetwas am Fahrzeug?«

»Leider nein.«

»Gibt es irgendeine Spur, irgendwelche Anhaltspunkte, wo Brodie King stecken könnte?«

»DC Crawford sagt, er kenne ein paar Leute drüben an der Westküste. Er will ein wenig ›nachforschen‹.« Fisher sagte das, als wäre es für ihn ein Fremdwort. Monica musste sich ein Lachen verkneifen. Es war schön, Crawford wieder mit an Bord zu haben, auch wenn seine Zukunft bei der Polizei derzeit ungewiss war. Das Lösen dieses Falls hatte vorerst oberste Priorität, um die Sache mit Crawford konnten sie sich später kümmern.

Ein Klopfen an der Tür war zu hören, und ein uniformierter Beamter steckte den Kopf ins Zimmer. »Buggsy – Verzeihung, ich meine natürlich William MacIvor erwartet Sie im Verhörraum, Ma'am.«

Als Monica das Zimmer betrat, stellte sie fest, dass MacIvors Auftreten nichts mehr von dem wütenden, tobenden Kleinkind im Körper eines Erwachsenen wie zum Zeitpunkt seiner Verhaftung hatte. Er hatte den Stuhl nach hinten gekippelt, sodass dieser nur noch auf zwei Beinen balancierte, und wippte damit sachte vor und zurück. Er trug Jeans und Sweatshirt, die Hände über dem ausladenden Bauch gefaltet, ein verschmitztes Grinsen auf dem breiten Gesicht, sodass er einem frechen Schuljungen glich, der den Vormittag vor dem Büro der Schulleitung verbracht hatte und ihnen gleich irgendeine wilde Geschichte auftischen würde, um rechtzeitig zum Abendessen zu Hause zu sein.

Wohl kaum, dachte Monica, als sie gegenüber MacIvor und seinem Anwalt Platz nahm.

»Haben Sie etwas dagegen, wenn ich Sie William nenne, oder ziehen Sie Buggsy vor?«

»Nur wenn ich Sie Taggart nennen darf. Sie wissen schon, aus der Serie. Deal?« Er stieß seinen Anwalt mit seinem kräftigen Oberarm an. »Sieht sie für Sie nicht auch aus wie die Taggart?« Mit breitem Glasgower Akzent intonierte er: »›Es gab einen weiteren Mord!‹ Diese Serie fand ich so was von zum Gruseln, hör mir auf. Der Clyde war ja praktisch komplett voller Leichen. Elende Bastarde, diese Ermittler.«

Monica zwang sich zu einem Lächeln. »Sie mögen Frauen nicht besonders, habe ich recht, Buggsy?«

Wieder stieß er seinen Anwalt an und raunte ihm in gespieltem Flüstern zu: »Sie steckt mit meiner Mutter unter einer Decke, was meinen Sie? Verdammte Scheiße, klar doch!« Er reckte den Hals und tat so, als würde er sich panisch umsehen. Jetzt ging er ganz in seiner Rolle als Comedian auf. »Wehe, sie wartet irgendwo da draußen. Dann könnt ihr mich gleich lebenslänglich einsperren. Lasst sie bloß nicht hier rein, um Himmels willen!«

»Ich hätte ein paar Fragen zu einer jungen Frau. Sie waren 1994 mit ihr bekannt.«

»Ich kannte damals *viele* Frauen«, gab MacIvor zurück und leckte sich lüstern über die Lippen. »*Unheimlich* viele. Hatte damals einen Haufen Knete, Sie verstehen? Das ist das Seltsame an euch Frauen – wenn man reich und berühmt ist, behauptet ihr immer, es ginge euch nicht ums Geld, nein. Es sind die Schwänze, auf die ihr scharf seid. Aber da soll sich bloß mal einer einbilden, er würde einen Blowjob kriegen, wenn er total abgebrannt ist. Verdammt, irgendwas muss die fette Kohle mit einem machen. Jedenfalls scheint so ein

Schwanz dann gleich viel besser zu schmecken! Ist doch so, oder?« Wieder ein Stoß mit dem Ellbogen Richtung Anwalt, einem zugeknöpften Typen mit ordentlich frisierten dunklen Haaren und Brille, der jetzt dunkelrot anlief. »Er weiß, wovon ich rede, als beschissener Anwalt hat er einen horrenden Stundensatz. Er weiß genau, was es braucht, um eine Frau glücklich zu machen, stimmt's, oder habe ich recht?«

Während Monica MacIvor mit stoischer Miene zuhörte, dachte sie im Stillen zurück an die Audioaufnahme. Eine kuriose Mischung, MacIvors Identität als Comedian und die düsteren Absichten, die er insgeheim verfolgte. Allein in seiner Nähe zu sein jagte ihr einen Schauer über den Rücken. »Ich wüsste gerne mehr über eine junge Frau namens Freya Sutherland. War sie jemals bei Ihnen im Haus?«

»Wer weiß«, gab MacIvor unbeeindruckt zurück, seiner Stimme nach immer noch ganz entspannt. Allerdings hatte er aufgehört, mit dem Stuhl zu kippeln. Stattdessen lehnte er sich zu ihr vor. »Damals gingen alle möglichen Leute bei mir ein und aus.«

»Haben Sie ihr etwas angetan? Haben Sie sich an ihr vergangen?« Jetzt nahm MacIvor Monica fest ins Visier, ließ sich aber nicht zu einer Antwort herab. »Haben Sie ihr je wehgetan?« Sie beugte sich nun ihrerseits über den Tisch und schob ihr Gesicht dicht vor seins. Immer noch keine Antwort. »Es bereitet Ihnen Vergnügen, Frauen wehzutun, habe ich recht?«

»Ihnen würde ich tatsächlich gerne wehtun.« Für den Bruchteil einer Sekunde fixierte MacIvor sie mit eiskaltem Blick, bevor er in Gelächter ausbrach, sich seinem Anwalt zuwandte und ihm auf den Schenkel klopfte. »Sag ich doch, dass diese Schlampe sich für Taggart hält. Sie haben mein Haus durchsucht und einen Scheißdreck gefunden.«

»Haben Sie je Aufnahmen mit Freya gemacht?«

»Wovon reden Sie?«

Monica fischte ihr Handy aus der Manteltasche, öffnete die Sprachmemo-Funktion und tippte auf Play.

Er hörte sich die ersten Sekunden der Aufzeichnung an, dann sprang er von seinem Stuhl auf. »Stellen Sie das ab, verdammt. Woher zum Teufel haben Sie das? Das ist verflucht noch mal privat!« Sein Anwalt legte ihm beruhigend die Hand auf den Arm. MacIvor aber schleuderte ihn hart gegen die Wand und drehte sich dann zu Monica um. Mit seinen kleinen, zornsprühenden Augen sah er sie an. Sein Gesicht war hochrot, als er sagte: »Du miese Schlampe!«

Monica stand nun ebenfalls auf und baute sich ihm gegenüber auf, der Tisch als Barriere zwischen ihnen. »Sie werden sich schon was Besseres einfallen lassen müssen, um das zu erklären.«

»Und ob ich das erklären werde, verflucht.« Er wollte den Tisch beiseiteschieben, stellte zu seinem Missfallen aber fest, dass er fest mit dem Boden vernietet war. Deshalb stürzte er sich kurzerhand über die Tischplatte auf sie. Im selben Moment flog die Tür auf. Die vier uniformierten Beamten, die sie gebeten hatte, draußen Wache zu halten, drängten in den Raum und brachten ihn zu Boden. Sie hatten nicht das geringste Problem damit, den Comedian zurück in seine Zelle zu zerren, nachdem sich ihre Kollegin bei der Festnahme am Morgen durch den Sturz die Schulter ausgerenkt hatte.

65

Hately erwartete Monica in der Einsatzzentrale. Zum ersten Mal hatte er im Zuge dieses Falls einen annähernd zufriedenen Ausdruck auf dem Gesicht. Offenbar hatte er zugesehen, wie sie Buggsy MacIvor die Aufnahme vorgespielt hatte. Entgegen aller Erwartungen sah es jetzt ganz so aus, als hätten sie eine reelle Chance, MacIvor, Salisbury und King für den Mord an Freya vor Gericht zu bringen. Jede Verurteilung in einem längere Zeit ungeklärten Fall war als Riesenerfolg zu werten.

»Gute Arbeit, DI Kennedy, sieht ganz nach einem Durchbruch aus«, sagte er. Und schickte gleich noch eine weitere klischeehafte Bemerkung hinterher: »Das zeigt wieder mal, dass niemand über das Gesetz erhaben ist.« Er zögerte. Offenbar überlegte er, wie viel er wissen wollte, doch dann siegte die Neugier. »Das Band und die Fotos … Sie sagten, jemand habe sie Ihnen ausgehändigt?«

Monica räusperte sich und wandte den Blick ab. »Ein Kontakt von Crawford, ein Junge, wohnt unten in den Marschen. Er dachte, er hätte irgendeinen kinky Fetisch gekauft. Ihn hat fast der Schlag getroffen, als er Freya von den Fotos in den Zeitungen erkannte.«

Hately quittierte dies mit einem bedächtigen Nicken und sah sich im Zimmer um. »Wo steckt eigentlich Crawford?«

Solange der Fall aussichtslos erschienen war, hatte der Detective Superintendent sich von der Einsatzzentrale ferngehalten. Vielleicht war ihm Crawfords Fehlen tatsächlich entgangen. Es bestand durchaus die Chance, dass ihr Chef von der Verstrickung ihres Partners mit der Presse und mit Francis MacGregor nie etwas erfahren würde. »Er und DC Khan versuchen gerade, Brodie King aufzuspüren.« Hately nickte wieder, und Monica sah weg, bevor sie noch hinzufügte: »Wir haben einen Hinweis erhalten. Buggsy MacIvor besitzt ein Boot, unten in Fort William. Darauf könnten sich weitere Beweise finden.«

Hately legte die Stirn in Falten und sah Monica fest an, ehe er antwortete: »Gut, ich kümmere mich drum. Ich werde für später einen Pressetermin organisieren.« Dann drehte er sich um und eilte aus dem Zimmer zu seinem Büro. Zufrieden damit, bei den Ermittlungen im Mittelpunkt zu stehen, jetzt, da es aussah, als könnten sie Erfolg haben. Was für Monica völlig in Ordnung war, die Zeiten, wo sie sich selbst ins Rampenlicht gedrängt hatte, waren lange vorbei.

DC Fisher saß immer noch konzentriert vor seinem Laptop. »Wie kommen Sie voran?« Die Uhr an der Wand zeigte nach zwei. Bald würde sie Lucy abholen müssen. Siedend heiß fiel ihr ein, dass sie noch kein Flugblatt wegen Albert erstellt hatte. Sie hoffte sehr, dass es dem Kater gut ging.

»Ich habe mir die Akten zu Rolf Stilger angesehen.«

»Hatte er irgendwelche Vorstrafen?«

»Leistungsmissbrauch, ein paar Verkehrsdelikte. Nichts Ernstes, keine Gewaltvorwürfe.«

Während Monica ihm zuhörte, öffnete sie ihren eigenen Laptop, übertrug ein neueres Foto von Albert von ihrem Handy auf den Rechner und machte sich daran, eine Suchanzeige aufzusetzen. Sie hatte mit dem Textverarbeitungsprogramm zu kämpfen, das nicht für solche Zwecke geschaffen zu sein schien. *Wäre vielleicht hilfreich gewesen, sich vorher die Einführung anzusehen,* meldete sich eine innere Stimme.

»Können Sie mir hierbei helfen, Fisher?«

Überrascht sah der Kollege zu ihr auf. »Ähm, ich denke schon.« Er drehte den Laptop zu sich. »Hmm … Pages. Mit Word kenne ich mich besser aus …«

»Was ist mit dem Brand, bei dem Rolf Stilger ums Leben gekommen ist? Irgendwas Verdächtiges?«

Fisher schnitt hinter seiner Brille eine Grimasse und zog das Foto von Albert in das Dokument. »Zumindest findet sich nichts Auffälliges im Bericht. Stilger war alkoholisiert und muss eingeschlafen sein, während im Kamin ein Feuer brannte. Offenbar fiel ein Scheit heraus und steckte einen Stapel Zeitungen in Brand. Er ist an einer Rauchvergiftung gestorben.«

Monica überlegte einen Moment und sah zu, wie Fisher die Größe des Textes auf dem Bildschirm anpasste.

»Wie wäre es damit?« Jetzt stand auf dem Flyer: KATER ENTLAUFEN – HÖRT AUF DEN NAMEN ALBERT. Darunter Monicas Anschrift, Telefonnummer und E-Mail-Adresse.

»Das ist toll, vielen Dank.« Sie klickte auf Drucken, fünfzig Kopien. Bei den vielen unbezahlten Überstunden konnte sie ihrem Arbeitgeber die Kosten für die Flyer durchaus zumuten. »Haben Sie die Liste von Bauunternehmern, die an den Arbeiten an der Cotton Lodge Barn beteiligt waren?«

»Die haben mir die Eigentümer heute Morgen geschickt. Sie haben im Lauf der letzten Jahre immer wieder was am Haus machen lassen, deshalb sind es nicht eben wenige. Ich hatte noch nicht die Gelegenheit, sie mit den Unternehmen abzugleichen, die Zugang zur Grube haben.«

Monica nickte. Konnte das wirklich alles Zufall sein? Sie musste dem unbedingt weiter nachgehen. Als sie zum Drucker ging und den Stapel noch warmer Flugblätter herausholte, kam ihr etwas in den Sinn. Sie legte den Packen Papier in eine leere Schachtel und wandte sich zu Fisher um. »Pauline Tosh hat doch gesagt, Rolf Stilger sei Nachtwächter draußen in den Marschen gewesen, damals während der Gleisbauarbeiten. Sie meinte, daher wüsste er, dass dort ein Leichnam begraben liegt. Könnten Sie mir eine Liste von Firmen zusammenstellen, die damals an der Eisenbahnstrecke mitgebaut haben?« Es war ein Schuss ins Blaue, aber es war so, als zeichnete sich da ganz schwach ein Muster ab, das den drei Vorfällen gemeinsam war. »Überprüfen Sie mögliche Verbindungen zu den Firmen, die Zugang zur Grube hinter der Kirche haben, sowie zu denen, die an der Cotton Lodge Barn mitgearbeitet haben.«

»Selbstverständlich. Ach ja, fast hätte ich es vergessen – Mr. Miles, der Überlebende des Kirchenbrandes draußen bei Eskadale? Eine der Krankenschwestern hat angerufen. Sie meint, er sollte in den nächsten Tagen vernehmungsfähig sein. Aus der Intensivstation ist er jedenfalls raus.«

Als sie vors Revier trat, meldete sich Monicas Handy: eine neue Nachricht von ihrer Mutter, in der sie ihr mitteilte, dass sie auf dem Weg sei, um Lucy abzuholen, sie würden zu Fuß zu ihrer Wohnung gehen. Monica wurde bewusst, dass sie das gestern Abend so vereinbart hatten. Das, was ihr Gehirn da gerade veranstaltete, war praktisch Arbeitsverweigerung.

Wenigstens hat es aufgehört zu regnen, dachte Monica, als

sie vor ihrem Haus parkte und sich aufmachte, die umliegenden Straßen abzusuchen. Die Gullys waren voll gelb verfärbter Blätter, aber keine Spur von Albert, zum Glück. Die spätnachmittägliche Luft roch dezent nach Kaminrauch und Kohlefeuer. Nach der langen Nacht und dem noch längeren Tag, den sie überwiegend im Büro verbracht hatte, war ihr die frische Luft mehr als willkommen. Nachdem sie die Straßen erfolglos abgesucht hatte, ging sie noch einmal in das schmale Wäldchen. Eine frische Laubschicht knirschte unter ihren Füßen. Etwa zehn Minuten lang rief sie nach Albert. Eine freundliche Dame, die ihren Border Terrier spazieren führte, blieb stehen und erkundigte sich, ob Monica denn ein Hund abhandengekommen sei. Sie erklärte das mit Albert, und die Frau notierte sich ihre Nummer und versprach, nach dem Kater Ausschau zu halten. Nach einiger Zeit gab Monica die Suche auf und ging zurück zum Volvo, um die Flugblätter zu holen. Sie verbrachte die nächste Stunde damit, sie unter den Nachbarn und in den umliegenden Häusern zu verteilen. Sie unterhielt sich mit einigen Leuten, denen sie in Hausfluren begegnete. Sie alle bedauerten, von ihrem Verlust zu hören, hatten Albert aber nicht gesehen. Sie alle wollten sich melden, falls sie ihn entdeckten. Zufällig war auch der Admin einer örtlichen Facebook-Gruppe darunter, der versprach, die Suchanzeige dort zu posten.

Zurück in ihrer Wohnung, drehte Monicas Mum den Kopf zur Tür, als sie den Schlüssel im Schloss hörte. Wenn sie sich ihre aufgeregte Miene so ansah, hatte sie die Neuigkeiten von MacIvors und Salisburys Festnahmen bereits gehört. Die Nachricht hatte sich wie ein Lauffeuer in ganz Inverness verbreitet.

»Du hattest bestimmt einen anstrengenden Tag.« Trotz

Angelas Begeisterung für alles, was mit Kriminalität und Verbrechensbekämpfung zu tun hatte, hütete sie sich mittlerweile, allzu freimütig mit Details zu Ermittlungen umzugehen. Stattdessen befriedigte sie ihr Bedürfnis, sich als wichtiger Teil der Ermittlungen zu fühlen, indem sie Monica gut verköstigte und den Mitgliedern ihres Krimi-Buchklubs nicht allzu dezente Hinweise lieferte, dass sie über streng geheimes Insiderwissen zu den Fällen ihrer Tochter verfügte. Sie hatte sich bereits an die Zubereitung des Abendessens gemacht. Lucy war im Wohnzimmer. Das Kind flitzte mit einem bemalten Stock durch den Raum und richtete ihn auf verschiedene Dinge, als würde sie sie verzaubern wollen. Nach außen hin schien sie die Sache mit Albert kein bisschen zu beunruhigen. Monica beobachtete, wie ihre Tochter umhersprang, und fragte sich, ob dieses Verhalten für eine Fünfjährige normal war. Konnte es auf einen Mangel an Empathie hindeuten? Vielleicht wollte sie einfach nicht über Alberts Verschwinden nachdenken.

»Das kannst du laut sagen«, gab Monica schließlich zurück, als ihr klar wurde, dass ihre Mutter tatsächlich eine Antwort erwartete. Mit schmerzenden Beinen saß sie am Küchentisch und registrierte auch eine leichte Verspannung in den Schultern. Es war wirklich ein langer Tag gewesen. Allmählich wurde sie zu alt für all das. Als sie noch dreißig war, ließ der Enthusiasmus, den ein neuer Fall auslöste, sie locker mehrere Tage am Stück ohne Schlaf und Essen auskommen. Die Zeiten waren allerdings vorbei.

Ihre Mum spähte zu Lucy, dann legte sie den Deckel auf den Topf, beugte sich auf Monica zu und flüsterte: »Ich habe vor der Schule mit Lydia gesprochen«, womit sie die Mum von Munyasa, Lucys ehemaligem bestem Freund, meinte.

»Wirklich? Was hat sie gesagt?« Seit die Kinder nicht mehr miteinander spielten, hatte Lydia sämtliche Versuche Monicas, mit ihr Kontakt aufzunehmen, abgeblockt.

»Sie hat sich nur erkundigt, wie es Lucy geht. Ich wollte ihr am liebsten sagen, sie solle sich um ihren eigenen Kram kümmern.«

»Das hast du doch hoffentlich nicht getan, oder?«

Angela schnaubte abfällig. »Natürlich nicht, was denkst du. Ich fand es nicht fair Lucy gegenüber, vielleicht beschließen sie und Munyasa ja irgendwann, doch wieder Freunde zu sein.«

»Und was hat Lydia gesagt?«

Doch bevor ihre Mutter antworten konnte, hörte Monica ihr Telefon in der Manteltasche klingeln. Er hing an der Garderobe hinter der Tür. Seufzend rappelte sie sich vom Stuhl hoch. Sie hatte Crawford und Khan gebeten, sie über die Suche nach Brodie King auf dem Laufenden zu halten. Vielleicht gab es ja Neuigkeiten? Aber als sie das Handy aus der Tasche zog, stellte sie fest, dass es eine örtliche Festnetznummer war, eine, die ihr nicht bekannt war.

»Hallo, spreche ich mit Detective Inspector Monica Kennedy?« Die Anruferin war weiblich und klang schon etwas älter.

»Am Apparat«, sagte Monica. »Wie kann ich Ihnen behilflich sein?«

»Wissen Sie, ich war eine Weile fort. Ich war zu Besuch bei meinem Sohn und seiner Familie, bin gestern erst nach Hause gekommen. Da habe ich Ihre Visitenkarte entdeckt, die durch den Briefschlitz geschoben worden war. Erst habe ich mir nichts dabei gedacht, aber dann unterhielt ich mich mit meiner Schwiegertochter. Sie meinte, es müsste einen guten Grund geben, warum Sie Ihre Karte bei mir hinterlassen, und dass ich besser zurückrufen sollte.«

»Entschuldigen Sie, was sagten Sie, wie lautet Ihr Name, Ma'am?«

Die Frau sprach sehr langsam, als hätte sie es mit einer geistig Minderbemittelten zu tun. »Mein Name ist Mrs. Robin Dunsmore, ich wohne in der Nummer zwei MacLeod Cottages.«

Monica kramte fieberhaft in ihrem Gedächtnis nach dem Namen, dann fiel es ihr wieder ein: Mrs. Dunsmore wohnte in einem der Cottages jenseits der Wiese gleich hinter Miranda Salisburys Elternhaus. Die Frau, deren Katze von Miranda, Brodie King und Joseph Moon getötet und dann am Corrimony Cairn begraben worden war.

66

Monica unterdrückte ein Gähnen, während sie ihren Wagen draußen vor den MacLeod Cottages parkte. Kurz überlegte sie, wie lange sie schon nicht mehr richtig geschlafen und gegessen hatte. Das musste ein paar Tage her sein. Als Mrs. Dunsmore vor etwa einer Stunde angerufen hatte, war Monica versucht gewesen, sie einfach abzuwimmeln, ihr mitzuteilen, dass es nicht mehr wichtig oder der Fall inzwischen gelöst sei. Trotzdem wusste Monica, dass ihr gar nichts anderes übrig blieb, als zu ihr rauszufahren, das war sie ihr schuldig. Mrs. Dunmore lebte alleine und hatte sehr verängstigt geklungen. Sie würde ihr erklären müssen, was mit ihrer Katze geschehen war. Außerdem konnte sich das Foto vom Corrimony Cairn noch als wichtig erweisen in Bezug auf ein mögliches Motiv für den Mord an Freya Sutherland. Außerdem lieferte es einen Eindruck davon, wer Miranda Salisbury und Brodie King im Jahr 1994 waren.

Sie stellte den Motor ab und leerte die Dose zuckerfreien Red Bull, den sie unterwegs an einer Tankstelle gekauft hatte. Das koffeinhaltige Getränk schien allerdings nicht die gewünschte Wirkung zu erzielen, abgesehen von einer leichten Übelkeit. Es dunkelte bereits, der Holzofenrauch aus den Cottages hing schwer in der Luft. In der

Ferne konnte sie zwischen den Bäumen den Schornstein von Carnoch House ausmachen. Monica schlug die Tür des Volvo zu und sah sich um. Ihr Blick glitt über die dunklen Felder, die kleine Baumgruppe. Im nachmittäglichen Zwielicht wirkten sie unheilkündend. Unwillkürlich kam Monica der Gedanke, wie ungern sie es sähe, wenn ihre Mutter allein hier draußen lebte.

Mrs. Dunmore musste mitbekommen haben, wie das Auto vor ihrem Haus angehalten hatte, denn sie erwartete Monica bereits an der Haustür, als diese das Gartentor aufschob. Die Frau war deutlich über siebzig, hatte weißes Haar und einen gebräunten Teint. Von Monicas imposanter Erscheinung an ihrer Gartenpforte blieb sie dem Anschein nach unbeeindruckt.

»Ich kannte Ihren Namen aus der Zeitung!«, erklärte Mrs. Dunmore lachend, als Monica ihr ins Wohnzimmer folgte, das vollgestopft war mit dekorativem Nippes und gerahmten Bildern. »Die Sache letztes Jahr. Es muss schrecklich gewesen sein für Sie und Ihre Tochter!«

»Es ist schwer, aber ich versuche, nicht allzu viel zu grübeln«, gab Monica zurück, völlig überrumpelt. Sie hatte eine wehrlose alte Frau erwartet, ängstlich und schwach. Stattdessen wirkte Mrs. Dunmore wie das reinste Energiebündel, wie sie jetzt in die Küche flitzte und ein Tablett mit Tee und Keksen holte, nachdem sie Monica einen Sessel am Kamin angeboten hatte.

»Ja, nun, manchmal ist es wohl das Beste.« Sie goss Tee in zwei Becher und nahm in einem zweiten Sessel Platz. »Aber man weiß nie, wann die Vergangenheit einen wieder einholt.«

»Nun, dass ich heute hier bei Ihnen auf der Matte stehe, hat auch mit der Vergangenheit zu tun«, sagte Monica und war selbst überrascht, als sie nach einem der dicken Schokokekse auf dem Tablett griff. Dabei fragte sie sich, ob Pauline Tosh wohl welche von den Donuts abbekommen hatte. Vermutlich nicht. Wahrscheinlicher war, dass sie nach dem brutalen Angriff auf sie in Einzelhaft genommen worden war. Unwillkürlich hob Monica die Hand an die Stirn, um zu überprüfen, ob ihre Haare die Wunde überdeckten.

»Tja, jeder Fremde ist ein möglicher Freund, pflegte meine Mutter immer zu sagen«, gab Mrs. Dunmore zurück. Sie beugte sich vornüber, um ein Holzscheit aus einem Korb zu holen, und warf es ins offene Feuer. »Ich war meinen Sohn in Spanien besuchen. Jetzt setzt mir die Kälte mächtig zu.« Sie lachte.

»Ich hoffe, meine Visitenkarte hat Ihnen keinen allzu großen Schrecken eingejagt«, sagte Monica. »Es mag seltsam klingen, aber ich wollte mit Ihnen über Ihre Katze sprechen.«

»Meine Katze?« Mrs. Dunmore wirkte ziemlich überrascht.

»Es ist schon länger her, dass Sie die hatten. Wahrscheinlich ist das Tier 1994 verschwunden.«

Langsam begann Mrs. Dunmore, den Kopf zu schütteln. »Ich hatte nie eine Katze. Mein Ältester war allergisch auf Katzenhaare, deshalb konnten wir keine Haustiere mehr haben, nachdem er auf der Welt war.«

Monica blickte jetzt nicht weniger verdutzt drein. »Sie hatten nie eine kleine Katze mit rotem Fell?«

»Klein und rot, sagen Sie?« Mrs. Dunmore zögerte einen Moment, dann sagte sie: »Sie meinen doch nicht etwa Sooky, oder?«

»Ja, genau!« Monica hatte ganz vergessen, dass der Name des Tieres auf der Plakette am Halsband gestanden hatte.

»Sooky hat nicht uns gehört. Er gehörte den Nachbarn.«

»Welchen Nachbarn?« Es gab nicht viele Häuser im näheren Umkreis, und auf der Plakette am Halsband hatte die Telefonnummer von Mrs. Dunsmore gestanden.

»Sie hat Miranda gehört. Miranda Salisbury. Sie hat früher dort drüben gewohnt. Mittlerweile ist sie in der Politik, recht bekannt.«

»Sooky hat Miranda Salisbury gehört? Sind Sie sicher? Die Katze, die ich meine, hatte Ihre Telefonnummer am Halsband hängen.«

»Ja, richtig!« Mrs. Dunsmore klang ganz aufgeregt, als es ihr wieder einfiel. »Miranda hat den kleine Sooky geliebt. Sie hat ihn immer ans Fenster gesetzt und mir mit seiner Pfote zugewinkt.«

Monica nickte nachdenklich. »Warum steht Ihre Telefonnummer auf dem Halsband?«

»Tja« – Mrs. Dunmores Lippen pressten sich zu einer schmalen Linie zusammen –, »ich sollte eigentlich nicht tratschen …«

»Haben Sie in letzter Zeit die Nachrichten verfolgt?«

Langsam schüttelte sie den Kopf. »Nein. Ich lese keine Zeitungen mehr. Warum?«

»Ich ermittle in einem sehr ernsten Fall. Miranda Salisbury ist in eine Mordsache verwickelt.«

»Ein Mord, sagen Sie? Miranda hätte doch nie jemandem ein Haar gekrümmt.«

»Warum stand Ihre Nummer auf dem Halsband der Katze?«

»Miranda hatte Angst, dass er abhauen könnte. Dass ihm etwas passieren könnte.«

Monica dachte einen Moment darüber nach. Miranda Salisbury und Brodie King hatten also ihre eigene Katze getötet. Ein Lebewesen, das sie angeblich geliebt hatte. »Warum hat sie sich Sorgen gemacht?«

Mrs. Dunsmore seufzte. »Miranda war ein außergewöhnliches Mädchen.«

»In welcher Hinsicht?« Monica erinnerte sich an das, was Mr. MacAdam, der Nachbar von Mrs. Dunsmore, ihr bei ihrem letzten Besuch erzählt hatte: Dass Miranda etwas aus seiner Küche geklaut und nackt am Fenster gestanden und zu ihm hinuntergestarrt habe, als er vorbeigegangen war.

»Tja, ihre Familie gehört zu dem, was man wohl als Oberschicht bezeichnen würde. Allerdings kümmerten ihre Eltern sich nicht gut um sie. Sie hatte zu viele Freiheiten?« Monica nickte. »Ich hatte selbst Kinder, die ein wenig jünger waren als sie. Ich habe mir Sorgen um Miranda gemacht. Wie sie allein durch die Wälder strich, das arme kleine Ding. Manchmal kam sie her und stand am Gartenzaun, und dann gab ich ihr etwas zu essen. Ich glaube, ihre Eltern haben sie manchmal vergessen, sie mehr oder weniger sich selbst überlassen.«

»Wie alt war sie zu dem Zeitpunkt?«

»Oh, das war, als sie noch ziemlich jung war, zehn vielleicht. Sobald sie in die Schule kam, sah ich sie nicht mehr so häufig. Ich glaube, zeitweise war sie sogar im Internat. Aber in diesem letzten Sommer, ich glaube, sie war schon auf der Universität und nur zu Besuch. Da begegnete ich ihr im Wald, und sie weinte.«

»Haben Sie mit ihr gesprochen?«

»Ja, ich habe sie mit hierher genommen. Sie hatte die Katze bei sich. Sie meinte, sie mache sich Sorgen um sie. Ich glaube, damals hatte sie ernste Probleme zu Hause. Sie bat mich, sie meine Nummer auf das Halsband schreiben zu lassen. Natürlich habe ich ihr mein Einverständnis gegeben. Das schien sie ein wenig aufzumuntern.« Mrs. Dunsmore stieß ein halbherziges Lachen aus. »Wissen Sie, ich glaube, das war das letzte Mal, dass ich das Tier gesehen habe, und wenn ich es mir recht überlege, habe ich auch Miranda danach nicht mehr gesehen. Erst Jahre später, als sie schon als Politikerin arbeitete und öfter im Fernsehen zu sehen war.«

67

Beim Verlassen des Cottage war bei Monica die Verwirrung größer als vor ihrem Besuch. Ihre Erschöpfung, die komplexen Ermittlungen, die Sache mit Crawford und jetzt das. Noch so eine unerwartete Wendung in diesem ohnehin seltsamen Fall. Als sie in den Volvo stieg, fragte sie sich, ob es überhaupt einen Unterschied machte. Miranda hatte ihre Katze aus irgendeinem bestimmten Grund getötet. Spielte es eine Rolle? War es für den Fall relevant? Monica wusste aus eigener schmerzhafter Erfahrung, dass so eine Mordermittlung das Potenzial besaß, für die beteiligten Beamten in Momenten wie diesen zu einer echten Gefahr zu werden. Wenn für die Betroffenen viel auf dem Spiel stand und es einzelne Aspekte gab, für die man keine Erklärung fand.

Monica ließ den Motor an und durchforstete ihr träges Gehirn. Da war diese Bleifolie um Sookys Körper, die Fluchtafel. Darauf war ein Text eingeritzt, der unleserlich gemacht worden war. Sie hatten angenommen, dass es Freyas Nachname gewesen war, das S am Wortanfang war deutlich zu erkennen gewesen. Das letzte Mal, als Monica bei Gemma Gunn im forensischen Labor nachgefragt hatte, war noch kein endgültiges Ergebnis der Handschriftenanalyse vorgelegen. Sie wählte noch einmal die Nummer des Labors und hinterließ eine Nachricht, obwohl Monica sich so gut wie sicher war, dass Gunn sich melden würde, wenn sie Neuigkeiten hätte. Eigentlich wäre sie gern aufs Präsidium gefahren, um sich um ein weiteres Gespräch mit Miranda Salisbury zu bemühen, aber es bestand kein Grund zur Eile. Man hatte ihnen bereits weitere vierundzwanzig Stunden zugesichert, bevor sie entweder Anklage erheben oder sie und MacIvor freilassen mussten. Ihr blieb also noch Zeit für weitere Verhöre.

Stattdessen beschloss sie, Fisher anzurufen und um ein Update zu bitten. Ihn schien das sehr zu freuen, zeigte ihr Interesse doch, dass sie seine Arbeit honorierte. Als er sich meldete, war im Hintergrund klassische Musik zu hören. Wenig später erkannte Monica die Klänge als Wagners *Tristan und Isolde*. »Oh, Verzeihung, ich mach das kurz aus«, sagte Fisher. Monica kam der Verdacht, dass ihr Kollege diese Musik bewusst laufen ließ, um zu beeindrucken. Es sähe ihm ähnlich. Der einsame, heldenhafte Kriminaler, der bis spät in die Nacht arbeitete und dabei Wagner hörte.

»Sie mögen Wagner?«

»Aber sicher doch!« Zur Abwechslung klang Fisher einmal aufrichtig begeistert. »Ich war mit dem Schüleraustausch in Bayreuth, da gibt es ein Wagner-Festival. Seither bin ich ein glühender Verehrer. Macht mich wach, wenn ich müde bin.« Die Musik verstummte, und Monica überlegte, ob sie ihre eigene Überheblichkeit auf Fisher projizierte. Sie wusste noch gut, wie sie oft spätnachts durchs Stadtzentrum von London spaziert war, auf dem Kopfhörer klassische Musik, während sie versuchte, in einem schwierigen Fall zu irgendwelchen Erkenntnissen zu kommen. Hatte sie damals nur eine Rolle gespielt? »Ich wollte mich auch bei Ihnen melden.«

»Was haben Sie?«

»Ich bin auf eine Verbindung gestoßen, einen Handwerksbetrieb namens Hume and Sons. Die Angestellten haben Zugang zur Grube, dem Steinbruch am Craig Phadrig. Sie haben die Zufahrt zur Cotton Lodge Barn gemacht. Das Büro ist derzeit geschlossen, aber ich habe eine Liste aller Mitarbeiter beantragt. Leider konnte mir bislang niemand weiterhelfen, wer an den Gleisbauarbeiten beteiligt war, damals, als Freya verschwand. Darum kümmere ich mich morgen.«

Monica bedankte sich bei Fisher, legte auf und tätigte gleich den nächsten Anruf. Diesmal rief sie Crawford an. Nach ein paarmal Klingeln meldete er sich. Wieder waren Hintergrundgeräusche zu hören, es klang nach dem Stimmengewirr in einer gut gefüllten Bar. »Wo steckst du?«

»Wir sind in Ullapool, haben ein paar Leute aus Brodie Kings Bekanntenkreis aufgesucht. Wir haben darauf hingewiesen, dass es um eine sehr ernste Angelegenheit geht, in der Hoffnung, wir könnten sie dadurch einschüchtern und zum Reden bringen. In einer Stadt von dieser Größe gibt es doch immer mindestens eine Person, die was weiß.« Monica hörte eine Stimme im Hintergrund, gefolgt von Gelächter. »Khan lässt grüßen. Wir essen gerade zu Abend.«

»Grüße zurück«, sagte Monica und verspürte zu ihrem Verdruss einen Stich, weil die beiden jüngeren Detectives sich in einer Bar zu vergnügen schienen, während sie allein durch das wilde Umland von Inverness gondelte. *Wart's nur ab, Crawford. Dir wird der Spaß schon noch vergehen, wenn Francis MacGregor der Presse dieses Band übergibt,* ging es Monica durch den Kopf. Offiziell leitete Khan die Suche nach Brodie King, Crawford stand ihr beratend zur Seite. Monica brauchte im Moment jeden einzelnen ihrer Mitarbeiter, aber so wäre er zumindest aus der Schusslinie und konnte die Ermittlungen nicht mit seiner Gegenwart beeinträchtigen, falls die Story doch noch durchsickerte. »Habt ihr eine Liste von Kings Angestellten? Von Freunden in Ullapool und Umgebung?«

»Tut mir leid, Boss, aber der Empfang ist ziemlich mies.«

Monica wiederholte das Gesagte.

Diesmal antwortete Crawford. »Positiv. Wir sind dran.«

»Eins noch … passt auf euch auf«, sagte Monica. »Brodie King ist in einer verzwickten Lage. Mittlerweile weiß er sicher, dass wir MacIvor und Salisbury festgenommen haben. Er könnte gefährlich werden.« Doch bevor sie ihren Satz beendet hatte, piepste das Handy dreimal, und im nächsten Moment war die Leitung tot.

68

Am nächsten Morgen erwartete Detective Superintendent Hately sie bei ihrem Eintreffen im Präsidium bereits draußen vor ihrem Büro. Die Hände auf die Hüften gestemmt, stand er im gut geschnittenen Anzug und ordentlich frisiert auf dem Flur. Er sah aus wie ein Senior Detective, der seine Ermittlungen im Griff hatte, zufrieden und ausgeruht, ganz im Gegensatz zu Monica. Ihre Beunruhigung und die Ungewissheit rund um den Fall waren ihr bis in den Traum gefolgt: unterirdische Paläste in Grau und Braun, in tiefschwarzer Nacht, endlose Türen und Tunnel.

»Ich bin dafür, Salisbury und MacIvor des Mordes an Freya Sutherland anzuklagen. Hatte bereits ein informelles Vorgespräch mit der Staatsanwaltschaft. Ich denke, wir sollten die Beweisaufnahme heute Vormittag zu Ende bringen und dann die nächsten Schritte einleiten. Wenn wir auf MacIvors Boot noch etwas Handfesteres in die Finger kriegen, großartig. Aber die Audioaufnahme und die Fotos sollten meines Erachtens ausreichen, zusammen mit den Indizienbeweisen.«

Vielleicht tat Monica ihrem Boss Unrecht, aber sie glaubte, regelrecht mitansehen zu können, wie sein Ego anschwoll. Tja, natürlich geschah es nicht jeden Tag, dass man einen fast zwei Jahrzehnte alten Fall zum Abschluss brachte, in den rein zufällig eine bekannte Politikerin und ein prominenter Comedian verwickelt waren.

»Ich möchte vorher noch mal mit Miranda Salisbury reden.«

Hately räusperte sich, und gleichzeitig machte sich ein nervöses Zucken in seinem Augenwinkel bemerkbar. »Warum das? Ich sagte doch eben, der Fall ist in trockenen Tüchern. Wir können Anklage erheben.«

»Ist nur so ein Bauchgefühl.«

Hately runzelte die Stirn. »Für so was haben wir keine Zeit. Sie haben glänzende Arbeit geleistet. Machen wir uns also an die Sichtung der Beweise und sehen zu, dass das Ganze geschmeidig über die Bühne geht.« Damit drehte er sich um und marschierte den Korridor hinunter auf sein eigenes Büro zu. Monica merkte, wie Frust in ihr hochstieg. Sie hatte das Gefühl, nicht richtig gesehen oder gehört zu werden, was sie geradewegs in ihre Kindheit zurückkatapultierte. Ihr Dad, der die Gesetze festlegte, ganz gleich, wie unlogisch oder willkürlich sie auch sein mochten.

Einem inneren Impuls folgend, lief sie hinter Hately her und packte den Griff seiner Bürotür, um ihn am Eintreten zu hindern. »Ich brauche nur fünf Minuten. Entweder sie redet und ich bekomme ein Geständnis, oder sie sagt ohnehin keinen Mucks.«

Hately senkte den Blick auf ihre Hand und schien abzuwägen, wie er antworten sollte.

»Hören Sie, Brodie King taucht auf dieser Aufnahme nicht auf«, beeilte sie sich zu erklären. »Er könnte behaupten, nicht dabei gewesen zu sein. Wenn ich Miranda Salisbury zum Reden bringe, ist der Fall noch heute unter Dach und Fach.«

Hately sah sie fest an, dabei war ihr längst klar, dass ihr

Boss ihre Bitte bei der Aussicht auf handfeste Beweise gegen Brodie King unmöglich ausschlagen konnte. Will man jemandes Zustimmung erwirken, ist es immer das Beste, den Vorteil für diese Person herauszustreichen. Schließlich antwortete er mürrisch: »Sie haben eine halbe Stunde«, ehe er sich an ihr vorbeischob und in seinem Büro verschwand.

Miranda Salisbury war mittlerweile bald vierundzwanzig Stunden in Gewahrsam. Genügend Zeit jedenfalls, um eine Ahnung ihrer neuen Wirklichkeit zu bekommen. Ihr bisheriges Leben war Geschichte. Denn mal ehrlich, welche Politikerin oder welcher Politiker überstand eine Festnahme wegen Mordverdachts? Ganz zu schweigen davon, dass die Aufzeichnung letztlich an die Öffentlichkeit gelangen würde. Obwohl Monica sie ihr noch nicht vorgespielt hatte, musste Salisbury zumindest ansatzweise wissen, was darauf zu hören war, selbst wenn MacIvor die Aufnahme ohne ihre Zustimmung und ohne ihr Wissen gemacht hatte.

Monica nahm Platz. Salisbury saß ihr gegenüber und sah aus, als wäre sie zutiefst schockiert. Ihre Augen waren rot gerändert, ihre Körperhaltung der einer Gejagten: die Schultern vorgezogen, die Arme um den Oberkörper geschlungen.

»Haben Sie manchmal Albträume, Miranda?«

Salisbury schien diese Frage zu überraschen und begegnete Monicas Blick.

»Meine Klientin hat hierzu nichts zu sagen«, meldete sich Wednesday Donald zu Wort.

Monica achtete nicht auf sie. »Die Beweislast gegen Sie ist erdrückend. Mein Vorgesetzter war sogar dagegen, dass ich noch einmal mit Ihnen rede. Er will den Fall schnellstmöglich an die Staatsanwaltschaft …«

Die Anwältin fiel ihr ins Wort. »Und warum sind Sie dann hier?« Offensichtlich hoffte sie, dass Monica nur bluffte.

Diesmal nicht, dachte Monica. Diesmal war sie eine Nasenlänge voraus: Der Fall war ziemlich klar, alles sprach gegen Salisbury. »Es gibt da ein paar Details, die ich gern verstehen würde. Ich denke, dass noch mehr hinter der ganzen Sache steckt. Was ich nicht nachvollziehen kann, ist: Warum haben Sie Ihre Katze getötet? Ich habe mit einer früheren Nachbarin von Ihnen gesprochen. Sie hat mir versichert, Sie hätten Sooky geliebt.«

Salisbury blickte abermals auf, vermutlich verwundert, den Namen ihrer vor langer Zeit verstorbenen Katze zu hören. Gerade wollte sie antworten, da schaltete Wednesday Donald sich ein: »Ich habe doch bereits erklärt: Meine Klientin hat nichts zu sagen.«

»Was ist in jenem Sommer passiert? Warum haben Sie Freya getötet?«

Ganz leise antwortete Miranda: »Das haben wir nicht.«

»Wer war es dann?«

»Ich habe gebetet. Lange Zeit habe ich zu Gott gebetet.« Donald versuchte abermals dazwischenzugehen, doch diesmal fauchte Salisbury: »Jetzt rede ich.« Und von einer Sekunde zur nächsten sah Monica sich der mächtigen Parlamentsabgeordneten gegenüber, die sie schon oftmals im Fernsehen gesehen hatte. Wednesday Donald lehnte sich schmollend auf ihrem Stuhl zurück und begann, etwas in ihr Notizbuch zu kritzeln.

»Warum haben Sie gebetet?«, hakte Monica nach.

»Ich wollte, dass er aufhört.«

»Buggsy MacIvor?«

Salisbury schien sie nicht zu hören. »Dann, eines Nachts,

habe ich von Gott Abstand genommen und stattdessen den Teufel angefleht. Und am nächsten Tag hat er mir Brodie geschickt. Er stand plötzlich im Garten, ganz in Schwarz. Im ersten Moment dachte ich, es sei der Teufel persönlich. Ich war bereit, mich ihm auszuliefern.« Monica musterte Miranda Salisbury eindringlich; sie sah aus, als befände sie sich in einer Art Trancezustand. »Er hat mir gesagt, wir seien Bruder und Schwester. Er wusste, was mit mir passiert war, weil mein Dad ihm wehgetan, ihm wie mir schlimme Dinge angetan hatte.«

»Brodies Dad ist auch Ihr Vater?«

»Ganz genau. Mein Vater hatte mindestens zwei Familien. Meine und Brodies. Brodie hat rausgefunden, wo er wohnt, und hat das Haus beobachtet. Und da hat er mich gesehen.«

»Was hat er mit Ihnen gemacht?« Simple Worte, die Grauenvolles implizierten. »Ihr Dad?«

»Nun, er hat mir wehgetan«, sagte Miranda, und als ihre Augen sich auf Monica richteten, lag darin ein Ausdruck lähmender Fassungslosigkeit. »Er hat mich geschlagen und widersinnige Regeln aufgestellt. Ich durfte die Badezimmertür nicht schließen, hatte keine Tür in meinem Zimmer, durfte nur essen, wenn er mir explizit die Erlaubnis dazu gab. Manchmal machten wir tagsüber Ausflüge, nur er und ich. Ich musste so tun, als sei ich seine Freundin. Musste in aller Öffentlichkeit mit ihm Händchen halten.«

»Was ist mit Freya passiert?«

»Ich verbrachte immer mehr Zeit mit Brodie und Joseph. Brodie mochte Freya, wir freundeten uns an. Ich hatte zum ersten Mal im Leben das Gefühl, richtige Freunde zu haben.«

»Und dann haben Sie Freya verraten?«

»Nein! Wir haben ihr nie was getan, ich schwöre bei Gott!« Sie hatte den Ärmel ihres Sweatshirts zurückgeschoben und eine herzförmige Tätowierung an ihrem Handgelenk freigelegt, dilettantisch gestochen wie ein Knasttattoo. Jetzt rieb sie mit dem Zeigefinger darüber. »Wir wollten abhauen. Brodie, Joseph, Freya und ich. Wir wollten nach London runterfahren, dann die Fähre nehmen und in den Zug nach Berlin steigen. Dort wollten wir untertauchen und ein neues Leben beginnen. Wir hatten alles geplant.«

»Das klingt ja alles toll«, sagte Monica langsam, »aber ich habe die Aufzeichnung gehört. Ich weiß, was Sie und Buggsy MacIvor Freya angetan haben.«

»Wir brauchten Geld. MacIvor war ein Schwein, er war ekelerregend, aber er hat Freya nicht wehgetan. Zumindest nicht, als wir diese Kassette aufgenommen haben. Wir stiegen bei ihm auf den Dachboden, da hat er Fotos von uns gemacht. Wir redeten uns ein, dass es nur ein kleiner Spaß sei, nichts Schlimmes. Ein bisschen wie eine Theaterinszenierung an der Kunsthochschule. Wir waren verzweifelt. Jeder ging damals davon aus, ich müsste Geld haben, weil ich aus reichem Hause war, aber in Wirklichkeit habe ich von meinem Dad nie was bekommen. Wir haben diese scheußlichen Bilder gemacht, weil wir abhauen wollten. In dieser Nacht ist im Grunde nichts passiert. Buggsy ist impotent, ein krankhafter Voyeur; er gab damit an, mit wie vielen Frauen er schon geschlafen hätte, aber er wollte uns nur ohne Klamotten sehen, mehr nicht. Es war, als wäre er wütend, weil er keinen hochbekam. Als gefiele es ihm, sich selbst zu erniedrigen und diese grausamen Dinge zu sagen, aber nichts weiter zu tun.«

»Warum sind Sie nicht einfach gegangen?«, fragte Monica behutsam. »Wenn Sie Freya nichts angetan haben und

Sie planten, zusammen wegzugehen, was hat Sie dann davon abgehalten, es in die Tat umzusetzen?«

Eine ganze Weile starrte Salisbury stumm auf die Tischplatte. Schließlich flüsterte sie Worte, die Monica nicht richtig verstand. Sie beugte sich näher zu ihr. »Was haben Sie gesagt?«

Ihre Anwältin versuchte wieder dazwischenzugehen, aber Miranda schüttelte den Kopf. Dann sagte sie etwas lauter: »Es war unser Vater. Er hat versucht, uns aufzuhalten. Deshalb waren wir nicht am Treffpunkt, um mit Freya abzuhauen.«

»Was ist geschehen?«

Miranda Salisbury führte ihren Zeigefinger noch einmal zu ihrem Tattoo. Monica entging nicht, wie sehr ihre Hände zitterten. »Brodie und Joseph holten mich an dem Nachmittag, bevor wir verschwinden wollten, zu Hause ab. Dad sollte eigentlich beruflich unterwegs sein, aber irgendwie muss er was spitzgekriegt haben. Jedenfalls hat er auf uns gewartet. Er hatte eine Schrotflinte in der Hand. Die zog er Brodie über den Kopf und brach ihm dabei die Nase. Dann fing er an, ihn zu verprügeln, als wollte er ihn umbringen. Ich wollte ihn nur aufhalten und habe ihm mit etwas auf den Kopf geschlagen. Keine Ahnung, was dann passiert ist, aber Brodie muss ein Messer gezogen haben, denn plötzlich steckte es in Dads Hals, und da war jede Menge Blut. Ich war fassungslos.«

»Sie haben Ihren Vater getötet?«, hakte Monica sachte nach.

»Anschließend versuchten wir, sauber zu machen, und vergruben ihn im Garten.«

»Wo?«

Salisbury sah sie an, als würde sie den Sinn der Frage

nicht recht begreifen, dann sagte sie: »Unweit der hinteren Gartenmauer, zwischen den beiden großen Birken.«

»Warum sind Sie nicht trotzdem nach Berlin durchgebrannt?«

»Meine Mum war da. Sie hat gesehen, was passiert ist, half uns, ihn zu begraben. Ich glaube, sie hat ihn gehasst und war im Grunde froh, dass er tot war. Sie hat gedroht, die Polizei zu rufen, falls wir je wieder Kontakt untereinander hätten. Natürlich hat sie Brodie gehasst, weil er sie daran erinnerte, dass ihr Ehemann heimlich eine Zweitfamilie hatte.«

Monica überlegte einen Moment. »Und warum haben Sie Ihre Katze getötet? Weil Sie weggehen wollten? Eine Art Opfergabe?«

»Das waren wir nicht. Eines Tages kam ich von der Schule heim, und Sooky war tot. Dad war da, aber er behauptete, er wüsste nicht, was passiert sei. Aber ich konnte es in den Augen meiner Mutter sehen. Sie wusste, dass er es war, hat es aber abgestritten. In gewisser Weise tat es noch mehr weh zu sehen, wie schamlos sie log. Ich war so wütend. Da habe ich zu Brodie gesagt, ich hoffte, sie wäre tot …«

Monica erinnerte sich an das, was Mr. MacAdam ihr erzählt hatte, von wegen, Miranda habe einer Frau den Tod gewünscht. Offenbar hatte er genau diese Episode zufällig mitgehört. »Da war diese Metallfolie«, sagte Monica, »um den Rumpf der Katze.«

»Es war eine Fluchtafel«, gab Miranda zurück. »Brodie und ich waren beide fasziniert von solchen Dingen, vom Okkulten, Magie, schon bevor wir uns kannten.« Sie schüttelte den Kopf. »Ich schätze, wir fühlten uns beide ziemlich machtlos. Es war eine Möglichkeit, so etwas wie Kontrolle zu haben. Wir haben unseren Vater verflucht. Wir wollten beide, dass er stirbt, aber ich hätte nie gedacht, dass es tatsächlich dazu kommt.«

»Sein Name stand auf dieser Tafel?« Monica erinnerte sich an dieses *S*. Sie hatten angenommen, dass es der Anfangsbuchstabe des Namen Sutherland war, dabei stand es für Salisbury.

»Ja, Patrick Salisbury«, sagte Miranda.

Das alles klang plausibel, wenn auch skurril. Dennoch schien ihr vieles immer noch rätselhaft. »Warum haben Sie Freya nicht gesagt, was geschehen war? Sie verließ das Haus damals spätnachts, um Sie zu treffen. Sie sagten, es sei an dem Nachmittag gewesen, an dem Sie Ihren Vater getötet haben, richtig? Warum haben Sie es ihr dann nicht mitgeteilt?«

»Das haben wir! Anfangs herrschte Ausnahmezustand, während wir alle Spuren beseitigten und den Leichnam wegschafften.« Ein abwesender Ausdruck trat in Salisburys Blick, während sie das Geschehene in Gedanken noch einmal durchlebte. »Wir waren fassungslos über das, was geschehen war. Und nach einer Weile kam das böse Erwachen. Brodie hat Freya angerufen. Ich stand daneben.«

»Und er hat ganz sicher bei Freya angerufen?«

»Ja, ich bin mir sicher. Er hätte sie nicht einfach hängen lassen.«

Monica überlegte. »Wusste Buggsy MacIvor, dass Sie abhauen wollten?«

Salisbury schüttelte den Kopf. »Nein. Das war nur eine Sache zwischen uns vier. Also Brodie, Joseph, Freya und mir.«

»Und es hat Sie nicht stutzig gemacht, als Freya einfach so von der Bildfläche verschwunden ist?«

»Sie hatte unser Geld. Zweitausend. Das war viel damals. Wir dachten, Freya habe sich die Kohle unter den Nagel gerissen und sei einfach allein abgehauen.«

69

Mit schwirrendem Kopf verließ Monica den Verhörraum. Salisburys Geschichte war so schräg, dass sie schon fast wieder echt klang; außerdem ließ sie sich ganz einfach auf ihren Wahrheitsgehalt hin überprüfen. Clive Ridgeway wäre sicher mehr als glücklich, nach Patrick Salisburys Leichnam zu graben. Und zudem war da noch die Fluchtafel als Beweisstück, sie bräuchten nur noch das Gutachten des Handschriftenexperten abzuwarten. Insgeheim wünschte Monica, sie könnte wenigstens einen Funken professionelle Genugtuung verspüren, dass ihr Instinkt sie nicht getrogen hatte: Brodie King hatte jemanden getötet.

»Was zur Hölle war das?« Hately stand draußen auf dem Korridor, die Hände in gewohnter Haltung auf die Hüften gestemmt. Auf seiner Miene zeichnete sich allerdings nun restlose Ernüchterung ab. Schließlich gab dieser lange ungelöste Fall, der erst kürzlich dem finalen Abschluss nahe schien, nun neue Rätsel auf.

Monica rieb sich mit beiden Händen übers Gesicht. *Was für ein Fiasko.* »Irgendwann wäre es doch rausgekommen. Besser jetzt, als dass uns der Fall vor Gericht um die Ohren fliegt.«

Da war unbestreitbar etwas Wahres dran, sodass Hately ergeben seufzte. »Und was jetzt?«

Monica dachte einen Moment nach und versuchte, diesem ganzen Irrsinn irgendwie einen Sinn abzuringen. »Miranda Salisburys Aussage nach hat Brodie King an dem Tag, an dem sie zusammen verschwinden wollten, mit Freya gesprochen. Was, wenn Freya Brodie gegenüber erwähnt hat, mit wem sie an diesem Tag zusammen war?«

»Brodie glaubt also, vielleicht zu wissen, wer sie getötet hat?«, hakte Hately nach.

»Scheint mir durchaus möglich.«

»Nun, und warum zur Hölle hat er dann damals den Mund nicht aufgemacht, als Duncan Gregg ihn verhört hat?«

»Sie dachten, Freya hätte sich das Geld gekrallt und sei damit nach Berlin abgehauen. Miranda hat mir glaubwürdig versichert, sie hätten damals keinen Grund gehabt zu glauben, Freya könnte etwas passiert sein. Vielleicht hat er jetzt erst begriffen, wer sie getötet haben könnte, und will diese Person zur Rede stellen? Und zu einem Geständnis zwingen?«, schlug Monica vor.

»Und wer soll das sein? Buggsy MacIvor?«, gab Hately zurück.

»Aber er muss doch wissen, dass Buggsy MacIvor in Gewahrsam ist. Es stand in allen Zeitungen.«

»Also jemand anders? Jemand, den wir nicht auf dem Schirm haben?«

Monica zermarterte sich das Hirn. Irgendwie mussten sie es herausfinden, denn falls Brodie King vor ihnen zum mutmaßlichen Täter gelangte, konnte es gut sein, dass sie es mit einem weiteren Mord zu tun bekämen. Wieder einmal kam ihr dieser Brandstifter in den Sinn. Ob es wohl eine mögliche Verbindung zum Tod von Rolf Stilger gab, der sein Wissen an Pauline Tosh weitergegeben hatte? Monica hatte Brodie King im Verdacht gehabt, aber falls er es nicht gewesen war, wer dann?

Monica spürte ein Vibrieren in ihrer Manteltasche. Leise fluchend fischte sie ihr Handy heraus. Es war Crawford.

»Ich hoffe, du hast gute Neuigkeiten.«

»Freut mich auch, deine Stimme zu hören.« Der Empfang war nicht ganz einwandfrei. Es klang, als wäre er im Auto unterwegs. »Die Haustürbefragungen haben leider nichts ergeben, dafür bin ich heute Morgen unten am Kai mit jemandem ins Gespräch gekommen. Hat mir den Namen von einem von Brodies Seafood-Lieferanten genannt. Der besitzt ein Boot unten am Loch Broom, am Ufer gegenüber von Ullapool.«

»Okay, und?«

»Er meinte, er sei mit Brodie King befreundet. Wir haben eine kleine Spritztour gemacht. Die Strecke zieht sich ziemlich, und die Straße ist …«

»Crawford, kannst du bitte endlich auf den Punkt kommen.«

»Brodie ist dort untergeschlüpft«, antwortete er ein wenig verschnupft, weil er seine Geschichte nicht weiter ausführen durfte.

»Hast du ihn erwischt?«

»Nein. Er ist heute frühmorgens aufgebrochen. Hat eine Waffe mitgehen lassen, eine Schrotflinte.«

»Hat dieser Mann dir gesagt, wohin er wollte?«

»Er weiß es nicht. Meinte nur, Brodie sei aufgebracht gewesen. Fast unzurechnungsfähig.«

Monica legte auf und drehte sich zu Hately um. Er wäre begeistert von dem, was sie ihm gleich erzählen würde. »Erinnern Sie sich an diese Brandsache?«

»Sie meinen die Brandstiftung in diesen Kirchen?«

Sie sparte es sich, ihn zu korrigieren, denn im letzten Fall hatte es sich um eine umgebaute Scheune gehandelt, aber egal.

»In mir gärt schon länger die Theorie, dass diese Brände mit Freyas Tod in Verbindung stehen könnten.«

»Wie bitte?«

»Damit fing es doch erst an, kurz nachdem wir Freyas Leichnam ausgegraben hatten.«

»Und?«

»Rolf Stilger, der Pauline Tosh erzählt hat, wo Freya begraben liegt, und damit nahm der ganze Fall ja seinen Anfang … er ist bei einem Brand ums Leben gekommen. Deshalb lag für mich die Überlegung nahe, ob er den Mörder vielleicht kannte. Vielleicht wusste er, wer Freyas Leichnam vergraben hat? Jedenfalls hat er Pauline Tosh erzählt, dass er es herausfinden und es ihr sagen würde. Und dann kam er ums Leben.«

»Und warum haben Sie sich nicht schon längst auf diese Verbindung konzentriert?«, blaffte Hately.

Monica starrte ihn entgeistert an. Am liebsten hätte sie ihm so richtig die Meinung gegeigt. Ihn darauf hingewiesen, dass er sich aus den Ermittlungen bislang zum Großteil rausgehalten hatte. Er hatte Angst gehabt, dass die Story große Presse machte, und ihnen keine zusätzlichen Mitarbeiter genehmigt, dabei hätten sie jede Unterstützung gebrauchen können, um dem weiter nachzugehen. Sie schnaufte tief durch. Natürlich hatte es keinen Sinn, ihm deswegen jetzt noch Vorhaltungen zu machen. »DC Fisher ist dran«, gab sie knapp zurück, dann drehte sie sich um und marschierte in Richtung Ermittlungszentrale. Wenn ihm danach war, konnte er ihr jederzeit folgen, oder er konnte den Beleidigten spielen; wofür auch immer er sich entschied, sie würde den Fall auch ohne seine Unterstützung lösen.

Fisher blickte von seinem Laptop auf, mit verdutzter Miene, als erst seine Chefin und dann *deren* Boss ins Zimmer gestürmt kamen. Ein echter Schreckmoment, schlimmer als der finsterste Albtraum eines jeden karrierefixierten Beamten.

Instinktiv wanderte seine Hand zur Brille. »Ist alles in Ordnung?«

Rasch brachte Monica ihn im Fall Salisbury auf den neusten Stand. Als er begriff, dass ihm kein Ärger drohte, entspannte er sich sichtlich.

»Ich warte noch auf die Mitarbeiterliste von dem Handwerksbetrieb, der sowohl Zugang zur Grube hatte als auch an der Cotton Lodge Barn beschäftigt war. Hume and Sons heißt das Unternehmen«, sagte Fisher. »Man wollte sich mit dem Datenschutz rausreden, hat sich letztlich aber doch bereit erklärt, sie mir auszuhändigen, sofern ich einen offiziellen Antrag per Mail schicke.«

»Sagen Sie denen, wir brauchen diese Liste, und zwar schnellstmöglich. Brodie King könnte schon auf dem Weg dorthin sein.«

»Selbstverständlich, Ma'am.« Fisher griff sofort zum Telefon.

Währenddessen ging Monica den Fall gedanklich noch einmal durch und zwang ihr Gehirn dabei weg von Miranda Salisburys Story aus dem Jahr 1994 zurück in die Gegenwart. Da musste doch noch irgendetwas sein, das ihnen bislang entgangen war, irgendein Hinweis, den sie übersahen. Sie dachte an das erste Feuer, draußen bei Eskdale. Sie erinnerte sich, dass Fisher erwähnt hatte, der Gemeindevorsteher der Kirche habe sich mittlerweile weitestgehend erholt und würde nicht länger auf der Intensivstation liegen. Ungeduldig wartete sie ab, bis Fisher sein Telefonat mit der Sekretärin des Handwerksbetriebs beendete. Kaum hatte er aufgelegt, fragte sie: »War eigentlich schon jemand bei Mr. Miles, dem Verletzten vom ersten Kirchenbrand?«

70

Statt die kurze Strecke rüber zum Raigmore-Krankenhaus zu fahren, machte Monica sich zu Fuß auf den Weg. Das riesige Gebäude deckte das Einzugsgebiet fast der kompletten Highlands und der Äußeren Hebriden ab, deshalb war der Parkplatz tagsüber in der Regel restlos überfüllt. Mittlerweile ging es schon auf drei Uhr zu. Eine graue Dunstglocke aus dichten Wolken hing über der Stadt. Es war einer dieser typischen Herbsttage, an denen sich die Sonne kein einziges Mal zeigte. Nach reichlich Frust und Verwirrung bei der Anmeldung fand Monica heraus, dass Mr. Miles im dritten Stock des weitläufigen Klinikgebäudes lag.

Eine Schwester führte sie auf die kleine Station. Sie spürte, wie sich die Augen von sechs Patienten auf sie hefteten, und hatte wieder einmal das Gefühl, eine wandelnde Freakshow zu sein. Als hielten diese Leute sie für den Sensenmann persönlich.

Der Gemeindevorsteher der Kirche saß aufrecht gegen die Kissen gelehnt im Bett. Er war jünger, als Monica erwartet hatte, etwa Mitte fünfzig. Sein Gesicht war fahl und ausgezehrt, aber er machte einen wachen Eindruck. Monica versuchte es mit einem aufmunternden Lächeln.

»Das ist Detective DI Monica Kennedy, Mr. Miles«,

stellte die Krankenschwester sie vor. »Sie hätte ein paar Fragen zu Ihrem Unfall, falls Sie sich zu einem Gespräch in der Lage sehen.«

Er runzelte irritiert die Stirn. »Ich hab Ihnen doch gesagt, das war kein Unfall.« Die Schwester nickte und lächelte entschuldigend, als hätte ihr Patient Wahnvorstellungen. Sie bot Monica einen Stuhl an, dann verabschiedete sie sich und huschte aus dem Zimmer. »Ich erkläre denen schon seit drei Tagen, dass es kein Unfall war. Aber niemand schert sich einen Scheißdreck.«

»Ich weiß, dass es kein Unfall war«, versicherte Monica dem Mann. »Bei uns ging es nur drunter und drüber, und wir sind derzeit stark unterbesetzt.« Es war nie angenehm, dem Opfer eines Verbrechens so etwas gestehen zu müssen, aber es hatte keinen Sinn, ihm etwas vorzumachen. »Aber jetzt bin ich hier. Können Sie mir bitte erzählen, was geschehen ist?«

Mr. Miles richtete sich ein Stück auf, die Stirn nach wie vor gefurcht, doch Monica spürte, dass er froh war, endlich ernst genommen zu werden.

»Ich war recht spät noch in der Kirche. Wunderschönes altes Gebäude. Ich habe ein wenig aufgeräumt, und manchmal sitze ich nach der Arbeit einfach da und warte ab, bis es dunkel wird. Nicke sogar hin und wieder ein. Es ist so unsagbar friedlich dort. Haben Sie jemals einfach nur in einer Kirche gesessen?«

»Früher schon, ab und an«, gab sie zu, ein wenig überrumpelt von der Frage. Sie erinnerte sich an die Zeiten in Glasgow, als sie sich manchmal in die Krypta der Kathedrale setzte, um in Ruhe nachzudenken. Aber die Vorstellung, dort unten einzuschlafen, empfand sie als schaurig. »Allerdings nie lange.«

»Tja, ich nehme an, das tun nicht mehr viele Leute.«

»Was ist geschehen?« Monica wusste, dass eine Nahtoderfahrung jeden Menschen dazu brachte, sein Leben noch einmal zu überdenken und sich die großen Fragen des Daseins zu stellen. Doch im Moment musste sie Mr. Miles ganz behutsam zu den kleineren Fragen hinführen.

»Ich sitze also da, und da höre ich draußen ein Fahrzeug vorfahren.«

»Haben Sie gesehen, was für ein Modell es war?«, fragte Monica hoffnungsvoll.

»Leider nein. Auf der Seite gibt es keine Fenster. Es war nur ungewöhnlich, weil die Kirche ja so ab vom Schuss liegt. Da verirrt sich selten jemand hin. Nach einer Weile stand ich auf, weil der Motor immer noch lief. Ich wollte nachsehen, was da los war.«

»Haben Sie jemanden gesehen?«

»Im ersten Moment habe ich es für ein Tier gehalten, aber dann wurde mir klar, dass es sich um einen Mann handelte. Er stand neben der alten Eiche.«

»Wie sah dieser Mann aus?«

»Es war schon recht dunkel, deshalb konnte ich ihn nicht richtig erkennen, aber er hatte eine Kapuze auf dem Kopf. Es sah so aus, als würde er sich am Baum zu schaffen machen. Es war äußerst seltsam. Ich dachte, er wollte sich einen Zweig abschneiden oder etwas in der Art … Aber dann roch ich auf einmal Rauch. Ich rannte hinüber in den Pfarrsaal, und da brannte es. Ich habe mir sofort den Feuerlöscher gegriffen und wollte löschen. Aber irgendwie muss ich vom Rauch ohnmächtig geworden sein. Das Nächste, woran ich mich erinnere, ist, wie ich von den Feuerwehrleuten rausgetragen werde.«

Etwa zwanzig Meilen westwärts von Inverness hielt Monica vor den verkohlten Überresten des Gemeindesaals an. Die angrenzende Kirche war praktisch unversehrt. Die Feuerwehr musste gerade rechtzeitig eingetroffen sein, um sie zu retten. Es war schon fast dunkel, obwohl gerade mal später Nachmittag war. Der schiefergraue Himmel und der Nebel bildeten die perfekte Hintergrundkulisse zum grauen Gestein der Kirche. Die erwähnte Eiche war ganz am Ende des Friedhofs auszumachen, uralt und knorrig und einsam stand der Baum da, mit tief hängenden Ästen. Monica ging darauf zu. Sie ließ den Blick über die Baumkrone wandern, die nach den jüngsten Unwettern überwiegend kahl war. Auf den ersten Blick sprang ihr nichts Auffallendes ins Auge, es war nichts in die Rinde des Stamms geritzt oder dergleichen. Vermutlich vergeudete sie nur ihre wertvolle Zeit. Was, wenn Mr. Miles' Erinnerung ihn trog und ihre leise Hoffnung, der Brandstifter könnte irgendeine Spur hinterlassen haben, unbegründet war? Andererseits fiel ihr wieder ein, wie er sie beim Brand an der Cotton Lodge Barn vom Waldrand aus beobachtet hatte. Ihre Vermutung, dass er sich insgeheim wünschte, erwischt zu werden. Zu dem Zeitpunkt hatte ihr Bauchgefühl ihr gesagt, dass es sich um Brodie King handelte. Aber wenn nicht er es war, wer dann? Sie stieg eine kleine Anhöhe hinauf und wieder hinunter. Dabei sah sie sich einen Ast nach dem anderen genauer an. Sie wünschte, sie hätte ihre starke Taschenlampe aus dem Auto mitgebracht. Gerade wollte sie zurückgehen, um sie zu holen, da landete ihr Blick auf etwas. Von einem der unteren Äste hing etwas, ganz zart und im Dämmerlicht nur schwer zu erkennen. Sie griff danach und spürte, wie sich ihre Finger um kaltes Metall schlossen. Es war eine Halskette. Ein schwarzer Haifischzahn baumelte an der silbernen Kette. Ungläubig starrte sie das Schmuckstück an, während die Puzzleteile sich in ihrem Kopf nach und nach zu einem Bild zusammenfügten. Nach einem Moment kam wieder Bewegung in sie, und sie fischte hektisch ihr Handy aus der Manteltasche. Rasch suchte sie den Kontakt heraus und wählte die Nummer.

71

SEPTEMBER 1994

Brodie King fuhr in die kleine Haltebucht unweit des Henkersbaums, ein Stück vom Haus entfernt. Normalerweise setzte er Freya direkt auf dem Hof der Farm ab; das letzte Mal war er sogar ausgestiegen, und sie hatte ihm die Hühner im Stall gezeigt. Ihren Kater Butter hatte sie ihm ebenfalls vorgestellt. Er hatte Gefallen an dem Tier gefunden.

»Warum hältst du hier schon an?«

»Ich wollte mit dir reden.«

Es war brütend heiß, beinahe tropisch, auch wenn Freya sich nichts darunter vorstellen konnte. Sie war noch nie im Ausland gewesen. Die Seitenfenster des Golf waren heruntergekurbelt. Brodie zündete sich eine Mentholzigarette an und bot ihr ebenfalls eine an. Sie waren weit genug vom Haus entfernt, niemand würde sie hier sehen. Freya nahm sie entgegen, hielt sie aber zur Sicherheit auf Höhe ihres Knies. Ihre Eltern würden sich nur Sorgen machen, wenn sie sie rauchen sähen. Aber vermutlich waren sie ohnehin draußen auf der Wiese hinter dem Haus, ihr Dad war gerade dabei, den Stechginster zurückzuschneiden. In etwas mehr als vierundzwanzig Stunden würden sie nach

Berlin aufbrechen. Sie tat sich nach wie vor schwer mit der Vorstellung, dass es tatsächlich so weit kommen würde.

»Worüber wolltest du mit mir reden?«

»Miranda hatte es in letzter Zeit nicht leicht. Wenn wir erst mal fort sind, wird es besser werden.«

»In welcher Hinsicht?« Aus irgendeinem Grund kamen ihr Brodies Worte wie ein endgültiges Willkommen vor. Als stünde ihre Beziehung von jetzt an unter einem völlig neuen Vorzeichen, als wäre da eine neue Offenheit zwischen ihnen. »Was ist denn los mit ihr?«

»Sie kommt wieder in Ordnung. Ich erklär dir das alles, sobald wir in Berlin sind.«

»Wir ziehen das also wirklich durch.«

Er beugte sich über sie zum Handschuhfach, öffnete die Klappe und zog einen wattierten Umschlag heraus, den er ihr reichte.

»Das Geld von Buggs?«, fragte sie.

»Zweitausend. Er überweist uns noch mehr. Er ist stinkreich und spendabel.«

Freya nickte. Die Sache mit dem Comedian war so was von schräg gewesen, alles an dem Kerl war eigenartig, irgendwie unheimlich, aber sie hatte sich zum Glück nie ernsthaft bedroht gefühlt. Vielleicht, weil Brodie jedes Mal zugesehen hatte, als wollte er sichergehen, dass ihr nichts zustieß. Es hatte sich eher so angefühlt, als wären sie Darsteller in einem besonders bizarren Theaterstück.

»Meine Mum hat die lästige Angewohnheit, in meinen Sachen herumzuschnüffeln, wenn ich außer Haus bin. Kannst du das bis morgen für mich aufbewahren? Aber nicht dass du dir die Kohle unter den Nagel reißt.«

Freya zog eine Grimasse. »Ich mach mich im Nullkommanix aus dem Staub, du wirst schon sehen.« Damit ließ sie den Umschlag in ihrer Tasche verschwinden. Sonst gab es für ihr Empfinden nichts weiter zu sagen, deshalb stieg sie aus. Sie steckte den Kopf durchs geöffnete Fenster noch einmal ins Wageninnere. »Dann bis morgen. Ein Uhr nachts.«

»Ich habe dich mit einem Zauber belegt. Damit dir nichts zustößt.«

Sie lächelte ihn an.

Er reagierte mit dem für ihn typischen schiefen Grinsen, und für einen kurzen Moment glaubte sie, er würde sie küssen. Stattdessen sagte er: »Brenn bloß nicht mit der Kohle durch, verstanden? Ich weiß genau, dass es dich juckt.«

»Wenn ich nicht auftauche, weißt du, dass ich nach Ibiza durchgebrannt bin. Ich mag es lieber etwas wärmer. Scheiß auf Berlin.« Und bevor Brodie antworten konnte, beugte sie sich über den Beifahrersitz, legte ihm eine Hand ans Kinn und drückte ihm einen raschen Kuss auf die Wange. Dann drehte sie sich um und entfernte sich vom Henkersbaum, den Schotterweg hinunter zur Fettercairn Farm. Ohne sich ein letztes Mal nach ihm umzudrehen.

Brodie beobachtete sie. Es gefiel ihm, wie Freya sich bewegte, weshalb er noch einmal aus dem Wagen stieg, um ihr nachzusehen, bis sie zur Farm abbog und außer Sicht verschwand.

Vor ihrem Aufbruch morgen war noch viel zu erledigen. Er wandte sich ab und wollte wieder in den Golf steigen, als ihn ein Geräusch aufhorchen ließ: ein Rascheln, von Schritten auf trockenem Laub, im Wald nicht weit von der Straße. Brodie zögerte einen Moment, dann trat er einen Schritt auf die Bäume zu, neugierig geworden. Er blinzelte ein paarmal, bis seine Augen sich an das bereits dämmrige Licht gewöhnt hatten. Am Fuß eines Baumstammes saß ein

Mann und starrte ihn unumwunden an. Für einen kurzen Augenblick glaubte Brodie, es handle sich um eine Kreatur, die er selbst durch seine dilettantischen Flüche und Zauber aus der Unterwelt heraufbeschworen hatte, doch bei näherem Hinsehen erkannte er, dass es sich um einen jungen Mann handelte, fast noch ein Teenager, in blauer Jeans und einem alten, verblichenen Timberland-Sweatshirt. Sein Gesichtsausdruck war eigenartig: Er lächelte, aber in Wirklichkeit schien er verängstigt zu sein. Brodie empfand sofort Mitleid mit dem Kerl. Er ging auf ihn zu.

»Willst du 'ne Kippe?« Er hielt dem Jungen seine Packung hin, der mit großen Augen zu ihm aufsah. Brodie stellte fest, dass er groß war und kräftige Schultern hatte. Seltsamerweise tat er Brodie deshalb gleich doppelt leid. Er musste im Leben schon einiges durchgemacht haben, um so eingeschüchtert zu wirken. Brodie kannte dieses Gefühl nur zu gut. Er lächelte abermals. »Hier, bitte schön, Kumpel.« Bevor er sich wieder zum Wagen umdrehte, reichte er ihm noch eine Zigarette. »Heb dir die für später auf.«

72

Monica saß bereits wieder im Volvo und ließ den Wagen an, als Jessica Sutherland nach dem dritten Klingeln abhob.

»Wissen Sie noch, wie wir über dieses Foto gesprochen haben, bei Ihnen zu Hause?«, fragte Monica und versuchte, sich ihre Nervosität möglichst nicht anmerken zu lassen. »Bei Ihnen im Flur? Ich glaube, Sie sagten, es sei an Ihrem letzten Geburtstag vor Freyas Verschwinden aufgenommen worden?«

»Ja, das stimmt, warum?« Jessica klang irritiert.

»Freya trug darauf eine Halskette. Mit einem Haifischzahn-Anhänger.«

»Ja, richtig, eins der wenigen Schmuckstücke, die sie besaß, das mir auch gefallen hat. Ich glaube, es war ein echtes Fossil.«

»Sie hatten mir doch erzählt, Sie hätten es verloren, auf Ihrer Hochzeitsreise.«

»Warum fragen Sie mich das alles?«, sagte Jessica langsam, während Monica mit nur einer Hand am Steuer die engen Kurven fuhr, mit der anderen das Telefon ans Ohr gepresst.

»Ich erkläre Ihnen das, versprochen. Aber antworten Sie bitte.«

»Ja, ich habe es verloren.«

»Wo ist Barry?«

»Barry? Der ist gerade heimgekommen, ist drüben bei den Kindern. Warum?«

»Hören Sie mir jetzt gut zu, Jessica. Ich möchte, dass Sie sofort das Haus verlassen.«

»Das Haus verlassen? Was zur Hölle wollen Sie?!«

»Ich erkläre Ihnen alles, das verspreche ich. Reden Sie einfach weiter und gehen Sie nach draußen.« Gerade fuhr sie auf einen besonders kurvenreichen Streckenabschnitt zu, sodass Monica beide Hände ans Steuer nehmen musste und stark herunterbremste. Als sie die Kurven gefühlt im Kriechtempo hinter sich gebracht hatte, hob sie das Handy wieder ans Ohr. »Jessica? Sind Sie noch dran?« Es kam keine Antwort, die Leitung war tot. Sie bremste ab und verband das Telefon über Bluetooth mit dem Fahrzeug, dann wählte sie die Nummer erneut. Es klingelte eine ganze Weile, ohne dass jemand abhob. Schließlich nahm jemand den Anruf entgegen, aber ohne sich zu melden. Es herrschte nur Stille in der Leitung.

»Jessica? Sind Sie das?«

»Ich bin es.« Eine männliche Stimme.

»Barry, wo steckt Jessica? Und wo sind die Kinder?«

»Sie gehen.«

»Wovon reden Sie? Holen Sie bitte Jessica ans Telefon.«

»Dafür ist es zu spät. Für all das ist es viel zu spät.«

73

Monica wählte Fishers Nummer. »Ich hatte gerade Crawford am Hörer, Ma'am. Er versucht die ganze Zeit schon, Sie zu erreichen. Sie konnten Brodie King stellen, er war auf dem Weg nach Inverness. Er hat eine irrwitzige Geschichte erzählt, von wegen …«

»Dass Barry Sutherland derjenige ist, der Freya getötet hat? Ich weiß. Ich brauche Feuerwehr, Krankenwagen und eine bewaffnete Einheit draußen auf der Fettercairn Farm, und zwar sofort. Barry Sutherland brennt das Haus nieder und bringt vielleicht seine Familie um, wenn er es nicht schon längst getan hat.«

Monica legte auf und rief Crawford an. »Ich versuch es schon die ganze Zeit bei dir. Ein paar Verkehrspolizisten haben Brodie King erkannt, es ist uns gelungen, ihn festzunehmen. Er hat uns eine verrückte Story aufgetischt …«

»Ich weiß, das, was er erzählt, stimmt.«

»Was?«

»Barry Sutherland ist derjenige, der alle diese Gebäude in Brand gesteckt hat. Und er hat Freya auf dem Gewissen. Und jetzt bringt er lieber seine komplette Familie um, als dass er zulässt, dass sie von seinen Verbrechen erfahren. Wo steckst du?«

»Ich bin noch mit Khan unterwegs, knapp hinter Beauly.« Er war also näher an der Farm als sie selbst. Sie hatte noch ein paar Meilen vor sich.

Es war schon dunkel, als Monica gleich hinter dem Henkersbaum zum Hof abbog. Schon aus der Entfernung hatte sie einen hellen Lichtschein ausgemacht.

»Nein, nein, nein.« Entsetzt starrte Monica auf die Umrisse der Fettercairn Farm, die lichterloh brannte. »Nein, bitte nicht.« Sie kam zu spät; sie waren alle tot. Nach kurzer Schockstarre stellte sie fest, dass sie den Fuß vom Gas genommen hatte. Das Auto kroch nur noch langsam vorwärts. Sie hatte versagt. Doch dann fielen ihr Crawford und Khan wieder ein, und im nächsten Moment fiel ihr Blick auf Crawfords roten Audi am Straßenrand. Sie parkte direkt dahinter, sprang aus dem Wagen und rannte auf das brennende Haus zu. Khan stand davor, das Handy am Ohr, und versuchte, sich über das zunehmende Tosen der Flammen Gehör zu verschaffen.

»… brauche sie auf der Stelle hier!« Sie blickte auf und sah, wie Monica angerannt kam. »Crawford ist reingegangen!«

Monica rannte zur Haustür. Aus den Fenstern im ersten Stock quoll schwarzer Rauch, aber das Erdgeschoss schien von den Flammen noch unberührt. Sie machte eine Bewegung aus. Wenig später erkannte sie, dass es zwei menschliche Gestalten waren, die am Boden liegend miteinander rangen.

Monica duckte sich durch die Tür ins Haus. Die Hitze war erdrückend, die Luft brannte in ihrer Lunge wie pures Feuer. Sie ging in die Hocke. Blinzelnd erkannte sie die beiden Umrisse als Crawford und Barry Sutherland. Letzterer schien im Moment die Oberhand zu haben, er war über ihrem Kollegen. Ohne lange nachzudenken, packte sie den Mann und riss ihn von Crawford herunter. Der kämpfte sich auf die Knie und verpasste Sutherland einen satten Fausthieb ans Kinn. Wieder und wieder schlug er zu, bis er sich nicht mehr rührte.

»Wo sind die Kinder?«, brüllte Monica.

Crawford wirbelte mit weit aufgerissenen Augen herum, als würde er sie nicht erkennen. Blut rann ihm übers Gesicht. »Ich glaube, sie sind oben!«

Die Hitze war unerträglich, der Rauch so undurchdringlich wie die Nacht. Monica machte einen Schritt auf die Treppe zu. Für einen flüchtigen Augenblick wurde ihr schwarz vor Augen, ihre Lunge brannte. Sie machte noch einen Schritt. Sie musste diese Kinder retten. Ihre Hand fand das Geländer. Sie nahm einen sengenden Atemzug. Schleifte ihren Fuß abermals vorwärts.

Dann glitt der Boden unter ihr weg, und sie stürzte hinein in die grenzenlose Dunkelheit.

74

Monica kam es vor, als wären Jahre vergangen, als sie plötzlich starke Arme um ihre Hüfte spürte. Jemand schleifte sie an einen Ort, wo sie nicht sein wollte. Sie schlug die Augen auf und sah die Flammen. Wenig später fiel ihr alles siedend heiß wieder ein: das Halskettchen, Barry Sutherland, das Feuer, die Kinder. Allmählich dämmerte ihr, dass sie ohnmächtig geworden sein musste. Sie atmete tief ein, spürte die kühle Luft und stellte fest, dass sie wieder im Freien war. Ganz in der Nähe rangen Feuerwehrleute mit einem Schlauch.

Sie kämpfte sich auf die wackeligen Beine. Sutherland lag neben ihr; sie bückte sich und packte ihn am Kragen. »Was haben Sie mit ihnen gemacht?«, herrschte sie ihn an. Sie dachte an Harriet und ihre Brüder. In diesem Haus. Tot.

Sutherland starrte zu ihr auf und versuchte noch nicht einmal, sich ihrem Griff zu widersetzen. Sein Gesicht war übel zugerichtet, und da war überall Blut. Ihr Blick wanderte tiefer, und sie erkannte mit Entsetzen, dass er versucht hatte, sich die Pulsadern aufzuschneiden. Sie spürte eine seltsame Hitze in der einen Hand und begriff, dass sie selbst verletzt war.

»Sie haben sie umgebracht!«

»Ich konnte es nicht!«, rief Sutherland. »Ich hab's versucht. Ich habe es wirklich versucht.«

»Wo ist Jessica? Wo sind die Kinder?«

»In der Scheune«, sagte Sutherland. »Ich wollte nicht, dass sie mich so sehen.«

Monica sah sich um. Die Scheune grenzte am Ende direkt ans Haus. Das Feuer wurde durch den Wind genau in diese Richtung getrieben, und aller Wahrscheinlichkeit nach war bereits Rauch eingedrungen. Sie rannte darauf zu, immer noch mit dem Gefühl, als würde der Boden unter ihr nachgeben. Die schweren Scheunentore waren mit einer dicken Kette verschlossen. Über das Brüllen der Flammen hinweg glaubte Monica von drinnen Stimmen zu hören. Ja, sie war sich sicher. Vergebens zerrte sie an den Toren. Einen Augenblick später tauchte Crawford neben ihr auf. Ihm liefen immer noch Rinnsale von Blut übers Gesicht, während sie mit vereinten Kräften versuchten, die Türflügel aufzubekommen.

Schließlich erkannte Monica, dass es sinnlos war, und rannte zurück zu den Feuerwehrfahrzeugen. Die Einsatzkräfte waren vollauf mit ihren Schläuchen beschäftigt und schienen ihre verzweifelten Rufe nicht zu hören. Da fiel ihr Blick auf eine Axt, die am großen Löschfahrzeug befestigt war. Sie zerrte sie aus der Halterung und rannte damit zurück zur Scheune. Monica holte aus und schwang die Axt nach der Kette, verfehlte sie knapp und versuchte es gleich erneut. Diesmal traf sie, sodass Funken flogen, aber die Kette hielt dem Schlag stand.

»Versuch, den Griff zu treffen!«, rief Crawford. Noch einmal holte Monica mit der Axt aus. Der Metallgriff brach, und Crawford zog die Kette heraus. Dann zerrte er das Scheunentor auf. Drinnen sammelte sich bereits dichter

Rauch, der durch die Ritzen aus dem Haus drang. Monica schrie nach Jessica und den Kindern und sah sich fieberhaft um. Der Raum war erhellt durch elektrische Scheinwerfer, die hoch oben im Gebälk montiert waren.

Die Familie kauerte dicht aneinandergedrängt in der hintersten Ecke der Scheune. Tot, natürlich. Doch dann sah Monica, dass sie sich bewegten. Sie rannte auf sie zu und begegnete Jessicas Blick, und die Panik und die Fassungslosigkeit darin brannten sich tief in Monicas Seele. Die Fragen, die im Raum schwebten, waren unüberhörbar: *Warum? Was ist passiert? Wer hat uns das angetan?* Auf keine von diesen Fragen hatte Monica eine Antwort, und sicher war auch, dass sie Jessica Sutherland ihr Leben lang nicht mehr loslassen würden.

75

Später in dieser Nacht saßen Monica und Crawford im Wartezimmer in der Notaufnahme des Raigmore-Krankenhauses. Monica betrachtete ihrer beider Spiegelbild im Fenster gegenüber. Ihre Gesichter vom Rauch rußgeschwärzt. Die Stichwunden in Crawfords Arm und an seinem Hals waren zum Glück nicht tief, aber sie mussten gesäubert und genäht werden, genau wie die Wunde an Monicas Hand.

Nach der schrecklichen Tragödie hatten sie nun endlich Zeit, um das Ganze noch einmal Revue passieren zu lassen. Crawford ergriff als Erstes das Wort: »Als ich reinrannte, saß Barry Sutherland einfach nur da. Es war seltsam.« Seine Stimme klang sachlich, aber seine grünen Augen funkelten lebhaft bei der Erinnerung an die grauenvollen Ereignisse. »Das Haus brannte bereits, ich wollte einfach nur wissen, wo Jessica und die Kinder steckten. Dann sah ich das Blut. Er hatte sich die Pulsadern aufgeschnitten. Es kam mir so vor, als warte er nur noch auf den Tod. Es hatte den Anschein …« Crawford senkte die Stimme. »Für einen Moment hatte ich das Gefühl, wir befänden uns wahrhaft in der Hölle. Klingt das sehr abgefahren?«

Trotz aller Anstrengung konnte sich Monica ein kleines

Lachen nicht verkneifen, während sie Crawfords große Augen in seinem aschgrauen Gesicht musterte.

»Entschuldige, Crawford. Ich weiß, es ist nicht witzig.« Noch einmal gluckste Monica leise vor sich hin. Sie biss sich auf die Zunge. Natürlich war ihr klar, dass ihr Verhalten absolut unangemessen war. Ihr Partner war tatsächlich ein abergläubischer Mensch, und da lachte sie schamlos über ihn und seine Ängste. »Tut mir leid, war eine harte Woche.«

Crawford schnaubte nur, drehte sich aber zu ihr und sah sie eindringlich an. Ein Gutes hatte ihr Partner: Er blieb nie lange eingeschnappt. »Ich war allein. Khan forderte telefonisch Verstärkung an. Also flehte ich ihn an, mir zu verraten, wo die Kinder sind, und im nächsten Moment stürzt er sich auf mich und ringt mich nieder. Ein Bauer, stark wie ein Bulle. Ich war mir sicher, ich bin so was von tot, als du plötzlich auftauchst.«

Monica erwiderte nichts darauf. Stattdessen schloss sie für einen Moment die Augen. Sie sank tiefer in den unbequemen Sitz und spürte eine schwere Müdigkeit in ihren Knochen. Ihr alter Tweedmantel stank nach Rauch und war stellenweise angesengt. Sie musste sich wohl oder übel eingestehen, dass er diesmal unrettbar verloren war, ein Opfer des Kampfes. An ihrem nächsten freien Tag stünde ein kleiner Ausflug raus zu Campbells in Beauly an, um sich noch vor dem nahenden Winter einen neuen Mantel anpassen zu lassen. Sie überlegte, welche Art von Tweed sie diesmal aus dem umfangreichen Sortiment wählen würde. Kurz gab sie sich einer verrückten Fantasie hin: eine kleine Spritztour mit ihrer Mum, Lucy und Crawford zu Campbells, dann ein Besuch im Café Biagiotti direkt gegenüber, um sich eine der wunderbaren toskanischen Bohnensuppen zu gönnen, gefolgt von Kaffee und Kuchen. Sie war sich sicher, dass Crawford von den wundervollen Stoffen begeistert wäre. *Sofern er bis dahin nicht vom Dienst suspendiert ist,* meldete sich eine innere Stimme zu Wort. *Oder wegen groben Fehlverhaltens rausgeworfen wurde.* Jetzt wurde Monica schlagartig bewusst, dass sie Crawfords Fehltritt und die möglichen Folgen vollkommen verdrängt hatte. Das war etwas, worin sie schon immer ein As gewesen war: sich von allem abzuschotten, wovon sie nichts wissen wollte.

Crawford mussten ganz ähnliche Gedanken durch den Kopf gegangen sein, denn jetzt meinte er, etwas verdruckst: »Was denkst du, wann soll ich es Hately sagen? Oder willst du das übernehmen?«

Monica sah sich im Wartezimmer um, das jetzt so gut wie leer war. Da war nur noch der schlafende Alki mit dem einbandagierten Kopf, der vor etwa einer halben Stunde hereingetorkelt kam und allen Anwesenden Fritten aus einer Styroporschachtel anbot; und ein kleiner Junge mit seiner Mutter, im Piratenpyjama und den Arm in einer Schlinge. Er nagte an einem Schokoriegel, den Crawford ihm aus dem Automaten geholt hatte. Ihr Partner hatte es komplett vermasselt, keine Frage. Aber verdiente er es wirklich, dafür seinen Job zu verlieren? Vielleicht. Wahrscheinlich schon, denn wenn man erst einmal anfing, Ausnahmen zu machen und ein Auge zuzudrücken, wo sollte das hinführen? Aber wenn es nach dem ging, hätte sie selbst schon vor Jahren ihre Kündigung erhalten müssen.

Schließlich antwortete sie: »Lass uns erst mal diesen Fall zum Abschluss bringen. Darüber können wir uns später noch Gedanken machen.«

Crawford nickte und streckte seine dürren Beine vor sich aus. Er trug immer noch die alte Lederjacke und die schwarze Jeans, die er als Tarnung für seine Undercover-Ermittlungen angelegt hatte. Seine Mütze hatte er in den Wirren des Kampfes verloren, seine Haare klebten ihm an der Stirn, mit einer grauen Ascheschicht überzogen.

»Woher wusstest du, dass Barry Sutherland Freyas Mörder ist?«, fragte Crawford, offenbar nicht weniger erpicht darauf, das über ihm baumelnde Damoklesschwert vorerst zu vergessen. »Als Brodie King uns das erzählt hat, dachten wir, er hätte nicht mehr alle Tassen im Schrank. Ich wäre nie auf die Idee gekommen, dass Barry Sutherland Freya gekannt haben könnte.«

»Jessica hat er erst später kennengelernt. Aber ich habe immer noch keinerlei Vorstellung, weshalb er Freya umgebracht haben könnte«, sagte Monica. »Ich habe draußen bei dieser Kirche in der Nähe von Eskadale ein Halskettchen gefunden, das Freya gehört hat. Ich kannte es von einem Foto. Jessica hatte mir erzählt, sie hätte es auf ihrer Hochzeitsreise verloren.«

»Und warum hat er es dort deponiert? Wollte er, dass jemand es findet? Und warum hat er alle diese Feuer gelegt? Das ergibt doch alles keinen Sinn.«

»Das erfahren wir hoffentlich morgen. Vielleicht dachte er, dass wir ihn letztlich doch erwischen«, sagte Monica. »Deshalb hat er alle diese Gebäude abgefackelt und dann sein eigenes Haus niedergebrannt. Um sich abschließend selbst zu töten und seine Familie mit in den Tod zu nehmen. Vielleicht wollte er es so aussehen lassen, als wäre jemand anders verantwortlich?« Während sie ihre Theorien darlegte, wurde Monica bewusst, dass sie diese Möglichkeit bislang noch nicht in Erwägung gezogen hatte. Wobei, es schien durchaus einem Muster zu entsprechen, das sie im Lauf ihrer Karriere bereits wiederholt hatte aufblitzen sehen: diese Unsicherheit bei Männern, die Bestätigung ausschließlich bei ihren Familien suchen und ihre Angehörigen lieber vernichten, als sie anderweitig zu verlieren. Sie erinnerte sich an einen früheren Fall aus ihrer Zeit in London. Ein erfolgreicher Geschäftsmann hatte seine Frau, seine beiden Töchter, seine Pferde, Hunde und zuletzt sich selbst erschossen, weil er sich nicht hatte eingestehen wollen, dass er vor dem Bankrott stand und ihm Ermittlungen wegen Betrugs drohten. Zum Glück hatten im Falle der Sutherlands alle überlebt.

Crawford nickte. »Mir ist im Moment auch eher danach, meine Bude mit mir drin abzufackeln, statt mich dem zu stellen, was mir bevorsteht. Das kann ich dir sagen.«

Monica bedachte ihn mit einem Blick von oben und musste wieder lachen. »Tja, aber vorerst bist du noch am Leben, Crawford.«

»Eine Sache, die ich nicht …« Die Tür zur Notaufnahme ging auf. Die Stationsschwester streckte den Kopf heraus und rief den kleinen Jungen und seine Mutter hinein. Monica seufzte, weil sie selbst schon länger warteten, akzeptierte es aber als übliche Vorgehensweise, dass Kinder bei der Behandlung vorgezogen wurden. Crawford fuhr fort: »Ich verstehe nicht, woher Brodie King wusste, dass es Barry Sutherland war. Dieser Teil ist mir echt ein Rätsel. Wenn er selbst nichts zu verbergen hatte und wusste, dass Sutherland der Schuldige war, warum ist er dann nicht schon vor Jahren damit zu uns gekommen?«

Monica starrte wieder auf ihr dunkles Spiegelbild im Fenster. Die hochgewachsene graue Frau, der kleine graue Mann. Die Lichter des Parkplatzes jenseits der Scheibe und der schlafende Betrunkene mit dem Behälter voll kalter Pommes, die er auf seinem Brustkorb balancierte. Schlagartig wurde ihr bewusst, dass sie noch gar nicht die Gelegenheit gehabt hatte, Crawford auf den neusten Stand zu bringen und ihm zu erzählen, was sie am Nachmittag von Miranda Salisbury erfahren hatte.

»Willst du eine richtig schräge Geschichte hören?«

76

Als Monica am nächsten Morgen den Verhörraum betrat, saß Barry Sutherland bereits am Tisch, allein. Er war bereit zu reden, verzichtete aber auf rechtlichen Beistand. Monica stellte einen Becher Kaffee vor ihm auf den Tisch, mit Milch, kein Zucker. Sie hatte kaum ein Auge zugetan, nachdem sie erst spätnachts aus dem Krankenhaus heimgekommen war und geduscht hatte. Ihre Lunge hatte nach dem Brand immer noch geschmerzt, und ihre Gedanken wollten nach der Aufregung des Tages einfach nicht zur Ruhe kommen.

»Schon seltsam«, sagte er, nachdem Monica den einleitenden Text mit allen relevanten Eckdaten auf Band gesprochen hatte. »Ich habe gestern Nacht so gut geschlafen wie schon lange nicht mehr.« Seine Wangen waren gerötet, und auf seinem Kinn zeichneten sich dunkle Bartstoppeln ab. Ohne die übliche John-Deere-Kappe entpuppte er sich als überwiegend kahl. Trotzdem sah er jünger aus, unsicher wie ein kleiner Junge. Seine Arme waren bandagiert; die Schnittwunden, die er sich selbst zugefügt hatte, waren nicht allzu tief gewesen, seine Handgelenke hatten noch nicht einmal genäht werden müssen. Es war offenkundig, dass ein großer Teil von Barry Sutherland verzweifelt am Leben hing. Monica betrachtete das Pflaster an ihrer eigenen linken Hand: Zwei Stiche waren nötig gewesen. Bei Crawford hatte es insgesamt sechs gebraucht, verteilt über die beiden Verletzungen an Hals und Arm.

»Warum das?«

»Nun, ich denke, dass letztlich eine große Last von meinen Schultern gefallen ist.«

»Sie meinen wegen der Sache mit Freya?«

»Genau. Es ist befreiend, mich nicht länger verstellen zu müssen.«

»Können Sie mir schildern, was geschehen ist?«

»Es war ein Unfall. Ich hatte nie vor, ihr wehzutun.«

»Und deshalb haben Sie sie klammheimlich begraben?«

»Ich wollte sie abhalten.«

»Abhalten? Wovon?«

»Davon, ihre Familie zu verlassen. Sie wusste ja gar nicht, wie glücklich sie sich schätzen konnte, dass sie all das hatte.«

»Woher kannten Sie Freyas Familie?« Jessica war nach wie vor felsenfest überzeugt, dass sie Barry vor Freyas Verschwinden nie begegnet war.

»Ich habe ein paarmal in der Firma meines Onkels ausgeholfen. Hab den Weg gleich hinter ihrer Farm mit erneuert. Niemand hat mich bemerkt, aber ich habe sie gesehen, wie gut sie alle miteinander auskamen. Wie sie zusammensaßen und gemeinsam ihre Mahlzeiten einnahmen. All das war mir selbst nie vergönnt gewesen. Nachdem wir mit den Arbeiten am Weg fertig waren, kehrte ich regelmäßig dorthin zurück. Nur um sie zu beobachten, um mit eigenen Augen zu sehen, wie eine normale Familie so lebt. Unweit des Farmhauses steht ein alter Baum, der Henkersbaum. Man kann kinderleicht da hochklettern. Von dort oben hatte ich perfekte Sicht. Mrs. Sutherland hat oft gebacken, während Mr. Sutherland die Felder bestellte und dann nach Hause zurückkehrte. Es hat mich mit Freude erfüllt, das alles mit anzusehen. Ich fragte mich, wie es wohl wäre, ein Teil dieser Familie zu sein. Es war alles so perfekt.«

Monica rief sich ihre erste Begegnung mit Barry in Erinnerung, wie sehr er betont hatte, dass er zur Sutherland-Familie gehörte, und was er über sein eigenes Zuhause gesagt hatte. Alles hatte auf eine zerrüttete Familie hingedeutet. Die Tatsache, dass er den Nachnamen Sutherland angenommen hatte. Zu dem Zeitpunkt hatte sie es versäumt, ihn nach seinem Geburtsnamen zu fragen. Damals war sie allerdings überzeugt gewesen, Pauline Tosh sei die Mörderin. Mittlerweile wusste sie, dass er früher Hume hieß. Er arbeitete nach wie vor gelegentlich für den Betrieb seines Onkels, Hume and Sons. Er hatte an der Cotton Lodge Barn mitgeholfen, an der Kirche bei Eskadale, und er hatte Zugang zur Grube.

»Sie wussten also, dass Freya abhauen wollte?«, fragte Monica.

»Alles fing damit an, dass sie diese *Clique* kennenlernte, ihre sogenannten *Freunde.*« Er spie das letzte Wort regelrecht angewidert aus. »Miranda Salisbury, Brodie King und diesen anderen, Joseph Moon. Mr. und Mrs. Sutherland mochten die drei nicht. Bis dahin war alles bestens gewesen. Aber dann begann Freya, sich zu verändern. Sie kam immer später nach Hause, fing zu trinken und zu rauchen an.«

»Woher wussten Sie, dass sie abhauen wollte?«

»Ich hab das zufällig mitbekommen. Ich war im Wald, als ein Auto direkt vor mir hielt. Die Fenster waren heruntergekurbelt. Ich hab nicht absichtlich gelauscht, das war reiner Zufall.«

»Worüber sprachen sie?«

»Brodie King meinte, er würde sie in der kommenden

Nacht um eins abholen. Als Freya gegangen war, stieg er aus dem Wagen aus und sah mich. Er schenkte mir eine Zigarette und tat so, als wären wir beste Kumpel. Doch mir war klar, dass er die Familie auseinanderbringen würde. Und dass es Mr. und Mrs. Sutherland das Herz brechen würde. Am nächsten Tag wartete ich, bis die Sutherlands nach draußen gegangen waren, und schlich mich ins Farmhaus. Ich wollte eine anonyme Nachricht hinterlassen und ihnen mitteilen, dass Freya vorhätte durchzubrennen. Dann fing das Telefon zu klingeln an.«

»Und Sie sind rangegangen?«

Er nickte.

»Wer war dran?«

»Er hat sich als Brodie gemeldet, wollte mit Freya sprechen. Ich hab so getan, als sei ich Mr. Sutherland. Hab ihm gesagt, Freya sei nicht da. Er bat mich, ihr etwas auszurichten, der Plan für denselben Abend sei abgeblasen. Er würde sich am Morgen noch einmal melden.«

Monica nickte ganz langsam. »Sie haben die Nachricht natürlich nicht weitergegeben.«

»Ich … ich hörte, wie sie zurückkamen. Am liebsten wollte ich es ihnen sagen. Mich einfach hinstellen und ihnen erklären, wer ich bin. Aber ich war in ihr Haus eingedrungen, ein Fremder. Sie würden mich für einen Einbrecher halten oder für verrückt. Würden behaupten, ich hätte mir das nur ausgedacht. Außerdem wollte ich Freya nicht in Schwierigkeiten bringen. Ich hielt es für das Beste, erst mit ihr zu reden, ihr zu erklären, wie schrecklich traurig alle wären. Deshalb bin ich schnell zur Hintertür raus.«

»Sie kamen also zurück. In der Nacht?«

»Ich hatte den Schlüssel zum Transporter meines Onkels. Damit fuhr ich raus und wartete unter dem Henkersbaum. Ich war mir nicht sicher, ob sie kommen würde, aber dann hörte ich sie an die Seitentür klopfen. Da wurde mir klar, dass ich einen Fehler begangen hatte, ich hätte abhauen sollen, aber ich konnte sie auch nicht einfach so stehen lassen, also ließ ich sie einsteigen. Im ersten Moment reagierte sie erschrocken, aber dann fing sie an, Fragen zu stellen. ›Wo sind die anderen? Wo ist Brodie?‹ Ich erzählte ihr, ich sei ein Freund ihrer Eltern. Dass das, was sie vorhabe, ihnen das Herz brechen würde. Sie verzog das Gesicht zu einer hässlichen Grimasse, als verstünde sie kein Wort. Dann sagte sie: ›Ich kenne dich. Du bist dieser Junge, der den Weg instandgesetzt hat. Du kennst meine Eltern gar nicht.‹ Sie wollte abhauen, aber ich hielt sie am Arm zurück. Ich wollte ihr das alles nur erklären. Ich wusste, wenn sie ihnen erzählte, was passiert war, würde ich nie ein Teil dieser Familie sein.«

»Und deshalb haben Sie sie erwürgt?«

»Ich drückte sie runter auf den Boden. Als ich losließ, rührte sie sich nicht mehr. Sie war so weiß im Gesicht. Ich fuhr sie zum Krankenhaus, aber als ich dort ankam, regte sie sich immer noch nicht.« Er blickte zu Monica auf, kreidebleich bei dieser Erinnerung. »Jessica kommt mich wohl nicht besuchen, wie?«

»Nein.« Langsam schüttelte Monica den Kopf. »Nicht, wenn Sie es nicht wollen.«

»Ich habe wieder und wieder darüber nachgedacht, wie anders alles hätte laufen können. Wenn ich in dieser Nacht nicht dorthin gefahren wäre. Ich hatte nie wirklich Glück im Leben. Das war das Problem. Meine Brüder hatten es alle so viel leichter.«

»Was haben Sie getan«, fragte Monica, »als Sie dort am Krankenhaus feststellten, dass sie sich nicht mehr rührte?«

»Ich fuhr zum Muirtown Basin. Damals arbeitete ich mit meinem Onkel dort. Ich wickelte Freya in Plastikfolie und steckte sie in einen Schuttsack. Dann wuchtete ich sie mir auf die Schulter und trug sie runter. Sie wog quasi nichts.«

»Haben Sie da draußen jemanden gesehen?«, fragte Monica und dachte an die Geschichte mit Rolf Stilger.

»Da war dieser Wachmann. Er hat mit der Taschenlampe auf mich geleuchtet. Er muss mich erkannt haben, weil er mich nur fragte: ›Was hast du denn da?‹ Ich sagte das Erstbeste, was mir einfiel, dass ich irgendwelchen alten Schrott aus dem Wagen vergraben wolle. Es schien ihn nicht zu kümmern, denn er ging zurück in sein Wachhäuschen. Ich holte Freya aus dem Sack. Da war bereits ein Loch im Sumpf, deshalb steckte ich sie kurzerhand da rein und schaufelte Steine und Schlamm drüber. Die nächsten beiden Tage blieb ich im Bett. Ich war mir sicher, dass die Polizei schon bald bei mir auf der Matte stehen würde. Am dritten Tag stand ich auf und kam zu dem Schluss, dass ich es nicht länger aushielt. Ich wollte mich der Polizei stellen. Ich ging also zum Revier und saß den ganzen Tag davor. Ich habe darauf gewartet, dass jemand kommt und mich fragt, was ich da tue. Aber es kam niemand. Deshalb dachte ich, ich sollte einfach gehen und nach den Sutherlands sehen. Ich war mir sicher, sie machten sich mittlerweile große Sorgen, deshalb wollte ich ihnen erzählen, was passiert war. Doch als ich den Lieferwagen holen wollte, wartete mein Onkel bereits auf mich. Er war mächtig wütend. Wollte wissen, wo ich gewesen sei. Es gäbe Arbeit zu erledigen. Ob ich ihn für eine verdammte Witzfigur halte.«

»Und deshalb haben Sie es nie jemandem erzählt?«

»Es schien mir nicht richtig. Nach allem, was passiert war.«

»Was haben Sie als Nächstes getan?«, fragte Monica, fassungslos über Sutherlands nüchterne Schilderung.

»Ich bin einfach arbeiten gegangen. Hab getan, was getan werden musste.«

»Aber Sie wollten das Ganze nicht wiedergutmachen? Wollten Sie Freyas Familie nicht wissen lassen, was ihr zugestoßen war?«

»Jemandem die Wahrheit zuzumuten, nur um das eigene Gewissen zu erleichtern, ist nicht immer die fairste Lösung«, sagte Sutherland.

»Sie haben sich mit der Familie angefreundet?«

»Da war etwas in der Zeitung. Von wegen, sie wollten mit Freyas Verschwinden ein breites Bewusstsein wecken. Ich habe mich freiwillig zum Verteilen von Flyern gemeldet und landete mit Jessica im Team. Wir drehten gemeinsam unsere Runden durch Inverness. Ständig verfolgte mich das eigenartige Gefühl, Freya könnte hinter einer der Türen lauern oder uns von einem Fenster aus beobachten. Natürlich wusste ich, dass das Quatsch war. Dass sie am Stadtrand begraben lag.«

»Und dann fingen Sie an, Jessica zu treffen?«

»Wir hatten von Anfang an einen besonderen Draht zueinander. Irgendwie wussten wir beide, dass Freya weit fort war. Es war, als würde Jessica das spüren, durch mich. Ich habe sie in einem Oasis-T-Shirt gesehen, die Band meine ich. Ich habe mir auch eins besorgt und ihr erzählt, ich hätte mir das Album *Definitely Maybe* gekauft. Sie meinte, ›Live Forever‹ sei ihr Lieblingssong. Ich sagte, es sei auch mein Favorit, obwohl ich mir da gar nicht so sicher war. Bis zu dem Zeitpunkt mochte ich eher Sachen von Nirvana und Pearl Jam. Freya hat auch eher Grunge gehört. Aber mir gefielen auch Oasis und Blur. Wenn ich diese Musik hörte, musste ich an nichts mehr denken, wissen Sie?« Monica wusste nicht, was er meinte, nickte aber dennoch. »Ich schätze, wir verstanden uns ganz gut. Als wüssten wir beide, dass das Leben nach Freyas Verschwinden nie wieder dasselbe sein würde.«

»Haben Sie irgendetwas davon Jessica damals gesagt?«, erkundigte sich Monica. Bislang war ihr nicht in den Sinn gekommen, sich zu fragen, ob er Jessica vielleicht alles gestanden hatte. Aber *es sind schon seltsamere Dinge passiert,* wie Monicas Mum zu sagen pflegte.

»Nein!« Jetzt klang Barry Sutherland empört. »Sie wusste nichts von dem, was passiert war. Sie durfte es nie erfahren.«

»Deshalb beschlossen Sie, sie und Ihre Kinder zu töten?«

»Ich habe es am Ende doch nicht über mich gebracht. Ich hatte es vor, seit Sie Freya gefunden hatten. Wollte es so aussehen lassen, als hätte jemand anders mich, Jessica und die Kinder umgebracht. Ich hatte keinen rechten Plan, aber ich hab mir wohl eingebildet, wenn ich dieses Halskettchen am Baum hinterlasse und die Kirchen und dieses leer stehende Haus niederbrenne, würde jeder denken, der Mörder sei zurückgekehrt und hätte uns alle umgebracht. Man sagt doch, dass Psychopathen gern Feuer legen, oder?«

Jetzt sah er zu Monica auf, bis ihr dämmerte, dass es eine ernst gemeinte Frage war, auf die er eine Antwort erwartete. Sie nickte. Sie erinnerte sich an dieses Bauchgefühl. Irgendetwas hatte ihr gesagt, dass der Brandstifter erwischt werden wollte.

Barry fuhr mit seinem Bericht fort. »Wenn ich ehrlich bin, konnte ich nicht klar denken. Aber ich dachte, es würde so aussehen, als hätte jemand anders uns auf dem Gewissen. Als bildeten die Brände ein Muster, an deren Ende dann unser Tod stand. So hätten die Leute wenigstens Mitleid mit uns und behielten uns als gute und aufrichtige Familie in Erinnerung. Niemand sollte je von dem Unfall mit Freya erfahren.«

»Warum haben Sie die Kette mit dem Haifischzahn an sich genommen? Jessica hat mir erzählt, sie habe sie auf Ihrer gemeinsamen Hochzeitsreise verloren.«

»Ich konnte es nicht ertragen, das Schmuckstück an ihr zu sehen, weil ich wusste, dass es Freya gehört hatte. Es erinnerte mich ständig an das Unglück. Deshalb habe ich es im Innenfutter meines Koffers versteckt. Ich habe es nie wieder angerührt, bis ich hörte, dass Sie Freya ausgegraben hatten. Ich hatte es auf jedem Urlaub dabei, in diesem Koffer, bei jedem Wochenendtrip. Manchmal kam es mir so vor, als wollte ich, dass Jessica es fand und dass sie den Teil meiner Persönlichkeit kennenlernte, der es gestohlen hatte. Den Teil von mir, der Freya das angetan hatte. Dann würde ich mich nicht länger verstellen müssen, so mein Gedanke. Ich bin Ihnen auch nach Hause gefolgt, wartete im Wäldchen hinter Ihrem Haus. Ich hätte gestanden, wenn Sie mich angesprochen hätten, genau wie bei unserer Begegnung an der Cotton Lodge Barn. Ich hätte Ihnen jederzeit wehtun können, wenn ich gewollt hätte. Ich glaube, im Grunde wollte ich, dass Sie merken, dass ich es bin. Deshalb habe ich gezögert. Vielleicht ist das auch zum Teil der Grund, weshalb ich diese Brände gelegt habe? Und warum ich das Halskettchen an den Baum gehängt habe, der mich im Übrigen an den Henkersbaum erinnert hat. Damit man mich endlich schnappt, mich aufhält. Es ist, als hätte ich zwei Seiten in mir. Die eine will ein guter Ehemann und Familienvater sein und die Vergangenheit vergessen. Und die andere will gestehen, was ich getan habe. Das alles hat mich immer stärker belastet. Zu wissen, dass Sie mich irgendwann erwischen würden. Ich denke, ich wollte einfach nur noch, dass es vorbei ist.«

»Wieso glaubten Sie, dass wir Ihnen doch noch auf die Schliche kommen würden? Immerhin blieben Sie ganze zwei Jahrzehnte unentdeckt.«

Barry Sutherland schien die Frage zu verwundern. »Wegen dieses Nachtwächters, Rolf Stilger. Er war der Einzige, der wusste, wo Freya abgeblieben war. Als ich die Neuigkeit hörte, dass man sie gefunden hatte, war mir klar, dass er es jemandem erzählt haben musste und doch noch alles rauskommen würde. Anfangs hatte ich allerdings noch die Hoffnung, man würde Brodie die Schuld in die Schuhe schieben.« Er schlug beide Hände vors Gesicht. »Das war falsch. Er hat auch Familie. Aber ich hatte Angst.«

»Sie haben Stilger getötet?«

Sutherland sah auf. »Ich musste es tun. Es war vor ein paar Monaten. Wir hatten gerade diese Auszeichnung für Home Call erhalten. Die *Highland News* brachte einen Bericht darüber, wie Jessica und ich uns kennengelernt hatten und wie schön es doch war, dass Freyas Verschwinden so auch seine gute Seite hatte und dass wir beide hofften, sie würde irgendwann doch noch zurückkommen. Ich war immer vorsichtig damit gewesen, mich fotografieren zu lassen. Aber da hatte ich nicht aufgepasst. Es schien alles so lange her.«

»Er hat Sie auf dem Foto erkannt?«

Sutherland nickte und ließ den Kopf hängen. »In der darauffolgenden Woche wartete er auf mich. Unter dem Henkersbaum, zusammengekauert im Regen, wie ein kleines Männchen aus einem Märchen.«

»Was hat er gesagt?«

»Er stand einfach nur da und grinste mich an. Ich dachte,

er bräuchte vielleicht Hilfe, deshalb hatte ich am Straßenrand angehalten. Ich versuche zu helfen, wo es geht, würde nie jemanden stehen lassen, der Hilfe benötigt. Ich erkannte ihn nicht und fragte, ob alles okay sei. Er grinste einfach weiter, als hätte er einen Witz erzählt, dann sagte er: ›Erinnerst dich wohl nicht an mich, Barry, was?‹«

Monica fiel die Geschichte ein, die Pauline Tosh ihr im Carselang erzählt hatte, von wegen Rolf Stilger hätte gewusst, wer den Leichnam in den Marschen vergraben habe. Und dass derjenige mit weiteren Informationen noch einmal zu ihr kommen wollte. Er musste ungefähr um die Zeit auf Barry Sutherland zugegangen sein.

»Er hat Sie gefragt, ob Sie Freya getötet haben?«

»Nicht direkt. Er hat es nur angedeutet, als wäre das alles irre komisch. Von wegen ›schon ulkig, dass deine Schwägerin verschwindet und du ungefähr zur selben Zeit etwas in den Marschen verbuddelst, findest du nicht?‹ Ich konnte nicht glauben, was ich da hörte. Ich hatte schon lange nicht mehr an das alles gedacht, als wäre es in einem früheren Leben passiert. Er meinte, er sei nicht an Geld interessiert, wollte nur die komplette Story hören und wissen, was genau passiert war. Er wollte es aufschreiben. Er schwor mir hoch und heilig, niemandem etwas zu erzählen.«

»Haben Sie sich auf ein Treffen mit ihm eingelassen?« Monica wusste, dass Stilger etwas weiter im Süden gewohnt hatte, in Argyle, deshalb hatte ihr Team seinen Tod nicht gleich mit den anderen Brandfällen in Verbindung gebracht.

»Ich hab ihn für verrückt erklärt und bin einfach weitergefahren. Als ich heimkam, musste ich mich übergeben und blieb zwei Tage im Bett. Am Ende fand ich seine Adresse heraus und fuhr hin, um es ihm zu erklären.«

»Und dann haben Sie ihn umgebracht?«

»Die Haustür war abgeschlossen. Er war ohnmächtig, hatte zu viel getrunken. Bei ihm sah es aus wie im Saustall. Ich hab einfach nur ein Holzscheit aus dem Kamin auf den Boden gerollt und ein wenig Papier drangehalten, bis es brannte. Es schien mir das Beste für ihn zu sein. Als ich von draußen dann die Flammen sah, fand ich es wunderschön, als würden meine Probleme gleich mit verbrennen.«

»Aber er hatte es bereits weitererzählt.«

»Ja, so muss es wohl gewesen sein, aber ich wusste nicht wem. Ich dachte, wenn ich die Kirchen anzünde und das Schmuckstück hinterlasse, würde zumindest nie jemand darauf kommen, dass ich es war. Alle unsere Freunde wussten, dass ich Jessica und ihre Familie erst nach Freyas Verschwinden kennengelernt hatte.«

Monica starrte Sutherland über den Tisch hinweg an. Wären seine unbeholfenen Versuche, seine Spuren durch das Legen dieser Brände zu verwischen, nicht gewesen, hätten sie ihn womöglich nie erwischt. Monica spürte, dass ein Teil von ihm sich insgeheim nach einer Art Absolution gesehnt hatte. Dieser Teil hatte mit seiner anderen Seite gerungen, die durch den simplen Ausweg aus Feuer und Tod allem ein Ende setzen wollte. Während Monica ihn musterte, versuchte sie, so etwas wie Wut über das zu verspüren, was er Freya angetan hatte. Die vielen Jahre des Schmerzes, die er ihrer Familie bereitet hatte. Wie sollten Jessica und die Kinder je mit dieser schrecklichen Wahrheit klarkommen? Sie konnte sich nicht vorstellen, wie Jessica sich mit dem Wissen fühlen musste, den Mörder ihrer Schwester geheiratet zu haben. Doch stattdessen empfand sie nichts als Mitleid mit Barry Sutherland. Sie sah deutlich, was für ein unvollständiger, gebrochener Mensch er war. Wie die alltäglichen Gefühle von Scham und Unzulänglichkeit sich über ihm wie eine schwarze Wolke zusammengeballt hatten. Wenn er nicht den Fehler begangen hätte, Freya in jener Nacht über den Weg zu laufen … wenn er nicht im Farmhaus gewesen wäre, als Brodie anrief … Aber andererseits kam ihm seine pathetische Geschichte sicher auch gelegen. Wie viele weitere »Missgeschicke« dieser Art ihm wohl unterlaufen waren?

»Haben Sie noch andere Menschen getötet, Barry? Wie viele sind es?«

Er sah sie schockiert an und strich mit der flachen Hand über seinen kahlen Schädel. »Niemanden sonst. Ich bin kein Mörder. Es war nicht meine Schuld. Ich wollte doch nicht, dass das alles passiert. Das glauben Sie mir doch, oder?«

Monica nahm ihn fest ins Visier und versuchte, in seinen Augen zu lesen. Oberflächlich betrachtet sah er aus wie ein ganz normaler Mensch, jemand, an dem man auf der Straße vorüberlief, ohne ihn zu registrieren, jemand, dem man an der Tankstelle nur einen kurzen Blick zuwarf und dann sofort wieder vergaß. Schließlich sagte sie: »Sie wissen das besser als ich, Barry. Die Dinge, die Sie getan haben, lasten schwer auf Ihrem Gewissen.«

»Denken Sie, die wohltätige Arbeit, dass ich Menschen geholfen habe … denken Sie, dass ich damit wiedergutmachen kann, was mit Freya geschehen ist?«

»Nein«, gab Monica zurück. »Ich denke nicht, dass man ein geraubtes Leben abbüßen kann. Es klingt mir ganz so, als hätten Sie das auf verschiedentliche Weise versucht. Vielleicht zählt allein schon der gute Wille. Aber ich bin kein Richter.«

77

Hately stand in der offenen Tür zu seinem Büro. Sein Gesichtsausdruck war nicht unbedingt das, was man von einem Detective Superintendent erwartete, der gerade einen höchst komplexen, lange ungeklärten Fall zum Abschluss bringen konnte. Den Grund dafür erfuhr Monica wenig später, als sie Crawford vor seinem Schreibtisch sitzen sah.

»Sie wussten von seinem kleinen Techtelmechtel mit einer von Francis MacGregors Tänzerinnen?«, fragte Hately scharf, als Monica ins Büro trat.

Doch bevor Monica antworten konnte, meldete Crawford sich zu Wort: »Sie wusste von nichts. Ich habe angerufen und mich krankgemeldet, ohne ihr was zu sagen. Sie können das überprüfen, ist alles im System dokumentiert. Das geht allein auf meine Kappe.«

Hately lupfte die Augenbrauen und hob den Blick von Crawford zu Monica: *Halten Sie mich etwa für komplett beschränkt?*, lautete die unausgesprochene Frage.

»Ich nehme an, Sie haben das hier gesehen?« Er hielt ein Klatschblatt hoch und ließ sie die Titelseite sehen. Monica betrachtete die Farbaufnahme: ein blutüberströmter Crawford vor dem brennenden Farmhaus. Vermutlich ein Schnappschuss von einem geschäftstüchtigen Anwohner, darüber die Schlagzeile: HELDENHAFTER COP

RETTET FAMILIE VON MÖRDER. Der erste Absatz gab die Story von Crawfords Kampf mit Sutherland, und dass er Jessica und die Kinder gerettet hatte, zumindest halbwegs korrekt wieder. Zum Glück wurden Monica und ihr Part in dem Drama mit keinem Wort erwähnt; und wenn sie ehrlich war, konnte sie gut damit leben, dass ihr Name nicht schon wieder in allen Zeitungen auftauchte. Ihr Partner hatte offenbar beschlossen, dass es keinen besseren Zeitpunkt gab als jetzt mit dieser Kürung zum Helden im Rücken, um sich Hatelys Urteil auf Gedeih und Verderb auszuliefern. »Sie sind suspendiert, Crawford. Machen Sie sich auf ein Disziplinarverfahren gefasst. Und beten Sie, dass nicht noch andere Fehltritte ans Licht kommen. Sofern Sie richtig Schwein haben, sind Sie immer noch Detective, wenn Sie die Scheiße hinter sich haben. Allerdings einer mit einer denkbar miesen Akte und dem Ruf, ein beschissener Versager zu sein.« Er schüttelte wütend den Kopf.

»Danke, Sir«, gab Crawford kleinlaut zurück.

»Und jetzt verschwinden Sie aus meinem Büro.«

»Selbstverständlich, Sir.«

Monica folgte Crawford den Flur entlang in die leere Einsatzzentrale. Er zog sein graues Wolljackett über und zuckte schmerzhaft zusammen, als der raue Kragen über die frisch genähte Wunde an seinem Hals strich. »Tja, das lief dann ja besser als gedacht.«

Monica rang sich ein schiefes Grinsen ab. »Ich tu mein Bestes und sag ihm einfach die Wahrheit.«

»Das wirst du schön lassen, sonst wittert er noch ein Komplott. Solange nur ich da drinstecke, lässt sich die Sache hübsch auf mein schlechtes Urteilsvermögen schieben.«

Monica nickte. Es widerstrebte ihr, sich nicht für ihren Partner einzusetzen, aber sein Einwand war durchaus berechtigt. Er sah sich im Büro um, als hielte er nach Fisher und Khan Ausschau, doch sie waren beide nicht da.

»Ich verabschiede mich später von ihnen«, sagte er, dunkle Ringe unter den Augen. Die Nacht war lang gewesen.

Nach den wenigen Stunden Schlaf, in denen sie wirre Träume von Feuer und ausgehobenen Gräbern verfolgt hatten, hatte sie selbst keinen Funken Energie mehr.

Noch einmal sah er sich im Büro um, als müsste er sich alles einprägen, dann stemmte er die Hände auf die Hüften, breitete seine Jackenschöße aus und fragte: »Hast du Hunger? Ich hab den ganzen Tag noch nichts gegessen.«

Ihre Mum war natürlich hocherfreut, Crawford zu sehen, als sie Monicas Wohnung betraten. Sie war gerade mit der Zubereitung eines Sheperd's Pie (mit Quorn statt Hackfleisch, Monica zuliebe) beschäftigt.

Lucy saß wie üblich im Wohnzimmer und blätterte in einem ihrer Bücher. »Ich habe mit ihr über die kleine Harriet gesprochen«, raunte Angela ihr verschwörerisch zu. »Ich habe mich an deinen Rat gehalten und bin nicht ins Detail gegangen. Hab nur gesagt, dass ihr Daddy ein schlimmer Mann ist. Dass er versucht hat, ihnen allen wehzutun, aber dann kam Crawford und hat sie gerettet.« Sie lächelte ihrem Kollegen zu. »Heute hat sie mit Munyasa gespielt, weil Harriet nicht in der Schule war«, verkündete Angela stolz. »Stimmt's, Lucy?«

Lucy war so vertieft in ihr Buch, dass sie noch nicht einmal aufsah. »Wie das?«, erkundigte sich Monica.

»Ach, wer weiß. Jedenfalls scheinen die beiden wieder beste Freunde zu sein.«

Das brachte Monica zu der Überlegung, wie viel Rätselhaftes ein Kind im Leben erfahren musste, bevor es sich ganz von einem abnabelte. Wie viel Leid konnte ein Kind ertragen, um dennoch zu einem selbstbestimmten, unabhängigen Wesen heranzuwachsen? Und was genau war es, das sie über kurz oder lang auf die dunklen Pfade des Andersseins führte? Bis man zu einem Barry Sutherland oder einer Pauline Tosh wurde? Ab wann wurden Fantasien von Macht und Magie, wie Lucy sie aus ihrer Verletzlichkeit heraus verfolgte – und zu denen auch Miranda Salisbury, Brodie King und Joseph Moon Zuflucht gesucht hatten – zu zerstörerischen Wahnvorstellungen, die einen Menschen daran hinderten, einem normalen Leben nachzugehen, sich in die Gesellschaft einzugliedern?

Monica seufzte.

»Möchtest du ein Bier, Crawford?« Angela ging vor dem Kühlschrank in die Hocke und brachte eine Flasche gekühltes Beck's zum Vorschein. »Wie geht's eigentlich Heather?«

Crawford nahm das Bier nach kurzem Zögern entgegen. Offenbar war ihm eingefallen, dass er jetzt ja quasi »beurlaubt« war und Alkohol deshalb kein Problem darstellte. Er nahm einen großen Schluck. »Nicht so toll. Na ja, wir haben uns auseinandergelebt, irgendwie. Hat nicht geklappt zwischen uns. Da ist es besser, getrennte Wege zu gehen.«

»Ja, da ist was dran.« Angela nickte wissend. Monica wusste natürlich, dass ihre Mum Heather nie besonders gemocht hatte wegen des vielen Geldes und ihres gekünstelten Oberschichtenakzents, den sie schrecklich prätentiös fand. »Manchmal ist es wirklich besser, sich zu trennen.« Jetzt sah Lucy zu ihnen auf und verfolgte ihr Gespräch mit.

Ein Klopfen an der Tür verhinderte, dass sie sich weitere Beziehungsratschläge ihrer Mum anhören mussten. Hastig sprang sie auf und öffnete die Tür. Draußen stand ein dürrer

Junge im Teeniealter. Monica registrierte, dass er einen Katzenkäfig neben sich stehen hatte.

»Ist das Ihr Kater Albert?«, fragte er nervös. »Er hat sich bei uns im Garten rumgetrieben, hat um Futter gebettelt. Dann haben wir Ihre Suchanzeige gesehen. Wir hielten ihn für einen herrenlosen Streuner …«

Monica spähte durch die Gitterstäbe und sah in das breite Gesicht mit dem cremeweißen Fell.

Barry Sutherland wurde des Mordes an Freya Sutherland, an Rolf Stilger und der dreifachen Brandstiftung angeklagt. Die in Freyas Nasenlöchern sichergestellten Fasern passten haargenau zu einem Teppich, den Barrys Onkel 1993 gekauft hatte und mit dem er mehrere von seinen Transportern ausgelegt hatte. Dieser Onkel war zur Zeit von Freyas Verschwinden an den Erdarbeiten am Gezeitenschutzwall draußen in den Marschen beteiligt gewesen.

Die sterblichen Überreste von Patrick Salisbury fand man im Garten hinter Miranda Salisburys Elternhaus verscharrt. Von diesem Grab aus hatte sein Geist Brodie King, Joseph Moon und Miranda Salisbury vierundzwanzig Jahre lang verfolgt. Mirandas Mutter bestätigte im Großen und Ganzen, was Miranda und Brodie ihnen über den Tod ihres Vaters erzählt hatten. Patrick Salisbury war bereits vorbestraft gewesen, wegen Veruntreuung und Steuerbetrug, außerdem hatte es eine Fahndung der deutschen Polizei wegen Betrugs gegeben. Niemand hatte ihn in den zwei Jahrzehnten vermisst, es gab keinen Aufschrei, der Gerechtigkeit für ihn einforderte. Die Jury befand, King und Salisbury hätten in Notwehr gehandelt, sodass die beiden letztlich mit einem Freispruch im Vorwurf des Totschlags davonkamen. Salisburys politische Karriere war natürlich am Ende, doch sie erfand sich komplett neu als Fürsprecherin für kindliche Opfer sexuellen Missbrauchs. King hatte der ganze Medienrummel nicht im Geringsten geschadet. Er wanderte mit seiner Familie nach Frankreich aus und eröffnete ein Restaurant am Cap Ferret, mit dem er sehr erfolgreich war, sodass er dort zu einer Art örtlichen Berühmtheit wurde.

Zwei Tage nachdem Crawford in der Klatschpresse zum Helden gekürt worden war, veröffentlichte dasselbe Schmierblatt einen Folgebericht mit dem Titel SCHÄNDLICHER SEXSKANDAL UM HELDENCOP, begleitet von Videostills, die Crawford mit dieser Tänzerin zeigten. In der Story wurden weitere Details zum »liebestollen Cop« bekannt, der beim »intimen Bettgeflüster« offenbar »geheime Infos zu einer Mordermittlung ausgeplaudert« hatte.

78

Die gemächliche Fahrt Richtung Westküste verlief relativ ereignislos. Die umliegenden Berghänge waren voller Schnee, und auch am Straßenrand türmte er sich. Gerade fuhren sie durch das Great Glen runter nach Fort William, das etwa siebzig Meilen südwestlich von Inverness malerisch am Ufer des Loch Linnhe lag. Lucy saß bestens gelaunt auf der Rückbank des Volvo. Es war die Woche vor Weihnachten, und mit jedem geöffneten Türchen am Adventskalender stieg ihre Vorfreude. Monica behielt die Rücklichter von Crawfords rotem Audi im Blick, der vor ihnen herfuhr.

Als sie die ersten Häuser von Fort William passierten, setzte Crawford den Blinker. Der graue Schnee leuchtete in regelmäßigem Abstand bernsteinfarben auf. Monica folgte ihm auf einen Parkplatz vor einem größeren Wohnblock. Sie hatte sich bereit erklärt, ihm bei seinem Umzug in sein neues Domizil zu helfen. Als sie ihren Wagen parkte, stand er bereits neben seinem Audi und streckte seine Glieder, während er zu dem tristen grauen Apartmentgebäude hinaufblickte.

»Das ist nur was Vorübergehendes, bis ich was Besseres finde.« Er schüttelte den Kopf. »Tja, da wäre ich also zurück an der Westküste und bald auch zurück in Polizeiuniform. Ich habe Glasgow als Favoriten angegeben.«

»Du bist noch jung. In ein paar Jahren ist das alles Schnee von gestern.«

Crawford nickte, offenbar nicht recht überzeugt. Wenn der eigene Name einmal in Verbindung mit einem Sexskandal durch den Dreck gezogen wurde, hat man als Polizist karrieretechnisch schlechte Karten. Einer Entlassung war er nur deshalb knapp entgangen, weil von den angeblich weitergegebenen Insiderinfos in der Videoaufzeichnung nichts zu hören war und wegen seiner beispielhaften Erfolgsbilanz. »Ich schätze, ich warte erst mal ab, bis das Interesse etwas abgeklungen ist, und denke über eine neue berufliche Ausrichtung nach. Gott weiß, wohin es mich verschlägt.«

Monica ließ sich für einen Moment von ihrer Trauer überrumpeln. Es hatte Jahre gedauert, bis sie einen Partner gefunden hatte, mit dem sie wirklich gerne zusammenarbeitete, einen, der zu einem wichtigen Bestandteil ihres Lebens geworden war. Sie musste an all die Male denken, da sie, Crawford, Lucy und ihre Mum gemeinsame Picknickausflüge gemacht oder sonntags zusammen gegessen hatten. Sie hatten es richtig schön gehabt, auch wenn sie sich das nicht immer eingestehen wollte. Wie eine glückliche kleine Familie, nach den vielen einsamen Jahren unten in Glasgow und London. Die endlosen freien Tage, die sie mutterseelenallein mit langen Spaziergängen und Grübeleien verbracht hatte, darüber, warum sie einfach nicht dazu in der Lage war, engere Bindungen einzugehen.

Aber vielleicht war es in Crawfords Fall nicht anders, vielleicht hatte sie sich zu ihm auch nur deshalb hingezogen gefühlt, weil klar war, dass nichts Ernstes daraus werden konnte. Tief in ihrem Inneren musste sie geahnt haben, dass eine Beziehung zu einem jüngeren Kollegen, ganze zehn Jahre jünger wohlgemerkt, ohnehin keine Zukunft hatte. Noch dazu einem notorischen Weiberhelden mit einem Hang zum Rebellentum, der innerhalb der festgefahrenen Strukturen des Polizeidienst immer seine Schwierigkeiten haben würde. Diese Unangepasstheit, die ihn zu einem großartigen Detective machte, würde ihn gleichzeitig auch aufreiben und ihm letztlich das Genick brechen, so viel stand fest.

Der Schneefall wurde stärker und ging allmählich in Regen über. Crawford schlang sich in seiner schwarzen Lederjacke, die er gar nicht mehr ablegte, die Arme um den Oberkörper. Seine Haare waren gewachsen und lugten unter der schwarzen Beaniemütze hervor. In seinem Outfit erinnerte er stärker denn je an Al Pacino in *Serpico,* weshalb sich Monica unwillkürlich die Frage stellte, ob er es vielleicht bewusst gewählt hatte. Wobei er vermutlich zu jung war, um den Film zu kennen.

»Wie geht's Jessica und den Kindern?«

Monica wunderte sich über seine Frage, bis ihr dämmerte, dass er ja nicht länger Teil des Ermittlerteams war und deshalb nicht mitbekam, was in der Einsatzzentrale so geredet wurde. Jessicas Reaktion auf die Festnahme ihres Ehemanns gehörte zum Erstaunlichsten, was im Rahmen dieses Falls passiert war. »Sie sagt, sie steht fest zu Barry«, berichtete Monica. »Sie ist der Überzeugung, dass die Sache mit Freya ein Unfall war, dass er eine schwierige Kindheit hatte und aus der Zeit Narben davongetragen hat. Ihrer Meinung nach verdient er eine zweite Chance, zumal er sich in all den Jahren für die Wohlfahrt engagiert hat.«

Crawford hob eine Augenbraue. »Tja, das zeigt wieder einmal, wie verschieden Menschen reagieren können. Aber mit drei Kindern ist es sicher nicht leicht. Allerdings kann sich Barry im Mord an Rolf Stilger wohl kaum auf seine schwierige Kindheit rausreden.« Dann fügte er kopfschüttelnd hinzu: »Ich hab ganz vergessen zu fragen, was aus der verschwundenen Katze der Sutherlands geworden ist. Ist die wieder aufgetaucht?«

»Bramble? Harriet hat ihn schlafend unter einem Baum gefunden, zusammengerollt neben Butter, dem alten Kater, der Freya gehört hat. Als wäre er nie fort gewesen.«

Monica spürte, wie der eisige Wind auffrischte und ihre rote Gore-Tex-Jacke aufblähte.

Crawford räusperte sich. »Emilija hat sich bei mir gemeldet.«

Kurz überlegte Monica, von wem er da redete, bis ihr bewusst wurde, dass es um die Frau ging, die dieses Video gemacht und die Story an die Presse verkauft hatte.

»Sie meinte, es täte ihr leid, sie hätte dringend Geld gebraucht. Ihrer Mum in Litauen ginge es nicht gut.« Er zuckte mit der Schulter. »Ich hab ihr versichert, dass ich ihr nichts nachtrage. Francis MacGregor hat sie allerdings gebeten, mir eine Nachricht zu übermitteln.«

»Und, was war es?« Monica erwartete so etwas wie *Fick dich, ich habe gewonnen. Keiner richtet ungestraft eine Waffe auf mich.*

»Es war ein Jobangebot. Für Fahrdienste, als Berater, gut bezahlt, hat sie gesagt.«

»Und, was hast du geantwortet?« Monica war überrascht, obwohl es sie eigentlich nicht hätte wundern sollen. Crawford war einer der besten Detectives, mit denen sie je zusammengearbeitet hatte – für eine kriminelle Organisation wäre er eine große Bereicherung.

»Was denkst du?«, konterte Crawford und klang empört, dass sie es wagte, an ihm zu zweifeln. »Natürlich hab ich darauf hingewiesen, dass ich immer noch ein Cop bin.«

Monica nickte. Hinter ihrem Ex-Partner ragte der graue Betonblock auf, und dahinter die schneebedeckte Masse des Ben Nevis, der höchste Berg des Vereinigten Königreichs. Er thronte über Fort William, als wollte er die Stadt offen zum Kampf herausfordern. Wie es Crawford hier wohl ergehen würde? So fernab vom Trubel der Großstadt, der ihm so viel zu bedeuten schien, und ohne die Herausforderung der Verbrecherjagd zur Ablenkung? Sie hatte das alles schon hinter sich. Wusste genau, welch abgrundtiefe Leere sich in einem auftun konnte, ohne den Adrenalinrausch und das Wissen, dass man im Leben und im Beruf Sinnvolles leistete.

Lucy klebte an der Scheibe des Volvo und zog lustige Grimassen für Crawford. Er verzog seinerseits das Gesicht, sodass sie loslachte. »Ich habe ein Weihnachtsgeschenk für Lucy bei deiner Mum deponiert. Es ist eine kleine Mähne, die sie dem Kater überziehen kann. Damit sieht er aus wie ein Minilöwe.«

Monica bedankte sich, und ihr fiel die Tüte mit seinem Weihnachtsgeschenk und mit dem selbst gemachten Chutney ein, die ihre Mum ihr für ihn mitgegeben hatte. Sie ging zum Kofferraum ihres Wagens und holte seine beiden Koffer heraus. Sie stellte sie auf dem Gehsteig ab und platzierte die Geschenketüte obendrauf.

»Soll ich dir helfen, die hochzutragen?«

»Schon gut, Boss. Es wird bald dunkel. Seht besser zu, dass ihr loskommt.«

Noch einmal bückte sie sich in den Kofferraum und holte eine weitere Tüte heraus, diesmal mit Kuchen und einem Plastikbehälter voll Suppe, ebenfalls von ihrer Mum. Lächelnd überreichte sie sie ihm und wollte am liebsten noch was sagen wie *Ich hab gern mit dir gearbeitet, Crawford. Du wirst mir fehlen.* Stattdessen aber meinte sie nur: »Mach keinen Ärger.«

Darüber musste er lachen. Zum Abschied winkte er Lucy noch einmal durchs Fenster zu und sagte: »Das hab ich nicht vor, glaub mir.«

Jetzt landeten Schneekristalle, scharf wie Glassplitter, auf Monicas Gesicht und Händen, angeweht von der salzigen Brise, die von weit draußen über dem Nordatlantik heranfegte. Hier an der Westküste war es immer einen Tick kälter als in Inverness. Und es regnete mehr.

»Melde dich ruhig mal.«

Damit stieg sie in den Volvo und legte den Rückwärtsgang ein. Crawford lächelte immer noch und stand winkend neben seinen Koffern, hinter ihm der vollgepackte Audi mit seinen restlichen Habseligkeiten. Er wirkte klein vor dem riesigen Bergmassiv, das hinter ihm aufragte.

Monica wendete den Wagen, ließ das Fenster herunter, damit Lucy ihm noch einmal zuwinken konnte, und fuhr dann ohne einen letzten Blick in den Rückspiegel vom Parkplatz, bis der Berg nur noch eine undefinierbare graue Masse vor dem dunkel werdenden Himmel war.

Danksagung

Als Allerserstes möchte ich mich bei Ihnen dafür bedanken, dass Sie dieses Buch gelesen haben! Und auch allen meinen übrigen Leserinnen und Lesern auf der ganzen Welt, die sich die Zeit genommen haben, es zu lesen, zu rezensieren, mich über die sozialen Medien zu kontaktieren, Fotos davon zu teilen oder in ihren Blogs darüber zu berichten. Danke auch allen, die mir private Nachrichten geschrieben haben. Danke für euren Enthusiasmus und euer ermutigendes Feedback, ich bin jedem von euch sehr dankbar dafür. Einen Roman zu schreiben kann ein sehr ermüdender und einsamer Prozess sein. Dass ihr auf diese Weise mit mir in Kontakt tretet, empfinde ich immer wieder als inspirierend, und es gibt mir neuen Antrieb. Ein besonderes Dankeschön an die Instagrammer Jane Kelsey, Martin Ball unten in Melbourne, Australien, und Lisa Schmitt in Deutschland, dass ihr so begeistert Posts über meine Romane verfasst und helft, sie weiterzuverbreiten. Danke außerdem allen Buchhändlerinnen und Buchhändlern, die meine Werke im Sortiment haben und bei denen ich im Lauf der Jahre zu Signierstunden vorbeikommen durfte!

Mein besonderer Dank gilt den Bewohnern von Inverness und der Highlands dafür, dass ich mir große Freiheiten nehmen durfte in der Beschreibung dieser wunderschönen Stadt und dieser atemberaubenden Landschaft. Vor der Veröffentlichung meines ersten Romans war ich extrem nervös, wie man ihn dort aufnehmen würde, aber mir wird immer noch warm ums Herz, wenn ich daran denke, wie unendlich freundlich und begeistert die Leserschaft und der Buchhandel in den Highlands mir begegnet sind.

Danke meiner Schwester Dr. Tanya Baron dafür, dass sie mir in medizinischen Fragen beratend zur Seite stand. PC Parr für polizeilichen Rat und dafür, dass er mir eine Einführung in die korrekte Benutzung des Polizeifunks gegeben hat! Außerdem ein riesiges Dankeschön an Detective Superintendent Mike Sutherland dafür, dass er sich Zeit für ausgiebige Gespräche genommen und mich an seinem reichen Erfahrungsschatz teilhaben lassen hat. Er konnte einige Fehler meinerseits, was polizeiliche Verfahrensweisen betrifft, beseitigen. Alle übrigen Fehler und Freiheiten gehen natürlich ganz auf meine Kappe!

Danke meinen wundervollen Agentinnen Camilla Bolton, Jade Kavanagh und allen bei der Darley Anderson Agency. An Jade Chandler, Dredheza Maloku, Liz Foley, Mia Quibell-Smith, Kate Neilan, Hugh Davis, Gemma Wain und allen bei Harvill Secker, Vintage und Dead Good Books. Ich kann euch allen gar nicht genug danken für die wunderbare Arbeit, die ihr geleistet habt. Nicht zu vergessen Dan Mogford, der die schönsten Buchcover entwirft. Sie spiegeln den Geist der Romane aufs Vortrefflichste wider.

Den Kolleginnen und Kollegen vom Caledonian Crime Collective, Emma Christie, Andrew Greig, Allan Martin, Deborah Masson, Marion Todd und Jonathan Whitelaw, danke ich für ihre Kameradschaft, für ihren Enthusiasmus und dafür, dass sie einfach ein toller, kreativer Haufen sind, mit dem man unendlich viel Spaß haben kann.

Meinem Onkel Neil Halliday danke ich dafür, dass er unten in den Midlands für DI Monica Kennedy die Fahne hochhält und mich eingeladen hat, am Telford College vor seinen Studierenden zu sprechen. Ein knallhartes Publikum, aber eine sehr lohnende Erfahrung!

Zu guter Letzt geht wie immer ein riesiges Dankeschön an meine wunderbare Partnerin Sarah Woodcock für ihren redaktionellen Input, ihre psychologische Expertise, die gemeinsamen Eisbäder und überhaupt dafür, dass sie mich während der Arbeit an diesem Roman mitten im Corona-Lockdown 2020 bei Laune gehalten und für mein geistiges Wohl gesorgt hat.